www.bbulmedia.com

www.bbulmedia.com

어린 여자 어른 남자

어린 여자 어른 남자

DAHYANG ROMANCE STORY

욱수진 장편 소설

Contents

프롤로그

"올라갔다 가요."

여자가 말했다. 여자의 비음 섞인 목소리에 와인을 마시던 정표의 미간이 저도 모르게 구겨졌다. 회사에선 나름 포커페이스로 유명한 그는 요즘 들어 제 감정을 컨트롤하는 것이 버거웠다.

스테이크를 썰던 여자가 서둘러 포크를 내려놓으며, 오늘은 기필코 이 남자를 자빠뜨리고 말겠다는 의지를 되새겼다.

"식사 다 하신 것 같은데 일어날까요? 룸 예약했어요. 우리 올라가서 한잔 더 해요."

여자는 평소답지 않게 허벅지가 다 드러난 짧은 치마를 입고 있었고, 입술엔 빨간 립스틱이 칠해져 있었다. 정표는 여자의 모든 것이 다 마음에 들지 않았다.

"갑자기 왜 이래?"

"갑자기? 우리 만난 지 두 달도 더 지났어요. 근데 그거 알아요? 정표 씨랑 저요, 그동안 고작 저녁 식사 다섯 번 했어요. 놀라운 건 그게 전부라는 거예요. 도대체 정표 씨는 날 왜 만나는 거예요?"

그러게 말이다. 나는 내 취향에 0.001퍼센트도 부합하지 않는 이 여자를 왜 만나고 있는 걸까? 이유가 뭘까? 정표는 잠시 생각에 잠겼다.

그런 그를 불안한 눈빛으로 바라보던 여자는 그의 입에서 나올 대답이 두려워져 자신이 내뱉은 말을 재빨리 주워 담았다.

"됐어요. 아무래도 상관없어요. 내가 정표 씨 좋아하니까. 좋아하니까 같이 있고 싶고, 더 많은 시간 같이 얘기 나눠 보고 싶어서 투정 한번 부려 봤어요. 미안해요. 제가 왜 이러는지는 정표 씨도 잘 알죠? 정표 씨도 사랑해 본 적 있을 거 아니에요."

사랑…….

사랑이라는 단어에 솜사탕처럼 하얀 여자애의 얼굴이 정표의 머릿속에 섬광처럼 스쳐 지나갔다.

여자가 아니라 여자애라는 것이 함정이지만. 작게 한숨을 내뱉은 그는 쓰게 웃으며 시선을 돌려 창밖을 내다보았다. 어제 저녁 내린 폭설로 창밖은 온통 하얀색이었다.

여름보다 겨울을 좋아하고, 비보단 눈을 좋아하는 그 애는 지금쯤 어디서 뭘 하고 있을까?

젠장. 또 그 애 생각을 하고 말았다.

"정표 씨는 내가 여자로 안 보여요?"

자신의 말에 대꾸도 없고, 계속 딴생각만 하는 정표를 보며 여자는 애가 탄 모양인지 울먹이며 소리쳤다.

"당신 남자 맞아요? 여자가 이렇게까지 하는데 남자로서 너무한 거 아니냐고요. 혹시 어디 문제 있는 거 아니에요?"

"문제?"

그딴 거 없어. 제 자신을 비웃기라도 하듯 코웃음을 치던 정표는 자리에서 일어났다. 그러곤 뭔가 단단히 마음먹은 표정으로 여자를 내려다보았다.

"몇 층?"

"19층요."

정표가 먼저 일어나 레스토랑을 벗어났다. 호텔 로비를 런웨이로 만들어 버리는 그의 기럭지에 새삼 또 한 번 반한 여자는 그를 절대로 놓쳐서는 안 된다는 각오를 다지며 정표의 뒤를 다급하게 쫓아갔다.

19층을 누르는 여자의 손가락을 가만히 바라보던 정표에게 여자가 물었다.

"왜 그렇게 봐요?"

"숫자가 마음에 안 들어서."

여자가 고개를 갸웃거리는 순간 엘리베이터의 문이 열렸다. 이내 룸 앞에 도착한 여자가 떨리는 손길로 카드 키로 문을 열고 룸으로 들어갔다. 여자는 핸드백을 아무렇게나 내팽개치고 바로 뒤를 돌아 정표의 목을 끌어안았다.

여전히 주머니에 손을 넣은 채 삐딱하게 서 있던 정표의 목덜미를 어루만지던 여자가 야릇한 눈빛을 보냈다.

"오늘 밤. 정표 씨 마음대로 해도 돼요."

전혀 도발적이지 않았지만 정표는 예의상 여자의 블라우스 단추를 풀며 가까이 다가갔다. 그의 손길에 벌써부터 몸이 달아올랐는지 여자가 뜨거운 숨을 뱉었다.

그런데 여자의 빨간 입술에 얼굴을 기울이던 정표는 도저히 안 되겠는지 고개를 돌려 버렸다.

여자는 귓가로 들려오는 그의 숨소리와 콧속으로 스며드는 달짝지근한 와인 향에 취해 정표의 허리를 잡아끌어 하체를 밀착시키려 했다. 그러나 그 순간, 정표가 여자를 밀쳐 냈다. 바닥에 엉덩방아를 찧은 여자는 그를 원망스레 올려다보았다.

그런 여자를 향해 정표가 무덤덤한 목소리로 말했다.

"헤어지자."

여자의 두 눈이 휘둥그레졌다.

"네? 왜요? 제가 무슨 실수라도 했어요?"

"아니. 네 말대로 나 문제 있는 것 같아."

"!"

"그것도 엄청나게 큰 문제. 이 문제 해결해야지 안 되겠어."

거의 자책에 가까운 답변을 내놓은 정표는 뒤도 돌아보지 않고 매몰차게 룸을 나가 버렸다.

내일 고등학교를 졸업하는 연예인들, 누가 있을까요? 아이돌 그룹 멤버로는 '프리티'의 막내 윤태리 양이 있습니다. 윤태리

양은 이번에 명문인 한국대에 입학해 화제가 되었는데요.

대리운전 기사가 라디오를 켰다. 잡음과 뒤섞인 연예 뉴스에 정표의 술기운이 단번에 날아갔다. 그는 잠시 생각에 잠겨 있다가 기사를 향해 말했다.

"W픽처스로 가 주세요."

"아. 댁으로 안 가시고요?"

"네."

W픽처스라면 최근 천만 관객을 동원한 영화 제작사이자 배우 엔터테인먼트로도 유명한 회사였다. 룸미러를 통해 정표의 수려한 외모를 흘깃 훔쳐보던 기사가 조심스레 물었다.

"배우신가 봐요?"

사람이 물어보는데 대꾸도 없이 고개를 돌려 창밖을 내다보는 정표의 태도에 무안해진 기사는 조용히 입을 다물고 운전에 열중했다.

얼마 지나지 않아 W픽처스 앞에 도착한 기사는 정표에게 차 키를 넘기고 사라졌고, 그는 뒤늦게 차에서 내려 건물을 올려다보았다.

"대표님! 이 밤중에 웬일이세요?"

때마침 건물에서 나오던 매니저 성원이 정표를 발견하곤 호들갑을 떨었다. 예상치 못한 성원의 등장에 정표는 애써 태연한 척 그에게 차 키를 건네며 뒷좌석에 올라탔다. 정표를 따라 차에 올라탄 성원은 뒤를 돌았다.

"술 드셨어요? 근데 어디로 모실까요?"

"집."

"집요? 그럼 바로 집으로 가시지 회사엔 왜 오셨어요?"

"넌? 스케줄 다 끝났어?"

정표가 자연스럽게 말을 돌렸다. 걸그룹 프리티의 매니저 성원은 회사 대표인 정표에게 피곤함을 어필하고 싶었는지 두 눈을 비비며 말했다.

"네. 녹화 하나 끝내고, 소윤이랑 태리 숙소 데려다주고 왔어요. 한잔 더 하러 가실래요? 술이 매우 고파 보이는 얼굴이신데……."

"됐어. 집에서 처리해야 할 업무가 산더미야."

"네네. 알겠습니다."

성원은 입맛을 다시며 시동을 켜고 차를 출발했다. 정표는 미련을 버리지 못하고 백미러를 통해 보이는 건물을 바라보았다.

"그렇게 바쁘시면 제가 대신 갈까요?"

"어딜?"

"내일 태리 졸업식 말이에요."

"그건 신경 쓰지 마. 어차피 누나한테 할 얘기도 있고, 내가 꼭 가야 돼."

"하긴 대표님 조카랑 태리가 절친이라면서요? 끝나고 같이 자장면도 먹고 하면 되겠네요. 태리가 외롭진 않겠어요."

"자장면 같은 소리 하고 앉아 있네. 너 미쳤냐?"

정표가 미간을 찌푸리며 윽박지르자, 성원이 억울함을 토로

했다.

"왜요? 졸업식 날 자장면 먹는 건 당연한 건데!"

"너 매니저 맞냐? 걔 자장면 싫어해. 그것도 엄청."

누군가에게 버림받기 전날 먹은 음식이 자장면이라고 했다. 어렸을 적 그 애는 춘장 냄새만 맡아도 헛구역질을 할 정도로 본인이 버려진 아이라는 것에 대한 트라우마가 심했었다.

"어쩐지 중국 음식 시킬 때 매번 잡채밥만 시키더라. 근데 대표님은 태리에 대해 어떻게 그렇게 잘 아세요?"

"뭐 인마. 운전이나 똑바로 해."

"아니 왜 별것도 아닌 일로 성질을 내고 그러세요. 쳇."

볼멘소리를 하며 고개를 갸웃거리던 성원은 룸미러를 통해 정표의 눈치를 보다가 조용히 입을 다시 열었다.

"오늘 무슨 안 좋은 일 있으셨어요?"

성원의 말에 정표는 아무 대꾸 없이 팔짱을 낀 채 두 눈을 감아 버렸다.

찰칵 찰칵 찰칵.

여기저기서 스마트폰과 카메라의 셔터음이 울렸다. 아들과 딸의 교복 입은 마지막 모습을 카메라에 담느라 바쁜 가족들로 가득 찬 운동장 이곳저곳을 둘러보던 정표는 마침내 자신의 얼굴보다 더 큰 카메라를 꺼내 들었다. 그러곤 마치 작품 활동을 하는 사진작

가처럼 진지한 표정으로 포커스를 맞추고 사진을 찍어 댔다.

정표의 등장에 여고생들이 술렁였다.

"우와. 잘생겼다. 저 사람 누구 오빠니?"

"몰라. 지금 누구 찍는 거야?"

카메라의 앵글이 향한 곳을 눈으로 좇던 여고생들은 낙담했다. 그의 카메라는 정확히 3학년 1반 윤태리에게 향해 있었다.

"저 비주얼에 프리티빠는 아닐 테고, 기자인 듯. 존잘이다. 진짜."

주변 잡음들은 들리지 않는 모양인지 요란한 소리를 내며 사진을 찍던 정표는 뷰파인더 너머로 해맑게 웃고 있는 태리를 관찰했다. 졸업식 순서지를 꼼꼼히 읽어 내려가는 모습이라든지, 운동화 신발 끈을 조여 매는 모습이라든지, 찰랑거리는 긴 생머리를 하나로 단단히 묶는 모습이라든지…….

그는 저도 모르게 카메라에서 눈을 떼고 태리의 실물을 넋을 잃고 바라보았다. 그런데 그 순간 태리가 돌연 뒤를 돌았다. 피할 겨를도 없이 태리와 두 눈이 딱 마주쳐 버린 정표는 당황한 나머지 굳어진 얼굴로 그녀를 노려보고야 말았다.

이게 아닌데, 표정 풀어야 되는데. 저 애가 겁먹기 전에.

친구들을 향해 밝게 웃던 태리의 얼굴이 정표를 보자 어색하게 굳어졌다. 웃을 듯 말 듯 한 표정으로 정표를 바라보던 태리는 그를 향해 꾸벅 인사를 한 뒤 재빨리 고개를 돌려 버렸다.

괜히 속이 쓰린 정표는 씁쓸한 표정으로 태리의 뒷모습만 바라볼 뿐이었다.

"사진 많이 찍었어?"

갑자기 나타난 누나 수옥이 그가 손에 들고 있던 카메라를 낚아챘다. 화들짝 놀란 정표가 재빨리 수옥에게서 카메라를 뺏어 가방 안에 집어넣었다.

"왜 집어넣어? 사진 좀 보여 달라니까!"

"없어."

"무슨 소리야. 내가 저 위에서 너 열심히 사진 찍는 거 다 봤는데. 우리 모아 상 받는 거 찍었니? 나 화장실 갔다 오느라 못 봤단 말이야. 그러지 말고 카메라 좀 줘 봐. 그 비싼 걸 폼으로 가져온 건 아닐 테고, 보여 줘! 도대체 뭘 찍은 거야? 빨리빨리 이리 내놔!"

카메라가방을 뺏으려는 수옥과 실랑이를 벌이던 정표는 급기야 필사적으로 도망쳐 주차장으로 향했다. 차 문을 열고 조수석에 가방을 내던지던 정표의 시선이 뒷좌석에 머물렀다. 그는 뒷좌석에 놓인 커다란 꽃다발을 바라보며 내적 갈등에 빠졌다.

소속사 대표로서 저 정도는 줘도 괜찮지 않을까?

젠장. 그러기엔 꽃다발이 너무 크잖아. 내가 그 애 남자 친구도 아니고…….

그는 신경질적으로 차 문을 닫아 버리고 뒤를 돌았다.

벌써 졸업식이 다 끝났는지 학생들이 가족들과 함께 교문 밖으로 나오고 있었다. 정표의 걸음이 조금 빨라졌다. 그런데 그때 빈손으로 교문에 들어서던 그를 상인이 붙잡았다.

"원 플러스 원!"

그는 자신의 팔을 붙잡은 상인이 들고 있는 사탕 바구니를 가만히 바라보다가 지갑을 꺼냈다.

계산을 마친 정표는 다소 어색한 모습으로 사탕 바구니 두 개를 들고 교문에 들어섰다. 그때 마침 그 모습을 본 조카 모아가 정표를 향해 달려왔다.

"이게 누구야? 바쁘신 삼촌께서 어인 일로 이곳까지 행차를…… 으앗!"

정표가 사탕 바구니를 내던지듯 모아의 품에 안겼다. 모아가 입을 삐죽 내밀며 소리쳤다.

"이거 떨이지? 원 플러스 원! 돈도 많은 양반이 진짜 하나밖에 없는 조카한테 너무한 거 아니야?"

정표는 모아의 말을 가볍게 무시한 후, 모아 옆에 멀뚱히 서 있던 태리의 품에도 바구니를 안겼다. 조금 놀란 표정으로 바구니를 내려다보던 태리가 고개를 들어 그를 올려다보았다.

"감사합니다!"

그를 향해 태리가 활짝 웃으며 허리를 숙여 인사했다.

작은 사탕 바구니에 비해 너무 과분한 미소라 괜히 머쓱해진 정표는 태리에게서 시선을 떼고 수옥을 향해 물었다.

"점심은?"

"아버지가 사 준다고 회사로 오라는데? 너도 같이 가자."

"됐어. 바빠."

"바쁘긴. 야! 적당히 좀 해라. 아버지랑 좀 풀라고. 그러지 말고 같이 가자. 여기까지 왔는데 그냥 가는 법이 어디 있냐?"

"싫다고."

"하여간 저 성깔머리하고는. 그나저나 태리도 스케줄 때문에 회사 들어가 봐야 된다는데, 그럼 네가 태리 좀 회사까지 태워다 줘. 아무리 바빠도 그건 할 수 있지?"

"그러든지."

"태리야!"

수옥의 부름에 태리가 총총걸음으로 달려왔다.

"네."

"정표도 회사 들어간다니까 같이 가라고. 그나저나 아줌마가 맛있는 거 사 주려고 했는데 아쉽네? 가는 길에 삼촌한테 간식이라도 좀 사 달라고 그래. 그리고 태리야! 졸업 축하한다!"

수옥이 태리를 꼭 껴안았다. 따뜻한 수옥의 품에 안긴 태리는 눈물을 글썽였다.

"아줌마. 고마워요."

수옥이 태리의 등을 토닥였다.

"나도 끼워 줘!"

모아가 달려와 두 사람을 얼싸안았다. 요란한 인사를 해 대는 여자 셋을 어이없게 바라보던 정표는 뒤를 돌아 주차장으로 향했다.

말도 없이 먼저 교문을 벗어나고 있는 정표의 뒷모습을 본 수옥이 태리의 등을 떠밀었다.

"저 자식 진짜. 하여튼 성질도 급해. 태리야, 얼른 따라가."

"태리야! 문자 해!"

모아가 손을 흔들었다. 태리도 마찬가지로 모아와 수옥을 향해 손을 흔들며 정표의 뒤를 쫓아 전력 질주했다.

"앞에 타."

습관대로 뒷좌석 문을 연 태리를 향해 정표가 운전석에 앉으며 말했다.

어색해서 어쩔 줄 몰라 하던 태리가 이마를 긁적이며 조수석에 올라탔다. 딱히 할 얘기도 없고, 고개를 숙인 채 발끝만 바라보던 태리는 들고 있던 바구니 속에서 사탕 한 개를 뽑았다.

바스락거리며 사탕 껍질을 벗긴 태리는 사탕을 입 속에 넣으려다가 자신을 빤히 바라보고 있는 정표와 두 눈이 마주쳤다. 정표의 시선에 민망해진 태리는 입 안에 넣으려던 사탕을 정표를 향해 내밀었다.

"드실래요?"

"너나 먹어."

"네……."

거절당한 것이 무안해진 태리는 재빨리 사탕을 입 속에 넣었다.

그리고 또다시 정적이 흘렀다. 오늘따라 차는 왜 이리 막히는 건지. 태리는 속이 탔다. 이야깃거리를 찾으려고 애쓰던 태리는 룸미러를 통해 뒷좌석에 놓인 꽃다발을 보곤 재빨리 뒤를 돌았다.

"우와. 예쁘다."

두 눈을 반짝이며 꽃을 바라보고 있는 태리를 흘깃 보던 정표는 무심한 척 말했다.

"가져 그럼."

"아니에요! 제 것도 아닌데……."

너 주려고 산 거니까 가지라고. 목구멍까지 차고 올라온 말을 차마 내뱉지 못한 정표는 답답한 마음에 차의 속력을 높였다. 어느덧 차는 회사 앞에 도착하고, 태리가 기다렸다는 듯 잽싸게 차에서 내렸다.

"태워다 주셔서 감사합니다!"

차 문을 닫고 회사 건물로 향하는 태리의 가방을 누군가 잡아당겼다. 정표였다.

그는 태리의 몸을 돌려세운 뒤 꽃다발을 그녀의 작은 품에 안겼다.

자신의 몸통만 한 꽃다발 때문에 얼굴 절반이 가려진 태리는 어안이 벙벙한 얼굴로 정표를 올려다보았다. 정표가 무표정한 얼굴로 말했다.

"어차피 버릴 거니까 가져가라고."

"아……."

뭘 이해했다고 고개를 끄덕이는지, 품에 가득 안긴 꽃을 내려다보던 태리의 표정이 점점 환해졌다. 꽃보다 예쁘고 환한 미소가 가득 핀 태리의 말간 얼굴을 내려다보던 정표는 그만 넋을 잃고야 말았다.

"감사합니다!"

태리는 고개를 허리까지 숙여 가며 정표를 향해 인사했다. 태리의 과도한 인사에 정표의 미간이 구겨졌다.

"인사 좀 그렇게 안 하면 안 되냐?"

"네? 그럼 어떻게……."

"내가 무슨 조폭 두목도 아니고. 너무 예의 차리지 말라고."

태리가 고개를 갸웃거렸다.

"됐다. 올라가라. 스케줄 있다며."

"네? 네! 저, 그럼. 안녕히 가세요."

또 허리를 숙여 인사를 하려던 태리는 멈칫했다.

어떡하지? 너무 예의를 차리지 않으면서도 예의 있는 인사는 어떻게 하는 거지?

고민에 빠진 태리는 발을 동동거리다가 뒤늦게 어색한 미소와 함께 손을 흔들어 그를 향해 인사했다.

"조심히 들어가세요."

그녀는 한쪽 팔로 겨우 꽃을 안은 채, 사탕 바구니를 들고 있는 나머지 손을 흔들었다. 눈보다 더 하얀 미소를 지으며, 솜사탕처럼 달콤한 인사를 하는 태리를 바라보던 정표의 얼굴이 점점 붉게 달아올랐다.

태리는 자신을 노려보고 서 있는 정표가 무서워 재빨리 뒤를 돌아 건물로 들어가 버렸다.

정표는 멀거니 서서 한참 동안이나 태리의 뒷모습을 지켜보고 있다가 두 손으로 자신의 머리카락을 헝클어뜨리며 차에 올라탔다.

급기야 핸들에 머리를 박고 앓는 소리를 하던 정표는 조수석에 태리가 흘리고 간 사탕 하나를 내려다보았다.

　도대체 이 문제를 어떻게 풀어야 하는 것인가

　그에겐 엄청난 난제였다. 윤태리라는 여자애가.

1

M 클럽, 룸 안.

쿵쾅쿵쾅.

강렬한 비트가 발밑에서 울렸다. 그 때문일까? 아니면 조금 전 마신 칵테일 때문일까? 태리는 심장이 벌렁거렸다. 그리고 원인을 알 수 없는 불안한 마음에 속까지 매스꺼웠다. 조금 전까지만 해도 함께 어울려 술을 마시던 언니들이 춤을 추러 나가고, 룸 안에는 태리와 그녀 옆에 앉은 장새결 두 사람뿐이었다.

태리는 자신을 그윽한 눈빛으로 바라보고 있는 새결의 얼굴을 흘끔 훔쳐보다가 괜히 헛기침을 하며 물을 들이켰다.

왜 저렇게 쳐다보는 거야? 떨려…….

장새결. 그는 최근 몇 개월 동안 각종 영화제에서 남자 신인상을 휩쓴 스물다섯의 영화배우였다. 은은한 조명 아래 다리를 꼬고 앉아 느긋하게 양주를 마시던 새결은 자신의 얼굴을 훔쳐보던 태리를 향해 빙긋 웃어 주었다.

그의 맑은 미소에 태리는 순간 시선을 피하는 것도 잊고, 두 눈을 깜빡이며 뭐에 홀린 듯 새결의 얼굴을 바라보았다.

스무 살. 그녀의 나이는 이제 고작 스무 살이었다. 바로 어제 교복을 벗어 던진 솜털이 보송보송한 태리는 남자와 이렇게 가까이 앉아 눈을 맞춘 건 태어나서 처음…… 아! 아니다. 대표님이 있었다. 그러니까 구석에 몰려 대표님에게 혼이 날 때를 제외하고 처음이었다.

"우리 사귈래?"

새결의 낮은 목소리에 태리의 큰 눈이 더욱 크게 번쩍 떠졌다.

뽀얀 피부에 동그란 눈, 올망졸망한 이목구비의 귀여운 외모를 가진 태리는 이제 막 인지도를 얻기 시작한 3년 차 걸그룹 프리티의 막내였다.

고등학교 졸업 기념으로 난생처음 클럽에 입성한 것이었다. 그런데 이렇게 잘생기고 매너도 좋은 데다 연기까지 잘하는 배우한테 대시를 받다니, 태리는 지금 이 순간이 꿈만 같았다. 태리는 수줍어서 홍조가 번진 뺨을 식히려 손으로 열심히 부채질을 했다.

"언니들이 왜 안 들어오지……."

태리는 괜히 문 쪽을 살피며 오늘 이곳에 같이 온 멤버 언니들을 찾았다.

그런데 그때. 새결이 태리의 양쪽 어깨를 꽉 잡았다.

"대답 안 해? 사귀자. 내가 잘해 줄게."

대답을 종용하는 새결의 행동에 태리는 눈알을 또르르 굴렸다.

"저…… 기. 그러니까. 대표님한테 허락을 맡아야 하는데요……."

긴장한 기색이 역력한 얼굴로 말끝을 흐리는 태리를 바라보던 새결이 피식 웃어 버렸다.

"대표? 괜찮아. 내가 책임질게."

"우리 대표님 무서운데……."

룸에 도착해서부터 그녀는 계속 대표님 타령을 해 댔다.

'대표님이 술 먹지 말라고 그랬는데…….'

'대표님이 통금 시간 지키라고 그랬는데…….'

'대표님이 남자랑 둘만 있지 말라고 그랬는데…….'

대표님 얘기를 꺼낼 때마다 부들부들 떠는 태리가 귀여웠는지 새결은 손을 뻗어 태리의 뺨을 쓰다듬었다.

움찔!

놀란 태리가 엉덩이를 뒤로 뺐다. 새결의 손길에 왠지 기분이 좋으면서도, 무섭기도 하고, 불안한 마음이 공존했다. 태리는 자신의 마음을 알 듯 말 듯 복잡하기만 했다.

슬금슬금. 새결에게서 조금 멀찌감치 떨어져 앉은 태리는 그를 바라보며 어색하게 웃었다. 그러자 그가 자리에서 일어나 태리가 도망간 쪽으로 향했다.

드르륵드르륵.

테이블 위에 올려놓은 태리의 핸드폰이 제 몸을 떨었다. 자리에서 벌떡 일어난 태리는 새결을 지나쳐 재빨리 테이블 위에 놓인 핸드폰을 들어 액정을 들여다보았다.

"끅! 따알꾹!"

태리가 갑자기 딸꾹질을 하기 시작했다.

[정정표 대표님]

화면 위에 뜬 문구가 어지럽게 보였다.

"끅! 어…… 뜩하…… 끄윽! 어뜩해."

안절부절못하는 태리가 귀여워서 도저히 못 참겠는지 새결이 태리의 얼굴을 잡고 자신에게로 고정시켰다.

"대표가 그렇게 무서워?"

어깨를 들썩이며 딸꾹질을 하는 태리가 울상을 지었다. 그러곤 힘 있게 고개를 끄덕이며 말했다.

"네…… 끅! 근데 지금…… 끄윽! 뭐…… 하세요?"

"딸꾹질 멈추게 해 줄게."

"네?"

새결의 얼굴이 태리의 얼굴 쪽으로 기울어졌다. 태리의 작은 얼굴을 두 손으로 어루만지며 보드라운 그녀의 입술에 입을 맞춘 새결이 꾹 다문 그녀의 입술을 혀로 쓸어 그 안을 가르고 들어가려는 그 순간!

쾅!

문이 열리고 누군가 들어와 새결의 뒷덜미를 낚아챘다. 새결이 못내 아쉬운 표정으로 키스를 멈추고 신경질적으로 뒤를 돌았다.

집에서 운동을 하다 나온 모양인지 회색 트레이닝복 차림의 젊은 남자가 가쁜 숨을 내쉬며 살벌한 눈빛으로 새결을 내려다보고 있었다.

　슬리퍼를 신은 남자의 키는 깔창을 여러 겹 장착한 새결보다 훨씬 컸다. 체격도 야리야리한 새결과 달리 크고 단단했다. 남자는 머리에 뒤집어쓰고 있던 후드를 벗어 버렸다. 올겨울 들어 가장 추운 날씨라는 예보를 가볍게 무시한 옷차림의 남자는 외투도 입지 않아 손과 귀가 벌겋게 터 있었다.

　모자를 벗은 남자의 얼굴을 새결이 올려다보았다. 다부진 체격과 달리 곱상하게 생긴 남자의 외모에 괜히 기가 죽은 새결은 저도 모르게 말을 더듬었다.

　"누……구세요?"

　남자는 대답 없이 살벌하게 굳은 표정으로 새결의 뒷덜미를 잡은 손에 힘을 주었다. 그러곤 새결을 소파 위에 패대기쳐 버렸다. 한 방에 나가떨어진 새결은 태리 앞에서 쪽팔리기도 하고, 어떻게 해야 좋을지 고민할 시간을 벌기 위해 괜히 콜록거리며 엄살을 부렸다. 그러다 남자에게 반항할 생각은 일찌감치 접은 모양인지 태리 쪽으로 시선을 돌렸다.

　그러나 이미 태리는 새결 쪽은 안중에도 없었다.

　그저 울먹이는 얼굴로 남자 쪽을 보며 발만 동동거렸다.

　"대표님. 저, 저기…… 그러니까……."

　대표? 저 젊은 남자가 W픽처스 대표라고?

　새결은 다시 대표라는 남자의 얼굴을 바라보았다.

　"눈 깔아. 뭘 봐?"

　남자가 아주 자연스럽게 거친 말을 내뱉었다. 그가 보통 사람이 아님을 직감한 새결은 아까 대표님이 무섭다고 징징대던 태리에게 내가 책임지겠다고 호기롭게 외쳤던 자신의 입이 저주스러워졌다. 그래도 새결은 그 말을 지키기 위해 자신에게 무자비한 말을 내뱉은 남자를 향해 소심한 잽이라도 날려야 하건만, 생각과는 달리 남자에게서 나오는 살벌한 기에 눌려 도무지 입이 떨어지지 않았다.

사실 태리의 소속사 W픽처스 정정표 대표에 관한 소문은 익히 들어 잘 알고 있었다. 하지만 소문은 소문일 뿐이라고 대수롭지 않게 여기려고 했었는데, 그를 실제로 보니 왠지 저 남자는 그 소문보다 더한 놈 같았다.

정표는 테이블 위 술병들과 벌겋게 달아오른 태리의 얼굴을 노려보았다.

움찔. 어느새 딸꾹질을 멈춘 태리는 죄지은 사람처럼 어깨를 잔뜩 움츠리고 서 있었다.

정표는 아무런 말 없이 턱 끝으로 문 쪽을 가리켰다. 따라 나오라는 거였다.

정표가 성큼성큼 걸어 거칠게 문을 열고 밖으로 나가 버렸다.

태리는 조급한 손길로 가방과 핸드폰을 챙겨 들었다. 그러곤 새결을 원망스레 한 번 스윽 보더니 100미터 달리기를 하듯 정표의 뒤를 따라 달려 나갔다.

가방을 품에 안은 태리는 운전을 하고 있는 정표의 얼굴을 흘끔 훔쳐보았다. 무슨 말부터 꺼내야 할지 고민하던 태리가 조심스레 입을 열었다.

"대표님 죄송해요. 잘못했어요……."

"네가 뭘 잘못했는데?"

그가 격양된 목소리 물었다. 태리는 무서워서 고개를 숙인 채 생각에 잠겼다.

내가 뭘 잘못했지?

가만 생각해 보니 크게 잘못한 일도 없는 것 같아 더 속이 상했다.

술 마신 거? 나도 이제 성인인데 술 마실 수도 있잖아! 언니들도 다 마시는데…….

남자 만난 거? 나도 이제 성인인데 연애해도 되는 거 아닌가? 언니들도 다 하는데…….

갑자기 억울한 마음이 들었다.

왜 나만 못하게 하는 거야? 짧은 치마도 못 입게 하고, 그리고 9시 통금은 너무하잖아?

태리는 이왕 이렇게 된 거 자신의 권리를 찾아야 하지 않을까? 하는 충동이 들었다. 술을 한잔 걸친 탓인지 용기가 불끈 솟아났다! 평소 같았으면 상상도 못 할 일이었다. 용기만큼 패기 넘치는 대사는 아니었지만 나름 할 말은 다하려고 노력했다.

"대표님, 근데 저도 이제 성인인데 술도 마시고 싶고…… 그렇다고 많이 마시겠다는 건 아니구요……. 그냥 먹고 싶을 때 한 잔 정도는 마셔도 될까요?"

"마셔."

"정말요?"

"내 앞에서만."

좋아서 엉덩이를 들썩이던 태리의 표정이 별안간 굳어졌다. 태리는 혹시 몰라 또다시 그에게 질문을 했다.

"그리고 대표님. 저요 연애 금지…… 풀어 주세요."

"어."

"정말요?"

그가 무표정한 얼굴로 고개를 끄덕였다. 그리고 말했다.

"너도 이제 성인이니까. 그렇지?"

"네!"

태리가 해맑게 웃었다.

이렇게 쉽게 풀릴 거였으면 진작 물어볼 걸.

태리는 그동안 그의 말에 고분고분 따랐던 것이 후회스러웠다. 대표님이 생각보다 그렇게 꽉 막힌 사람은 아니었구나. 그녀는 감격스러워하며 마음이 한없이 부풀었다.

연애! 나도 이제 가슴 떨리는 연애를 할 수 있는 거야?

내 생애 첫 남자 친구는 누굴까?

태리는 속으로 콧노래를 부르며 창밖을 보다가 의아한 얼굴로 정표를 향해 물었다.

"어? 회사는 반대 방향인데…… 대표님! 지금 어디 가세요?"

"우리 집."

"네? 대표님 집이오?"

"어."

"왜요?"

"너 연애할 거라고 했잖아."

저 사람이 또 왜 저러지? 태리가 눈치를 보다가 고개를 두어 번 끄덕였다. 그러자 더욱더 무표정해진 얼굴로 그가 말했다.

"그 전에 주의 사항 몇 가지 알려 줄게."

그는 마당이 어마무시하게 넓은 대저택에 혼자 살고 있었다. 얼떨결에 난생처음 대표님 집에 입성한 태리는 거실 한가운데에 있는 소파에 앉아 그가 내민 주스를 두 손으로 공손히 받았다.

"감사합니다. 잘 먹겠습니다!"

자신을 깍듯이 모시는 태리의 행동에 정표는 미간을 구기며 태리 옆에 앉았다.

주스를 마시며 거실 인테리어를 구경하던 태리는 자신을 물끄러미 바라보고 있는 정표와 눈이 마주치자 민망해서 배시시 웃어 버렸다.

그녀의 말간 미소를 마주한 정표는 약해지려는 마음을 다잡기 위해 표정을 굳혔다. 태리는 갑자기 자신을 노려보는 정표가 무서워서 조용히 시선을 내리깔았다.

"근데 주의 사항이 뭐예요?"

태리를 가만히 노려보던 정표가 입을 열었다.

"아까 그 새끼랑 뭐 했어?"

"아. 저기 그게……."

"키스?"

키스라는 달콤한 단어가 정표의 입에서 나오니 뭔가 살벌하게 느껴졌다. 태리는 살며시 고개를 들어 잠시 잠깐 눈치를 보다가 고개를 끄덕였다.

그러자 또 그가 무척 화가 난 듯 격앙된 목소리로 물었다.

"너. 키스가 뭔지는 알아?"

지금 어리다고 무시하는 건가? 태리는 골이 난 표정으로 잽싸게 대답했다.

"네! 당연히 알죠."

"그럼 설명해 봐."

"네? 그러니까. 그게…… 뭐…… 입 맞추는 거잖아요."

"그건 뽀뽀."

"……."

"첫 키스는 신중해야 해. 싫으면 상대방 혀를 물어 버려."

"혀?"

혀를 어떻게 물지? 태리가 눈알을 또르르 굴리며 상상을 하기 시작했다. 그런데 그때 무슨 일인지 귓가로 정표의 부드러운 목소리가 들렸다.

"좋으면 눈을 감고, 힘을 빼. 그게 허락하는 거야."

태리는 고개를 갸웃거리며 그를 올려다보았다.

"알았지?"

"네…… 으악!"

태리의 대답이 끝나기도 전에 그가 그녀의 어깨를 밀어 소파 위에 눕혔다.

벌러덩 뒤로 누워 버린 태리가 어안이 벙벙한 얼굴로 상체를 일으키려고 하자 정표가 태리의 입술에 입을 맞추었다. 태리는 두 눈이 휘둥그레진 채 그를 올려다보았다. 정표는 손바닥으로 태리의 두 눈을 감기고, 부드럽게 입술을 핥으며 입을 가르고 혀를 집어넣었다.

혀…… 혀!

태리는 놀라 두 눈을 번쩍 떴다!

혀가 이렇게 들어오는 거였어? 이게 키…… 키스라는 건가?

갑자기 비집고 들어온 그의 말캉한 혀가 태리의 혀를 휘감았다. 엄청난 힘을 지닌 그의 혀가 그녀의 작은 입 안을 핥기 시작했다.

"으으음…… 으읍!"

정표는 키스에 열중하는 가운데 입이 틀어 막혀 웅얼거리며 발버둥을 치는 태리의 허벅지를 한쪽 팔로 짓누르고, 나머지 팔로는 가느다란 그녀의 두 손목을 잡아챘다. 그가 능숙하게 입술을 움직이며 짙은 키스를 하던 그때!

정표가 두 눈을 꽉 감았다 떴다. 그리고 천천히 그녀에게서 입술을 뗐다.

손과 발이 자유로워진 태리가 상체를 벌떡 일으켰다. 짧고 강렬한 키스 덕분에 입술이 팅팅 부은 태리는 울상을 지었다.

정표는 혓바닥이 얼얼했다. 그가 입맛을 다시며 미간을 구겼다.

"너 지금 나 물었냐?"

"시…… 싫으면 물라고 하셨잖아요!"

"그래. 잘했어."

갑자기 그가 고개를 까닥거리며 그녀를 칭찬했다.

칭찬에 아주 인색한 그에게 칭찬을 받았는데도 불구하고 기분이 썩 좋지는 않았다. 태리는 신경질적으로 입술을 어루만지며 자리에서 벌떡 일어났다.

"앉아."

그가 강압적인 말투로 말하자 잠시 고민하던 태리는 그와 멀찍이 떨어져 소파 끝에 앉았다. 손등으로 입술을 닦으며 태리가 그를 원망스레 바라보았다.

"지금 뭐 하신 거예요? 대표님 미치셨어요?"

정표가 피식 웃었다.

"너 키스 다음이 뭔지는 알아?"

"네?"

"섹스."

"뭐…… 뭐요? 대표님! 갑자기 왜 이러세요? 무서워요! 무섭다구요!"

발을 동동거리며 겁에 질린 태리의 행동에도 정표는 뭔가 단단히 각오라도 한 사람처럼 멈추지 않았다.

"너 연애하겠다며? 지금 주의 사항 알려 주잖아. 잘 들어."

"안 들어요!"

양쪽 귀를 틀어막고 소리를 빽 질러 버리는 태리를 흘끗 보던 정표는 자리에서 일어나 귀를 틀어막은 태리의 손을 힘으로 떼어냈다.

"들어! 섹스도 마찬가지야. 싫으면 못 넣게 해."

이건 또 무슨 소리인지……

도대체가 영문을 모르겠다는 표정의 태리를 내려다보던 정표가 무표정한 얼굴로 말했다.

"연습해 볼래?"

"뭐…… 뭘요?"

"섹스."

"싫어요!"

"왜?"

"그런 건 사랑하는 사람이랑 해야 하는 거잖아요! 대표님 저 사랑하세요?"

"어."

"네?"

태리의 허리를 끌어안아 자신과 밀착시킨 정표가 그녀를 내려다보며 말했다.

"그러니까 하자."

"갑자기 왜 이러세요? 애인 있으시잖아요!"

"헤어졌어."

"왜요?"

"너 때문에."

이 사람이 미……쳤나 봐!

어제까지만 해도 아니, 차를 타고 이곳에 오기 전까지만 해도 점잖고 카리스마가 넘쳤던 대표님이 이제 그녀의 눈엔 그저 그런

난봉꾼으로 보였다.

그동안 어른 남자의 표상인 그를 보며 설레기도 했었는데……
이게 어른들의 세계인 건가? 멤버 언니들이 나만 빼고 매일 밤
쑥덕거리던 그 세계? 도망가고 싶어!

태리는 고개를 절레절레 흔들었다.

"대표님 진짜 왜 이러세요? 이…… 이런 이미지 아니었잖아
요!"

그가 태리를 빤히 바라보고 있다가 결국 견디기 힘든 순간이
왔는지 태리를 꽉 껴안아 버렸다. 태리는 열심히 발버둥을 쳤지만
소용없었다. 태리가 자지러지듯 몸을 비틀며 소리 질렀다.

"시…… 싫어요!"

그녀의 울먹이는 목소리에 정표가 일부러 몸에서 힘을 뺐다.
그 틈을 타서 그를 밀치고 자리에서 벌떡 일어난 태리는 겁에 질
린 얼굴로 그를 바라보았다. 그런 그녀를 가만히 올려다보던 정표
가 피식 웃으며 일어났다. 그가 일어나 자신에게 가까이 다가오자
태리는 뒷걸음질 쳤다.

"야. 윤태리."

그녀는 난생처음으로 정표의 부름에 대답을 하지 않았다. 그를
노려보며 뒷걸음질 치던 태리는 쿵 하고 뒤통수를 벽에 부딪치고
말았다. 아픈 뒷머리를 어루만지며 당황하고 있던 그때. 그가 재
빨리 두 손을 뻗어 태리를 벽에 가뒀다.

그가 태리를 내려다보며 걱정스레 물었다.

"무섭지?"

"……."

"그런데도 연애를 하겠다고?"

겁에 질린 표정으로 정표를 올려다보던 그녀의 입꼬리가 점점 아래로 처졌다. 금방이라도 울음이 터질 것 같은 얼굴이었다.

"아니요! 안 해요! 안 할래요! 그러니까 이러지 마세요. 으앙! 무서워……. 엉엉. 무서워요. 안 해! 안 할게요……."

결국 그녀가 제자리에 주저앉아 큰 소리를 내며 엉엉 울어 버렸다.

바닥에 주저앉아 입을 크게 벌리고 우는 태리를 따라 자리에 앉은 정표는 좀 전까지 차가웠던 얼굴을 풀고 부드러운 손길로 그녀의 눈물을 닦아 주었다.

"아니야. 연애하고 싶으면 해도 돼. 대신……."

태리가 그를 원망스레 바라보았다.

"나랑 해야 돼."

정표는 자신을 가리키며 무표정한 얼굴로 말했다.

그의 발언에 놀란 태리가 자리에서 벌떡 일어났다.

"집에 갈래요!"

정표가 재빨리 긴 팔을 뻗어 태리의 손목을 낚아채 끌어당겼다. 그의 엄청난 힘 때문에 태리가 도로 바닥에 주저앉았다. 태리의 얼굴이 하얗게 질려 있었다.

"미안한데, 잠깐 기다려 봐. 데려다줄게."

정표가 길게 한숨을 내뱉었다.

태리의 손이 부들부들 떨리고 있었다. 정표는 고개를 들어 태리의 말간 얼굴을 바라보았다. 어쩐지 그녀의 시선이 자신의 중심부로 향해 있었다.

불끈 솟아오른 저것이 무엇인고? 호기심 어린 눈으로 그것을 가만히 내려다보고 있는 태리와 두 눈이 마주친 정표는 능글맞은 얼굴로 말했다.

"미안."

"벼…… 변태!"

태리는 초인적인 힘을 발휘해 정표의 손을 뿌리치고 자리에서 벌떡 일어나 냅다 도망갔다.

쾅!

현관문이 닫히고 거실에 홀로 남은 정표는 간신히 자리에서 일어나 괜히 자신의 중심부를 보며 화를 냈다.

"젠장. 씨. 왜 안 죽어."

2

"꺄! 윤태리! 너 지금 뭐라고 했어?"

오후 1시. 아무도 없는 고급 아파트 단지 1층 카페테리아에서 태리의 절친 손모아가 소리를 지르며 까르르 웃어 댔다. 태리가 서둘러 그녀의 입을 틀어막았다.

"쉿! 조용!"

"알았어. 알았어."

태리의 손을 치워 내며 모아가 조심스레 다시 물었다.

"근데 그 남자가 누군데?"

태리가 입을 앙 다문 채 고개를 절레절레 흔들었다.

모아 너를 위해서라도 말해 줄 수 없어.

모아는 '중학교 때부터 비밀이라곤 눈곱만치도 없었던 우리 사이에 이제 다 컸다 이거지?' 하고 중얼거리며 입을 삐죽 내밀었다가 괴로워하는 태리의 표정에 포기하는 눈치였다.

"칫. 누군지 진짜 궁금하네."

"빨리 대답해 줘. 그게 뭐야? 뭘까?"

태리가 간절한 눈으로 모아를 바라보았다. 모아가 잠시 생각에 잠겨 있다가 입을 열었다.

"뭐긴 뭐야. 비정상적으로 솟았어? 네가 너무 의식한 거 아니야?"

"아니야! 평소엔 안 그랬어. 아니 아니. 뭐 그렇다고 내가 평소에 그분의 거기를 본 건 아니지만. 아무튼 근데 그날 밤엔…… 그 거시기가…… 이따만 하게!"

"평소에? 뭐야! 전부터 알던 사람이야?"

"……."

이러다가 그 중심부가 비정상적으로 솟은 남자가 누군지 모아에게 들통이 나 버릴 것만 같은 불안함에 태리는 조용히 입을 다물었다.

모아는 조금만 파면 그 남자의 정체를 알 수 있을 것 같은 마음에 눈빛이 초롱초롱 빛나고 있었다.

"그 섰남 엄청 힘들어했지?"

썸남도 아니고 섰남이라니. 왠지 어감이 우스워 태리가 터지려는 웃음을 삼키며 그날 밤 상황을 다시금 머릿속으로 떠올려 봤다.

맞아. 그는 힘들어했어. 주저앉아서 일어나지도 못할 정도로.

태리는 조금만 기다려 달라고 한숨을 푹푹 내뱉던 정표의 일그러진 얼굴이 떠올랐다. 대표님의 그런 난감한 표정은 처음이었다.

태리가 고개를 끄덕이자 모아가 손으로 입 주변을 가리며 속삭였다.

"그 남자 너 떠올리면서 음흉한 상상한 거야! 남자들은 그런 야한 생각 하면 거기가 선대! 누군지는 모르겠지만 그 새끼 다시는 만나지 마!"

"근데 모아야……."

"응?"

가만히 생각에 잠겨 있던 태리가 입을 열었다.

"남자들은 사랑하지도 않는 여자랑 그거 하는 게 가능할까?"

"그거? 그게 뭔데?"

"흠…… 키스 다음?"

"세상에! 그 섯남이 너랑 자자고 했어?"

태리가 잠시 눈치를 보더니 고개를 끄덕였다.

모아가 '오 마이 갓!'을 외치며 자신의 이마를 탁 쳐 버렸다.

"그래서? 설마 한 건 아니지?"

"도망갔는데……."

"으음. 도망갔는데?"

"자꾸 생각나. 도망가지 않았으면 어떻게 됐을까? 사실 그 사람이 날 사랑한다고 그랬거든……. 아니다, 아니야. 그럴 사람이 아니야. 나 같은 애를 사랑할 사람이 아니야. 거짓말이었겠지? 근데 그것도 아니야. 그런 거짓말을 할 사람도 아니란 말이야. 도대체 뭘까? 나한테 왜 그랬을까?"

태리가 머리를 쥐어뜯으며 괴로워했다.

"우와. 도대체 누구야? 우리 순진한 태리를 물들여 놨네! 그 새 끼 삼촌한테 일러 버리자!"

"으악! 아! 안 돼!"

갑자기 자리에서 벌떡 일어나서 손사래를 치는 태리를 이상하 게 바라보던 모아는 코코아를 후룹 들이켰다.

"하긴. 삼촌이 알면 그 섰남은 바로 작살나는 거지. 안 그래도 요즘 저기압이던데."

"저기압? 왜?"

그날 밤 이후 회사에 출근도 하지 않는 정표의 근황이 궁금했 던 태리가 조심스레 물었다. 그러자 모아는 열심히 입을 털기 시 작했다.

"삼촌 애인 생긴 건 내가 말했었나?"

태리는 몇 달 전에 모아에게서 정표가 대학교수와 선을 보고 잘 되어 가고 있다는 얘기를 들었었다. 그러니까 공식적으로 그는 애인이 있는 남자였던 것이다. 생각할수록 기가 막힌 일이었다.

"근데 그 인간 애인이랑 깨졌나 봐. 이번엔 오래가나 했더니. 그 인간 분명 차였을 거야."

모아의 말에 태리가 고개를 갸웃거렸다.

'갑자기 왜 이러세요! 애인 있으시잖아요!'

'헤어졌어.'

'왜요?'

'너 때문에.'

또다시 떠오른 그날 밤에 있었던 일 때문에 태리의 배 속이 근질거렸다.

왜 이러지? 이런 기분 정말 싫어!

태리는 두 눈을 꽉 감았다 떴다.

그나저나 애인이랑 헤어졌다더니 진짜였잖아? 왜? 정말 나 때문에?

"기다리는 여자가 있다나 뭐라나."

"뭐?"

"할아버지가 빨리 결혼하라고 보채니까 둘러댄 거겠지. 그 인간 말로는 좋아하는 여자가 있대. 근데 좀 기다려야 된대. 그게 도대체 무슨 말이야? 아무튼 그 얘기 하고 할아버지한테 삼촌 엄청 깨졌잖아. 푸훗. 쌤통!"

모아가 까르르 웃으며 신이 난 목소리로 재잘거렸다.

"할아버지는 삼촌이 지금 하는 일 엄청 싫어하잖아. 빨리 엔터 정리하고 자기 회사로 들어오라고 난리야. 근데 그놈의 고집을 누가 꺾겠어. 하여간 막내라 너무 오냐오냐 키웠다니까? 나이 서른이나 먹었으면 이제 정신 좀 차릴 때가 되지 않았나? 언제까지 그렇게 지 맘대로 살 거냐고! 어휴, 속 터져. 넌 그런 인간이 뭐가 멋있냐?"

"취소야."

"응?"

"존경하고, 멋있다고 한 거 취소할래."

금세 눈에 눈물까지 그렁그렁 맺힌 태리를 보며 모아는 고개를 갸웃거렸다.

"너 섬남 때문에 충격이 컸구나? 일어나! 오늘 내가 맛있는 거 사 줄게!"

모아가 자리에서 일어나며 아까 집에서 들고 나온 쇼핑백을 품에 안았다.

"근데 그건 뭐야?"

"김치! 엄마가 삼촌 갖다 주래. 점심 먹으러 가기 전에 삼촌 집에 잠깐 들르자!"

삼촌 집이라는 말에 태리가 화들짝 놀라며 횡설수설하기 시작했다.

"안 돼! 나 연습! 연습 있는 걸 깜빡했다! 나 먼저 갈게! 모아야 미안! 밥은 다음에 먹자!"

태리는 서둘러 가방을 들고 일어나 모아를 카페에 버려 둔 채 잽싸게 도망가 버렸다.

퍽! 퍼버벅! 퍼억!

정표는 넓은 정원 한가운데 세워진 샌드백에 미친 듯이 주먹을 내리꽂았다.

"젠장!"

주먹질을 멈춘 그는 씩씩거렸다. 문득 저번 주에 있었던 일이 떠오른 정표는 욕을 읊조리며 머리카락을 쥐어뜯었다.

미친놈. 그걸 못 참고 애를…… 젠장! 젠장!

놀라서 대성통곡하는 태리의 모습이 떠오르자 정표는 긴 다리를 들어 올려 샌드백을 발로 차 버렸다. 그래도 분이 안 풀리는지 갑자기 점프를 하며 돌려차기로 샌드백을 퍽 차 버리곤 바닥에 쾅 떨어져 버렸다.

마침 대문을 열고 들어온 모아가 바닥을 나뒹구는 정표를 보며 고개를 절레절레 흔들었다.

"드디어 미쳤네. 미쳤어."

갑자기 뒤에서 들려온 소리에 정표가 고개를 들었다. 열 살 어린 조카 손모아가 자신을 한심하게 내려다보더니 총총걸음으로 마당을 지나 집 안으로 들어가고 있었다.

"저게 진짜 지네 집인 줄 알아?"

정표는 일어나 옷에 묻은 잔디를 털어 내며 집으로 들어갔다.

힘없이 거실 소파에 털썩 앉아 버린 정표는 김치 통을 냉장고에 넣고 있는 모아를 가만히 보다가 입을 열었다.

"야. 손모아."

"왜?"

"너 지금 제일 갖고 싶은 게 뭐냐?"

갑자기 모아가 거실로 달려왔다. 그녀의 두 눈이 초롱초롱 빛났다.

"왜요 삼촌? 저 입학 선물 사 주시게요? 됐고요. 저는 용돈이면 됩니다."

애교를 떨며 모아가 손을 모아 내밀었다. 그런 모아를 가만히 보던 정표가 지갑에서 카드를 꺼내 내밀었다.

"우와! 이거 뭐야? 삼촌 미치셨어요? 기다리는 여자가 안 온

대? 차였어?"

"까분다?"

모아는 입을 꾹 다물고, 카드를 옷에 박박 문대곤 얼른 가방 속에 집어넣었다.

"돈 말고 없어?"

"있어!"

"뭔데?"

"남자 친구!"

남자 친구라는 말에 정표의 표정이 굳어졌다.

연애 금지를 풀어 달라고 요구하던 태리가 떠오른 것이다. 갑자기 살벌하게 굳어진 정표의 얼굴을 마주한 모아는 어색하게 웃으며 뒷걸음질 쳤다.

"네가 지금 남자 사귈 때냐? 공부나 해! 이것들이 정신이 빠져 가지고. 지금 때가 어느 땐데 뭐? 연애를 해?"

갑자기 흥분하는 삼촌을 보며 모아는 그가 마당에서 돌려차기를 하던 것이 떠올랐다.

실연 후유증인가? 아니지. 저 인간이 그런 정상적인 사람이 아닌데. 도대체 왜 저래?

"난 뭐 연애하면 안 되냐? 내가 삼촌 소속 연예인도 아니고. 내 연애사엔 관심 끄시고 태리나 관리 잘하셔!"

"뭔데? 걔 무슨 일 있어?"

"태리 얼마 전에 변태한테 당할 뻔했대!"

"변태? 어떤 새끼인데!"

당장 찾아가 아작을 낼 기세로 자리에서 벌떡 일어난 정표를 향해 모아가 말했다.

"몰라. 말 안 해 주던데? 근데 심각해! 그 변태가 억지로 집에 데려가서 너를 사랑하네 어쩌네 그러고…… 그리고…… 막 그런 거…… 그런 게 있어! 아무튼 그 변태 새끼 누군지 삼촌이 좀 알아봐 봐."

에이씨, 나잖아.

듣다 보니 내 얘기였다. 변태라고? 그 애가 날 그렇게 생각하고 있다 이거지?

젠장. 정표는 두 눈을 꽉 감았다 뜨며 한숨을 길게 내뱉었다.

"삼촌 무슨 일 있어? 왜 그래? 나 진짜 이 카드 써도 되는 거지?"

"어."

"오예! 내일 태리랑 쇼핑해야지."

태리라는 말에 정표의 귀가 쫑긋 세워졌다.

"작작 돌아다녀. 윤태리 데리고 남자 만나면 너 뒈진다?"

"어이구. 매니저 납셨네. 그 변태 때문에 태리 요새 남자만 봐도 기겁을 하더라."

"잘됐네."

"뭐?"

"너 빨리 집에 가라고."

"갈 거거든요?"

가방을 챙겨 들고 일어난 모아는 정표를 흘깃 째려보곤 밖으로 나가 버렸다.

거실에 혼자 남은 그는 간신히 마음을 진정한 후 욕실로 들어가 샤워를 했다. 드레스 룸에서 블루 니트에 블랙 팬츠로 갈아입고 왁스로 대충 머리를 만져 스타일링을 마친 그의 외모는 한층 더 빛이 났다. 그가 어디론가 전화를 걸었다.

"성원아. 너 일 똑바로 안 할래? 잘리고 싶나?"

— 죄송합니다. 대표님.

블루투스 이어폰을 귀에 꽂은 채 구두를 고르는 정표의 표정에 짜증이 가득했다.

"기사는?"

— 네. 다 막았습니다. 다른 애들은 알아서 잘 피해 다닌 모양인데, 태리 얘는 좀 얼빵해서…… 혼자 측면에 정면까지 빼도 박도 못하게 찍혔다니까요?

"너 기자들 앞에서도 누가 얼빵하다느니 멍청하다느니 떠들고 다니냐?"

— 아, 아니요! 절대 아니죠!

"캐스팅보드 김 감독 보여 줬어?"

정표가 대표로 있는 W픽처스는 영화 제작사 겸 배우 소속사다. 3년 전에는 걸그룹 프리티를 성공적으로 데뷔시키고 그가 작년에 제작한 영화는 천만 관객를 넘으며 현재 메이저급 제작사로 정평이 나 있었다. 또한 엄청난 현금 보유력을 자랑하던 그는 원래 투자자로서 더 유명했던 인물이었다.

— 네. 근데 남자 주인공이 별론가 봐요. 작가님이 장새결은 못

잡아 오냐고 물어보시던데요?

"장새결보다 더 비싼 놈으로 잡아 준다고 그래."

— 네. 그럼 그건 그렇게 전달하고. 태리 말인데요. 입학식 날 기자들 부를까요?

"그래야지."

태리는 수시나 특례 입학이 아니라 수능 성적으로 한국대에 당당히 입학했다. 그 애는 원래 머리도 좋은 데다가 어울리지 않게 은근 끈기 있는 노력파였다.

정표는 왠지 자신이 더 뿌듯했다. 물론 그 애는 이런 자신의 마음을 모르겠지만, 태리가 공부에 몰두할 수 있게 요 1년의 스케줄을 최소한으로 줄여 주고, 심지어 수능 한 달 전에는 자신이 직접 과외까지 해 줬다. 그 결과 그 애는 자신을 더 무서워하게 되었지만. 어쨌든 결과만 좋으면 되니까.

"그리고 전화 끊고 장새결 개인 핸드폰 번호 좀 알아봐서 나한테 넘겨."

— 네. 근데 뭐 하시려고요?

성원의 말에 대답할 생각이 없는지 정표는 마당을 지나 주차장으로 향했다.

"회사에 지금 누구 있어?"

— 기획팀이랑 안무실엔 프리티요. 애들 지금 새로 나온 안무 연습하고 있을 걸요? 대표님은 어디세요?

"사무실 가려고."

통화를 마친 정표는 서둘러 차에 올라탔다. 일주일 만에 윤태리 얼굴 좀 봐야겠다. 괜히 설렌다.

이제는 적응할 때도 됐건만. 정표는 아직도 자신이 그 애를 좋아하고 있다는 사실이 믿기지가 않았다.

언제부터…… 어째서 나는 너를 좋아하게 된 걸까?

정표는 있는 힘껏 차의 속도를 올렸다.

"또! 또 틀렸어, 윤태리!"

프리티의 리더이자 최고령 멤버 희주가 소리쳤다. 흐느적거리며 틀린 동작을 반복하던 태리는 결국 자리에 주저앉고 말았다. 멤버들이 수군거리더니 태리 주변으로 모여들었다.

"태리야. 무슨 일 있어? 요새 왜 그래?"

멤버들이 자신을 걱정스럽게 바라보자 태리가 조심스럽게 말문을 열었다.

"언니들……."

"응!"

"다들 남자랑……."

"응!"

"……자 봤어요?"

"으응?"

언니들의 눈치를 보며 기어 들어갈 듯한 목소리로 태리가 말하자 멤버들이 박장대소하기 시작했다.

"푸하하. 뭐야 이거? 윤태리! 너 이제 성인이라 이거지? 아, 진짜 귀여워!"

태리의 양 볼을 꼬집으며 멤버들이 시끄럽게 떠들어 댔다. 순식간에 와자지껄해진 연습실에 멤버들이 둥글게 모여 앉아 도란도란 얘기를 나누기 시작했다.

"설마 장새결?"

"아니요! 절대 아니에요!"

"그럼 누구야? 감히 우리 태리를 덮치려고 한 새끼가!"

"아니 그래도 거기까지 가서 참은 걸 보면 너한테 진짜 마음이 있는 거네!"

"언니! 아니지! 거기서 더 갔으면 성폭행이지! 태리 너 싫었잖아. 무섭고. 그렇지?"

"네. 근데……."

"근데?"

"집에 와서 생각해 보니까 조금, 음…… 궁금하기도 하고…….."

태리는 지금 자신이 무슨 말을 내뱉고 있는지 모를 정도로 혼란스러웠다. 갑자기 성에 눈을 뜬 태리를 멤버들은 어안이 벙벙한 표정으로 바라보았다.

"대박. 하긴. 그 나이 땐 그런 호기심 충분하지. 그렇다고 아무하고나 하면 안 됩니다. 막내님! 근데 도대체 누군데 그래? 연예인이야?"

"태리야 조심해라. 세상에 이상한 놈들이 얼마나 많은데. 특히 이 바닥."

"어? 대표님이다!"

멤버들이 화들짝 놀라 자리에서 일어났다. 유리문 너머로 이제 막 회사에 들어선 정표가 보였다. 태리는 슬금슬금 언니들 뒤로 숨었다.

"오늘도 완전 섹시해. 저 사람은 왜 저렇게 점점 잘생겨지냐?"

"야. 넌 저게 섹시하냐? 우리 엄청 한심하게 쳐다보는 저 눈빛이?"

앉아서 노닥거리는 멤버들을 한심하다는 표정으로 바라보며 정표가 연습실에 들어섰다. 이윽고 멤버들은 강제 음소거 모드로 들어갔다. 일렬종대로 서 있는 멤버들을 감시하듯 바라보던 정표의 옆에 성원은 의자를 내려놓았다. 정표가 의자에 앉았다. 성원이 멤버들 머릿수를 세다가 멤버들 뒤에 숨어 있는 태리를 보며 소리쳤다.

"윤태리! 넌 왜 거기 서 있어! 나와!"

태리는 쭈뼛거리며 맨 끝에. 그러니까 정표 바로 앞에 섰다.

그날 이후 정표를 마주한 건 처음이다. 태리의 얼굴이 벌겋게 달아올랐다. 왠지 식은땀도 나는 것 같고, 자꾸만 그날 밤 야한 소리를 내며 키스를 해 오던 정표의 얼굴이 떠올랐다. 그리고 불끈 솟아오른 그것을 보고 놀라서 도망간 일까지…… 태리는 침을 꼴깍 삼켰다.

미쳤어.

금방이라도 울 듯한 얼굴로 이마에 흐르는 땀을 닦아 내고 있는 태리를 보며 정표는 미간을 찌푸렸다.

"대표님 바쁘시니까. 빨리 한번 맞춰 보자!"

성원의 말에 멤버들이 각자 위치로 돌아갔다.

쿵쾅쿵쾅.

스피커를 비집고 노랫소리가 크게 들려왔다. 태리는 아까부터 계속 자신만 노려보고 있는 정표의 시선 때문에 정신이 아찔했다. 떨려서 손과 발이 움직여지지가 않았다. 계속 혼자만 안무를 틀리는 태리를 멤버들과 성원이 걱정스레 바라보았다.

저러다 정 대표한테 눈물 쏙 빠지게 혼나지.

아니나 다를까 정표의 살벌한 음색이 들려왔다.

"스톱."

정표가 한쪽 손을 들어 올렸다. 성원이 재빨리 노래를 껐다.

"윤태리. 너 이리 와."

아랫입술을 깨물며 태리가 정표 앞에 섰다.

"똑바로 안 하냐?"

"……."

정표가 자리에서 일어나자 화들짝 놀란 태리가 뒷걸음질 쳤다. 태리의 행동에 정표는 황당한 표정으로 태리를 내려다보았다.

평소 혼전 순결을 강조하던 멤버 소윤이 아까부터 계속 뭔가를 고민하더니 결국 입을 열고야 말았다.

"대표님! 태리가 많이 아파요! 사실 얼마 전에……."

설마 아니겠지? 태리가 간절한 눈빛으로 소윤을 바라보았다.

"어떤 놈이 자기 집으로 태리를 데려갔대요! 데려가서 억지로 스킨십하고, 사랑하니까 같이 자자고 꼬시고, 그래서 지금 태리 아파요! 마음이. 아마 안무가 제대로 안 될 거예요. 대표님이 그 자식 좀 찾아서 혼내 주세요!"

정표의 표정이 떨떠름하게 굳어졌다.

온 동네방네 다 소문 내고 다니는군.

자신에게 꽂힌 정표의 시선을 피해 태리는 언니들을 향해 그만 하라며 간절한 얼굴로 고개를 절레절레 흔들었다.

"진짜 양심도 없는 놈. 교복 벗은 지 얼마 되지도 않은 애를! 신고해야 되는 거 아니에요? 대표님! 가만히 계실 거예요?"

소윤이 따져 묻자 정표의 아래턱에 힘이 들어갔다.

"윤태리. 따라와."

정표는 조용히 뒤를 돌아 사무실로 들어가 버렸다.

"태리야, 이제 다 끝났어. 괜찮아. 너무 걱정하지 마. 대표님이 알아서 잘 해결해 주실 거야."

소윤은 정정표 대표를 무한 신뢰하고 있었다.

자신의 속도 모르고 대표님은 믿어도 된다, 대표님이 다 해결해 줄 거다 떠들어 대는 언니들을 원망스레 보던 태리는 대표실로 향했다.

노크를 하고 떨리는 마음으로 문을 열고 들어간 태리는 짧게 심호흡을 했다. 커피 머신이 돌아가는 소리와 함께 진한 아메리카노 향이 났다. 의자에 앉아 있던 정표가 자리에서 일어났다. 그리고 리모컨으로 블라인드를 내렸다.

움찔. 놀란 태리가 불안한 눈으로 정표를 바라보았다. 그가 점점 자신이 서 있는 곳으로 다가오자 태리는 슬금슬금 구석으로 도망갔다.

"야. 너 왜 도망가? 이리 와."

정표는 손을 뻗으며 태리를 따라 구석으로 향했다.

"으악!"

갑자기 태리가 괴성을 지르며 몸을 움츠렸다.

"또 뭐, 뭐 하시려고요! 여기 사무실인데요!"

"알아. 나 아무 짓도 안 해! 그러니까 이리 와."

"아무 짓도 안 한다면서 블라인드는 왜 내려요?"

"윤태리."

그가 횡설수설 말을 내뱉는 태리의 이름을 부드러운 음성으로 불렀다. 조금 진정이 된 태리가 고개를 들었다.

그가 두 팔을 벌리며 턱 끝으로 자신의 품을 가리켰다.

태리가 고개를 갸웃거리며 그를 올려다보았다. 그러자 그가 한숨을 길게 내뱉으며 태리의 팔을 끌어당겨 품에 안아 버렸다.

정표의 가슴에 얼굴을 묻은 태리는 어쩐지 더 이상 도망가야겠다는 생각이 들지 않았다.

정표가 태리의 머리를 부드럽게 쓰다듬다가 품에서 떼어 냈다.

영문을 몰라 얼떨떨한 얼굴의 태리를 향해 정표가 말했다.

"미안해."

"네?"

"내가 잘못했어. 그리고 지금부터 내가 하는 말 잘 들어."

"……."

"혹시라도 다음에 나 말고 다른 놈이 너한테 그런 짓을 한다거나 하려고 하면 나한테 바로 얘기해. 콜라 한 잔이라도 남자가 공짜로 주는 건 받아먹으면 안 돼. 세상에 공짜는 없거든. 알았어? 그리고 방금처럼 막 티 내면서 도망 다니지 마. 남자들은 그런 거에 더 환장하거든? 항상 조심하란 말이야! 알았어?"

"아…… 네. 아, 그럼 저번에 저한테 그렇게 하신 거요. 혹시 저를 위해서 예행연습? 뭐 그런…… 거였어요?"

"그렇지."

"아…… 아! 감사합니다."

갑자기 밝아진 기색으로 가슴을 쓸어내리며 태리가 말했다.

"저는 또 대표님이 저 좋아하는 줄 알고……."

"아. 내가 너 좋아하는 줄 알았어, 윤태리?"

정표가 우쭈쭈 모드로 얘기하자 태리는 신이 난 목소리로 말했다.

"네! 대표님이 좋아하지도 않는 여자한테 그렇게 막 이상한 짓 하고 그러실 분이 아닌데……. 그럼 진짜 나를 좋아해서 그랬나 했어요. 연애 금지도 나만 안 풀어 주고, 평소에도 저한테 조금 애정이 남달라 보인다고 주변에서 그렇게 말하고 뭐…… 그래서 오해했지 뭐예요."

"윤태리."

"네!"

"눈치가 빨라졌네?"

정표가 피식 웃으며 말했다.

태리는 갑자기 이제껏 그가 사 주었던 옷과 신발들이 떠올랐다. 물론 모아와 함께 받은 선물들이었지만. 5분 전에 그가 했던 말이 머릿속을 어지럽혔다.

콜라 한 잔이라도 남자가 공짜로 주는 건 받아먹으면 안 돼. 세상에 공짜는 없거든.

3

[윤태리 트위터]

여유롭게 의자 등받이에 등을 기댄 채 웹 사이트에 접속한 정표의 두 눈이 휘둥그레졌다. 그는 상체를 벌떡 일으켜 책상 쪽으로 의자를 당겨 앉아 노트북을 가슴께로 잡아당겼다. 실시간 검색어에 태리의 이름이 떠 있었다.

이건 또 뭐야?

최신 뉴스를 검색해 보니 태리가 트위터 계정을 만들어서 이슈가 되었다기보다는 프리티의 인기 멤버들이 태리의 트위터에 축하 댓글을 남겨 프리티 멤버들 간의 우정이 화제가 된 것이었다. 일종의 언론플레이였다. 아침부터 회사 홍보팀 직원들이 바쁘게 움직인 이유를 알 것 같았다.

홍보팀에서는 이번에야말로 프리티를 국내는 물론 아시아 최정상 걸그룹으로 만들어 보겠다며 자극적이고 공격적인 마케팅도 마다하지 않겠다는 의지를 내보였었다.

홍보팀의 첫 번째 성과인 실시간 검색어를 바라보던 정표는 태리의 트위터에 접속했다.

그 애의 셀카 밑에 달린 해시태그가 가관이었다.

콜라 금지

정표가 떨떠름한 표정으로 길게 한숨을 내뱉었다.

이딴 건 왜 올린 거지? 나 보라고 쓴 건가?

정표는 신경질적으로 일어나 사무실 밖으로 나가 연습실 문 앞에 섰다.

연습실 안에서는 프리티 멤버들이 삼삼오오 모여서 수다를 떨다가 문 앞에 서 있는 정표를 보더니 황급히 일어나 스트레칭을 하기 시작했다. 정표가 미간을 찌푸렸다.

그 한심한 무리들 속에 태리는 보이지 않았다.

"윤태리는?"

"아까부터 안 보이던데…… 찾아서 데리고 올까요?"

일어나서 태리를 찾아보려고 하는 소윤을 향해 한쪽 손을 들어올려 제지하고 정표가 밖으로 나갔다.

복도를 어슬렁거리며 태리를 찾던 정표는 살짝 열린 비상계단 문 틈새로 들려오는 소리에 귀를 기울였다.

"어? 결제? 이거 어떻게 하는 거지? 어렵다……. 휴."

정표가 조심스레 문을 열고 비상계단으로 향했다.

난간에 걸터앉아 핸드폰을 만지작거리는 태리의 모습이 보였다.

"너 거기서 뭐 하냐?"

"으악!"

화들짝 놀란 태리가 재빨리 핸드폰을 뒤로 숨겼다.

태리의 수상한 행동을 유심히 관찰하던 그는 안 되겠는지 계단을 성큼성큼 올라가 손바닥을 내밀었다.

"내놔."

"싫어요!"

갑자기 태리가 쩌렁쩌렁 큰 목소리로 소리치자 정표의 두 눈이 가늘어졌다.

분명 뭔가 있는데…….

"너 방금 뭐 하고 있었어?"

"카…… 카톡요!"

"누구랑?"

"모아요!"

"진짜야?"

"네!"

"트위터는 갑자기 왜 만들었어?"

정표는 의심스러운 눈초리로 태리가 들고 있는 핸드폰을 노려보았다.

그럴수록 태리는 더 깊숙이 핸드폰을 숨긴 채 잠시 잠깐 정표의 눈치를 흘끔 보더니 재빨리 계단을 내려가 밖으로 도망가 버렸다.

잡을 새도 없이 순식간에 도망가 버린 태리가 지나간 자리를 어안이 벙벙한 얼굴로 보던 정표는 투덜거리며 다시 사무실로 들어갔다.

그리고 매니저 성원을 불렀다.

"대표님. 요새 출근이 잦으시네요?"

"윤태리 핸드폰 압수해 와."

"네? 왜요? 걔 핸드폰 만든 지 이제 겨우 한 달 됐는데요?"

"지금 말대꾸하냐?"

"에이. 걔 좀 그만 풀어 줘요! 대표님이 다 차단시켜 놔서 애가 바보가 됐다니까요. 친구도 없어, 농담도 못 알아먹어, 할 줄 아는 게 하나도 없어요. 핸드폰 생겨서 좋아라 하던데. 트위터도 어제 열심히 공부해서 만들었다고요. 한번 봐줘요. 불쌍하잖아요."

"불쌍하다고 봐주다 걔한테 무슨 일 생기면 네가 책임질 거야? 책임질 사람은 나라고."

"아니 도대체 핸드폰으로 무슨 일이 생긴다고……. 대표님 태리 너무 과보호하시는 거 아니에요? 자, 잠깐! 설마…… 혹시?"

찔리는 구석이 아주 많은 정표가 버럭 소리쳤다.

"뭐 인마!"

성원이 의심스러운 눈초리로 말했다.

"혹시 태리가 우리 회사 우량주였어요? 배우 쪽으로 전향시키실 생각? 그래서 미리부터 관리 들어가신 거?"

"야. 꺼져."

성원을 쫓아낸 정표는 다시 노트북을 열어 태리의 트위터에 접속했다. 괜히 그 애의 프로필 사진만 노려보던 정표는 갑자기 떠오른 생각에 팔로우 명단을 살펴보았다. 신경질적으로 스크롤을 내리며 자체 검열을 하던 정표의 표정이 곧 굳어졌다.

장새결.

이 자식이 왜 여기 있어? 윤태리, 아까 이 새끼랑 문자한 거 아니야?

쾅!

노트북을 덮어 버린 정표는 자리에서 벌떡 일어났다.

사무실 안을 왔다 갔다 하던 그가 창가에 붙어 블라인드를 살짝 내렸다. 창문 너머로 연습실에서 프리티 멤버들이 안무 연습을 하고 있는 모습이 보였다.

긴 생머리를 질끈 묶은 채 긴 팔과 다리를 움직이며 안무 연습에 빠진 태리의 뒷모습을 지켜보던 정표의 시야로 구석 테이블 위에 놓인 그 애의 핸드폰이 들어왔다.

마침 쉬는 시간인지 멤버들이 우르르 몰려 연습실을 나가 휴게실로 향했다. 텅 빈 연습실을 가만히 지켜보던 정표는 재빨리 사무실 문을 열고 나와 테이블 위에 그 애가 놓고 간 핸드폰을 손에 쥐었다.

득템이다.

아무렇지 않은 척 애써 태연하게 빠른 걸음으로 사무실에 다시 들어온 정표는 태리의 핸드폰을 탐색하기 시작했다.

최근 통화 목록과 주소록엔…….

손모아, 정정표 대표님, 매니저 오빠…… 그 외 프리티 멤버 다섯, 고등학교 때 같은 반이었던 친구 셋. 그게 전부였다.

그 애에게 가족은 없었다.

갑자기 짠한 마음이 들기 시작했다.

아까 뭐 하냐고 물어봤을 때 카톡 했다더니 그 흔한 카톡 어플도 깔려 있지 않았다.

도대체 핸드폰으로 뭘 한 거야?

가만히 핸드폰을 내려다보던 정표는 가운데 버튼을 길게 눌러 최근 작업 목록에 들어갔다.

눈을 가늘게 뜨고 태리가 접속했던 사이트를 가만히 들여다보던 정표의 표정이 순간 멍해졌다.

그 애가 접속했던 사이트는 영화 다운로드 사이트인데 성인 인증을 하려다가 실패한 모양인지 오류 결제창이 큼지막하게 떠 있었다.

그 애가 결제를 하려던 영화는 화끈한 베드신으로 최근 선풍적인 인기를 끌었던 영화였다.

"와. 진짜 얘 미친 거 아니야?"

정표의 얼굴에 미소가 번졌다. 참으려고 해도 참아질 수 없는 미소였다.

"왜 이렇게 귀여워?"

정표는 속에서 뜨거운 것이 들끓어 미칠 것 같았다. 하지만 완전범죄를 위해 핸드폰을 제자리에 갖다 놓으려고 밖으로 나가려는 순간, 밖에서 태리가 달려 들어왔다. 뒤늦게 핸드폰을 두고 온 것이 떠오른 모양이었다. 테이블 위에 올려 두었던 핸드폰이 보이지 않자 그 애가 고개를 갸우뚱거리며 자신의 옷 주머니를 뒤지더니 이윽고 연습실 구석구석을 뒤지기 시작했다.

정표는 핸드폰을 손에 꽉 쥐었다.

이걸 어쩐다.

그때 성원이 연습실에 들어오는 것이 보였다. 그 애는 성원에게 핸드폰의 행방을 묻는 듯 보였다. 그러자 성원의 손가락이 뜬금없이 자신의 사무실 쪽을 가리켰다. 정표는 재빨리 블라인드를 내리고 책상 앞에 앉았다.

그리고 책상 서랍을 열어 태리의 핸드폰을 내던졌다.

쾅!

때마침 사무실 문이 열리고 태리가 들어왔다.

정표는 태연한 척 굳은 표정으로 말했다.

"노크하고 다시 들어와."

정표의 날카로운 표정에 잔뜩 겁먹은 태리가 입을 삐죽 내밀며 밖으로 나가 노크를 하고 다시 들어왔다.

정표는 남몰래 웃음을 삼켰다.

"무슨 일이야?"

"대표님 혹시 제 핸드폰 가져가셨어요?"

"아니. 왜?"

"성원 오빠가 제 핸드폰 대표님한테 압수당할 거라고 해서요. 진짜 대표님이 가져가신 거 아니에요?"

"어. 아니야. 내가 네 핸드폰을 왜 가져가?"

"아. 네……."

"나가."

"네……."

이마를 긁적이던 태리가 나가려다가 다시 뒤를 돌았다.

"정말 아니에요?"

"어!"

그가 괜히 찔려서 더 짜증스러운 얼굴로 말했다. 태리가 정표의 굳어진 얼굴을 보며 자신의 마음속에 드는 의심을 억지로라도 풀어 보려고 애를 쓰던 그때, 어디선가 노랫소리가 울리기 시작했다.

프리티 1집 앨범에 수록된 곡 중 태리가 가장 좋아하는 곡이었다.

그건 어제 소윤에게 선물 받은 벨소리가 분명했다.

한참 울리던 벨소리가 드디어 멈췄다.

몇 초간 정적이 흐르고.

그 애의 미간이 좁혀지더니 도톰하고 앙증맞은 작은 입술이 삐죽 튀어나왔다. 그러곤 아랫입술을 꾹 깨물었다. 화를 삭이는 중인가 보다.

씩씩. 그 애의 콧바람 소리가 들렸다. 갑자기 그 애가 성큼성큼 걸어 내 책상 앞에 섰다.

"주세요!"

정표가 떨떠름한 표정으로 한 번 더 잡아떼 볼까 하다가 노선을 바꿨다.

"너 핸드폰 압수야!"

"왜요?"

"몰라서 물어?"

"……."

정표가 자리에서 일어나 태리를 물끄러미 바라보다가 피식 웃어 버렸다.

"어린게. 이상한 거나 다운 받고 말이야."

"뭐, 뭘요!"

태리의 얼굴이 벌겋게 달아올랐다.

"뭐가 궁금했는데?"

태리가 우물쭈물하자 또 장난기가 발동한 정표가 심각한 표정으로 말했다.

"근데 말이야. 영화 봐도 소용없을 텐데? 중요한 건 안 나오거든."

"!"

"영화 보고 공부할 생각 말고 그냥 나한테 배워."

"……저 ……저는 사랑하는 사람이랑 할 거예요!"

"내가 너 사랑한다니까?"

"아니요. 제가 사랑하는 사람이랑 한다고요!"

"사랑해 주는 사람이랑 하는 게 좋을 텐데?"

"왜요?"

"해 보면 알아. 해 볼래?"

흔들린다. 그 애의 눈빛이 흔들린다. 고민하는 중인가?

혼자 김칫국을 마시던 정표의 목울대가 크게 꿀렁거렸다. 마른 침을 삼키며 대답을 기다리던 정표의 표정에 사뭇 긴장하는 기색이 물었다.

"싫어요!"

별안간 태리가 소리 지르더니 밖으로 나가 버렸다.

"젠장. 뭘 기대한 거야?"

괜히 김이 샌 정표는 의자에 털썩 앉아 버렸다.

그때 또 방정맞은 태리의 핸드폰 벨소리가 들려왔다. 정표는 서랍 문을 거칠게 열어 아까부터 전화를 해 대는 놈이 누군지 확인하려고 액정을 내려다보았다.

손모아였다. 정표가 신경질적으로 전화를 받았다.

"야! 넌 친구가 윤태리밖에 없냐? 전화 좀 작작해! 연습 중이잖아!"

— 뭐야. 태리 전활 왜 삼촌이 받아?

"카드나 도로 가져와."

— 뭐야. 뭐야! 아직 안 썼단 말이야. 오늘 태리 연습 끝났으면 빨리 퇴근시켜 줘! 같이 쇼핑하러 가게.

잠시 생각에 잠겨 있던 정표가 조금 수그러진 목소리로 말했다.

"어디로 갈 건데?"

— 그건 알아서 뭐하게?

"어디서 몇 시까지 놀 건지 말해. 안 그럼 윤태리 오늘 퇴근 안 시켜."

"태리야! 이거 죽이지?"

가로수길. 자주 가는 편집숍 탈의실에서 원피스를 갈아입고 나온 모아가 태리의 이름을 부르며 호들갑을 떨었다. 넋이 나간 얼굴로 앉아 있던 태리가 화들짝 놀라 눈앞에 선 모아를 올려다보았다. 평소 즐겨 입던 스타일이 아닌 몸에 착 달라붙는 원피스를 입은 모아를 보곤 태리는 저도 모르게 '우와!' 하며 감탄사를 연발했다. 태리의 두 눈이 휘둥그레졌다.

"진짜 어른 같아!"

"음하하. 그렇지? 우린 이제 성인이니까."

모아가 섹시한 포즈를 취하며 빙긋 웃었다. 그녀를 부럽게 바라보던 태리를 향해 모아가 말했다.

"너도 도전해 봐!"

"대표님이 교복 치마보다 짧은 건 입지 말……."

"야! 넌 맨날 대표님, 대표님. 삼촌이 네 인생 대신 살아 줄 것도 아니고. 입고 싶으면 그냥 입어!"

가방과 신발을 둘러보던 모아가 고개를 휙 돌려 태리를 의심스럽게 바라보며 물었다.

"혹시 삼촌이 너한테……."

"어? 대표님이 뭘! 나, 나한테 아무 짓도 안 했어!"

"아무 짓도 안 하긴. 너 핸드폰 뺏겼다며! 그 인간 도대체 왜 그러냐? 완전 꼰대! 지는 우리 나이 때 더 심했으면서."

투덜거리는 모아를 흘끔 보던 태리가 궁금증이 가득한 얼굴로 조심스레 물었다.

"대표님 스무 살엔 어땠어?"

"어떻긴 내가 얼굴을 본 기억이 없다 없어. 집엘 안 들어왔어."

"왜?"

"모르지. 밖에서 뭐 하고 다녔는지."

"……여자, 많았겠지?"

"따라다니는 여자는 많았지. 근데 그 인간이 좋아하는 여잔 본 적이 없어. 그런 인간이 무슨 여자를 기다린대. 그러니까 아무도 안 믿지. 이건 비밀인데 나 조만간 외숙모 생길지도 몰라?"

태리가 뾰로통한 얼굴로 구두를 신어 보며 주절거리는 모아를 바라보았다.

"할아버지가 마음에 든 여자를 구한 모양이야. 삼촌 곧 소환될 예정. 어차피 정략결혼이긴 하지만 그 여자 벌써부터 불쌍하다니까? 그 인간이랑 결혼을 하다니……. 쯧쯧."

결혼…….

결혼이라고?

태리는 어쩐지 가슴 한구석이 쥐어짜듯 아파 왔다.

대표님이 결혼하는 건 상상도 안 해 봤어.

어쩐지 썩 유쾌한 상상은 아니었다. 태리는 길게 한숨을 내뱉었다.

"그나저나 너 진짜 요새 왜 그래? 잘 웃지도 않고. 무슨 일 있지?"

모아가 마음에 든 구두를 들고 총총걸음으로 달려와 태리 옆에 앉으며 주변 눈치를 스윽 보더니 속삭였다.

"혹시 섯남이 괴롭혀?"

"!"

"뭐야. 또 비밀이야?"

모아가 입을 삐죽 내밀자 태리가 조심스레 입을 열었다.

"······떨려."

"응?"

"원래 안 그랬는데····· 그 뒤로 그 사람만 보면 떨려. 심장이 두근거리고, 식은땀도 나고······."

"엥? 섰남을 보면 가슴이 떨린다고? 그거 좋아하는 거 아니야?"

"아니야! 나 그 사람 안 좋아해!"

"떨린다며. 원랜 안 그랬는데 스킨십 이후 생긴 현상이라····· 너 설마 그 남자랑 하고 싶었던 거 아니야?"

"아니야!"

태리가 두 손으로 머리를 감쌌다.

"아니긴! 맞는 것 같은데?"

"아닌데······."

"태리야. 나 사실 그 섰남 누군지 다 알아!"

태리가 화들짝 놀라 모아를 바라보자, 모아가 빙긋 웃었다.

"장새결이지?"

섰남이 자기 삼촌이라고는 꿈에도 생각하지 못한 모아의 반응에 태리는 안도의 한숨을 내뱉으며 고개를 절레절레 흔들었다.

"에? 정말 아니야? 클럽에서 키스했다며. 그다음 얘기는 왜 안 해 주는 건데?"

그거야 그 뒤는 대표님이…….

태리는 그날 밤 그의 집 소파에서 있었던 일들이 또다시 머릿속에서 리플레이되기 시작했다. 고개를 절레절레 흔들며 괴로워하는 태리를 흘끔 보던 모아는 옷과 구두를 들고 가방에서 카드를 꺼내 일어났다.

"너 딱 기다려! 일단 계산부터 하고 얘기하자!"

모아가 카운터로 향했다. 뒤늦게 고개를 든 태리는 앞에 놓인 거울 속 자신의 모습을 멍하니 바라보며 자책했다.

"바보……."

그나저나 대표님은 정말 나를 좋아하는 걸까? 아니야 말도 안 돼. 나 같은 애를 좋아할 리가 없잖아.

태리는 한숨을 길게 내뱉으며 일어나 편집숍 주인과 얘기 중인 모아에게로 향했다.

"정지된 카드라고요? 그럴 리가 없는데…… 잠깐만요."

모아가 고개를 갸웃거리며 핸드폰을 들어 어디론가 전화를 걸었다.

"삼촌! 어떻게 된 거야? 정지된 카드잖아!"

삼촌? 태리가 통화 중인 모아의 목소리에 귀를 기울였다.

"알았어. 어. 응!"

신경질적으로 전화를 끊은 모아를 향해 태리가 조심스레 물었다.

"왜? 대표님이 뭐라고 했는데?"

"카드 정지됐다니까 지금 근처라고 오겠대."

"누가?"

"누구긴 누구야, 너네 대표지. 그 인간은 왜 정지된 카드를 주고 난리야? 완전 황당하네."

"대표님이 온다고? 여길? 지금?"

어쩔 줄을 몰라 하는 태리를 당황스러운 표정으로 보던 모아가 그녀의 어깨를 토닥였다.

"걱정 마. 안 혼나! 이 인간 어차피 나 너랑 같이 있는 거 다 알아. 내가 너랑 쇼핑한다고 말했거든. 앉아서 조금만 기다리자……가 아니라…… 뭐야, 벌써 왔어? 대박."

도망갈까 생각 중이던 태리의 몸이 그대로 굳어졌다. 마침 편집숍 문을 열고 들어온 정표와 두 눈이 딱 마주친 것이다.

정표는 태연한 얼굴로 모아와 태리가 있는 곳으로 성큼성큼 걸어갔다. 정표는 얼굴이 벌게진 태리를 미간을 찌푸리며 바라보다가 모아 쪽으로 시선을 돌렸다.

"다 샀어?"

"넵! 삼촌. 다 샀어요."

"넌 내가 지갑 꺼낼 때만 존댓말이냐?"

"네! 빨리 계산해 주시어요!"

지갑을 꺼내던 정표가 태리를 흘겨보았다.

"야! 윤태리!"

"네?"

넋이 나간 얼굴로 대답하는 태리를 탐탁지 않은 눈으로 바라보던 정표가 괜한 헛기침을 하며 무심한 척 말했다.

"네 옷은 왜 없어? 네 것도 가져와."

"괜찮아요."

"입학식 때 기자들 불렀어. 그때 입을 옷 고르라고."

"아니에요! 저…… 그냥 집에 있는 옷 입을래요."

성의를 무시당한 정표의 표정이 무섭게 굳어졌다.

정표의 눈치를 보던 모아가 태리의 옆구리를 찌르며 물었다.

"새삼스럽게 너 왜 그래? 뭐야, 웬 식은땀? 어디 아파?"

걱정스레 묻는 모아의 시선을 피하며 태리가 고개를 절레절레 흔들었다. 한겨울에 이마에 송골송골 맺힌 땀을 손등으로 닦아 내며 태리는 손부채질을 했다. 그런 태리를 보며 모아는 고개를 갸웃거렸다.

하는 수 없이 모아의 물건들만 결제를 하고 편집숍을 나온 정표는 곁눈질로 뒤따라오는 녀석들을 확인하며 편집숍 바로 옆 건물 레스토랑으로 향했다.

"삼촌! 어디가! 주차장은 반대쪽인데?"

"배고파. 밥 먹고 가자."

"우와! 웬일? 밥까지 쏘는 거야?"

모아가 신이 난 표정으로 태리를 끌고 정표의 뒤를 따라 레스토랑 안으로 들어갔다. 웨이터를 따라 룸으로 향한 세 사람은 테이블에 빙 둘러 앉았다. 주문한 음식이 나오자 모아가 들뜬 표정으로 파스타를 포크로 돌돌 말기 시작했다.

"여기 예약 없이 들어오기 힘든데, 설마 삼촌이 예약한 거야?"

"어."

"엥? 왜?"

"약속 있었어."

"누구? 애인? 아니지. 얼마 전에 차였잖아."

"입 다물고 그냥 먹어!"

아까부터 한 마디 말도 없이 샐러드만 먹는 태리를 의식하던 정표는 괜히 모아에게 버럭 성질을 내 버렸다.

그의 바람대로 모아가 입을 다물어 버리니 정적이 흘렀다. 얼마 지나지 않아 그 정적을 깨고 모아의 핸드폰 벨소리가 요란하게 울려 댔다.

"엄마! 응. 지금 삼촌이랑 태리랑 저녁 먹고 있……는데. 그게 어떻게 된 거냐면…… 난 정말 의대는 적성에 안 맞는단 말이야. 지금 오라고? 밥은 먹…… 알았어! 지금 가면 될 거 아니야!"

전화를 끊은 모아가 시무룩한 표정으로 태리를 바라보았다.

"나 심리학과 입학하는 거 엄마한테 걸렸다? 우이씨…… 누가 얘기했지? 할아버진가? 울 엄마 눈치 없어서 누가 말해 주지 않는 이상 절대 못 알아챘을 텐데……."

모아의 의심스러운 눈초리가 스테이크를 썰고 있는 정표에게로 향했다. 태연하게 고기를 한입 크기로 썰어 입에 넣으며 정표가 말했다.

"그 아줌마 화나면 무서운 거 알지? 빨리 가 봐."

모아가 외투를 걸치며 가방을 들고 일어나 부들부들 떨리는 손가락으로 정표를 가리키며 소리쳤다.

"복수할 거야!"

그렇게 모아는 정표가 사 준 선물들을 품에 안고 룸을 **빠져나**
갔다.

드르륵.

의자 끌리는 소리에 정표가 고개를 들었다.

태리가 의자에서 일어나 주섬주섬 외투를 챙겨 입기 시작했다.
정표가 황당한 얼굴로 물었다.

"너 지금 뭐 하냐?"

"저도 이만 가 보겠습니다."

"나 식사 중인 거 안 보여?"

"보이는데요……."

"예의 없게 굴지 말고 앉아."

정표가 굳은 표정으로 정 대표처럼 말하자 태리는 금세 주눅이
들어 다시 자리에 앉았다.

"벗어."

"네?"

태리가 두 손으로 제 몸을 가리며 황당한 표정으로 정표를 노
려보았다.

아. 진짜 저게…….

정표가 피식 웃으며 말했다.

"외투 벗으라고. 집에 가려면 멀었으니까."

태리가 고집스럽게 고개를 절레절레 흔들자 정표의 아래턱에
힘이 들어갔다. 정표는 웨이터를 불러 와인 한 병을 주문했다. 그
는 잔에 와인을 따르며 이마에 땀이 송골송골 맺혀 있는 태리를

보더니 자리에서 일어났다.

움찔.

태리가 움찔거리자 정표는 기분이 상했는지 투덜거렸다.

"야. 내가 미쳤냐? 여기서? 걱정 마. 안 건드려."

정표가 신경질적으로 창문을 활짝 열어 버렸다. 코가 시릴 정도의 찬바람이 휭— 요란한 소리를 내며 정표의 앞머리를 보기 좋게 넘겼다.

테이블에 앉아 있는 태리의 코끝으로 정표의 향수 냄새가 은은하게 스며들어 왔다. 태리는 맞은편에 와이셔츠 차림으로 앉은 정표를 보며 걱정스레 물었다.

"안 추워요?"

"어쩔 수 없잖아. 네가 안 벗으니까. 밥 먹다가 추워 죽든지 말든지 신경 쓰지 마."

벌써 손과 귀가 벌게진 정표를 보며 좌불안석이던 태리는 힘없이 자리에서 일어나 창문을 닫고 외투를 벗었다. 태리가 자리에 앉자 흡족한 표정의 정표가 와인을 들어 흔들었다.

"마실래?"

"아니요."

"요즘 내가 하자는 건 다 싫다고 하네? 너 원래 내 말 잘 들었잖아. 반항하냐?"

"대표님이 남자랑 단둘이 술 마시지 말라고 하셨잖아요."

"아…… 그래? 다행이네."

"뭐가요?"

"이제야 내가 남자로 보여?"

"그…… 그런 게 아니라!"

"밤마다 내 생각나지?"

"좋은 의미로 생각나는 건 아니에요!"

"어쨌든 네가 날 생각하는 건 나한텐 좋은 의미야."

와인을 한 모금 들이켠 정표는 주머니에서 새 핸드폰을 꺼내 태리에게 내밀었다.

"이게 뭐예요?"

"오늘 출시된 거야. 앞으로 그거 써."

"제 핸드폰은요? 전 그게 좋은데……."

"그게 더 비싼 거야. 고화질 영화도 무제한으로 볼 수 있게 설정해 놨어. 아. 성인 영화도."

"……."

태리가 어금니를 꽉 깨물며 고개를 숙였다.

"아 맞다. 너 기계치지? 내가 핸드폰 사용법 가르쳐 줄까? 밥 먹고 우리 집 갈래?"

"대표님!"

태리가 고개를 치켜들었다.

갑자기 소리를 버럭 지르는 태리의 행동에 정표가 화들짝 놀라 괜히 태연한 척 와인을 들이켜며 먼 산을 쳐다봤다.

"도대체 요즘 저한테 왜 이러세요?"

울먹이는 태리의 얼굴을 정표가 조금은 걱정스레 바라보았다.

"그렇게 막 이상한 말 하고, 그러는 거 제가 무슨 의민지 모른다고 생각하세요? 저도 이제 다 알거든요!"

"알아? 모르는 것 같은데?"

"알아요! 저 놀리시는 거잖아요……."

"거봐. 모르네."

정표가 심드렁한 표정으로 와인 잔을 내려놓았다.

태리가 두 주먹을 불끈 쥐고 애원하듯 말했다.

"네. 저요 몰라요. 몰라! 대표님이 왜 이러는지는 정말 모르겠어요. 도대체 저한테 왜 이러세요? 제발 원래 모습으로 돌아가 주세요!"

"싫어. 난 지금이 좋아."

"이게 뭐가 좋아요? 저는 대표님한테 이렇게 버릇없이 화를 내야 하고……."

"네가 나한테 화도 내고, 싫다고 말해서 좋다고. 무조건 알겠습니다. 네, 네, 대표님 하는 것보단 낫네. 네가 무조건 나 떠받드는 거 굉장히 불편했거든. 나도 남자야. 좋아하는 여자랑 키스도 하고 자고 싶고 그래."

이런 젠장. 마지막 말은 실수다.

제 실수를 인정하고 정표가 태리를 흘끗 보자.

태리가 아랫입술을 꽉 깨물더니 부르르 떨며 말했다.

"……대표님은 ……그런 생각밖에 안 하세요?"

"어. 요즘은."

"헐……."

"네가 좀만 더 크면 내 심정을 이해할 거야. 아마 그때 나한테

되게 미안할걸? 맞다. 참고로 말해 두는데 나 성적 취향이 이상한 건 아니야. 너 때문에 나도 좀 헷갈려서 어린 여자도 만나 봤는데 느낌이 안 와. 내 몸이 너한테만 반응해. 저번에 봤지?"

"변태……."

"변태 아니고 남자."

"저한테 대표님은 대표님이에요! 그러니까 저한테 이러지 마시고 결혼이나 하세요!"

"나 너랑 결혼할 예정인데?"

"누구 맘대로 그런 걸 결정해요? 전 아니에요!"

"하아……."

젠장. 안 뚫린다. 저 철벽…….

한숨을 길게 내뱉으며 뭔가 화를 억누르는 듯한 정표의 표정에 태리는 흘끔 눈치를 보며 물을 들이켰다.

그런데 갑자기 정표가 와인을 잔에 가득 따라 원샷을 해 버렸다.

그런 그를 불안한 눈빛으로 바라보던 태리는 당장에라도 이곳을 벗어나 도망가고 싶었다.

그때 정표의 목소리가 들려왔다. 그가 태리를 지그시 바라보며 말했다.

"그럼 이렇게 하자."

태리가 조심스레 그와 눈을 마주쳤다.

조금 지친 듯 보이는 정표의 눈빛에 태리의 마음이 조금 흔들렸다.

어떡해. 진심 같아…….

"너 연애하고 싶다고 했었지?"

"……."

"그럼 연애하고 와."

저 사람이 지금 뭐라고 하는 거지? 내가 좋다고 할 땐 언제고 지금 다른 사람이랑 연애를 하고 오라고? 태리가 의아한 눈길로 그를 바라보았다.

"대신 마지막엔 꼭 나한테로 와. 그것만 지켜 준다면 나 얼마든지 기다려 줄 수 있어. 윤태리. 대답해. 그렇게 할래?"

"아니요."

"대답이 왜 이렇게 빨리 나와? 제발 생각을 좀 하고 대답하라고."

"생각하고 싶지 않아요."

"얘가 또 사람 미치게 만드네."

정표는 또다시 와인 병을 들어 잔에 가득 따랐다. 그리고 벌컥벌컥 들이켰다.

잔을 테이블 위에 내려놓은 정표가 태리를 물끄러미 바라보며 말했다.

"근데 도대체 넌 내가 왜 싫은데?"

"저는……."

"……."

"대표님 오래 보고 싶어요. 절 사랑한다고 하셨죠?"

"어."

"사랑이 아닐 수도 있잖아요? 그럼 헤어져야 하잖아요. 그럼 다시는 못 보게 되고……."

"의심이 많네? 근데 지금 나도 의심하는 거야?"

"제가 며칠 동안 엄청 많이 생각해 봤는데요. 대표님은 그냥 제가 불쌍해서 결혼해 주시려고 하는 거 아니에요? 그러니까 사랑은 별개……."

"내가 널 사랑하는지 아닌지. 그 문제에 대해 너랑 나 둘 중 누가 더 많이 고민했을까?"

"……."

"넌 상상도 못 할 거야."

"저……."

"나라고 어린 너 붙잡고 이러고 싶겠냐?"

어쩐지 정표의 얼굴에 씁쓸함이 묻어났다.

두근두근.

태리의 심장 박동 수가 급격히 빨라지기 시작했다. 그런데 그때.

"앞으로 딱 세 번의 기회를 줄 거야."

"무슨 기회요?"

"나랑 사귈 수 있는 기회. 앞으로 세 번 다 거절하면 나 너 접을 거야."

그녀를 빤히 보던 정표가 무신경한 얼굴로 태리를 향해 말했다.

"윤태리. 나랑 사귀자."

"싫어요."

"야! 생각 좀 하고 대답하라고! 지금 장난하는 줄 알아? 와. 미치겠다……."

살면서 이토록 자기 마음대로, 자신이 원하는 대로 뭔가 풀리지 않았던 적은 처음인지 정표는 스스로 화를 주체하지 못했다. 그가 신경질적으로 자신의 머리카락을 마구 헝클어뜨렸다.

"언제부턴데요? 제가 언제부터 좋……았는데요?"

정표가 헝클어진 머리를 한 채 고개를 들었다.

자신의 눈치를 흘끔 보면서도 제 할 말은 다 하고 있는 태리가 또 귀여워 죽겠는지 그 표정을 숨기지 못한 채 그가 능글맞은 얼굴로 말했다.

"사귀면 알려 줄게. 그리고 먹으면서 들어."

대답을 바라고 물은 건 아니지만 조금 섭섭해진 태리는 일부러 먹는 일에만 집중하려고 포크를 들어 숨이 다 죽은 샐러드를 입안에 꾸역꾸역 넣었다.

"연애하고 오라는 말 취소야."

"……."

"나 결혼하기 전까지 넌 연애 금지, 나 아닌 다른 이성과의 스킨십 금지, 카톡 금지, 맞다. 트위터 계정도 삭제해. 내가 하는 세 번의 고백을 다 거절하기 전까지 넌 내 거야."

원래 정정표라는 사람은 항상 논리에 근거해서 말을 하곤 했다. 그런데 오늘은 정말 그가 하는 말마다 비논리적이고, 상식 밖이었다. 갑자기 그가 왜 저렇게 변한 건지 태리는 혼란스러워 머리가 다 아플 지경이었다.

"맞다. 네가 먼저 나한테 고백해도 돼. 날 좋아하게 됐을 때 말이야."

그럴 일은 절대 없을 거예요. 태리는 물을 마시며 그 말도 함께 삼켜 버렸다. 더 이상 누군가에게 상처 주는 말을 하고 싶지 않았다. 어차피 그는 이성적인 사람이니 금방 정신을 차릴 것이고, 그러니 나는 절대 흔들려서는 안 된다. 그가 내 곁을 떠난다면 결국 남겨져 괴로워지는 건 나 혼자일 테니까.

4

"정확히 30분 후에 댄스 배틀이 있겠습니다! 상품으로는 어마어마한 것들이 준비가 되었는데요. 1등은 몰디브 여행권이고 아, 맞다! 프리티는 양심상 한 명만 나와라! 작년에 너희가 싹쓸이했잖아."

프리티 멤버들이 앉아 있던 테이블에서 야유가 쏟아졌다. 오늘 W픽처스 신년회 MC를 맡은 영화배우 공형식은 그녀들의 야유에도 전혀 개의치 않고 다시 한 번 건배 제의를 하며 흥을 돋우었다.

"누가 나갈래? 나가면 무조건 1등 해야 되는 거 알지? 자, 하나 둘 셋 하면 손들기. 하나. 둘. 셋!"

리더 희주가 셋을 세기도 전에 태리를 제외한 멤버 전원이 동시에 손을 번쩍 들었다. 그녀들은 서로 눈을 마주치며 깔깔대며 크게 웃어 버렸다.

"근데 몰디브 여행권 타면 휴가도 같이 주는 건가?"

"진짜. 그러네? 여행권만 있음 뭐해. 시간이 있어야 여행을 가지. 우리 컴백도 얼마 안 남았잖아."

"자. 어쨌든 가위바위보하자."

언니들 얘기를 가만히 듣고만 있던 태리는 테이블 위에 놓인 예쁜 색깔의 보드카를 눈에 담았다. 그 모습을 본 소윤이 태리를 향해 조심스레 물었다.

"한 잔 줄까?"

"아니에요."

"마시고 싶은 눈친데? 마실래? 저거 별로 안 독한 술이거든."

태리가 고개를 절레절레 흔들었다. 그때 저쪽에서 벌써 술이 거나하게 취한 성원이 비틀거리며 프리티 멤버들이 모여 앉은 테이블에 엎어지듯 앉았다.

"우리 예쁜이들! 누가 나갈래? 오빠랑 같이 나가자."

"어휴. 됐거든요? 자. 우리 가위바위보하자. 태리 너도 하자. 이기면 무조건 나가는 거다? 자. 가위, 바위, 보!"

성원까지 멤버 여섯 모두 보자기. 태리 혼자 가위를 냈다. 졸지에 댄스 배틀에 참가하게 된 태리의 입이 벌어졌다. 주위를 둘러보니 요즘 가장 핫한 충무로의 여신 문샛별이 디제이에게 핸드폰으로 곡을 들려주고 있었고, 요즘 청담동 일대 클럽을 돌며 디제잉을 배운다는 톱스타 송지후가 매니저에게 해드셋과 각종 장비를 전달 받고 있었다. 일부러 오늘을 위해 준비한 듯했다.

만반의 준비를 하고 온 톱스타들을 부담스러운 눈으로 바라보고 있는 태리에게 희주가 보드카를 한 잔 내밀었다.

"자. 우리의 기운을 담았어. 태리야 이거 원샷하고, 화끈하게 가자! 작년 연말에 가요대전에서 했던 안무 생각나? 곡은 그걸로 하자. 그러면 1등은 따 놓은 당상이야."

희주가 몸을 흔들며 그때의 안무를 재연했다. 파이팅 넘치는 멤버들의 기운에 벌써부터 취한 태리가 보드카를 받았다. 잠시 망설이던 태리는 의지를 다지며 보드카를 원샷했다. 멤버들이 환호했다. W픽처스의 마스코트 걸그룹 프리티의 즐거운 함성 소리에 신년회 분위기는 점점 더 고조되고 있었다.

"그나저나 대표님이 안 보이네?"

취해서 테이블 위에 엎드려 자고 있던 성원이 대표라는 단어에 두 눈을 번쩍 떴다.

"오늘 영화 배급 문제 때문에 미팅. 아마 못 오실 거야."

성원은 정표의 스케줄을 상세히 읊은 후 다시 엎드려 잠을 청했다.

어느새 보드카 반병을 비운 태리의 얼굴에 갑자기 화색이 돌았다. 모든 걱정과 근심을 날려 버린 듯한 얼굴이었다. 저도 모르게 터져 나오려는 웃음을 주체할 수가 없어 비실비실 웃으며 안무 연습에 돌입한 태리가 귀여워 죽겠는지, 희주가 태리의 입 속에 과일 안주를 넣어 주며 머리를 쓰다듬었다.

"우리 막내 언제 이렇게 다 컸어? 언니들이랑 술도 마시고, 대견하다! 그런 의미에서 태리야. 언니랑 옷 바꿔 입자. 너 그러고 나가면 샛별이한테 바로 진다니까? 아꼈다 뭐하니? 오늘 아주 그냥 화끈하게 보여 주자고!"

태리가 희주의 의상을 위아래로 훑어보았다.

"언니 옷은 너무 짧은데, 대표님이……."

"야. 정 대표 오늘 안 온대잖아. 그리고 이게 뭐가 짧아? 빨리 언니 따라와."

희주가 태리를 끌고 화장실로 데려갔다.

화장실에서 서로의 옷을 바꿔 입고 나온 두 사람의 모습에 멤버들의 두 눈이 휘둥그레졌다. 레드 색상의 미니 드레스를 입어 여실히 드러난 태리의 몸매는 누가 봐도 독보적이었다. 이곳에 있는 그 어떤 여배우보다도 막강했다. 탱글탱글 뽀얀 살결에 벌써부터 늑대들은 남몰래 침을 삼키며 태리를 훔쳐보고 있었다.

태리 가슴이 저렇게 컸었나? 다리가 저렇게 길었나?

멤버를 비롯한 회사 직원들은 새삼 태리가 달리 보였다.

그때, 음악 볼륨이 한층 더 높아졌다. 드디어 축제가 시작되었다. 이곳은 마치 콘서트장을 방불케 했다. 어느 엔터테인먼트 회사에서도 절대 W픽처스를 따라올 수 없는 몇 가지가 있는데 그중 하나가 바로 직원들의 단합이었다.

이생에서 놀지 못해 한이 된 귀신들이 붙었나. 정말 무대 위에서 미친 듯이 춤을 추는 직원들과 스타들을 보며 태리도 자극을 받았다.

그래. 난 가수잖아. 댄스 가수. 이왕 하는 거 제대로 해야지!

태리의 눈빛이 변했다. 하나로 질끈 묶었던 머리도 풀었다. 머리핀을 테이블 위에 올려놓고 긴 생머리를 휘날리며 태리가 무대 위로 올라갔다. 그녀의 쭉 뻗은 맨다리가 무대 위에 등장하자 남 직원들이 환호했다. 그리고 음악과 동시에 태리의 춤이 시작됐다.

태리는 점점 더 빨라지는 비트에 맞춰 섹시 댄스를 추며 무대 위를 장악하고 있었다.

배급사 핵심 인력 윤 이사와 정표는 학교 선후배 사이로 막역 한 사이였다. 간단히 저녁 식사를 하며 미팅을 가지기로 한 두 사 람은 각자 생각해 온 영화 제작 방향이 거의 동일해, 일 얘기를 수월하게 끝낼 수 있었다.

"W픽처스 신년회가 그렇게 재미있다며?"

"남의 회사 신년회가 왜 궁금한데?"

"궁금하지. 송지후가 오늘 신년회에서 디제잉 한다고 놀러 오 랬거든. 2차는 거기서 하는 게 어때?"

"그러든지."

정표는 마다하지 않았다. 그 핑계로 그 애 얼굴이라도 한 번 더 봐야지 하는 가벼운 마음으로, 윤 이사와 함께 신년회가 열리고 있을 클럽으로 향했다. 클럽에 들어선 윤 이사가 감탄했다.

"대박. 역시 W픽처스는 클래스가 달라. 역시 정정표답다. 클럽 빌린 거야?"

"호들갑 그만 떨고."

"오! 저기 샛별이도 왔네? 인사 좀 해야겠다."

"송지후는 개뿔. 형, 문샛별 때문에 왔지?"

"난 간다!"

윤 이사는 정표를 향해 윙크를 한 후 문샛별이 있는 테이블로 향했다.

정표는 주머니에 손을 꽂은 채 파티장을 어슬렁거리며 직원들에게 인사를 받고 있었지만, 눈으로는 계속 누군가를 찾고 있었다.

벌써 집에 갔나? 하긴…… 그 애는 술도 못 마시고 이런 자리 싫어해서 회식 때마다 집에 일찍 들어갔지.

정표가 괜한 발걸음을 했다 싶어 뒤로 돌려는 그때였다. 들려오는 음악 소리에 어쩐지 등골이 오싹했다. 그는 천천히 무대 쪽으로 시선을 돌렸다. 멀리서 봐도 한눈에 알아볼 수 있었다. 저 실루엣은 분명 태리다.

저게 지금 다 벗고 뭐 하는 거야?

정표는 성큼성큼 뛰듯이 걸어 무대 가까운 곳으로 향했다.

"대표님! 어, 어쩐 일이세요?"

정표를 보자마자 술이 단번에 깬 성원이 화들짝 놀라며 자리에서 벌떡 일어났다. 정표는 아래턱에 힘을 주며 말했다.

"야."

"네!"

"스무 살짜리 애를 다 벗겨 가지고 저게 지금 뭐하는 거냐? 너네 미쳤냐?"

"뭐요. 보기 좋구만. 제가 지금 저 무대를 보면서 생각한 건데요. 이번 앨범 콘셉트는 확실히 섹시로 바꿔야 해요! 그럼 진짜 우린 초초대박입니다. 대표님 생각은 어떠세요?"

"내가 뭐라고 대답할 것 같아?"

"네. 닥치고 술이나 마시겠습니다."

성원이 뒷걸음질 치며 도망갔다. 정표는 헛웃음을 내뱉으며 아무 자리에 털썩 앉아 무대 위 태리를 노려보았다.

하지만 태리는 정표 쪽은 안중에도 없었다.

무슨 놈의 노래가 이렇게 길어?

한숨을 푹푹 내뱉던 정표는 자리에서 벌떡 일어나 무작정 무대 위로 올라갔다. 갑자기 사람들의 함성 소리가 커지자 춤을 추던 태리가 어리둥절해하며 동작을 멈췄다.

정표는 태리 쪽엔 눈길도 주지 않고 MC를 손으로 불렀다. MC에게 마이크를 건네받은 정표는 직원들과 소속 배우들에게 새해 인사를 건네며 분위기를 다운시켰다. 그리고 그는 무심한 표정으로 태리를 향해 무대에서 내려가라고 손짓했다. 화가 난 정표의 표정에 기가 죽은 태리는 비틀거리며 내려갈 곳을 찾느라 두리번거렸다. 그 모습을 곁눈질로 보던 정표는 서둘러 얘기를 끝낸 후 마이크를 MC에게 던지듯 넘겨 버렸다. 그러곤 서둘러 태리가 있는 쪽으로 달려갔다.

"따라와."

태리는 앞장서 내려가는 정표의 뒤를 총총걸음으로 따라갔다. 무대 위는 다음 참가자의 등장과 함께 금방 소란스러워졌다. 어쩌다 보니 무대 뒤엔 정표와 태리 두 사람뿐이었다.

"술 마셨냐?"

"네?"

음악 소리 때문에 잘 안 들리는 모양인지 태리가 정표의 몸 쪽으로 고개를 숙여 귀를 기울였다.

"뭐라고요?"

태리의 귓가에 정표가 속삭였다.

"가슴 다 보인다고."

"으악!"

태리가 서둘러 정표에게서 한 발짝 물러나 양팔로 가슴을 가리며 소리쳤다.

"보지 마세요!"

"벌써 다 봤어!"

정표는 무대 밑에서 태리의 가슴과 다리를 음흉한 시선으로 바라보던 남자들의 얼굴이 떠올라 버럭 화를 내 버렸다. 그러곤 자신의 외투를 벗어 태리의 작은 어깨 위에 걸쳐 주었다.

"보라고 그렇게 입은 거 아니야? 너 진짜 혼날래? 조그마한 게 누가 그런 거 입으래? 그런 거 너한테 안 어울려. 애는 애답게 입어야지."

태리의 미간 주름이 깊어졌다. 자신을 못마땅하게 바라보며 빈정대는 정표를 향해 태리가 소리쳤다.

"애 취급하지 마세요! 저 이제 어린애 아니에요!"

자신을 원망스레 바라보는 태리의 두 눈을 마주한 정표는 당황한 나머지 잠시 할 말을 잃고 서 있었다.

당황스러운 건 태리도 마찬가지였다. 내가 지금 누구한테 소리를 지른 거지?

"죄송해요……."

고개를 숙이고 생각에 잠겨 있던 태리는 그대로 무대 뒤에서 도망쳐 클럽을 나가 버렸다. 무대 위는 톱스타 송지후의 디제잉으로 분위기가 절정에 달해 있었다. 음악에 심취한 나머지 멤버들조차도 태리의 존재는 까마득히 잊고 무대를 즐기고 있었다.

태리는 클럽에서 나오자마자 택시에 올라탔다. 태리는 택시에 타며 정표가 걸쳐 준 외투를 신경질적으로 벗어 버렸다. 그러나 룸미러로 자신을 흘끔흘끔 훔쳐보는 택시기사가 무서워 조용히 다시 옷을 입었다. 그리고 생각에 잠겼다.

날 좋아한다더니 다 거짓말이야. 좋아하는 사람한테 어떻게 그런 말을 할 수가 있어? 애는 애답게 입으라고? 그러는 대표님은 나 같은 '애'를 도대체 왜 좋아하는 건데요?

그에겐 차마 하지 못했던 말들을 속으로 삼키며 태리는 창문에 이마를 쿵 박아 버렸다. 얼마 지나지 않아 숙소에 도착한 태리는 화장을 지우고 편한 옷으로 갈아입었다. 화려한 파티를 즐기고 있을 언니들을 생각하니 부러워서 눈물이 날 지경이었다. 무료하게 소파에 앉아 티비를 보던 태리는 아무리 생각해도 너무 분했다.

어렸을 때부터 회사 회식에 대한 로망이 있었던 태리가 성인이 되면 꼭 하고 싶었던 일 중 하나가 바로 회식에서 끝까지 살아남기였다. 그런데 정표가 신년부터 자신의 계획을 망쳐 버린 것이 너무 원망스러웠다. 그때 핸드폰으로 문자가 연달아 도착했다.

[내려와.]

[나올 때까지 기다린다.]

정표에게서 온 문자였다. 태리는 핸드폰 배터리를 분리해 버렸다. 평소의 태리라면 절대로 할 수 없는 행동이었다. 잠시 생각에 잠겨 있던 태리는 조심스레 다시 핸드폰 배터리를 장착하고 창밖을 내려다보았다.

하필 그때 밖에서 차에 몸을 기대고 서 있던 정표가 고개를 들었다.

"으악!"

정표와 두 눈이 마주칠 뻔했다. 태리는 재빨리 몸을 숙였다. 몸을 움츠리고 안절부절못하던 태리는 방바닥에 주저앉고 말았다. 따뜻한 온기가 가득한 방바닥에 앉아 있으니 금세 몸이 노곤해졌다. 설상가상으로 뒤늦게 취기가 올라와 눈꺼풀마저 무거워지기 시작했다. 결국 앉은 채로 벽에 머리를 기대고 잠이 들고 만 태리였다.

태리는 꿈을 꾸었다. 처참한 교통사고 현장에 홀로 남겨진 아이. 피를 토하며 숨이 끊어져 가는 부모님을 보며 아무것도 할 수 없었던 아이. 아이는 목 놓아 우는 것밖에 할 수 없었다. 그 아이는 어린 시절 자신의 모습이었다. 악몽이었다.

"으악!"

두 눈이 번쩍 떠졌다. 태리는 아무 일도 없었던 듯이 눈가에 흐르는 눈물을 닦으며 자리에서 일어났다.

띵. 골이 아팠다. 태리는 주방에서 물을 마시며 창밖을 바라보앉다. 눈이 내리고 있었다. 평소 눈을 좋아하던 태리의 얼굴이 환해졌다. 창가로 달려가 내리는 눈을 경이롭게 바라보던 태리는 뭔가 께름칙한 기분에 밑을 내려다보았다가 밖에 서 있던 정표와 두 눈이 마주치곤 화들짝 놀라 뒷걸음질 쳤다.

대표님이 왜 여기 있지? 아, 맞다!

뒤늦게 클럽에서 있었던 일부터 시작해 모든 일이 다 떠오른 태리는 허둥지둥하다가 뒤늦게 정표의 외투를 들고 1층으로 내려갔다.

내리는 눈을 맞으며 겉옷도 입지 않은 채로 덜덜 떨고 있던 정표가 건물 안에서 뛰어나오는 태리를 보곤 차 안에서 봉투를 하나 꺼내 내밀었다.

"뭐예요?"

"머리 아프지?"

어떻게 알았지? 태리가 조심스레 고개를 끄덕이며 봉투 안에 든 내용물을 살폈다. 숙취 해소 음료였다. 봉투를 건네는 손이 새빨갛게 얼어 있었다. 게다가 눈을 맞은 탓에 그가 입은 셔츠가 젖어 있기까지 했다. 태리가 걱정스러운 눈길로 그를 올려다보았다.

"이거 빨리 입으세요!"

태리는 껑충 뛰어 정표의 머리 위에 외투를 덮어 주었다. 그때 얼음장 같은 정표의 손이 무작정 태리의 손목을 잡아끌고 건물 안으로 들어갔다. 태리는 제 손목에 감긴 얼음장 같은 손에 미안한 마음이 들기도 하고 자신을 지그시 내려다보는 정표의 시선이 너무 뜨거워서 괜히 쓸데없는 말들을 내뱉었다.

"추운데 왜 밖에서 그러고 있어요?"

"네가 금방 나올 줄 알았지. 자고 있을 거라곤 생각도 못했네."

정표가 골이 난 얼굴로 태리의 얼굴에 난 자국을 가리켰다. 민망해진 태리는 말을 돌렸다.

"보자고 하신 용건이 뭐예요?"

"아까 화내서 미안해. 좋아해서 그랬어."

"네?"

"애라고 한 것도 미안해. 좋아해서 그랬어."

"……."

"네가 너무 좋아서, 도대체 널 어떻게 해야 할지 모르겠어. 진짜 난 네가 너무 어려워."

진심이 담긴 눈빛으로 그가 말했다. 가로등 불빛을 받은 그의 얼굴을 넋을 잃고 올려다보던 태리의 심장이 갑자기 미친 듯이 뛰기 시작했다.

붉어진 그녀의 얼굴을 내려다보며 그가 절실한 표정으로 말했다.

"다른 놈한테 뺏기기 전에 널 내 여자로 만들고 싶은데, 넌 내 말을 안 듣잖아. 내 맘대로 안 되잖아. 미칠 것 같아. 나 요즘 밤에 잠도 제대로 못 자, 너 때문에. 윤태리, 나 지금 두 번째 고백할 거야. 잘 들어."

"……."

"나한테 와 줘, 제발."

"……."

"네가 해 달라는 거, 아니 그 이상으로 뭐든 다 해 줄게."

그가 열심히 설득했다. 그의 진심이 통했던 걸까? 태리는 대답을 미룬 채 가만히 생각에 잠겨 있었다. 그런데 그때 진지한 얼굴로 그녀를 내려다보던 정표의 얼굴에 미소가 새겨졌다. 급기야 그가 갑자기 소리 내어 웃어 버렸다.

진지하게 고민에 빠져 있던 태리가 정신을 차리고 고개를 들었다.

"왜 웃으세요?"

"좋아서."

"뭐가요? 저 아직 대답 안 했는데요?"

"싫다고는 안 하잖아."

"네? 시, 싫어요!"

"반은 성공했다. 곧 넘어오겠어."

"그, 그런 거 아니거든요!"

속내를 들킨 것이 쪽팔려 귀까지 벌게진 태리는 손사래를 쳤다. 정표는 여전히 웃음을 흘리고 있었다. 미소 짓고 있는 그의 얼굴에 자꾸만 눈길이 가는 것을 막기 위해 태리는 고개를 절레절레 흔들었다.

그런 그녀의 얼굴을 두 손으로 잡고 두 눈을 마주한 채 정표가 말했다.

"키스하고 싶다."

태리가 손등으로 입을 가렸다. 그 모습을 뜻한 표정으로 내려다보던 정표는 그녀의 이마에 입을 맞추었다. 당황스러운 얼굴로 그를 바라보던 태리가 그의 가슴팍을 밀쳐 내고 뒤로 한 걸음 물러났다.

"사귀는 사이도 아닌데 왜 자꾸 이러세요?"

"몰라."

그는 정말 아무것도 모르는 얼굴이었다.

"아무튼 앞으로 제 몸에 손대지 마세요."

태리는 억울한 얼굴을 한 채 손으로 이마를 벅벅 닦았다. 그녀의 행동을 보고 혼자 피식 웃던 정표는 갑자기 인사도 없이 뒤돌아 바깥으로 나가더니 차를 타고 사라져 버렸다.

건물 안에 혼자 멀뚱히 서 있던 태리는 문을 열고 바깥으로 나왔다. 내리는 눈을 맞으며 골목을 벗어나고 있는 정표의 차를 한참 동안이나 바라보았다. 어느새 눈이 그쳤다. 태리는 아직도 두근거리는 심장 위에 손을 가져다 댔다.

감기에 걸렸는지 오전부터 기침을 심하게 하던 정표에게 성원은 감기약을 내밀며 말했다.

"이걸로 되겠어요? 병원 가셔야 되는 거 아니에요?"

"하던 얘기나 계속해 봐. 내일 무슨 녹화?"

"런닝걸이라고 뛰어다니면서 미션 수행하는 거 있어요. 걸그룹 막내 특집인데 어제 급하게 김영석 본부장님이 태리 좀 보내 달라고 부탁하셔서요. 마침 내일 태리 스케줄도 비고 해서 보내기로 했어요."

"넌 내일 영화 스케줄 때문에 희주랑 호주 가잖아. 그럼 내일 태리 담당은 누군데?"

"막내요. 현석이."

정표의 표정이 굳어졌다. 회사에 들어온 지 한 달도 안 된 매니저한테 태리를 맡기기엔 많이 불안했다.

"녹화 취소해. 그거 힘들잖아. 막 뛰어다니고."

"태리 잘 뛰잖아요. 그리고 중요한 건 본인이 하고 싶대요."

"하고 싶대?"

"네. 말이 나와서 하는 말인데, 태리 말이에요. 이제 슬슬 예능도 하고, TV 노출을 좀 시키는 게 어떨까요?"

"아직은 안 돼."

"왜요?"

"안 된다면 안 돼. 콜록콜록. 나가 봐."

도대체 왜 안 된다는 건지 성원은 이해가 되지 않았다. 태리 정도라면 TV에 몇 번만 노출시켜도 금방 걸그룹 멤버 TOP3 안에는 들 수 있을 텐데 말이다. 성원은 고개를 절레절레 흔들었다.

"콜록콜록."

갑자기 피를 토하듯 기침을 해 대는 정표에게서 뒷걸음질 치던 성원은 서둘러 수첩을 덮고 예의 바르게 인사를 한 후 잽싸게 사무실을 나가 버렸다.

성원이 나가자마자 책상 위에 엎드려 시름시름 앓던 정표는 노크 소리에 상체를 벌떡 일으켰다. 태리가 문을 열고 들어왔다.

태리는 그에게 왜 자신의 TV 출연을 막는 건지 따져 물으려다가, 얼굴빛이 좋지 않은 정표를 보며 걱정스레 물었다.

"어디 아프세요?"

"무슨 일이야?"

억지로 기침을 참으며 정표가 말을 돌렸다. 왠지 서운한 마음에 태리가 퉁명스레 말했다.

"내일 런닝걸 녹화하게 해 주세요. 출연하면 이번에 컴백할 때 인기가요 엔딩 준대요. 저도 언니들한테 도움이 되고 싶어요. 허락해 주세요."

"굳이 그런 거 안 해도 돼. 내가 엔딩 사 줄게."

"아니요. 제 힘으로 할 거예요. 그리고 돈으로 해결하는 건 싫어요……."

태리의 말끝이 흐려졌다. 태리는 뒤늦게 자신의 실수를 인정했다.

그가 싫어하는 말 중 하나가 W픽처스는 대표가 돈은 많은데 쓸 데가 없어서 차린 제작사라는 말이었다. 그가 다른 엔터테인먼트 대표들보다 돈이 많은 건 사실이었다. 하지만 그는 정말 어렸을 적부터 영화를 사랑하는 영화인이었다. 돈 때문에 영화사업에 뛰어들었다든지, 심심풀이로 영화 제작사를 차린 것이 아니었다. 그 사실을 누구보다도 잘 알고 있는 태리였다. 그런데 그런 말로 정표의 자존심을 긁다니, 태리는 미안한 마음이 들었다.

굳어 버린 정표의 얼굴을 마주한 태리는 저도 모르게 습관처럼 죄송하다는 말이 먼저 튀어나왔다.

"죄송해요. 저도 언니들한테 뭔가 도움이 되고 싶어서……."

"그래서 하지 말라는 거야. 네가 하고 싶어서 해야지 남의 눈치 보느라 억지로 떠밀려서 하는 꼴 보기 싫다고. 무슨 죄 지었어? 넌 왜 맨날 남의 눈치만 보면서 살아?"

"……."

"됐어. 알았으니까. 네 맘대로 해. 나가."

태리가 고개를 숙인 채 조용히 사무실을 나가자 정표가 주먹으로 책상을 내리쳐 버렸다.

"젠장!"

너 고생할까 봐 걱정돼서 가지 말라는 거라고, 좀 더 다정하게 말했어야 했는데…….

정표는 상처받았을 태리를 생각하니 가슴이 답답해졌다.

파주 헤이리 마을에 도착한 정표는 차 안에서 감기약을 입 안에 대충 털어 넣곤 밖으로 나왔다. 매서운 바람에 옷깃을 여미며 아트센터 안으로 들어갔다. 갤러리와 카페를 같이 운영하는 이곳은 헤이리에 있는 어느 건물보다도 경치가 아름다웠다.

통유리로 된 아트센터 카페에서 정표는 윤 이사와 미팅이 있었다. 두 사람은 헤이리 마을을 한눈에 내려다볼 수 있는 구조로 되어 있는 옥상에서 간단하게 브런치를 먹으며 계약서 조항을 다시 써 내려갔다.

"감독이 지수 역에 송지현 생각하고 있다던데. 잡아 올 수 있지? 둘이 친하잖아."

"시놉시스 보니까 나도 나쁘진 않은 것 같아서 지현이한테 대본 넘겼어."

"역시 빨라. 그럼 잠깐 김 감독이랑 강 피디 오기 전까지 휴식 어때?"

"오케이."

정표의 대답이 끝나기도 전에 윤 이사가 자리에서 벌떡 일어나 담배를 피우러 바깥으로 나갔다. 정표는 감기약을 먹은 탓인지 갑자기 잠이 밀려오기 시작했다. 그래서 그는 잠도 깰 겸 옥상 테라스로 나갔다. 해가 저물어 가는 마을의 풍경을 눈에 담으며 차가운 공기를 들이마셨다. 잠시 두 눈을 감고 찬바람을 쐬던 정표는 어디선가 들려오는 요란한 소리에 미간을 찌푸리며 두 눈을 떴다. 밑을 내려다보니 노란색의 똑같은 잠바를 입은 여자들이 카메라를 대동한 채 달리고 있었다.

"뭐야? 왜 저렇게 뛰어?"

난간에 팔을 괴고 서서 그 모습을 무신경하게 내려다보던 정표는 금방 흥미를 잃은 모양인지 뒤를 돌았다. 문을 열고 카페 안으로 들어가려는 순간. 뭔가 떠오른 정표는 다시 난간 쪽으로 달려가 밑을 내려다보았다. 이번엔 핑크색 패딩을 입은 태리가 골목을 달리고 있었다. 달리는 프로그램이라더니 정말 미친 듯이 달리고 있었다.

한 바퀴.

두 바퀴.

세 바퀴.

숨이 끊어져라 전력 질주를 하며 뭔가를 열심히 찾는 태리를 지켜보던 정표는 마음이 좋지 않았다.

결국 고통스러워하며 숨을 헐떡이던 그녀가 바닥에 주저앉아 버렸다.

정표는 한숨을 내뱉었다.

저러다 애 잡겠네. 도대체 뭘 찾는 거야?

정표는 멀리 노란색 무리들의 행동을 유심히 바라보았다. 파란색 미션 쪽지를 손에 들고 뛸 듯이 기뻐하는 출연자들을 보곤 감을 잡은 모양인지 그가 고개를 끄덕거렸다.

그때 골목 모퉁이 우체통에 꽂힌 파란색 종이를 발견한 정표는 서둘러 엘리베이터를 향해 달려갔다.

"얘들아. 쟤 좀 봐라. 앉아서 논다."

너무 힘이 들어 바닥에 주저앉아 잠시 휴식을 취하던 태리가 화들짝 놀라 자리에서 일어났다. 최고령 걸그룹 식스센스의 막내 오유라였다. 막내라곤 하지만 그녀의 나이는 스물여덟이었다. 장새결의 전 여친이기도 한 오유라는 오프닝 때부터 대놓고 태리를 공격해 녹화 분위기를 흐린 장본인이었다. 태리는 오전에 그런 상황들이 있었기 때문에 더욱더 열심히 하려고 노력하고 있었던 것이었다.

"죄송합니다."

태리는 고개를 숙여 유라와 몇몇 출연자들에게 인사를 한 후 뒤돌아 다른 쪽으로 도망가려 했다. 그러나 유라가 태리의 팔을 거칠게 잡아끌었다.

"저 얘랑 할 말 있는데 잠깐만 카메라 좀 치워 주세요."

오유라 성격이 개 같은 건 이미 이 바닥에 알 사람들은 다 알기 때문에 VJ들은 군말 없이 카메라를 끄고 사라졌다.

"너 이름이 뭐라고?"

"윤태리요."

"듣보 주제에 잘도 여기까지 기어 나왔네? 뭐 소속사가 꽂아 줬겠지. 근데 너 내가 대충 알아보니까 고아라며? 프리티엔 누구 백으로 들어간 거야? 너같이 볼품없는 애가 W픽처스 소속이라니 말이 안 되잖아."

계속되는 인신공격에 태리가 주먹을 꽉 움켜쥐었다.

"노려보면 어쩔 거야?"

"저한테 왜 이러세요?"

"왜 이러긴, 그냥 맘에 안 드니까."

"장새결 오빠 때문에 이러는 거면 실수하시는 거예요. 저 그 오빠랑 한 번밖에 안 만났고, 아무 사이도 아닌……."

"닥쳐!"

쫘아아악.

오유라가 태리의 뺨을 후려쳤다. 뺨이 얼어 있던 바람에 더욱 더 고통스러웠다. 귓속이 먹먹해질 정도로 큰 충격을 받은 태리는 오유라를 노려보았다.

"니가 뭔데 새결이 이름을 입에 담아? 너네 잤니?"

"그런 거 아니에요!"

"그럼 뭔데? 네가 먼저 꼬신 거잖아. 새결이가 뭐가 모자라서 너 같은 어린애를 좋아하겠어? 착각하지 마. 만만해서야. 고아라 부모 형제도 없고. 가지고 놀다 버리기엔 딱이니까."

어린애의 뺨을 날리고도 아무런 죄책감이 없는지 오유라의 독설은 점점 더 강도가 세지고 있었다. 옆에 있던 출연진들도 너무하다 싶은지 말려야 하나 말아야 하나 눈치를 보고 서 있을 뿐이었다.

그런데 그때. 출연진들이 태리 뒤쪽에서 나타난 남자를 발견하곤 놀라 뒷걸음질 쳤다. 남자의 표정에서 살기가 느껴졌다. 그가 간신히 화를 억누르며 입을 열었다.

"너 소속사 어디야?"

익숙한 목소리에 태리가 뒤를 돌았다. 정표였다.

그는 싸늘한 눈빛으로 오유라를 향해 다시 물었다.

"야, 대답 안 해?"

위압적인 남자를 보곤 겁에 질린 오유라가 조심스레 물었다.

"저기…… 누, 누구세요?"

정표가 태리의 어깨를 잡아끌며 말했다.

"매니저 오빠."

"!"

태리가 놀란 눈으로 정표를 올려다보았다.

정표는 위협적인 얼굴로 갑자기 오유라에게 핸드폰을 내밀며 윽박질렀다.

"감히 누구 얼굴에 손을 대! 당장 소속사 대표 번호 찍어."

오유라는 당황스러웠다. 그렇지 않아도 소속사 대표가 자신을 퇴출시키려 온갖 약점을 수집 중에 있다는 사실을 뻔히 아는 상황에서 절대 그럴 순 없었다. 대충 사과하는 시늉을 해서 위기를 모면하기 위해 오유라는 쇼를 시작했다.

"매니저 오빠. 죄송해요! 죄송합니다!"

갑자기 고개를 숙여 사죄를 하는 오유라의 행동에도 정표의 화는 좀처럼 가라앉지 않았다. 그는 어디론가 전화를 걸었다.

"본부장님. W픽처스 대표 정정표입니다. 제가 지금 런닝걸 녹화 현장인데, 문제가 아주 많네요? 네. 내일 회사에서 뵙죠."

오유라의 얼굴이 사색이 되었다.

매니저가 아니라, W픽처스 대표라고?

더 이상 재고 따질 겨를도 없었다. 오유라가 무릎을 꿇고 대성통곡했다.

"대표님 죄송합니다. 태리야, 미안해! 내가 미쳤었나 봐. 새결이가 안 만나 줘서, 괜히 너한테 화풀이했어. 미안해. 저기 죄송합니다."

갑자기 무릎을 꿇고 정표의 바짓가랑이를 잡고 늘어지는 오유라를 당황스러운 표정으로 보던 태리는 정표를 바라보며 고개를 절레절레 흔들었다. 정표는 자신의 다리를 잡고 있는 오유라를 내려다보며 싸늘하게 말했다.

"손 치우고 당장 꺼져."

겁에 질린 오유라는 그의 말대로 서둘러 자리에서 일어나 멀리 도망가 버렸다.

아직도 화가 덜 풀렸는지 한숨을 내뱉으며 태리의 벌게진 한쪽 뺨을 아프게 바라보던 정표는 갑자기 그녀를 향해 윽박질렀다.

"그러니까 내가 이딴 거 하지 말랬잖아! 네 매니저는 어디 있어? 현석이 이 자식을 진짜. 씨."

갑자기 손등으로 눈물을 찍어 내며 숨죽여 우는 태리의 모습에 정표는 목이 따끔거렸다.

"울지 마."

"안…… 울어요…….."

"소리 질러서 미안해."

좋아해서 그랬어. 네가 누군가에게 상처받는 꼴 보는 게 화가 나서.

정표는 주머니에서 손수건을 꺼내 내밀었다.

"닦아. 집에 가자."

태리가 손수건을 받아 눈물을 닦으며 고개를 절레절레 흔들었다.

"녹화 아직 안 끝났어요."

"필요 없어. 그냥 가자."

"제 일이에요. 제가 해결할 거예요."

고집스러운 얼굴로 얘기하는 태리를 가만히 바라보던 정표는 작게 한숨을 내뱉었다. 그러곤 그녀의 눈에 남아 있는 물기를 손으로 닦아 주며 자상한 얼굴로 말했다.

"알았어. 가서 마무리 잘 하고 와. 주차장에서 기다릴게."

어쩐지 그의 말 한마디에 금방 마음이 진정되었다. 그리고 이상하게 안심이 되었다. 태리는 고개를 숙여 그에게 인사를 하곤 스태프들이 있는 곳으로 달려갔다.

녹화가 끝나자마자 매니저 현석이 달려왔다. 한겨울인데도 불구하고 식은땀을 뻘뻘 흘리는 걸 보니 정표에게 소환당한 모양이었다.

"태리야. 괜찮니? 어휴. 그나저나 난 이제 죽었다."

벌써부터 정표에게 혼날 생각을 하니 뒷머리가 삐죽 섰다. 현석은 차에 이상이 생겨 카센터에 차 수리를 맡기고 근처에서 잠깐 눈 좀 붙인다는 게 숙면을 취하고 만 것이다.

"대표님은 어디 계셔?"

"주차장에 계신다고 하셨어요."

"그래. 가자……."

도살장에 끌려가는 소처럼 고개를 푹 숙인 채 주차장으로 향하는 매니저의 뒤를, 태리도 힘없이 따라갔다.

그런 두 사람의 뒤에서 무거운 발걸음 소리가 났다. 소리의 주인은 정표였다. 그는 두 사람을 지나쳐 차에 올라타고 있었다. 그 모습을 넋을 놓고 바라보던 매니저와 태리는 서로 눈치를 보기 시작했다. 그런데 그때, 창문이 열렸다. 그가 매니저를 향해 말했다.

"넌 내일 회사에서 보고. 태리만 태워."

매니저는 다행이다 싶으면서도 이곳에 자신만 혼자 버리고 가는 대표의 야속함에 속이 상했다.

"매니저 오빠는요? 차 고장 났다던데."

"강현석. 네가 대답해. 어떻게 할래? 대표가 직접 운전하는 차에 탈래, 말래?"

현석은 바로 허리를 굽혀 그를 향해 인사했다.

"대표님 조심히 가십쇼. 태리야, 내일 회사에서 보자. 내 걱정은 하지 말고. 나는 저쪽 VJ 형님 차 얻어 타고 가면 돼."

태리의 등을 떠밀어 차에 태운 매니저가 손을 흔들었다. 얼떨결에 차에 탄 태리는 흘끔 정표의 눈치를 보며 안전벨트를 착용했다.

"한숨 자. 도착하면 깨워 줄게."

"아니에요. 괜찮아요."

"그래 그럼. 맘대로 해."

어쩐지 선을 긋는 듯한 태리의 행동에 언짢은 표정의 정표가 손을 뻗어 히터 온도를 높인 후 클래식 음악을 틀었다.

그 모습을 어리둥절한 표정으로 바라보던 태리는 고개를 돌려 창밖을 내다보았다. 주말 저녁이라 꽉 막힌 고속도로 위를 무의미하게 바라보던 태리의 눈꺼풀이 점점 무거워지기 시작했다.

억지로 졸음을 참다가 결국 꾸벅꾸벅 졸고 있는 태리의 모습이 귀여워 피식 웃던 정표는 태리가 창에 이마를 기대고 숙면을 취하자마자 핸들을 돌려 어디론가 향했다.

"으악!"

졸다가 허공에 헤딩을 하며 두 눈을 번쩍 뜬 태리는 주위를 두

리번거렸다. 차 안이었다. 운전석엔 아무도 없었다. 창밖을 내다보니 한강의 야경이 보였다. 그리고 한강을 등지고 누군가와 통화 중인 정표의 모습이 보였다. 가로등 불빛을 받은 그의 옆모습을 가만히 바라보던 태리는 또다시 가슴이 두근거리기 시작했다. 가슴에 손을 얹은 태리는 몇 번의 심호흡을 통해 간신히 마음을 진정시켰다.

외투도 걸치지 않은 그는 추운 모양인지 이리저리 몸을 움직이며 통화를 하고 있었다. 태리는 자신의 몸 위에 덮인 정표의 코트를 들고 차 문을 열고 바깥으로 나갔다.

"내가 몇 번을 말해. 지금 못 간다니까? 계약서는 내일 작성해도 늦지 않아. 오히려 잘됐어. 중국 쪽에서 더 좋은 조건을 제시한 배급사가 있으니까. 그래. 아무튼 내일 다시 통화해. 급한 일이 생겨서 끊어야겠다."

태리가 차에서 내려 자신이 있는 쪽으로 걸어오는 모양을 본 정표는 서둘러 통화를 마무리했다. 정표는 태리가 내미는 자신의 코트를 받았다.

그런데 코트를 입던 그의 주머니 속에서 뭔가 툭 하고 바닥에 떨어졌다.

태리의 시선이 자연스럽게 바닥으로 향했다.

"이건……."

바닥에 떨어진 파란색 종이를 가만히 내려다보던 태리는 의아한 눈빛으로 정표를 바라보았다. 정표는 너무 당황한 나머지 굳어진 얼굴로 재빨리 종이를 주워 들어 주머니 속에 구겨 넣었다.

"그건 왜 가지고 다니세요?"

"왜긴 왜겠어. 너 때문이지. 이거 찾아야 밥 준다며? 그 망할 프로그램. 너 앞으로 다시 한 번만 예능 하겠다고만 해 봐. 아주 그냥⋯⋯."

이런저런 말들을 아무렇게나 내뱉으려던 정표는 간신히 눌러 참은 후, 손에 들고 있던 비닐봉지 속에서 캔 맥주를 꺼냈다.

"그게 뭐예요?"

"기분 안 좋을 때 먹으면 더 맛있는 음료수."

그가 경쾌한 소리를 내며 캔 맥주 뚜껑을 따 태리에게 건넸다.

"술 마시지 말라면서요."

"내 앞에서는 된다고 했잖아. 마셔. 시원할 거야."

잠시 고민하던 태리가 맥주를 받아 들곤 꼴깍꼴깍 삼켰다.

"야야. 천천히 마셔."

정표는 숨도 쉬지 않고 맥주를 마시는 태리를 걱정스레 바라보았다.

"으아. 시원해!"

손등으로 입가에 묻은 맥주를 닦으며 태리가 환하게 웃었다. 태어나서 처음으로 술이 맛있게 느껴졌다. 속이 뻥 뚫리는 느낌. 아름다운 한강의 야경을 안주 삼아 맥주 한 캔을 다 비워 버린 태리는 점점 취기가 올라 몸이 뜨거워지기 시작했다.

얼굴이 벌게진 태리를 걱정스레 바라보던 정표는 차 쪽으로 향하며 말했다.

"다 마셨으면 이제 가자."

"잠깐만요!"

정표가 다시 뒤를 돌았다. 태리가 정표 앞에 섰다. 고민이 많은 얼굴이다.

정표는 어쩐지 그녀가 무슨 말을 하려는지 알 것 같았다.

"추운데 들어가서 얘기하자."

"여기서 할게요."

"……."

"저한테 잘해 주지 마세요."

정표는 아무런 말도 하지 않았다. 그가 자신의 얘기를 듣고 있지 않다는 느낌에 태리가 좀 더 힘주어 얘기했다.

"마지막 고백은 하지 말아 주세요."

"왜?"

흔들릴 것 같아요. 넘어갈 것 같아요. 난 쉽고, 외롭고, 사랑받는 것에 항상 목이 말라 있는 어리석은 인간이니까.

태리는 속마음을 숨긴 채 말했다.

"미리 거절하는 거예요. 대표님 마음 받아 줄 수 없어요."

"취했다."

"아니요. 멀쩡해요. 저요, 대표님 좋아하지만 이성으로서 좋아하는 거 아닐 거예요…… 아니, 아니에요!"

태리는 자신을 빤히 바라보는 정표의 눈빛에 심장이 두근거려 말까지 꼬여 버렸다.

좋아하는 걸까? 대표님을 남자로?

태리는 고개를 절레절레 흔들며 혼란스러워했다.

"알았으니까 그만해. 방금 했던 말은 안 들은 걸로 할 테니까."

"저, 그게⋯⋯."

"윤태리. 나 너한테 정말 어렵게 고백한 거야."

"네?"

"그러니까 너도 거절할 거면⋯⋯ 어렵게. 정말 어렵게 하라고."

그가 쓸쓸한 표정으로 말했다.

그다음 태리는 그 어떤 말도 할 수가 없었다. 너무 무겁고, 너무 어려워서.

5

"태리 의상만 또? 우리 막내 어쩌냐."

"대표님 진짜 대박. 태리 좀만 벗기면 남자들 아주 난리가 날 텐데. 고걸 못하게 하네."

"설마 나중에 한 방에 벗기려고 그러는 거 아니야?"

연습실에 모인 프리티 멤버들이 의상 콘셉트 시안을 들여다보며 태리를 놀려 댔다. 마찬가지로 시안을 보던 태리의 마음도 착잡했다. 한강에서의 일이 떠오른 것이다.

태리는 최근 일주일간 출근을 하지 않아 불이 꺼진 대표실을 걱정스레 바라보았다.

그때 마침 연습실 문이 열리며 매니저 성원이 머리와 어깨에 쌓인 눈을 털며 들어왔다.

"미안. 많이 기다렸지?"

"오빠! 의상 콘셉트 봤어요? 태리 거 장난 아니에요! 오빠가 대표님한테 말 좀 해 줘요! 얘도 이제 성인인데. 이거 너무하잖아."

언제나 할 말 못 할 말 다하는 리더 희주가 매니저를 향해 자신의 의견을 당차게 말했다. 희주의 말에 일리가 있다고 생각한 성원은 태리에게 물었다.

"네 의견은?"

"저도 언니들이랑 똑같은 거 입고 싶어요."

"알았어. 대표님 퇴원하면 말해 볼게. 먹힐지는 모르겠지만."

"퇴원요?"

태리가 놀라 되물었다. 멤버들도 화들짝 놀라 무슨 일이냐고 묻자 성원이 말했다.

"대표님 어제 저녁에 교통사고 나서 병원에 입원하셨어. 대표님이 말하지 말라고 했는데…… 너넨 그냥 모른 척해."

교통사고…….

교통사고라는 말에 태리는 가슴이 철렁 내려앉았다.

들고 있던 시안까지 바닥에 떨어뜨린 태리는 상체를 숙여 시안을 주워 들다가 다리에 힘이 풀려 자리에 털썩 주저앉아 버렸다.

"그러니까 모아 너는 병문안 갔다가 지금 집에 가는 길이라는 거지?"

비상계단에서 모아와 통화 중인 태리의 표정이 꽤 예민해 보였다.

— 많이 다친 것도 아니던데? 갈비뼈에 금 갔고, 팔에 깁스 정도?

"갈비뼈 금에 팔 깁스?!"

— 애가 왜 이렇게 호들갑이야? 뭐 잘됐지. 그 일벌레, 병원에서는 좀 쉬겠지. 맞다! 우리 오늘 쇼핑할래? 다음 주 입학식 때 입을 옷 사러…….

"오늘부터 컴백 때까진 공식 행사 외에는 나가지 말래. 그래서 대표님 병문안도 가지 말래."

태리의 얼굴이 회사에 대한 원망으로 팅팅 부어 있었다.

— 병문안? 야. 오지 마. 그 인간 지금 완전 저기압이야.

"저기압?"

— 나 지금 할아버지랑 같이 병문안 갔다가 집에 가는 중이거든. 근데 내가 아까 병실 밖에서 들었는데 삼촌이 할아버지한테…….

모아가 속삭였다. 태리는 저도 모르게 귀를 기울였다.

— 윤태리. 할아비다.

"흐억! 하…… 할아버지! 안녕하세요."

까랑까랑한 모아의 목소리 대신 들려온 할아버지의 목소리에 태리는 허공을 향해 꾸벅 인사를 했다.

— 요새 통 얼굴 보기가 힘들구나. 정표가 많이 괴롭히냐?

"네?"

괴롭힌다는 의미가 남다르게 들렸던 태리는 고개를 끄덕이며 대답했다.

"아니요. 대표님이 엄청 잘해 주세요."

─ 우리 태리. 연예인 되더니 거짓말이 많이 늘었네? 할아비가 정표 그 자식 혼내 주랴?

"네⋯⋯."

저도 모르게 한숨을 내뱉으며 진심을 말해 버렸다.

"앗! 아, 아니요!"

태리는 뒤늦게 입을 막으며 손사래를 쳤지만 이미 늦었다. 핸드폰 너머로 정 회장의 웃음소리가 크게 들렸다.

─ 하하하. 녀석이 오늘 갈비뼈만 무사했어도 할아비가 혼내 줬을 텐데, 미안하구나. 그나저나 벌써 그날이 다음 달⋯⋯ 맞지?

웃음기가 빠진 정 회장의 목소리에 태리의 표정도 숙연해졌다.

─ 그래서 그놈이⋯⋯.

막내아들을 향한 걱정이 가득 담긴 한숨 소리가 들려왔다. 태리는 정 회장을 향해 다음에 찾아뵙겠다는 말을 끝으로 전화를 끊었다. 그리고 잠시 동안 핸드폰을 멀뚱히 내려다보다가 뭔가 결심한 듯 정표의 번호를 찾아 메시지 창을 띄웠다.

[몸은 괜찮으세요?]

[빠른 쾌유를⋯⋯.]

문자 창에 여러 가지 인사치레 말들을 썼다 지웠다를 반복하던 태리는 이내 전송을 포기해 버렸다. 그러곤 주머니에 핸드폰을 구겨 넣은 후 계단에 털썩 앉아 버렸다.

부모님이 교통사고로 돌아가신 지 올해로 10년.

그리고 정정표라는 사람을 알고 지낸 지도 10년이었다.

얼마 후 부모님의 기일이 지나면, 그와 함께했던 시간들이 부모님과 함께했던 시간들을 뛰어넘겠구나……. 그런 쓸데없는 생각이 들었다. 태리는 문득 그가 사무치도록 그리워졌다. 부모님을 제외하고 누군가가 이렇게 절실히 그리워진 건 처음 있는 일이라 당황스러웠다.

그렇게 일주일이 지났다. 태리는 그동안 정표의 얼굴을 볼 수 없었지만 입학식에서는 당연히 그를 볼 수 있을 거라고 생각했다. 그동안 태리의 큰 행사에는, 그러니까 자신의 생일이나 입학식 그리고 졸업식엔 언제나 그가 함께했었기 때문이었다.

그런데…… 그가 오지 않았다.

"태리야. 너 표정이 왜 그래?"

운전석에 앉아 있던 성원이 뒤를 돌아 기운이 하나도 없는 태리를 보며 물었다. 태리는 고개를 절레절레 흔들며 창문을 통해 바깥 풍경을 살폈다. 기자들 몇몇과 팬들이 대포카메라를 들고 차 주변을 배회하고 있었다.

"맞다. 대표님이……."

"네. 왜요? 대표님이 왜요?"

태리가 대표님이라는 단어에 민감하게 반응하며 두 눈을 크게 떴다. 그녀를 이상하다는 듯 보던 성원이 하던 얘기를 계속했다.

"대표님이 학교 측이랑 얘기해서 강당엔 기자들 출입 통제했으니까 별문제 없을 거라고 하더라. 들어가서 혼자 잘할 수 있지? 입학식 끝나면 정문 주차장으로 와. 거기서 기다릴게. 근데 왜 그렇게 봐? 나한테 무슨 할 얘기 있어?"

"아니 그게 아니고, 대표님 말씀…… 그게 다예요?"

"어. 근데 너 진짜 오늘 왜 그래? 대표님한테 뭐 잘못한 거 있어?"

"대표님 아직 퇴원 안 하셨어요?"

"그렇다는데? 어휴, 그 양반. 병원에서도 안 쉬고 계속 일만 하니까 몸이 안 낫지. 그나저나 늦겠다! 빨리 내려."

그녀의 모범적인 이미지를 지키기 위해 성원은 눈을 번뜩였다. 차에서 내리는 성원을 따라 내릴 준비를 하던 태리는 뒷좌석에 있는 박스에 차곡차곡 쌓인 모자들 중 하나를 잽싸게 집어 들어 가방 속에 넣었다.

성원의 에스코트를 받으며 강당에 도착한 태리는 적당한 자리를 찾아 앉았다. 식이 이미 시작되기도 했고, 다른 멤버들에 비해 태리의 대중적 인지도가 그렇게 높지 않기 때문에 큰 소란 없이 착석할 수 있었다.

총장님의 축사를 경청하던 태리는 문득 성원이 했던 말이 떠올랐다.

'병원에서도 안 쉬고 계속 일만 하니까 몸이 안 낫지.'

정말…… 많이 아픈 건가?

무슨 이유 때문인지는 몰라도 태리도 며칠 전부터 몸이 좋지 않았다. 정표만 생각하면 속이 갑갑하고, 심지어 어젯밤에는 체한 것처럼 뭔가 꽉 막혀 까스활명수까지 마셨을 정도였다.

"저기, 윤태리?"

옆에서 누군가의 속삭임이 들려왔다.

곁눈질로 흘끔 옆을 보던 태리가 자신의 눈을 의심하며 고개를 돌렸다.

왁스로 깔끔하게 스타일링한 머리 아래로 드러난 반듯한 이마와 높은 콧대 그리고 선한 눈매의 남자를 가만히 들여다보던 태리가 고개를 갸웃거리며 조심스레 물었다.

"……반장?"

2학년 때 같은 반이던 민지환. 당시 반장이었던 지환은 뿔테 안경에 눈썹을 덮는 앞머리를 고수해 왔었다. 그럼에도 태리가 그를 알아볼 수 있었던 건 지환만의 전매특허인 서글서글한 눈웃음 덕분이었다. 지환이 활짝 웃으며 속삭였다.

"여기서 널 볼 줄은 몰랐는데…… 오늘 내가 운이 좋았네?"

"응?"

"보통 연예인들은 스케줄 때문에 입학식 못 오잖아."

"아. 근데…… 나 그것 좀 빌려주면 안 돼?"

태리는 지환이 들고 있는 입학식 순서지를 가리켰다. 지환은 미소를 지으며 그녀에게 순서지를 내밀었다. 지환은 순서지의 표지부터 약도까지 열심히 정독하는 태리의 모습을 미소 지으며 바라보았다.

고개를 들어 그와 눈이 마주친 태리가 의아한 표정으로 물었다.

"왜 웃어?"

"아니. 뭐든 열심히 하는 게 보기 좋아서. 귀여워……."

지환이 귀엽다는 말을 흐리긴 했지만 태리의 귀에는 들리고 말았다. 괜히 어색해진 태리는 황급히 순서지를 지환에게 넘긴 후 정자세로 앉아 입학식 행사에만 집중하려고 노력했다. 하지만 어쩐지 오른쪽에서 계속 뜨거운 눈빛으로 자신을 쳐다보는 지환의 시선이 느껴졌다. 곁눈질로 옆을 보다가 지환과 눈이 마주쳐 버리고 말았다.

"저기…… 왜 자꾸 나 쳐다봐?"

"어? 아…… 난 저쪽 본 건데?"

지환이 당황스러운 얼굴로 태리의 옆쪽을 가리켰다. 지환의 손끝을 따라 태리의 눈동자가 움직였다.

지환이 가리킨 강당 맨 왼쪽 내빈석에는 한국의 아인슈타인이라고 불리는 김재운 박사가 있었다. 한국대학교 출신이라 축사를 할 예정이라고 아까 순서지에서 본 것 같다.

"내 롤모델이라."

지환은 손에 든 한국대학교 물리학과 오리엔테이션 책자를 들어 올려 그녀에게 보여 줬다.

낯 뜨거워진 태리는 아랫입술을 깨물며 고개를 푹 숙였다.

나도 연예인병 걸렸나 봐. 아…… 쪽팔려.

쪽팔림도 잠시, 태리는 핸드폰으로 시간을 확인했다. 아까 순서지를 대충 살펴보고 계산한 결과, 입학식은 2시간 정도 더 진행될 것 같았다. 황급히 가방에서 모자를 꺼낸 태리가 고개를 숙인 후 모자를 푹 눌러썼다. 그리고 얼른 바닥으로 내려앉아 오리걸음으로 지환을 지나쳐 갔다.

당황한 지환이 '어디 가?' 라고 입모양으로 물었지만 태리는 대답 대신 수줍은 미소를 지으며 고개를 숙인 후 문을 향해 후다닥 달려 나갔다.

문화병원과 10분 거리인 한국대 후문으로 미친 듯이 달리던 태리는 후문을 빠져나와 횡단보도로 향했다. 빨간불에 잠시 멈춰 서서 숨을 고르던 태리는 멀리 보이는 문화병원 외관을 조금은 심란한 표정으로 올려다보았다.

빵빵.

그런데 그때! 태리 앞으로 차 한 대가 클랙슨을 울리며 멈춰 섰다.

정표와 같은 기종의 차였다. 그가 왔다는 생각에 태리의 얼굴이 별안간 환해졌다. 그리고 아픈 몸을 이끌고 자신을 보러와 준 그의 마음이 느껴져 가슴이 뭉클해졌다.

태리는 오래간만에 그와 얼굴을 마주 할 생각을 하니 벌써부터 심장이 두근거렸다. 차 앞에서 심호흡을 몇 번 내뱉던 태리는 괜히 주변 사람들의 시선을 의식하며, 얼른 조수석 문을 열고 차에 탑승했다.

"대표님!"

"대표님?"

운전석에 앉아 있던 지환이 되물었다. 뒤늦게 운전자를 확인한 태리의 얼굴색이 흙빛으로 변하고 있었다.

"아. 소속사 대표님? 대표님 기다리는 중이었어?"

"아니…… 그게 아니라. 내가 차를 헷갈려서. 미안. 내릴……."

그때 지환이 진행신호를 받고 차를 출발시키며 여유로운 표정으로 말했다.

"어디까지 가는데? 내가 데려다줄게."

"너 입학식은 어쩌고?"

"너는?"

"나는 잠깐 어디 좀 들렀다가 다시 들어갈 거야."

"그래? 잘됐네. 같이 들어가자. 볼일 끝날 때까지 기다려 줄게."

마침 차가 문화병원을 지나고 있었다. 다급한 맘에 태리가 소리쳤다.

"여기. 여기! 문화병원!"

지환이 고개를 끄덕이며 문화병원 정문으로 진입한 후 로비 입구에 차를 세웠다. 다시 한 번 모자를 매만지며 더 깊숙이 눌러쓴 태리가 지환에게 인사를 건넸다.

"태워다 줘서 고마워! 들어가는 건 혼자 갈 테니까 먼저 가. 안녕!"

"잠깐! 윤태……."

쾅!

자신의 말이 다 끝나기도 전에 차에서 내려 버린 태리의 행동에 씁쓸한 미소를 짓던 지환은 뒤를 돌아 태리를 지켜봤다.

그런데 웬일인지 병원으로 들어가려던 태리가 기겁을 하며 다시 그의 차 쪽으로 달려오고 있었다. 급기야 태리가 지환의 차 조수석에 다시 올라탔다.

"추, 출발! 출발!"

태리는 허리를 숙여 제 몸을 감추고는 손으로 직진하라는 제스처를 취하며 안절부절못하고 있었다. 그런 태리를 어안이 벙벙한 얼굴로 보던 지환은 그녀의 말대로 차를 출발했다.

차가 출발하자 태리가 슬그머니 숙였던 몸을 펴 뒤를 돌아 의자에 딱 붙었다.

지환은 병원에서 나오는 누군가를 지켜보는 태리를 흥미롭게 보며 근처에 차를 세웠다. 지환은 그녀와 마찬가지로 뒤쪽으로 보이는 남자를 바라보며 태리에게 물었다.

"아는 사람이야?"

환자복 위에 블랙 코트를 걸친 정표의 모습을 지그시 바라보며 태리가 고개를 끄덕였다.

몸도 아픈데 밖은 왜 나온 걸까?

간헐적으로 인상을 찌푸리는 걸 보니 몸이 많이 불편한 듯 보였다. 팔에 깁스했다더니…… 깁스한 부위도 생각보다 컸다.

뭐야…… 많이 다쳤잖아?

태리는 한숨이 절로 나왔다.

"지환아 미안한데…… 나 여기 조금만 있어도 될까? 저 사람만 들어가면…….."

말끝을 흐리던 태리의 두 눈이 휘둥그레졌다.

누군가를 기다리던 정표의 앞으로 승용차 한 대가 멈춰 섰다. 그리고 운전석에서 웬 여자가 내려 그를 향해 방긋 웃었다. 급기야 여자는 트렁크에서 꽃다발을 꺼내 정표에게 내밀고 있었다.

태리는 저도 모르게 인상을 찌푸리며 여자의 외모를 스캔했다. 멀리서 봐도 예쁨이 묻어나는 날씬한 몸매의 소유자였다. 종아리까지 오는 블루 롱코트를 입었는데 연예인인 자신보다 더 연예인 같았다.

할아버지가 마음에 들어 한다는 여자가 혹시 저 여자인가? 할아버지가 왔다 갔다더니 저 여자 때문에? 두 사람 결혼을 추진하려고?

시무룩한 표정으로 그냥 돌아앉아 버린 태리의 귓가로 지환의 목소리가 들려왔다.

"어? 네가 아는 사람 어디 가는데?"

화들짝 놀란 태리가 다시 재빨리 뒤를 돌았다. 정말 지환의 말대로 정표가 여자의 차 조수석에 탔고, 차는 병원 정문을 나가고 있었다.

아픈 사람이 어딜 가는 거지?

둘이 무슨 사이인 걸까?

난 왜 이렇게 화가 나는 걸까?

"괜찮아? 이제 그만 학교로 돌아갈까?"

멘탈이 완벽하게 털린 태리가 고개를 세차게 끄덕이다 창문에 머리를 텅 하고 박아 버렸다. 태리는 차가운 유리창으로 얼굴을 식히며 눈을 감아 버렸다.

모자를 써서 그녀의 표정이 잘 보이지 않았던 지환은 고개를 살짝 숙여 모자 속 그녀의 표정을 확인했다. 입술을 삐죽 내밀며 금방이라도 울 것 같은 얼굴을 하고 있었다. 태리를 흘끔 보던 지환은 운전을 하며 주변 상가들을 눈으로 살폈다. 그러다가 찾던 곳을 발견했는지 지환이 그 앞에 차를 세웠다.

"잠깐만."

태리가 감고 있던 눈을 떴다. 지환이 운전석에서 내려 작은 가게 안으로 들어가고 있었다. 알록달록한 간판과 진열장을 보니 천연 아이스크림 가게인 듯했다. 아이스크림을 들고 나오는 지환을 보며 얼마 전 정표가 했던 말이 귓가에 울렸다.

'콜라 한 잔이라도 남자가 공짜로 주는 건 받아먹으면 안 돼.'

지환이 운전석에 올라타며 태리에게 아이스크림을 내밀었다.

"먹으면 기분 좋아질 거야."

잠시 망설이던 태리는 낯선 여자의 차에 올라타는 정표가 떠올라 아이스크림을 넙죽 받아 수저로 크게 한입 떠서 입 안에 넣어 버렸다. 정표가 하지 말라는 짓을 해서인지, 어쩐지 차가운 아이스크림이 뜨겁게 느껴졌다. 태리는 그에게 반항하겠다는 심보로 아이스크림을 기계적으로 미친 듯이 퍼먹다가 뒤늦게 지환에게 인사를 건넸다.

"저기. 고마워. 그리고 미안……."

"뭐가?"

"멋대로 차에 탔잖아."

"미안하면 다음에 맛있는 거 사 줘. 한국대 후문에 맛집 많다더라."

"근데, 저기…… 창문 좀 열어도 돼?"

갑자기 태리가 손부채질을 하며 창문을 열었다. 속이 답답한 모양인지 태리의 숨소리가 조금 거칠어졌다. 뭔가 심상치 않다는 것을 느낀 지환이 태리를 향해 조심스레 말했다.

"좀…… 벗어 봐."

화들짝 놀란 태리가 고개를 들자 지환이 태리의 모자를 가리켰다.

"모자 벗어 보라고."

"왜?"

"확인할 게 있어서…… 빨리."

갑자기 정색을 하는 지환을 의아한 눈빛으로 바라보던 태리가 쭈뼛거리며 모자를 벗었다.

모자를 벗은 태리의 얼굴을 확인한 지환은 유턴신호를 받자마자 핸들을 꺾어 왔던 길을 되돌아갔다.

"지금 어디 가는 거야? 학교…… 돌아가야 되는데…… 입학식 끝나기 전에…… 가야……."

갑자기 호흡이 빨라져서 말하기가 힘든지 태리가 말을 다 잇지 못했다.

지환이 다급하게 소리쳤다.

"너 무슨 알레르기 같은 거 있어?"

"……알레르기? 음……."

곰곰이 생각에 잠겨 있던 태리는 고등학교 1학년 때 뮤직비디오 촬영차 푸껫에 가서 코코넛 주스를 먹었다가 죽을 뻔했던 기억이 났다.

"코……코넛?"

"큰일이네. 그 아이스크림 코코넛 밀크로 만든 건데……."

난처한 표정의 지환은 차의 속력을 높였다.

어느새 얼굴은 물론 몸 전체에 울긋불긋 두드러기가 일어난 태리는 어지럼증이 심해져 제 몸을 제대로 가누지도 못하겠는지 의자에 축 늘어졌다.

그리고 그녀의 두 눈이 감겨 오기 시작했다.

"안 돼! 윤태리! 정신 차려!"

지환의 목소리를 마지막으로 태리는 정신을 잃고 말았다.

❖

'살려 주세요! 태리가 물에 빠졌어요!'

촬영장이 순식간에 아수라장이 되었다. 휴식 시간이라 각자 흩어져서 잠시간 일을 잊고 푸껫의 야경을 만끽하던 스태프들이 화들짝 놀라, 호수 위 다리로 모여들었다.

첨벙!

그때 발만 동동 구르던 스태프들 뒤에서 누군가 달려와 거침없이 물속으로 뛰어들었다.

물속으로 가라앉는 중인데도 괴롭지 않은 걸 봐선 아무래도 이건 꿈인 것 같다. 태리는 고개를 들어 수면 위를 바라보았다. 달빛이 있는 그곳에서 누군가 자신을 향해 헤엄쳐 오고 있었다.

왜 얼굴이 안 보이지?

누군지 아는데…… 그날 나를 구해 준 사람이 누군지 태리는 알고 있었다. 그런데 현실에서와 달리 꿈속에선 그 사람의 얼굴이 보이지 않았다. 태리는 헤엄쳐 오는 누군가를 향해 마주 헤엄을 쳐 다가갔다.

그런데 그 순간! 달빛도 사라진 껌껌한 물속에 자신만 혼자 덩 그러니 남아 있었다.

"아…… 안 돼!"

태리가 고함을 지르며 두 눈을 번쩍 떴다. 제일 먼저 성원의 얼굴이 보였다.

"괜찮아? 도대체 어떻게 된 거야!"

상체를 일으키며 주위를 둘러본 태리는 어째서 자신이 병실 침대에 누워 있는 건지 기억을 더듬기 시작했다.

아이스크림을 먹었고, 알레르기 반응이 왔고, 민지환의 차에서 쓰러졌고……. 그 뒤로 기억이 나질 않는다.

"너 코코넛 아이스크림 먹었다며! 2년 전 일 잊었어? 코코넛 때문에 죽을 뻔했으면서 어떻게 그걸 또 먹을 생각을 했냐? 어휴. 내가 진짜 그때만 생각하면 끔찍하다 끔찍해. 남의 나라에서 그 밤에 너 업고 병원 찾아다니느라 대표님이 얼마나 고생했었는데……."

맞아. 그랬지. 그랬었지…….

2년 전 그날이 떠올랐다. 의식을 잃어 가는 중에도 자신을 안고 무작정 달리는 정표의 다급했던 표정이 또렷이 기억이 났다.

그땐…… 내가 그의 소속 연예인이고, 그리고 조카의 친구이기도 하고, 그래서 그런 거라고만 생각했었다.

단 한 번도 내가 그에게 특별한 존재라고 생각해 본 적은 없었는데…….

"대표님……."

태리는 무의식적으로 정표를 불렀다. 더 이상 자신의 마음을 숨길 수가 없었다. 그가 너무 보고 싶었다.

"그래, 네 대표님! 그 더러운 호수에 너 구한다고 뛰어들어서 다음 날 피부병 때문에 죽을 뻔했던 건 기억나? 그런 대표님한테 너 이런 식으로 배신 때리냐? 입학식 도중에 도망을 가? 게다가! 같이 있던 남자애는 누구야?"

성원이 심상치 않은 표정으로 물었다.

맞다. 민지환…….

뒤늦게 지환의 존재가 떠오른 태리가 물었다.

"지환인 지금 어디 있어요?"

"아까 응급실에서 네 옆에 딱 붙어 있길래. 대표님이 보냈지."

"대표님요?"

"그래. 여기 대표님 입원한 병원이잖아. 그나저나 너 이상한 소문이라도 나면 어쩌려고 그러냐? 컴백도 얼마 안 남았는데! 아무튼 대표님이 너한테 엄청 실망했어."

"대표님 지금 어디 계세요?"

태리가 팔에서 링거바늘을 뽑아내고 침대에서 내려왔다.

"바로 앞 병실. 그래 잘 생각했어. 네가 가서 죄송하다고 하고 싹싹 빌어. 어딜 입학식을 째고 남자랑 돌아다녀!"

성원의 잔소리가 끝나기도 전에 태리가 병실을 뛰쳐나가 버렸다.

정표가 있다는 병실로 향한 태리는 급한 마음에 노크도 없이 문을 벌컥 열어 버렸다.

패기 좋게 문을 열긴 열었는데…… 창가에 서서 밖을 내다보고 있는 정표의 뒷모습을 보자 갑자기 심장이 미친 듯이 뛰어 대는 바람에 머릿속이 새하얘져 말문이 막혀 버렸다.

어떡하지…… 다시 나갈까?

손까지 바들바들 떨렸다. 아무래도 작전상 후퇴를 해야 할 것 같아서 뒷걸음질 치던 그때, 정표가 뒤를 돌았다. 그가 생전 처음 보는 싸늘한 눈빛으로 태리를 바라보았다. 태리는 저도 모르게 상체를 90도로 숙여 인사를 했다.

"안녕하세요!"

"문 닫아."

"네? 네……."

왜 저렇게 저기압이야? 태리는 울상을 지으며 문을 닫았다.

문을 닫고도 문손잡이를 잡은 채 쭈뼛대며 서 있는 태리를 향해 정표가 차가운 말투로 말했다.

"요즘 내가 너무 쉽게 굴었지? 그래서 회사도 우습게 보이고?"

그동안 자신이 알던 정표가 아니었다. 이토록 싸늘한 얼굴은 처음이었다. 난생처음 자신에게로 향한 정표의 살벌한 눈빛과 표정에 태리는 무서워서 금방이라도 울음이 터져 버릴 것 같았다.

하지만 아랫입술을 깨물며 꾹 참았다.

애써 침착함을 유지하던 정표가 울먹이는 태리를 보더니 결국 참지 못하고 격앙된 목소리로 소리쳤다.

"매니저를 속이고 도망을 가? 너 지금까지 단 한 번도 그런 적 없었잖아! 그깟 남자 새끼 하나 때문에 그래? 네가 지금 제정신이야? 연애하고 싶다더니 머리가 어떻게 됐어? 미쳤냐고!"

그깟 남자 새끼가 자신인 줄은 꿈에도 모른 채 이성을 잃고 소리치던 정표는 아직 아물지 않은 갈비뼈에 통증이 오는지 길게 한숨을 내뱉으며 고통을 삼켰다.

놀란 태리가 혼나고 있다는 사실도 잊고 황급히 달려가 정표의 팔을 잡아 부축했다.

"괜찮으세요?"

정표가 태리의 팔을 뿌리치곤 그녀를 내려다보며 말했다.

"아니."

"죄송해요. 제가 잘못했어요."

무조건 잘못했다고 용서를 비는 태리를 가만히 바라보던 정표가 물었다.

"네가 뭘 잘못했는데?"

"매니저 오빠한테 말도 안 하고 장소 이탈한 거요……."

"그게 다야?"

정표의 물음에 그가 원하는 대답이 뭘까 곰곰이 생각에 잠겨 있던 태리는 좀 더 자세한 얘기를 꺼내기 위해 입을 열었다.

"학교에 다시 들어가려고 했어요. 근데 갑자기 알레르기가……

그래서 정신을 잃고 병원까지 오게 됐어요."

"그 새끼 얘긴 왜 빼먹어?"

"누구요? 아. 지환이요? 걔는 그냥 저 도와준 거예요. 원래는 저 혼자 나가려고 했는데…… 지환이 차가 대표님 차랑 똑같아서 제가 실수로 그 차에……."

열심히 떠들던 태리가 정표의 표정을 살폈다. 자신의 말을 전혀 믿지 않는 듯한 얼굴의 정표를 보며 태리는 답답했다.

"제 말 듣고 계세요?"

"나와서 어딜 가려고 했는데?"

"그게…… 저 사실은……."

당신을 보러 갔었다는 말이 목구멍까지 차올라 온 태리의 말을 먼저 막은 건 정표였다.

"이런 식으로 거절하는 거야? 어렵게 하랬더니……."

"……."

"알겠어. 네 마음 잘 알겠으니까. 나가."

"네?"

"나가라고!"

정표가 소리를 버럭 질러 버렸다.

화들짝 놀란 태리가 정표를 원망스레 올려다보며 소리쳤다.

"도대체 내가 뭘 그렇게 잘못했는데요! 왜 소릴 질러요! 왜! 으앙!"

태리의 눈에서 굵은 눈물이 뚝뚝 떨어졌다.

정표는 태리의 눈물에 난처한 기색이 역력한 얼굴로 그녀를 바라보다가 애써 매몰차게 뒤를 돌아 버렸다.

정표의 등을 보며 한참을 울던 태리가 밖으로 뛰쳐나가 버렸다.

문이 닫히자마자 바로 뒤를 돌아 닫힌 문을 바라보던 정표는 침대 위 베개를 집어던져 버렸다.

"젠장!"

응급실에서 태리의 손을 꼭 붙잡고 소중한 물건을 다루듯 그애의 머리카락을 쓸어 넘기던 젊은 남자애를 본 순간 이성이 산산조각 나 버렸다.

그 애를 좋아하는 내 기준에서 그 애가 잘못한 건 하나밖에 없었다.

네가 나를 좋아하지 않는다는 것…….

"진짜 퇴원해도 괜찮겠어? 다른 데 아픈 덴 없지?"

운전석에 올라타며 태리의 상태를 살펴보던 성원이 고개를 갸웃거렸다. 밖에선 그냥 훌쩍거리기만 하던 태리가 차에 타자마자 울음을 터뜨린 것이다. 심지어 무릎에 얼굴을 묻은 채 대성통곡을 하는 태리에게 성원은 티슈를 내밀었다.

"대표님한테 많이 혼났어? 야. 솔직히 혼날 만했잖아. 그러니까 그만 좀 울어."

"……자기 ……말만 ……흐윽, 하고…… 내 말은 듣지도 않고…… 으헝……."

도대체 무슨 소린지 모르겠는 성원은 못 들은 척 그냥 차를 출발시켰다.

숙소로 가는 길에 정표의 당부대로 죽집에 들른 성원은 잠시 길가에 차를 세웠다. 뒤를 돌아보니 울다가 지쳐서 잠이 든 태리가 새근새근 숨소리를 내며 자고 있었다.

성원이 나가고, 그 바람에 잠에서 깬 태리는 눈을 떴다가 심란해져서 다시 눈을 감았다. 그런데 어디선가 프리지어 꽃향기가 났다. 다시 살며시 눈을 뜬 태리가 뒷좌석을 돌아보았다. 뒷좌석엔 노란색 프리지어 꽃다발이 놓여 있었다.

저 꽃은 아까 병문안 온 여자가 대표님한테 준 건데…….

"깼네?"

그때 운전석에 올라타며 성원이 태리를 걱정스레 바라보았다.

"오빠. 저 꽃……."

"아. 그거? 너 입학식 축하 꽃다발이지 뭐야. 대표님이 너 주라고 아까 직접 가지고 왔었어. 그러다 너 없어진 거 알고 난리 난 거고. 대표님이 환자복 입고 너 찾아다니느라 얼마나 고생했는지 알아? 대표님한테 무슨 소리를 들었는지는 모르겠지만 네가 이해해. 네 걱정 엄청 많이 하셨어."

태리가 손을 뻗어 꽃을 품에 안았다.

프리지어의 꽃말.

'당신의 새로운 시작을 응원합니다.'

어느 라디오 방송에서 들었던 이 꽃의 꽃말이 생각났다.

"말이 나와서 하는 얘긴데. 너 그거 알아? 대표님이 매년마다 너희 부모님 기일 때 꽃 장식 주문하러 꽃집 온다더라."

"네?"

순간 무언가가 머릿속을 스치고 지나갔다. 납골당에 모신 부모님 두 분을 만나러 갈 때마다 생화 장식이 너무 정성스러워서 관리인들에게 매번 고마워했던 기억이 났다.

그런데 그게 대표님이 한 거라고?

"그게 진짜예요?"

"그래. 우리 누나가 말해 줬어. 실은 꽃집 사장이거든."

아까 낮에 병원 앞에서 본 꽃같이 예쁘던 여자가 결혼해서 애가 셋이나 있는 성원의 누나였다는 사실을 알게 된 태리는 어쩐지 웃음이 새어 나왔다. 그리고 동시에 눈에선 눈물이 흘러내렸다.

"대표님이 너 특별히 챙겨 주는 거 알지? 태리 너랑 관련된 일은 본인이 직접 하시고. 그만큼 네가 동생 같고, 친조카 같고, 그런 거지. 야! 너 또 울어? 왜 그래!"

손등으로 눈물을 훔치며 훌쩍이던 태리의 입술이 아래로 휘어졌다.

어느새 도착한 숙소 주차장에 차를 세우고 문을 열어 주던 성원이 태리를 위로했다. 성원은 태리에게 죽이 담긴 쇼핑백을 내밀었다.

"올라가서 먹어. 오늘 아무것도 못 먹었잖아. 대표님이 사 주신 거야."

쇼핑백을 가만히 내려다보고 있는 태리를 향해 성원이 한마디 더 보탰다.

"대표님도 심란한지 퇴원하셨다니까, 내일이라도 나랑 같이 가서 죄송하다고 하자. 그럼 풀리실 거야. 그러니까 울지 말고 들어가 봐. 조심히 올라가고 푹 쉬어."

성원은 손을 흔들며 태리를 엘리베이터에 태운 후 문을 닫았다.

엘리베이터 문이 닫히고, 올라가는 엘리베이터의 층 표시기를 올려다보던 태리는 잠시 망설였다. 망설이다가 이미 숙소가 있는 층에 도착한 태리는 숙소에 들어가 샤워를 하고 방에 들어와 책상 앞에 앉아 꽃다발을 가만히 내려다보았다.

'이런 식으로 거절하는 거야?'

순간 떠오른 정표의 차가운 음성 때문에 온몸이 저릿저릿했다.

"거절 아닌데……."

철퍼덕 책상 위에 엎드려 버렸던 태리가 갑자기 벌떡 일어나 외투를 챙겨 입고 밖으로 달려 나갔다.

퇴원했다니까 집에 있겠지?

숙소 앞에서 택시에 올라탄 태리는 무작정 정표의 집으로 향했다.

도착한 그곳은 저번보다 훨씬 담이 높아 보였다. 택시가 골목을 내려가는 것을 확인하고, 잠시 대문 앞을 서성이던 태리는 심호흡을 몇 번 하다가 떨리는 손가락으로 벨을 눌렀다.

어떤 표정을 짓고 있어야 할지 몰라 어설프게 미소를 지으며 두 손을 맞잡고 서 있던 태리는 안에서 아무런 인기척도 없자 다시 한 번 벨을 눌렀다.

집에 아직 안 들어왔나?

숨죽이며 정표의 목소리가 들려오기를 기다리던 태리는 어디선가 희미하게 들려오는 잡음에 귀를 쫑긋 세웠다.

고개를 갸웃거리며 서 있던 태리는 인터폰 스피커에 귀를 갖다 댔다.

"대표님…… 숨소리 들려요……."

태리의 말이 끝나기가 무섭게 갑자기 숨소리가 사라졌다.

숨을 참고 있는 건가?

스피커에서 천천히 귀를 떼고 인터폰 앞에 선 태리가 쭈뼛거리다가 조심스레 입을 열었다.

"대표님. 안에 계신 거 맞죠? 저기…… 저 드릴 말씀이 있는데요……."

— 돌아가.

역시 있었다. 정표의 목소리가 들려오자 태리는 아까 혼났던 것도 잊고 반가워서 활짝 웃었다.

"저……."

— …….

"저…… 연애하고 싶어요!"

태리가 두 눈을 질끈 감고 소리쳤다.

— 너 진짜 나 미치는 꼴 보고 싶어? 오늘은 더 이상 네 얼굴 보기 싫으니까 돌아가.

싸늘한 정표의 목소리에 태리는 어안이 벙벙한 얼굴로 도대체 뭐가 잘못됐는지 되짚어 생각해 보다가…… 잊은 게 떠올랐는지 재빨리 자신의 말을 정정했다.

"저요, 대표님이랑 연애하고 싶어……."

철컹.

"……요."

태리의 말이 끝나기도 전에 대문이 열렸다.

6

대문을 열고 마당으로 들어선 태리는 콩닥거리는 마음을 애써 진정시키려 가슴에 손을 얹은 후 심호흡을 했다. 그리고 드디어 현관 앞에 섰다.

들어가면 어떻게 되는 거지?

태리는 저번 날 이곳에 들어갔다가 갑자기 돌변해서 자신의 몸 위로 달려들던 정표가 떠올랐다.

으악! 어떡해…….

갑자기 심장이 미친 듯이 뛰기 시작했다.

그거…… 해야 되는 건가? 아니야. 팔 다쳤잖아. 아니야, 팔 다 쳐도 할 수 있나?

아…… 모르겠어.

수많은 계산들로 태리의 눈동자가 흔들렸다. 하지만 아무리 계산을 해 보려고 해도 연애 경험이 전무한 태리는 정표와의 앞날을 한 치 앞도 예측할 수 없었다. 수능에서 수학 1등급을 받았던 본인이 정작 이런 문제가 닥쳤을 때는 계산도 못 하는 바보가 되어 버리고 마는 현실이 한탄스러웠다. 자신의 무능함을 자책하던 태리의 고개가 푹 꺾여 버렸다.

쾅!

그때 현관문이 거칠게 열렸다. 내 얼굴은 보기 싫으니 가 버리라고 소리치던 사람이 먼저 문을 열고 나오다니…… 역시 예상 밖의 전개였다.

"왜 안 들어와?"

화가 난 정표의 목소리에 화들짝 놀란 태리가 고개를 들었다가 다시 고개를 숙여 버리고 말았다. 샤워를 하다가 급하게 나온 모양인지 젖은 머리에 샤워가운을 걸친 정표는 태리의 벌게진 얼굴을 보곤 뒤늦게 자신의 차림을 내려다보았다.

"죄송해요. 저…… 오늘은 너무 늦어서 그냥 가야겠…… 으악!"

정표가 태리의 손목을 잡아끌고 안으로 들어갔다. 바동거리며 거실로 끌려온 태리는 저번 날 그가 자신을 눕힌 소파가 보이자 기겁을 했다. 놀란 표정의 태리를 본 정표가 손에 힘을 풀어 그녀를 놔주며 살며시 옆으로 이동해 소파를 자신의 몸으로 가렸다.

"너 아까 뭐라고 했어? 나 못 들었어."

"네?"

"네가 밖에서 한 말 나 못 들었다고. 그러니까 다시 말해 봐.

내 눈 똑바로 보고."

태리는 정표의 깁스한 팔을 보며 괜히 딴청을 피웠다.

"팔은 좀 괜찮으세요?"

"괜찮았으면 지금 네가 안 괜찮아졌겠지?"

무슨 말인지 곰곰이 생각 중인 태리의 얼굴을 뚫어져라 바라보던 정표가 답답해서 죽을 것 같은 표정으로 다시 물었다.

"야! 아까 밖에서 뭐라고 했냐니까? 너 여기 왜 왔냐고!"

"그게…… 병원에서 대표님한테 말 못 한 게 있어서 왔어요."

"말해 봐."

"저요, 매니저 오빠 몰래 밖에 나가서 나쁜 짓 하고 돌아다닌 거 아니에요! 대표님 때문이에요."

"뭐?"

"입학식 중간에 대표님 보러 병원 갔다가 그렇게 된 거라구요."

정표가 자신의 귀를 의심했다.

"날 보러 어딜 와?"

되묻는 정표를 바라보던 태리가 쑥스러운 듯 그의 시선을 피했다.

"……대표님이 좋아진 것 같아요. 저도 어렵게 고백하는 거예요."

기어 들어갈 것 같은 목소리로 태리가 말했다. 그런데 그 순간 정적이 흘렀다. 불안함에 아랫입술을 꾹 깨물며 태리가 고개를 들어 정표를 올라다보았다. 방방 뛰며 좋아하진 않아도 싫어하진 않을 거라는 예상과 달리 그가 무표정한 얼굴을 하고 있었다.

"못 믿겠는데?"

"네?"

"싫다고 난리칠 땐 언제고 갑자기 내가 좋아졌다니. 너, 나 가지고 노냐?"

비아냥대는 정표의 말에 상처받은 태리가 저도 모르게 소리쳤다.

"가지고 노는 건 대표님이잖아요! 병문안도 못 가게 하고, 문자도 다 씹고, 연락도 없고, 일부러 그랬죠? 밀……당? 뭐 그런 거죠?"

일부러 그런 건 아니었다. 교통사고가 제법 크게 나서 태리가 놀랄까 봐 그 애가 보고 싶지만 꾹 참고 병문안을 오지 못하게 했고, 사고로 개인 핸드폰이 고장이 났지만 업무가 너무 바빠서 고칠 생각을 못 했었다. 그런 모든 악재들이 기적처럼 정표에겐 호재로 돌아왔다.

쭈뼛대며 서 있던 태리가 두 눈을 동그랗게 뜨고 정표를 올려다보며 말했다.

"속은 것 같지만 그래도 보고 싶어서…… 매일 밤 생각났어요. 만나고 싶었어요. 저요, 대표님 많이 좋아하나 봐요."

"흠흠!"

정표가 재빨리 고개를 돌려 헛기침을 했다. 웃음이 터져서 도저히 태리를 마주 볼 수가 없었다. 이러다가는 갈비뼈가 다시 나갈 판이었다. 승천하려는 광대를 간신히 붙잡은 정표는 기침을 멈추고 태리를 바라보았다. 정표의 입가가 씰룩거렸다.

태리는 정표의 알 수 없는 표정을 보며 자신이 또 뭘 잘못해서 저러나 싶어 기가 죽어 있었다. 태리를 가만히 내려다보던 정표가 다가가 그녀의 목을 끌어안아 버렸다.

쿵. 정표의 맨살에 얼굴이 맞닿은 태리의 귀가 달아올랐다. 어정쩡한 폼으로 정표의 품에 안겨 있던 태리는 여전히 긴장한 채로 전봇대처럼 서 있었다.

"고개 들어 봐."

조금은 부드러워진 정표의 목소리에 태리가 고개를 들었다.

쪽.

고개를 들자마자 입술에 뜨거운 감촉이 왔다가 금세 사라졌다.

"아쉽지?"

그렇다고 대답해야 하는 건가?

고민할 새도 없이 다시 정표의 입술이 태리의 앙증맞은 작은 입술 위에 포개졌다. 정표가 태리의 아랫입술과 윗입술에 번갈아 부드럽게 키스하며 긴장한 태리의 입술을 달래 주었다. 태리는 처음 느껴 보는 달콤한 떨림과 뜨거운 촉감까지, 이 모든 것이 싫지가 않았다. 그런데 그때 입술 안으로 뜨거운 뭔가가 훅 들어왔다.

'싫으면 상대방 혀를 물어 버려. 좋으면 눈을 감고, 힘을 빼. 그게 허락하는 거야.'

태리는 살며시 두 눈을 감고 힘을 **빼며** 입술을 벌렸다.

귀여운 그녀의 행동에 자극받은 정표가 한 손으로 태리의 허리를 끌어당겨 거의 들어 안고선 소파로 향했다. 그는 태리를 소파에 앉혀 등받이에 몸을 기대게 한 후 좀 더 농밀한 키스를 이어 갔다.

숨을 쉬기가 곤란할 정도로 점점 더 강도가 높아지는 정표의 키스에 태리는 온몸의 힘이 다 빠지는 것 같았다. 하지만 정표는 입술로는 부족한지 태리의 목에 손을 두른 채 그녀의 하얀 목덜미를 입으로 베어 물었다.

"흐흣!"

태리의 입에서 나온 야릇한 소리에 정표가 하던 행동을 멈추고 그녀의 말간 얼굴을 내려다보았다. 간지럼을 타는 모양인지 두 눈을 꽉 감은 채 배시시 웃고 있는 태리를 보는 정표의 얼굴에 미소가 새겨졌다.

태리가 뒤늦게 살며시 두 눈을 떴다. 그가 자신을 노골적으로 쳐다보며 웃고 있자 민망해진 태리는 손등으로 입술을 가리며 어색한 표정을 지었다.

"끝났어요?"

"시작도 안 했는데?"

정표가 입술을 막고 있는 태리의 손을 치워 내며 다시 그녀의 입술에 키스를 했다. 키스를 할 때마다 약속이라도 한 듯 두 눈을 감는 태리가 귀여웠던 정표는 더 이상 못 참겠는지 웃음을 터뜨렸다. 정표가 태리의 머리카락을 헝클어뜨리며 그녀의 옆에 앉았다.

"학습력이 아주 뛰어나네? 이제 눈 떠도 돼."

정표의 놀리는 말투에 조금 토라진 태리가 두 눈을 뜨며 그를 흘겨봤다.

"오늘은 내가 안 무서워?"

"……환자잖아요."

"환자 아니고 남잔데? 대답해 봐. 나 너한테 뭐야?"

수능에서 하나 틀린 수학 문제보다 더 어려웠다. 뭐라고 대답을 해야 하는 걸까? 그의 질문에 태리가 곰곰이 생각하다가 답을 찾았는지 대답했다.

"남자 친구……?"

자신의 눈치를 보던 그녀의 작은 입술에서 예상치도 못했던 답변이 나오자 정표는 웃음을 참을 수가 없었다. 그동안 연애하고 싶다고 노래를 부르더니 또래 친구들처럼 본인도 남자 친구를 가지고 싶었던 모양이다.

"근데 너 말이야. 왜 연애가 하고 싶었어?"

"널 보면 마음이 저려 오네 뻐근하게―"

갑자기 느닷없이 노래를 부르는 태리를 멍하게 바라보던 정표가 그녀의 말에 귀를 기울였다.

"세상 모든 게 다 특별해져― 뭐 이런 노래 가사들…… 그게 어떤 기분일지 궁금했어요."

헤헤 웃어 버리는 태리의 얼굴 위로 또 돌진하려는 정표의 행동을 막은 건 그녀의 주머니에서 들려온 핸드폰 벨소리였다. 태리가 얼른 핸드폰을 꺼내 액정을 내려다보았다. 표정이 점점 심각해지자 정표가 핸드폰을 뺏어 액정 속 이름을 확인했다. 성원이었다. 정표의 표정이 무섭게 굳어졌다.

"이 새끼가 이 밤에 너한테 왜 전화를 해?"

질문이 납득이 가지 않는 태리가 어리둥절한 표정으로 대답했다.

"매니저니까요."

"어? 아⋯⋯."

"저기 대표님. 저 여기 온 거 아무한테도 말 안 했는데⋯⋯."

조금 민망해진 정표가 태리의 핸드폰을 테이블 위에 올려놓고 자신의 핸드폰을 가져와 어디론가 전화를 걸었다.

"그래. 나야. 웬일이긴. 너 무슨 일 있냐?"

태리가 숨죽여 핸드폰 너머 성원의 목소리에 귀를 기울였다.

— 대표님. 태리가 숙소에 없대요! 소윤이 말로는 나간 지 한참 됐다던데. 오늘 많이 혼내셨어요? 애가 아까 차 안에서도 계속 울던라고요⋯⋯.

"태리 오늘 숙소에 안 들어갈 거야."

태리의 두 눈이 동그래졌다.

"모아네 집에서 자고 간다고 나한테 연락 왔었어."

내일 있을 스케줄 얘기까지 하며 성원과의 통화를 마친 정표는 웬일인지 자신의 핸드폰 배터리를 분리해 버렸다. 그 모습을 가만히 보던 태리가 TV 속에 비친 자신의 모습을 보며 조금 헝클어진 머리와 옷을 단정히 매만졌다.

"뭐해?"

"모아네 집에 가려고요."

"왜?"

"네? 대표님이 방금 성원 오빠한테 저 모아네 집에서 자고 간다고 말씀하셨잖아요."

"그냥 여기서 자."

태리는 무심한 척 말하는 정표의 시선을 재빨리 피했다. 정표가 한 손으로 태리의 작은 얼굴을 붙잡고 자신과 마주 보게 했다.

"왜? 싫어?"

"……."

"싫으면 데려다줄게. 이 밤에 부러진 팔로 운전해서 너 모아네 집에 데려다주면 우리 누나가 참 좋아하겠다. 그치?"

"……."

"그냥 여기서 자고 가."

이미 결정권은 본인에게 없음을 깨달은 태리는 궁금한 것이 딱 하나 생겼다.

자꾸 뭔가 망설이는 표정으로 우물쭈물하는 태리를 바라보던 정표는 하는 수 없이 자리에서 일어났다.

"옷 입고 나올게."

"저기……."

"왜?"

드레스 룸으로 가려는 정표의 팔을 태리가 두 손으로 붙잡았다.

"……요?"

태리가 붉어진 얼굴로 뭐라고 말하긴 했는데 도통 들리지 않았다. 정표가 되물었다.

"뭐라고?"

"아파요?"

"뭐가?"

뭐가 아픈데, 라고 되물으며…… 바로 답이 나와 버린 정표가 헛웃음을 터뜨렸다. 억지로 웃음을 참으며 정표가 대답했다.

"아니. 하나도 안 아파."

"정말요? 정말 안 아파요?"

태리가 고개를 들고 진지한 얼굴로 정표를 바라보았다. 정표는 간신히 욕구를 억누르며 태리를 향해 물었다.

"나랑 하려고?"

태리가 대답 대신 고개를 끄덕였다.

정표는 자신도 모르게 마른침을 삼켰다.

이대로 그냥 침대 위로 데려가 버릴까?

갑자기 아래에서 뜨거운 열기가 느껴졌다.

"나랑 하려고 하는 이유가 뭔데?"

"하고 싶어 하시니까……."

그래. 하고 싶지…… 하고 싶지만! 정표는 다시 태리 옆에 앉으며 어른인 척 그녀를 타일렀다. 그래. 나는 어른이다.

"윤태리, 잘 들어."

"네……."

"내가 아무리 하고 싶어도 네가 하기 싫으면 나는 참을 수 있어. 선택권은 항상 너한테 있는 거야. 그걸 존중해 주는 게 사랑이야."

"그럼 안 해도 돼요?"

말이 끝나기가 무섭게 활짝 핀 얼굴로 태리가 외쳤다. 씁쓸하게 굳어진 표정으로 정표가 고개를 끄덕였다.

"근데 궁금하지 않아?"

"……."

"너의 마음 깊숙이 깊은 곳에 들어가고 싶어, 더 빨리, 널 멈추지 마, 뭐 이런 노래 가사는 어떤 느낌일까, 궁금하지 않아?"

"선택권은 나한테 있다면서 왜 자꾸 설득해요?"

태리가 정표의 가운데 부위를 흘끗 내려다보았다.

"야! 어딜 봐!"

당황한 정표가 가운을 좀 더 단단히 여미면서 버럭 소리쳤다.

"말이 나와서 하는 말인데. 너 섰남이니 변태니 어쩌고 떠들고 다니면 진짜 혼난다? 남녀 사이에서 일어난 일들은 제3자한테 말하는 게 아니야. 너 내 대외적인 이미지는 생각 안 해?"

"대표님이 섰남인 건 아무한테도 얘기 안 했는데요?"

"손모아가 눈치가 없어서 그렇지 다른 사람 같았으면 벌써 다 들켰어."

"그럼 우리 비밀 연애예요?"

비밀 연애도 해 보고 싶었던 장르였는지 태리의 눈이 반짝였다. 하지만 정표는 아닌 모양인지 진지한 표정으로 그녀를 향해 물었다.

"연예인 계속할 거야?"

정표는 이 문제에 대해서 태리가 이제는 진지하게 고민해 볼 시기가 왔다고 생각했다. 그동안 이런저런 이유들을 들먹이며 태리의 TV 노출을 통제해 온 정표는 태리가 스스로 자신의 진로를 결정하기를 기다린 것이다. 지금이라도 연예계 활동을 접고 일반인으로 돌아간다면 충분히 그럴 수 있는 상황이었다. 아직까지는. 하지만 요새 PD들 사이에서 태리의 이름이 심심찮게 오르내리고 있었다. 그들이 봤을 땐 예의 바르고 애교도 많고 더구나 요새 미모에 물이 올라 어느 프로그램에 꽂아도 한 번에 뜨겠다 싶은 것이다.

"무대가 좋아요."

예상치 못한 답변이 태리의 입에서 나왔다. 역시 태리의 표정도 진지했다. 태리는 무대를 상상했다. 그녀의 얼굴엔 어느새 미소가 자리 잡고 있었다.

"무대 위에 서 있으면 사람들의 시선을 한 몸에 받잖아요. 그 느낌이 좋아요. 그리고 내가 소중하다고 말해 주는 팬들이 있는 것도……."

"그러니까. 계속하겠다?"

태리가 고개를 끄덕였다. 태리의 얘기를 듣고 난 후 정표는 괜히 마음이 무거워졌다. 앞으로의 일이 순탄치만은 않을 것 같은 예감이 들었다.

"모아가 그랬는데요. 제가 연예인이 되고 싶은 건 애정결핍 때문에 그렇대요. 생각해 보면 그런 것도 같아요. 부모님한테 받아야 할 사랑을 다른 곳에서 채우고 싶은 마음이 있었나 봐요."

"……."

"그래서 주변 사람들 모두에게 사랑받고 싶어서 더 잘 웃고, 화가 나도 참고, 말 잘 듣고…… 하지 말라는 건 하지 않았죠. 어렸을 때부터 제 꿈은 세상에 나를 싫어하는 사람이 단 한 명도 없었으면 좋겠다, 그거였거든요. 그런데 어떤 사람이 맨날 저만 보면 소리를 지르는 거예요. 못한다고만 하고."

"내가 그랬다고?"

태리가 고개를 끄덕였다.

'너 좋아하는 거 들킬까 봐 그랬다.' 라고 차마 말도 못 하고 정표가 툴툴거렸다.

"네가 못하니까 못한다고 했겠지. 그래서 뭐 어쩌라고. 지금 따지는 거냐?"

"그냥 그렇다구요. 내가 싫어서 그런 건 아니라니까 다행이에요."

"앞으론 너를 싫어하는 사람들보다 너를 좋아하는 사람한테 집중해."

정표가 자신을 가리켰다.

밖에선 무대포여서 '정대포', 대표치고 어려서 '어린놈', 어딜 가든지 멋대로 싸가지 없게 굴어서 '싸가지' 따위의 각종 별명으로 불리는 그가 부드러운 표정으로 자신을 바라봐 주고 있다는 사실이 태리는 믿기지가 않았다. 그래서 저도 모르게 그에게 질문을 던졌다.

"원래 사귀는 여자한텐 이렇게 잘해 주세요?"

"아니. 이렇게 잘해 주는 건 처음인데?"

또다시 뜨거워진 정표의 눈빛에 태리가 어색하게 웃었다.

정표는 그런 태리를 보고 있자니 그냥 웃음만 나왔다. 아무리 생각해도 기가 찰 노릇이다. 때가 탈까 봐 건드리지도 못하게 해 가지고, 뭘 안다고 섹스할 때 아프냐고 물어보질 않나……. 그런 널 보면서 내 심장은 왜 뛰고 난리인지. 어이가 없어서 웃음만 나왔다.

"왜 웃어요?"

"그런 게 있어. 저기 왼쪽 끝 내 방에서 자라. 빨리 들어가."

"대표님은요?"

"같이 잘래?"

태리가 고개를 절레절레 흔들며 자리에서 일어났다. 재빨리 정표의 방으로 향하던 태리가 방에 들어가기 전 빼꼼 고개를 내밀었다.

"대표님!"

"왜?"

"궁금한 게 있는데요."

"뭔데?"

"저기…… 제가 언제부터 좋았어요?"

"그게 왜 궁금한데?"

"사귀면 얘기해 준다고 했잖아요."

잠도 안 올 것 같고, 업무를 볼 요량으로 테이블 밑에서 노트북을 꺼내 전원을 켜던 정표가 무심한 척 얘기했다.

"네가 A에서 B가 됐을 때."

태리가 도통 무슨 소린지 모르겠다는 얼굴로 고개를 갸웃거리며 다시 물었다.

"그게 무슨 소리예요?"

정표가 고개를 들어 턱 끝으로 태리의 몸을 가리켰다. 정확히 가슴 쪽이었다. 태리가 그를 알아차리고 울상을 지으며 재빨리 양손으로 가슴을 가렸다.

"뭐예요! 제 거 봤어요?"

그쯤이야. 의기양양한 표정으로 정표가 말했다.

"푸껫에서 찍은 뮤직비디오 폐기한 이유가 뭔지 알아?"

알레르기 쇼크가 와서 호수에 빠져 죽을 뻔했던 악몽 같았던 푸껫 촬영 뮤직비디오는, 무슨 이유에서인지 윗분들의 승인이 떨어지지 않아 폐기됐다고 들었다. 윗분들이라고 해 봤자, 아니 아무리 윗분들 다수가 반대해도 대표가 마음에 들면 그냥 따라야 했고, 대표가 마음에 안 들면 아무것도 못 하는 것이 W픽처스였다.

태리는 갑자기 그 뮤직비디오가 폐기된 이유가 엄청 궁금해졌다.

"이유가 뭔데요?"

"나만 보려고."

"네?"

"너 말이야. 앞으로 결핍될 애정 같은 거 없을 것 같으니까 딴데 가서 애정 구걸한답시고 웃고 다니지 말라고."

"……."

"그리고 빨리 들어가라. B가 어떻게 생겼는지 나 지금 엄청 궁금한데 참고 있거든?"

정표의 말이 끝나기가 무섭게 태리가 기겁을 하고 방으로 쏙 들어가 버렸다.

문이 쾅 닫히고, 정표가 허탈하게 웃어 버렸다.

그냥 모른 척 들어가서 아무 짓도 안 할 테니까 같이 자자고 해 볼까?

꼬시면 넘어올 것도 같은데…….

정표는 이런 자신이 한심스러운지 머리카락을 헝클어뜨리며 노트북 화면을 바라보았다. 업무에 열중하다가도 자꾸만 시선이 자신의 방으로 향했다.

참는 김에 조금만 더 참지, 뭐.

하지만 마음과 달리 몸이 제멋대로 움직이고 있었다. 어느새 방문 앞에 선 정표가 문을 두드렸다.

"윤태리. 뭐 먹을래? 배고프지?"

마치 배고프다고 말하라고 강요하듯 그가 물었다.

잠시 고민했는지 조금 늦게 태리의 대답이 들려왔다.

"컴백 전까진 9시 이후에 뭐 먹으면 트레이너 선생님한테 혼나요."

"누가 누굴 혼내? 그러지 말고 잠깐만 나와 봐."

강제 입성을 하기 위해, 문고리를 잡은 정표의 손이 또 제 맘대로 움직였다. 하지만 문고리가 돌아가지 않았다.

"야! 문은 왜 잠갔어?"

"대표님이 숙소 말고 다른 데서 잘 땐 문 잠가야 한다고 하셨잖아요."

"내가?"

내가 언제?

곰곰이 생각에 잠겨 있던 정표는 뒤늦게 자신이 내뱉었던 말이 떠올랐는지 손잡이를 놓고 투덜대며 돌아가 소파에 털썩 앉아 버렸다.

"말도 참 더럽게 잘 듣네."

회사 식구들이 말하기를……

'태리는 밖에 나가서도 대표님 말을 어찌나 잘 듣는지. 맨날 대표님이 하랬어요, 우리 대표님이 하지 말랬어요를 입에 달고 산다니까요.'

그땐 그냥 그러려니 했는데 직접 당하고 나니까 그 대표가 누군지 가서 멱살이라도 잡고 싶은 심정이었다.

7

"이…… 이게 뭐야?"

모아가 내민 핸드폰 속 사진을 보며 태리가 소스라치게 놀랐다. 태리의 격한 반응에도 불구하고 모아가 다음 사진도 보여 주며 미드 속 탐정 역할에 빙의한 듯 예사롭지 않은 눈빛으로 말했다.

"삼촌네 집 침대에서 발견한 머리카락이야. 엄청 길지? 긴 생머리의 여성이 침대에서 삼촌이랑 둘이……. 두 사람은 과연 침대에서 뭐했을까? 꺄!"

모아가 양손으로 얼굴을 가리며 부끄러워하자 태리가 저도 모르게 변명을 늘어놓았다.

"아니야, 혼자 잤어!"

"응?"

"아니, 그게 아니고…… 여자 혼자 잤겠지!"

"너는 그 인간이 그렇게 신사로 보이냐? 그나저나 너 왜 갑자기 흥분하고 그래?"

고개를 갸웃거리는 모아를 낭패감이 가득한 얼굴로 바라보던 태리가 재빨리 말을 돌렸다.

"근데 너 또 대표님 댁에 몰래 들어갔어? 그러다 들키면 어쩌려고! 그런 거 엄청 싫어하시잖아."

"나 혼자 간 거 아니야. 엄마랑 같이 갔어!"

무슨 재밌는 얘깃거리라도 있는지 모아가 낄낄대며 이야기보따리를 풀기 시작했다.

"삼촌이 사귀는 여자, 연예인이래! 할아버지 난리 났잖아. 연예인은 안 된다고!"

"그…… 그래?"

"그나저나 누굴까? 머리카락이 이 정도 길이면…… 딱 너 정도인데? 검색해 봐야겠다."

모아는 핸드폰으로 긴 생머리 여자 연예인을 검색해서 한 명씩 이름을 읊어 대기 시작했다. 하나같이 톱 여배우들의 이름만 호명되고 있었다. 태리는 기분이 썩 유쾌하지 않아 애꿎은 커피만 홀짝홀짝 마시다가 괜히 속이 답답해져 한숨을 길게 내뱉었다.

학교는 다르지만 둘 다 공강이라, 학교 근처 카페에서 수다를 떨며 시간을 보내던 태리와 모아는 점심을 먹으러 근처 식당으로 향했다.

"우와. 사람 엄청 많다!"

꽉꽉 들어찬 학생들로 식당 안은 북적댔다. 그때 모아가 식당 안에서 누군가 발견했는지 반짝거리는 눈으로 태리의 팔을 끌어당겨 구석 자리로 달려 들어갔다.

"어? 너 민지환 아니야?"

호들갑스러운 모아의 목소리에 친구와 밥을 먹던 지환이 고개를 들었다.

지환의 시야엔 모아 뒤에 당황한 듯 서 있는 태리가 먼저 들어왔다. 지환이 제 눈을 의심하며 태리를 향해 인사를 건넸다.

"안녕?"

"어? 어……."

"앉아. 밥 같이 먹자."

지환이 벌떡 일어나 태리의 손목을 잡아끌어 자리에 앉혔다.

"여기 돈가스도 맛있고, 음…… 비빔만두도 먹을 만하고. 그러다가 목 디스크 걸리겠네."

벽에 붙여진 메뉴판을 올려다보고 있던 태리를 향해 지환이 웃으며 말했다.

태리가 메뉴를 고를 때까지 기다리던 모아가 더 이상은 못 기다리겠는지 독단적으로 돈가스와 비빔만두를 주문해 버렸다.

어색한 분위기 속에서 지환의 옆에 앉아 있던 친구가 넋이 나간 얼굴로 김치볶음밥을 먹던 수저를 내려놓았다.

"진짜네? 프리티 태리 맞네?"

평소 걸그룹에 관심이 많았던 지환의 친구 김용선은 지환과 달리 정말 수다스러웠다. 태리는 1년 치 연예 정보 프로그램을 10분

만에 몰아서 본 기분이 들었다.

"근데 너, 너네 회사 대표랑 친해?"

"응?"

돈가스를 입에 넣던 태리가 고개를 갸웃거렸다.

"아니, 얘기 들어 보니까 조심해야겠더라. 완전 나쁜 새끼던데."

'나쁜 새끼'라는 말에 만두피에 야채를 쌈 싸 먹던 모아가 욕한 바가지를 목구멍에 걸쳐 놓았다.

"어제 힐링 여행에서 김지유가 너희 대표한테 소송당한 얘기하던데, 진짜 쓰레기더라."

용선이 프리티 멤버들의 각종 가십들을 읊어 댈 때는 말도 안되는 이야기라며 웃으며 해명하던 태리의 해맑았던 얼굴이 순식간에 굳어져 버렸다.

"대표가 어린데 돈은 무지하게 많다면서? 그 돈을 다 어떻게 모았으려나. 온갖 더러운 짓 다 했겠⋯⋯."

"엔터 말고 다른 사업도 하셔."

"응?"

태리가 용선을 똑바로 보며 말했다.

욕을 내뱉으려고 음식물을 거의 씹지도 않고 다 삼킨 모아는 평소 잘 나서지 않던 태리가 바르르 떨며 정표를 감싸자 의아한 눈빛으로 그녀를 바라보았다. 지환도 마찬가지로 낯선 태리의 모습을 가만히 지켜보았다.

"우리 대표님 남들보다 덜 자고 더 많이 움직여서 열심히 모은

돈이라고. 너나 아무것도 모르는 사람들이 그렇게 함부로 욕해도 되는 사람 아니야!"

"맞아! 김지유 그 미친년이 우리 삼촌한테 들이대 가지고⋯⋯ 으읍!"

태리가 화들짝 놀라며 모아의 입을 틀어막아 버렸다.

"아무튼 우린 이만 갈게!"

남한테 큰 소리를 낸 것이 당황스럽기도 했고 빨리 이 자리를 벗어나 도망가고 싶은 마음에 태리가 모아를 끌고 급하게 식당을 나와 버렸다.

"모아야! 대표님이 그거 얘기하고 다니지 말랬잖아."

"열 받는데 어떡해! 그 나쁜 년, 그걸 방송에서 그렇게 얘기했단 말이지?"

방송을 못 본 모양인지 모아가 핸드폰을 꺼내 검색을 하기 시작했다.

그때 마침 식당에서 지환이 용선을 끌고 밖으로 나왔다. 지환이 용선에게 눈치를 주자 용선이 머리를 긁적이며 사과했다.

"미안. 그래도 네 지인인데 내가 말이 너무 심했어. 아무튼 미안해. 그럼 난 이만 가 볼게."

정말 미안했던 모양인지 용선이 상기된 얼굴로 버스 정류장 쪽으로 뛰어가 버렸다.

그리고 핸드폰을 들여다보던 모아가 시간을 확인하더니 팔짝팔짝 뛰기 시작했다.

"으악! 어떡해. 나 강의 늦겠다! 지환아. 우리 태리 한 시간 더 남았거든? 부탁한다! 나 먼저 갈게!"

그렇게 모아도 용선의 뒤를 따라 정류장으로 향하고, 태리와 지환만 남았다. 두 사람은 별다른 얘기 없이 후문으로 들어가 교정을 걸었다. 지환이 어렵게 입을 열었다.

"나도 한 시간 비는데. 무슨 수업이야?"

"교양."

"진짜? 혹시 리더십?"

"응…… 자기 이해와 리더십. 김종욱 교수님."

"어? 나도 그 수업이야. 같이 가면 되겠네. 가자."

먼저 앞장을 선 지환의 뒤를 태리가 따라갔다.

태리를 위한 배려인지 강의실 맨 앞 구석 자리에 가방을 내려놓은 지환은 잠시 음료수를 사 오겠다며 밖으로 나갔다.

텅 빈 강의실에 혼자 앉아 있던 태리가 가방에 넣어 뒀던 핸드폰을 꺼냈다.

가만히 핸드폰을 들여다보던 그때 텔레파시가 통한 모양인지 핸드폰이 진동을 하기 시작했다. 화들짝 놀란 태리가 액정을 내려다보았다. 정표였다. 얼굴에 화색이 돈 태리가 얼른 전화를 받았다.

"여보세요?"

— 밥 먹었어?

"네. 대표님은요?"

— 누구랑?

"네?"

— 누구랑 먹었는데?

"모아랑 먹었는데요. 대표님은요?"

— 둘이서만 먹었어? 뭐 먹었는데?

"제가 물어본 건 왜 대답 안 해 주세요?"

태리가 억울하다는 말투로 그에게 따져 물었다. 그러자 질문을 멈추고 정표가 그녀의 물음에 대답했다.

— 난 지금 먹으러 나왔어.

"아…… 대표님은 누구랑 드시는데요?"

— 송지현.

"네? 지현 언니랑 왜요?"

— 일 때문에. 아 저기 왔네. 끊어.

"자…… 잠깐!"

뚝.

그는 무슨 급한 일이라도 있는지 매몰차게 전화를 끊어 버렸다. 태리는 어쩐지 묘한 기분이 들었다. 나한텐 남자랑 둘이서 아무것도 하지 말라고 해 놓고 자기는 여자랑 단둘이 아무렇지 않게 밥을 먹고, 심지어 당당해. 물론 일 때문이겠지만…… 태리는 순간 저도 모르게 대한민국 톱스타 송지현의 C컵 가슴이 떠올랐다. 얼굴도 몸매도 그녀가 자신보다 훨씬 우월했다. 게다가 정표와의 과거도 있으니…….

"코코아야. 마셔."

강의실 책상 위에 코코아가 담긴 컵이 놓였다. 지환이 태리 옆에 앉으며 물었다.

"표정이 왜 그래? 무슨 안 좋은 일 있어?"

"아니야, 아무것도……."

태리가 한숨을 픽 내뱉으며 지환이 사 준 코코아를 한 모금 마셨다. 달달한 코코아가 입에 들어가니 기분이 좀 나아진 모양인지 태리가 배시시 웃으며 고개를 들었다.

"맛있다!"

"그래? 앞으로 교양 때마다 사 줄게."

"아니야. 다음엔 내가 사 줄게. 근데 강의실 여기 맞아? 사람이 없는데……."

"뭐, 이제 곧 다들 오겠지. 그거 네 핸드폰이야?"

지환이 태리의 핸드폰을 가리켰다.

"응. 왜?"

"학교 다닐 때 반에서 너만 핸드폰 없었잖아."

"맞아. 그랬지. 사실 나 핸드폰 생긴 지 얼마 안 됐어."

"연예인이라 번호 안 알려 주려고 일부러 없다고 한 건 줄 알았는데. 반 애들 다 그렇게 알고 있었어."

"진짜? 절대 그런 거 아닌데……."

"그래? 그럼 알려 줘, 번호."

지환이 자신의 핸드폰을 태리에게 내밀었다. 지환의 핸드폰을 받은 태리는 잠시 망설이더니 번호를 꾹꾹 눌렀다.

핸드폰을 다시 건네받은 지환은 신이 난 얼굴로 저장 버튼을 눌러 이름 칸에 윤태리 석 자를 새겨 넣고 있었다.

"우리 매니저 오빠 번호야."

손동작을 멈춘 지환은 당황한 표정으로 고개를 들었다.

"네 번호가 아니고? 왜……."

"미안해. 회사 대표님이 아무한테도 번호 알려 주지 말라고 그랬어."

"친군데도?"

"친……구는 되는데. 여자만……."

"너무하네, 그 대표님. 넌 답답하지도 않아?"

잠시 생각에 잠겨 있던 태리가 방긋 웃으며 대답했다.

"익숙해져서 괜찮아."

"저번에 병원 앞에서 봤던 그 사람이지? 너희 대표라는 사람……."

태리가 고개를 끄덕였다. 지환은 저번 날 응급실에서 대면했던 정표가 떠올랐다.

"무섭던데. 너 정말 괜찮지? 부당한 계약을 했다거나 약점을 잡혔거나 뭐 그런 건 아니지?"

태리가 도대체 무슨 소린지 모르겠다는 표정으로 지환을 바라보았다.

"아무튼 너한테 볼일 있으면 이 번호로 연락하면 된다는 거지?"

지환은 씁쓸하게 웃으며 태리의 특수한 상황을 존중하겠다고 마음을 먹은 후 번호를 저장했다.

"맞다. 모아한테 들었지? 이번 주 주말에 동창회하는 거."

"응. 저번 주에 들었어."

"정말 못 와? 담임선생님도 오시는데?"

"진짜? 선생님도 오셔?"

고등학교 1학년 때부터 2년 동안 자신의 담임을 맡았던 선생님이 오신다는 소리에 태리의 눈이 반짝였다. 때론 엄마처럼 언니처럼 태리와 가깝게 지냈던 터라, 선생님을 향한 태리의 애정이 남달랐던 것이다.

"선생님께서 너도 꼭 부르라고 했는데. 또 대표님이 못 가게 하는 거야?"

"아니. 그런 건 아닌데…… 알았어. 한번 물어볼게."

보나 마나 안 된다고 할 게 뻔해서 아예 물어보지도 않았던 태리는 선생님이 오신다는 얘기에 이번 동창회에는 무조건 참석하고 말겠다는 강한 의지를 다졌다.

"어쩐 일이세요? 좀 더 쉬셔야 하지 않아요?"

성원이 깁스한 팔로 사무실에 나타난 정표의 뒤를 따르며 물었다.

정표는 대표실에 들어가려다 말고 다시 나와서 어쩐지 눈살을 찌푸리며 연습실 쪽을 노려보았다. 열심히 연습하는 멤버들을 보며 성원이 뿌듯한 얼굴로 대답했다.

"이번 타이틀곡 안무가 나와서요. 지금 애들 열심히 연습 중이에요."

레깅스에 어깨가 다 보이는 헐렁한 티셔츠를 입고 열심히 안무 연습 중인 태리를 보며 정표가 중얼거렸다.

"저건 또 뭐야."

몸을 숙일 때마다 보이는 가슴 쪽 속살과, 물론 댄스 지도가 목적이겠지만 남자 안무가와 몸을 밀착한 상태에서 웃고 떠들고 있는 태리를 보니 정표는 속이 타들어 갈 지경이었다. 게다가 안무가의 손이 태리의 맨살에 닿는 것을 보니 정말 온몸에 소름이 끼칠 정도였다. 이 정도면 스스로도 병이라고 인정할 수밖에 없었다.

"대표님 안에 결재할 서류들……."

"들어가자."

정표가 대표실이 아닌 연습실로 방향을 틀었다.

이미 정표가 사무실에 들어온 것을 본 멤버들이 자세를 바로하고 더 열심히 춤을 추기 시작했다. 무표정한 얼굴로 연습실에 들어선 정표가 성원을 향해 나지막한 목소리로 말했다.

"덥다. 히터 좀 꺼."

"네? 끄면 추울 텐데…… 넵. 당장 끄겠습니다."

정표의 굳은 표정에 성원이 재빨리 달려가 난방기 전원을 껐다.

난방을 끄자마자 옷을 얇게 입고 있던 멤버들이 몸을 떨며 외투를 걸쳐 입기 시작했다.

그런데 몸의 감각도 둔한 건지, 태리만 추운 줄도 모르고 연습에 몰두하고 있었다. 정표는 20대 초반의 젊은 남자 댄서와 서로의 몸에 터치를 해 가며 연습하는 태리의 모습을 보는 것이 오늘따라 더욱 견디기 힘들었다.

"윤태리."

정표의 목소리에 연습실에 있는 모두가 동작을 멈추고 그를 바라보았다. 정표의 부름에 태리가 쪼르르 달려가 그의 앞에 섰다.

"네."

"너 똑바로 못 하냐? 여기 서서 멤버들 하는 거 잘 봐 봐."

정표가 자신의 옆을 턱 끝으로 가리켰다. 영문도 모른 채 자신이 또 무슨 실수를 했기에 저러나, 태리는 자괴감에 빠져 길게 한숨을 내뱉어 버렸다. 그 소리를 들은 정표는 그녀의 모습을 흘끔 보다가 걱정되는 마음에 물었다.

"웬 한숨이야?"

"아니에요."

"말해 봐. 뭔데?"

"언니들 잘하는 거 알아요. 제가 따라갈 수 없을 정도로. 그렇지만 저도 열심히 연습했어요. 근데 왜 맨날 저만 못한다고 하세요?"

멤버들이 하나둘 눈치를 보며 연습을 멈추고 정수기 쪽으로 향했다.

막내의 반란이다. 드디어 터졌다.

모두가 보는 앞에서 '사실은 질투해서 그랬다, 나 말고 다른 남자가 네 몸에 손대는 거 보기 싫어서 괜한 투정 한번 부렸다. 서른 살이나 처먹은 내가!' 라고 말할 수도 없는 노릇.

"따라 나와."

정표는 평소처럼 화가 난 표정으로 연습실을 빠져나갔다. 대표실로 들어간 정표는 어쩐 일인지 자신의 뒤를 쫄래쫄래 따라올 줄로만 알았던 태리가 모습을 보이지 않자 다시 문을 열고 밖을 내다보았다.

태리가 자신을 따라오지 않고 밖으로 나가고 있었다.

"저게……."

당황스러운 표정으로 정표가 재빨리 태리의 뒤를 쫓아갔다. 비상계단에 쪼그리고 앉아 무릎에 얼굴을 묻은 태리의 작은 몸이 보였다.

"야. 추운데 들어와서 얘기해."

태리가 고개를 들어 정표를 흘겨봤다.

"너 지금 나 째려보는 거야?"

"제가 싫어졌죠? 맞죠? 저 싫어졌죠?"

자리에서 벌떡 일어나 의심스러운 눈초리로 말하는 태리를 가만히 내려다보던 정표가 코트를 벗어 태리의 몸 위에 덮어 주었다.

"올라가서 옷이나 갈아입고 내려와. 가슴 다 보여."

태리가 황급히 자신의 가슴을 내려다보다가 얼른 두 팔로 가렸다.

"무, 무슨 소리예요!"

"갈아입고 내려와서 연습해. 칭찬해 줄 테니까."

공과 사도 구분 못 하고 태리에게 화를 낸 자신이 우스웠는지 정표가 헛웃음을 내뱉었다. 그러곤 괜히 미안한 마음에 태리의 뽀얀 볼을 쓰다듬으며 말했다.

"먹고 싶은 거 없어? 토요일에 맛있는 거 사 줄게."

토요일이라는 말에 태리의 눈이 반짝거렸다. 지금이 타이밍이라고 생각한 태리가 재빨리 말을 꺼냈다.

"토요일에 고등학교 동창회 있는데…… 갔다 와도 돼요?"

'당연히 안 돼!' 라고 하려던 정표는 쿨한 척 고개를 끄덕였다.

"갔다 와."

"정말요?"

두 손을 모으며 활짝 웃는 태리를 보던 정표는 허락하기를 잘했다는 마음과 동시에 한편으론 어디서 몇 시까지 놀 것이며, 구성원들의 남녀 비율의 퍼센트는 어떤지 등의 자질구레하고 없어 보이는 질문들이 떠오르기 시작했다.

"옷 갈아입고 내려올게요!"

코트를 벗어 정표에게 넘기고 폴짝폴짝 뛰며 계단을 올라가는 태리의 뒷모습을 가만히 바라보던 정표가 그녀를 불러 세웠다.

"윤태리!"

다시 안 된다고 하면 어떡하지? 태리가 불안한 표정으로 뒤를 돌았다.

"손모아도 같이 가는 거지?"

"네!"

"그래. 그럼 뭐. 잘 갔다 와. 그런데."

태리의 모습을 머리부터 발끝까지 쭉 스캔을 한 정표가 결국 자질구레하고 정말 없어 보이는 말을 하고야 말았다.

"바지 입고 가라."

"……."

"운동화 신고."

"……."

"화장도 하지 마."

태리의 표정이 언짢게 변하려고 하자 정표가 자신의 발언을 후회하며 얼른 뒤를 돌아 사무실 안으로 들어가 버렸다.

젠장.

스스로를 자책하며 정표는 대표실로 들어가 들고 있던 코트를 내던져 버렸다.

⊰⊱

"오래간만에 누나네 집에 와서까지 일이냐? 밥이나 먹어."

자신의 말이 들리지 않는지 거실 소파에 앉아 노트북을 들여다보고 있는 정표를 한심스럽게 보던 수옥은 노트북의 코드를 뽑아 버렸다.

하는 수 없이 식탁으로 향한 정표는 한식과 양식 각종 음식들로 가득 찬 식탁을 내려다보았다. 먹기도 전에 벌써부터 배가 터질 것 같았다.

"모아는?"

그가 젓가락으로 계란말이를 하나 집어 먹으며 시치미를 떼고 물었다. 수옥이 밥과 국을 놓으며 말했다.

"태리랑 같이 동창회 갔어. 지금쯤 아주 신나게 놀고 있을 걸?"

정표는 신경질적으로 밥을 한 숟가락 떠서 입에 넣었다.

그놈의 동창회 때문에 바빠 죽겠는데 일도 손에 안 잡힐 정도로 답답해 죽을 지경이어서 이곳에 왔다는 사실은 꿈에도 모르는 수옥은 정표와 마주 보고 앉았다.

"근데 너는 연애 안 하냐?"

"아버지한테 못 들었어?"

"들었지! 연예인이라며? 도대체 누군데 이 좋은 주말에 널 이렇게 방치해 놨대? 잘나가는 앤가 봐?"

"물어봐도 소용없으니까 저리 가."

"잤어? 잤지?"

"비밀번호 바꿨어. 한 번만 더 내 허락 없이 우리 집에 몰래 들어오면 죽어 진짜."

"에잇. 들켰네. 야! 넌 무슨 누나한테 그렇게 비밀이 많냐? 알려 줘! 누군데?"

"알면 뭘!"

"도와줄게. 아버지 아직도 포기 못 하고 네 선 자리 알아보고 난리 났던데?"

밥맛이 떨어진 모양인지 정표가 수저를 내려놓았다. 그 모습을 걱정스레 보던 수옥이 한층 내려앉은 목소리로 말했다.

"엔터 접고 아버지 회사로 들어가. 그리고 솔직히 아버지가 네 상대로 연예인 반대하는 거 당연해. 정운이 일도 있었고……."

"형은 형이고! 내가 하는 일들은 형이랑 상관없어."

"아버진 다르지. 누구 때문에 정운이가 죽었는데? 지현이 걔가 영화판에 정운이 끌어들이지만 않았어도. 아니다, 애초에 지현이를 만나지 말았어야 했어."

수옥은 길게 한숨을 내뱉으며 정표를 타일렀다.

"정운이가 딱 네 나이에 죽었어. 아버진 그게 걱정인 거야. 네가 정운이랑 똑 닮았거든. 그러니까 방황하지 말고 어서 결혼해서 안정적인 삶 사는 거 보여드려. 그게 최선이야. 요새 건강도 많이 안 좋아지셨어."

"잔소리 그만하시지? 내가 알아서 할 거니까."

그냥 집에 있을 걸 괜히 와서 잔소리만 듣게 된 정표는 투덜거리며 거실로 향했다.

소파에 앉아 다시 노트북을 켠 정표지만 머릿속에는 다시 그 애의 얼굴이 떠올랐다.

재밌게 놀다 오라고 쿨하게 허락한 주제에 전화며 문자로 언제 오느냐고 닦달하는 꼴이 보기 흉할 것 같아서 정표는 괜히 모아한테 어디냐고 문자를 보냈다. 카톡창에 지워진 1을 확인하곤 얌전히 답문을 기다렸다. 한참이 지나도 답문은 없었다.

감히 내 문자를 씹어?

마침 테이블 위 수옥의 핸드폰이 눈에 들어왔다. 정표는 슬그머니 수옥의 핸드폰을 자신의 주머니에 숨긴 채 화장실로 향했다.

그냥 어디인지만 확인할 요량으로 모아에게 전화를 걸었다. 연결음이 들리자마자 모아가 전화를 받았다.

— 엄마!

"내 문자는 씹고. 네 엄마 전화는 바로 받는 거야? 너 용돈 끊어 버린다?"

— 삼촌? 왜! 왜 전화했는데?

"어디냐고."

— 어디긴, 우리 고등학교 앞 술집이지!

이미 만취한 듯 꼬부라진 혀로 웅얼거리는 모아의 말투에 정표의 미간이 구겨졌다.

"윤태리도 술 마셨냐?"

— 끊어. 우리 2차로 노래방 가야 돼!

"걔 술 마셨냐고!"

— 그래, 마셨다, 어쩔래! 회사에선 게임도 안 가르쳐 줘? 태리 게임 다 걸려서 혼자 술 다 마셨지. 히히. 지환아! 태리 좀 부탁해! 노래방 저기 있다!

"뭐? 야! 여보세요!"

끊어진 건지 끊은 건지 통화가 종료되고, 정표는 애꿎은 핸드폰만 노려보다가 화장실을 나와 버렸다.

'지환아! 태리 좀 부탁해!'

모아의 목소리가 귓가에 계속 울렸다.

누구한테 누굴 부탁해?

알아서 오겠지. 그냥 두자. 간신히 마음을 비우고 거실로 나와 소파에 앉은 정표는 다시 노트북을 들어 자신의 무릎 위에 올려놓았다.

"지환······"

어디서 많이 들어 본 이름인데······ 곰곰이 생각에 잠겨 있던 정표가 자리에서 벌떡 일어났다.

'누구요? 아. 지환이요? 걔는 그냥 저 도와준 거예요. 원래 는 저 혼자 나가려고 했는데······ 지환이 차가 대표님 차랑 똑 같아서 제가 실수로 그 차에······.'

젠장. 응급실······ 그 새끼잖아!

갑자기 씩씩거리며 코트를 입고 현관으로 향하는 정표를 수옥 이 뒤따라갔다.

"벌써 가려고?"

"모아 데리고 올게."

"모아는 왜? 아직 9시밖에 안됐는데. 그냥 놀게 둬."

"벌써 술 진탕 먹었던데. 진짜 애 교육 똑바로 안 시킬래? 벌 써부터 이러면 나중에 어떻게 잡으려고 그래?"

정표가 평소답지 않게 조카 걱정을 하는 모습이 웃겼는지 수옥 이 박장대소해 버렸다.

"아이고. 푸하하. 넌 더했거든? 원래 그 나이엔 하지 말라고 하 면 죽어라 더 하고 싶은 거야. 너도 잘 알잖아?"

"아무튼 안 돼. 데리고 올 거야."

막무가내로 밖으로 나가 버리는 정표를 의아하게 바라보던 수 옥은 거실로 돌아와 테이블 위를 정리했다.

수옥은 내팽개쳐진 노트북을 보며 고개를 갸웃거렸다.

"쟤가 일도 내팽개치고……. 참나, 그래도 하나밖에 없는 조카라고 엄청 챙기네."

그는 거칠게 차를 몰며 태리가 다녔던 고등학교 근처 번화가를 배회하고 있었다. 두 바퀴 정도 돌았을까? 마침 근처 주차장에서 자신의 차와 똑같은 차를 발견한 정표는 근처에 차를 주차하고 차에서 내렸다.

내리자마자, 운이 좋은 건지 나쁜 건지 노래방 건물에서 태리가 지환에게 거의 안기다시피 해서 나오고 있는 모습을 목격한 정표의 아래턱에 힘이 들어갔다. 그는 애써 침착함을 유지하며 조금은 빠른 걸음으로 두 사람의 뒤를 따라갔다.

태리를 데리고 근처 공원으로 향한 지환은 태리를 벤치에 앉힌 후 주머니에서 술 깨는 약을 꺼내 건네주었다. 태리가 약병을 손에 쥔 채 이리저리 살펴보더니 혼잣말을 했다.

"어? 이거…… 대표님이 나 줬던 건데."

태리가 해롱해롱거리며 고개를 들어 지환을 향해 배시시 웃어주었다.

"야! 윤태리!"

어디선가 들려온 살벌한 음색에 지환에게 향했던 태리의 시선이 뒤쪽으로 옮겨 갔다. 태리가 놀라서 자리에서 벌떡 일어나자 지환도 뒤를 돌았다.

어느새 코앞까지 다가온 정표가 태리의 손에 들린 약병을 뺏어 들었다. 그러곤 그는 지환을 향해 말했다.

174

"내가 저번에 경고했을 텐데?"

그는 약병을 옆에 있는 쓰레기통에 내던지며 살벌한 눈빛으로 말했다.

"얘는 아무거나 먹이면 안 된다고."

지난번 응급실에서는 초면이라 아무 말도 못 하고 쫓겨났지만 오늘은 달랐다. 지환은 침착한 목소리로 그에게 물었다.

"저기요. 저는 지금 이 상황이 이해가 안 되는데요. 원래 회사 대표님이 이렇게 연예인 개인 스케줄에 관여해도 되는 건가요?"

"대답할 가치가 없는 질문이군."

"……"

"조금만 더 생각해 보면 내가 왜 이러는지 잘 알 텐데?"

정표는 화가 난 얼굴로 뒤를 돌아 태리를 바라보았다. 그와 두 눈이 마주치자 태리가 싱긋 웃으며 몸을 가누기가 힘들었는지 정표의 팔을 붙잡고 몸을 기댔다.

그 모습을 본 지환의 표정이 씁쓸해졌다.

"화내지 마세요. 무서워요……"

취해서 중얼거리는 태리를 데리고 지환을 지나쳐 공원을 빠져나온 정표는 자신의 팔을 끌어안고 졸졸 끌려오는 태리의 얼굴을 내려다보았다.

아까는 화가 나서 제대로 보지 못했는데, 립스틱도 바르지 않은 민얼굴에 청바지…… 그리고 운동화를 신은 그녀의 작은 발이 눈에 들어왔다.

이렇게 말을 잘 듣는데…… 내 옆에 있는데…….

도대체 이렇게 불안한 이유가 뭐야?

정표는 스스로를 자책하며 한숨을 길게 내뱉었다. 그러곤 그녀를 품에 꼭 안아 버렸다.

8

"아이고. 내가 동생 놈에 이어 딸내미한테까지 해장국을 끓여 바칠 줄이야."

말은 그렇게 해도 지금 이 상황이 꽤 재미있는 모양인지 수옥은 국그릇을 들고 식탁으로 향했다. 아직 술이 덜 깼는지 식탁 위에 엎어져 있는 태리와 모아 앞에 국을 내려놓던 수옥은 두 사람 앞에 턱을 괴고 앉아 물었다.

"재밌었어? 요즘 애들은 술자리에서 뭐 하고 노니?"

"그냥 게임도 하고. 근데 엄마, 어제 우리 집까지 누가 데려다줬어?"

"누구긴. 네 삼촌이지. 너희 둘이 줄줄이 소시지처럼 정표 팔에 매달려서. 요 봐라! 내가 동영상 찍었지롱!"

술에 취했던 딸이 귀여웠던 모양인지 신이 난 수옥은 핸드폰을 꺼내 어제의 상황을 담은 동영상을 플레이했다.

"으악! 아줌마…… 이게 뭐예요?"

동영상을 보던 태리가 양손으로 머리를 쥐어뜯으며 울먹거렸다.

"어머. 태리, 너 기억 안 나니? 너 춤췄어. 정표한테 막 칭찬해 달라고 울고불고 난리가 났었는데?"

"푸하하하. 야! 너 삼촌한테 안무 연습 때 혼났다더니 마음에 담아 둔 거었어? 어쩐지 어제 계속 술 취해서 삼촌 이름 불러 대더라."

기억이 나지 않는다. 태리는 처음 겪어 본 기이한 현상에 표정이 점점 심각해졌다.

"어머. 이렇게 잘 추는데 정표가 혼냈니?"

"잘 추긴요. 이게 뭐예요……."

취해서 비틀대며 움직이는 꼴이 정말 자신의 모습인데도 보기 흉할 정도였다. 태리는 동영상 속 정표의 뒷모습을 보곤 너무 창피해서 두 눈을 꽉 감아 버렸다.

"너무 걱정 마. 이 아줌마가 정표한테 너 혼내지 말라고 말해 뒀으니까. 자. 어서들 먹어."

"그래. 태리야, 먹자!"

태리가 어쩔 수 없이 수저를 들었다. 국물을 한 모금 마신 태리는 이제야 멤버 언니들이 회식 다음 날 왜 그토록 기를 쓰고 해장국을 먹으려고 했는지 그 이유를 알 것 같았다.

태리와 모아가 허겁지겁 국물을 마시며 속을 달래고 있던 그때, 거실에서 인터폰이 울렸다.

"어머. 쟤가 웬일이야?"

인터폰을 들여다보던 수옥이 현관으로 달려 나갔다. 현관문 열리는 소리와 함께 익숙한 목소리가 들려왔다.

"애들 일어났어?"

화들짝 놀란 태리는 저도 모르게 자리에서 벌떡 일어났다. 하필 일어나자마자 거실에 들어선 정표와 두 눈이 딱 마주쳤다. 쭈뼛대며 서 있는 태리를 보곤 정표가 미간을 찌푸렸다.

술 마시고 춤춰서 화났나?

태리가 괜히 주눅이 든 얼굴로 정표의 시선을 피하며 서 있었다.

정표는 뭔가 할 말이 많은 표정으로 서 있다가 국그릇에 코를 박고 있는 모아를 흘끔 보더니 태리에게 애인으로서 하려던 말을 접고, 아래턱에 힘을 준 채 대표님 대사를 읊었다.

"앉아. 밥 다 먹고 얘기하자."

"네……."

태리가 조심히 자리에 앉았다. 옆에 앉아 있던 모아는 국그릇을 들어 해장국을 들이켜다가 정표와 눈이 마주쳤다. 화들짝 놀란 모아가 방에 들어간 수옥을 향해 외쳤다.

"엄마! 삼촌이 태리 혼내려나 봐. 막 무섭게 쳐다보고. 아니, 우리도 이제 성인인데 술 좀 마셨다고 사람을 아주 죽일 듯이 노려보네?"

"까분다?"

"으악! 엄마! 삼촌이 주먹 쥐었어!"

"야. 손모아. 너 내가 어제 어디서 주워 왔는지 알아?"

"뭐! 뭐!"

"너 인마. 학교 운동장에서 흙 퍼먹고 있는 거 주워 왔어!"

"헙. 무슨 말도 안 되는. 흐…… 흙을 내가 왜 먹어!"

"입 다물고 밥이나 먹어. 짜증 나니까."

정표가 신경질적으로 거실 소파에 털썩 앉아 버렸다.

"아침부터 괜히 왜 남의 집에 와서 신경질이야. 태리야! 쫄지 마. 그냥 밥이나 먹자."

모아가 더 열심히 밥을 퍼먹었다.

잠을 못 잔 모양인지 하루 사이에 많이 까칠해진 정표를 흘끔 보던 태리는 말없이 국만 퍼먹었다.

그때 마침 방에서 잡지책을 한 권 들고 뛰어나온 수옥이 정표 옆에 앉았다.

"너 마침 잘 왔어! 이거 봐. 이번 주말에 너랑 선볼 여자야."

"어제 내 말이 말 같지 않았지?"

"얘는 무슨 말을 그렇게 해? 난 별 뜻 없어. 그냥 저번에 아버지가 고른 여자보단 얘가 더 괜찮은 것 같아서 한번 만나 보라는 거야."

수옥은 능청을 떨며 정표의 눈앞에서 잡지를 펼쳤다.

"예쁘지? 변호사야. 한국제약 막내딸!"

관심도 없는 정표와 달리 수저를 든 채 모아가 거실로 달려 나 갔다.

"나도 볼래!"

잡지를 들고 다시 식탁으로 돌아와 앉은 모아는 잡지를 유심히 들여다보았다. 태리도 관심 없는 척하더니 슬그머니 잡지 쪽으로 시선을 돌렸다.

"우와. 아깝다. 엄마! 이 여자가 아까운데? 그렇지 태리야?"

"어? 어……."

태리의 대답을 들은 정표가 신경질적으로 고개를 돌려 태리의 뒤통수를 흘겨보다가 수옥을 향해 말했다.

"한번 만나 볼까?"

"뭐? 진짜? 네가 웬일이야?"

수옥의 얼굴에 화색이 돌았다. 정표는 다시 식탁 쪽을 바라보았다. 고개를 숙이고 있는 태리의 뒷모습을 보니 못할 짓이라는 생각이 들었지만 멈출 수가 없었다.

"야! 윤태리!"

갑자기 자신을 부르는 정표의 목소리에 태리가 뒤를 돌았다.

"나 선볼까?"

정표의 돌발 질문에 당황한 나머지 얼굴이 후끈 달아오른 태리가 자신에게로 쏠린 모아와 수옥의 시선에 어쩔 줄을 몰라 하며 급기야 말까지 더듬어 버렸다.

"그, 그걸 왜 저한테 물어보세요?"

원하던 대답이 아니었는지 정표가 길게 한숨을 내뱉었다.

"됐고. 밥이나 꼭꼭 씹어 많이 먹어. 그래야 가서 열심히 춤 연습하지."

괜히 태리에게 시비를 건다고 생각한 수옥이 정표의 옆구리를
쿡 찔렀다.

"야. 애 좀 그만 괴롭혀! 그나저나 너 진짜 선볼 거야? 주말에
네 애인이 안 만나 줘서 삐졌냐? 잘됐어. 이참에 그 연예인 애인
은 빨리 정리해. 한국제약이 훨씬 낫지!"

"윤태리! 밖에서 기다릴 테니까 밥 천천히 먹고 나와."

정표는 수옥의 말에 대꾸도 없이 그냥 자리에서 벌떡 일어나
밖으로 나가 버렸다.

쾅! 소리를 내며 현관문이 거칠게 닫히자 수옥은 황당한 표정
으로 현관문만 바라볼 뿐이었다.

정표가 나가자마자 입 안에 밥을 꾸역꾸역 집어넣으며 자리에
서 일어난 태리가 외투를 걸친 후 모아와 수옥에게 인사를 하고,
밖으로 달려 나갔다.

대문 앞에 정차되어 있는 정표의 차를 보곤 황급히 달려간 태
리는 자연스럽게 뒷좌석 문을 열고 올라탔다.

그런데 운전석에 앉아 있던 정표가 황당하다는 표정으로 뒤를
돌았다.

"내가 네 매니저냐? 앞에 타."

얼른 뒷좌석에서 내려 조수석에 올라탄 태리를 가만히 바라보
던 정표가 태리의 입술에 입을 맞추었다.

놀라 두 눈을 동그랗게 뜬 태리를 아무 말 없이 바라보던 정표
가 차를 출발시켰다.

"너는 날 보면 무슨 생각이 들어?"

정표의 물음에 잠시 생각에 잠겨 있던 태리가 뒤늦게 답을 찾았는지 진지한 얼굴로 답했다.

"오늘은 혼나지 말아야지? 그런 생각요."

"그래? 근데 어쩌지? 너 오늘 나한테 엄청 혼나야 되는데."

태리가 습관처럼 그의 말을 경청하는 자세를 취했다.

"어제 그렇게 취했으면 나한테 전화를 했어야지. 너한텐 아직까지도 내가 어렵고 불편한 존재야?"

태리가 대답이 없자 정표가 쓰게 웃었다.

"애인이 주말에 선본다는데 아무렇지도 않고……."

정표가 피곤한 듯 한숨을 길게 내뱉었다.

"나는 아무리 매니저라도 네가 성원이랑 단둘이 나가면 신경 쓰여 미치겠고, 그냥 네가 내 눈에 안 보이면 불안해서 살 수가 없는데……."

성원 오빠랑 나가는 게 왜 신경이 쓰인다는 거지? 태리는 그를 이해할 수 없다는 표정으로 바라보았다. 그런 태리를 향해 정표가 회사 건물 주차장에 차를 세우며 말했다.

"지금 내 말이 이해가 안 되지?"

태리가 조심스럽게 고개를 끄덕였다.

"그래. 이게 네 매력이지. 사람 속 뒤집어지게 해 놓고 모르면 장땡이야. 그렇지?"

투덜거리는 정표를 가만히 참고 보던 태리가 결국 속에 담아 두었던 얘기를 내뱉어 버렸다.

"대표님이랑 있으면 뭘 어떻게 해야 할지 모르겠어요."

"그게 무슨 소리야?"

"신경 쓰이고. 잘 보여야겠다, 조심해야겠다, 그런 마음들이 전보다 열 배 정도는 더 커진 것 같아요. 이런 게 연애예요? 너무 재미없고 힘들어요."

"뭐……?"

충격에 휩싸인 정표의 얼굴에 놀란 태리가 스스로 자신의 입을 틀어막으며 울먹였다.

"미안해요."

"나랑 있는 게 재미없고 힘들다고?"

"아니, 그런 게 아니라……."

"재미없고, 힘들다?"

그는 정말 크게 충격을 받은 모양인지 계속 혼자 중얼거렸다. 답답한 마음에 먼저 차에서 내리려는 정표의 깁스한 팔을 태리가 덥석 잡아끌었다.

"윽!"

뒤늦게 자신이 잡아끌었던 팔이 깁스한 팔이라는 사실을 알아차린 태리가 재빨리 잡고 있던 정표의 팔을 놓았다.

"죄송해요! 갑자기 나가려고 하시니까 저도 모르게……."

"됐어. 나갈게. 너 재미없고 힘들게 하는 놈은 필요 없잖아."

"필요 없지 않아요!"

태리가 정표의 코트 자락을 조심스럽지만 단단히 잡아끌었다.

내리려던 자신을 붙잡은 태리의 행동이 싫진 않았는지 정표는 팔을 조몰락거리며 엄살을 피웠다. 아파하는 정표에게 미안했던 태리는 조금 더 구체적으로 자신의 마음을 털어놓았다.

"저는 연애를 안 해 봐서 이렇게 복잡한 마음들이 좋은 건지 나쁜 건지 모르잖아요. 그러니까…… 예를 들면 대표님이 선보러 가는 거요. 어른들끼리 약속한 자리고, 할아버지 화나면 무서우시니까 가는 게 맞잖아요. 근데 거기 갔다가 대표님이 그냥 그 여자랑 결혼해 버리면 어떡해요? 그렇다고 제가 가지 말라고 해도 되는 건지도 모르겠고……."

"가지 말라고 해 줘."

태리가 그를 바라보았다. 정표가 말없이 고개를 끄덕였다.

저도 모르게 태리의 입술이 열렸다.

"가지 마세요."

"어."

"……."

"쉽지? 감정에 솔직해지면 연애는 재미있고 편한 거야."

그의 말에 뭔가 큰 깨달음을 얻은 사람처럼 고개를 끄덕이는 태리의 얼굴을 마주한 그는 태리의 볼을 쓰다듬었다.

"안무 연습 때려치우고 우리 집 갈래?"

"아니요."

자신의 희망 사항을 단칼에 잘라 버린 태리를 보며 정표가 심각한 얼굴로 말했다.

"너 오해하고 있을까 봐 얘기해 주는 건데. 안 해도 된다는 게 그날 밤만 해당되는 거지, 평생 안 해도 된다는 게 아니야."

"네?"

"조만간 해야 돼. 어차피, 언젠가는, 해야 된다고. 그러니까 괜히 나 괴롭히지 말고 적당한 시기에 하자. 언제 할래? 선택권은 너한테 줄게."

"꼭 그런 걸 정해야 돼요?"

"어. 그래야 네가 안전해. 그때까지는 내가 너 안 건드릴게."

갑자기 또 밀어붙이는 정표의 행동에 도대체 뭐가 뭔지 모르겠지만 정표가 날짜를 정하라고 하니 태리가 열심히 생각에 잠겼다.

그녀를 놀리는 재미에 맛이 들린 정표는 몰래 웃음을 참으며 능청스러운 얼굴로 재촉했다.

"빨리. 내가 정해 줘?"

"아, 아니요! 제가 정할래요."

"응. 빨리, 빨리."

"크……리스마스?"

"지났잖아!"

"아직 안 왔는데……."

"올해 크리스마스? 야! 나보고 죽으라고?"

"주, 죽어요?"

"그런 게 아니라! 휴…… 알았어. 일단 크리스마스. 근데 그 전에 네 생일이라든가 내 생일. 아! 성년의 날…… 그날도 참 괜찮고. 좋은 날 많은데?"

"선택권은 저한테 준다면서 왜 또 설득해요?"

"알았어. 네 선택 존중해 줄게."

살면서 크리스마스가 기다려지긴 또 처음이라는 생각에 정표는 헛웃음을 터뜨렸다.

갑자기 자신을 보며 웃는 정표를 보니 어쩐지 태리의 기분도 좋아졌다. 회사에선 매일같이 화만 내던 정표가 이렇게 둘만 있을 때는 웃어 주니 마치 꿈만 같았다. 오늘만큼은 안무 연습보다 정표와 함께 있고 싶다는 생각까지 들 정도였다.

"어제 보니까 너 춤 엉망이던데. 요새 연습 제대로 안 하냐?"

"그…… 그건! 취해서!"

"알았어. 늦었네. 내가 먼저 올라갈 테니까 5분 있다가 나와."

태리의 말은 끝까지 듣지도 않고 차에서 내려 버린 정표는 건물 안으로 성큼성큼 걸어 들어갔다. 그리고 정확히 5분 뒤 태리가 차에서 내려 건물 안으로 들어갔다.

그런데 어쩐 일인지 엘리베이터 앞에 정표가 서 있었다. 반가운 마음에 달려간 태리는 뒤늦게 정표와 마주 보고 서 있던 송지현을 보곤 발걸음을 멈췄다.

정표를 보며 활짝 웃던 송지현이 정표의 뒤에 서 있던 태리의 얼굴을 보자 손을 흔들었다.

"태리, 안녕. 오래간만이네?"

"안녕하세요!"

태리가 앞으로 나와 꾸벅 인사를 하자 지현이 태리의 머리를 쓰다듬었다.

"많이 예뻐졌네? 올해 몇 살이지?"

"스무 살요."

"와, 좋을 때다. 근데 어디 갔다 왔어? 정표랑 둘이 같이 차에 있는 거 봤는데. 왜 따로 들어와?"

지현의 물음에 난처한 기색으로 대답을 망설이고 서 있던 태리를 바라보던 정표는 태리의 팔을 끌어 마침 문이 열린 엘리베이터에 태웠다.

"먼저 올라가."

"저기 대표님……."

태리가 뭔가 말하려고 하는데 엘리베이터 문이 닫혀 버렸다.

기어 들어갈 것 같은 태리의 작은 목소리가 좁은 공간 안에 쓸쓸히 울려 퍼졌다.

"……가지 마세요."

목적지 층의 버튼을 누르는 것도 잊고 엘리베이터 안에 서 있던 태리의 귓가로 두 사람의 대화 내용이 들려왔다.

"너 설마, 나한테 말했던 여자가 쟤야?"

"신경 꺼."

"저렇게 어린애랑 뭘 한다고. 야! 너 그래서 요새 그렇게 예민했던 거였어?"

"까불지 말고 여긴 왜 왔어?"

"나랑 스트레스 풀러 가자. 네 고민 내가 해결해 줄게."

엘리베이터 안에서 지현의 말을 곱씹어 보던 태리의 손이 저도 모르게 열림 버튼을 누르고 있었다. 그런데 그때 갑자기 엘리베이터가 위로 올라갔다. 목적지에 도착한 엘리베이터의 문이 열리고 엘리베이터를 소환한 성원이 태리를 보곤 화들짝 놀라며 뒷걸음질 쳤다.

"태리야? 안 내려?"

"네? 아. 저 잠깐 1층에 다녀올게요."

"왜?"

"아니다. 아니에요."

"얘가 요새 왜 이래? 위에서 보니까 대표님이랑 같이 오던데. 또 혼났어?"

"그런 거 아니에요!"

태리가 퉁명스럽게 말했다. 인사도 없이 휙 사무실로 들어가 버린 태리답지 않은 행동에 성원은 괜한 정표를 의심했다.

"어휴. 그 양반은 또 왜 아침부터 애를 잡냐고."

"너 무슨 일 있어? 점심을 왜 안 먹어?"

대표실 앞 소파에 움츠리고 앉아 있는 태리를 걱정스레 바라보던 멤버들이 그녀를 설득하다가 지쳤는지 하나둘씩 사무실을 나가 버렸다.

텅 빈 사무실에 혼자 남은 태리는 뒤를 돌아 주인도 없는 대표실 안을 흘겨보았다.

"왜 안 오세요?"

밥맛도 없고, 없던 두통도 생기고, 맞아. 지금 이 기분 정말 재미없고 힘들어…….

'나랑 스트레스 풀러 가자. 네 고민 내가 해결해 줄게.'

도대체 그게 무슨 말이지? 스트레스를 어디서 어떻게 푼다는 걸까? 대표님은 지금 어디서 뭘 하고 있는 걸까?

"우이씨……."

제 맘대로 분노가 조절되지 않는 현상에까지 이르렀다. 씩씩거리며 애꿎은 핸드폰만 만지고 있던 그때.

띵!

태리의 귀가 쫑긋 세워졌다. 엘리베이터가 도착한 소리와 함께 누군가의 구둣발 소리가 들려왔다. 태리는 자리에서 벌떡 일어났다. 마침 문이 열리며 정표가 들어왔다. 태리가 고개를 갸웃거리며 그를 위아래로 훑어보았다. 옷이 바뀌어 있었다. 오전에는 분명 셔츠를 입고 있었는데 지금은 블랙 니트를 입고 있었다. 게다가 머리카락도 젖어 있었다. 그를 의아하게 바라보던 태리는 어쨌든 그의 얼굴을 보자 분노와 두통이 단번에 사라져 버렸다.

태리가 활짝 웃으며 그에게로 달려가려는데…… 정표의 뒤로 성원을 비롯해 배우들의 매니저들까지 같이 들어오고 있었다. 걸음을 멈춘 태리는 뒷걸음질 치며 연습실로 달려갔다.

자신에게 인사도 안 하고 연습실로 쪼르르 들어가 버린 태리를 의아하게 바라보던 정표가 성원에게 물었다.

"쟤 왜 혼자 있어? 멤버들 밑에서 밥 먹던데."

"생각 없대요. 아픈 건 아닌 것 같은데, 대표님이 아침에 또 혼내셨다면서요."

"뭔 소리야. 쟤가 그래? 나한테 혼났다고?"

"태리가 기분 안 좋을 일이 뭐가 있겠어요. 뻔하죠. 아무튼 저는 회의 준비하고 있을게요."

성원이 회의실로 들어가고, 대표실로 향하려던 정표가 뒤를 돌아 연습실로 향했다. 그런데 하필이면 점심을 먹고 올라온 프리티 멤버들과 딱 마주쳐 버렸다.

"대표님! 안녕하세요!"

"팔은 좀 괜찮으세요?"

"연습실 가세요? 왜요? 거기 태리밖에 없는데."

멤버들이 태리 이름을 말하며 저들끼리 키득거렸다. 괜히 도둑이 제 발 저린다고 정표가 발끈하며 멤버들을 향해 퉁명스럽게 물었다.

"야. 왜 웃어?"

"네? 아니 태리가 요새 이상해서요. 연애하나 봐요."

"이제 걔도 성인인데 연애하는 게 어때서."

"네? 대표님이 허락하신 거예요? 어쩐지!"

"근데 상대가 누군데?"

정표가 괜히 모르는 척 떠보자, 리더 희주가 신이 난 듯 중얼거렸다.

"장새결이겠죠!"

"뭐?"

정표의 표정이 점점 어두워지자 떠들던 희주가 민망했는지 정표를 향해 인사를 하곤 멤버들을 데리고 연습실로 들어가 버렸다.

"갑자기 또 왜 저래? 난 대표님 저 표정이 제일 무서워."

"근데 대표님 지금 시간이 몇 신데 머리가 젖어 있지?"

"너도 봤어?"

"난 대충 알겠던데? 아까 아침에 송지현이랑 대표님이랑 같이 차 타고 어디 가더라고."

"어디 갔을까?"

"뻔하지."

시끄럽게 수다를 떨며 연습실에 들어온 언니들의 대화 내용을 가만히 듣던 태리가 갑자기 멤버들에게 달려갔다.

"어디 간 건지 알아요?"

"응? 뭐가?"

"방금 언니가 대표님이랑 지현 언니랑 어디 갔을지 뻔하다고……."

희주가 태리의 이마에 꿀밤을 먹였다.

"막내님은 가서 연습이나 하시죠."

"머리가 젖어 있는 게 왜요? 하긴 머리가 아침엔 멀쩡했는데……."

분명 아침에 만났을 땐 왁스로 스타일링까지 한 머리였는데…….

태리는 넋이 나간 사람처럼 고개를 절레절레 흔들며 중얼거렸다. 제자리로 돌아가 스트레칭을 하던 태리는 돌연 동작을 멈추고 다시 희주에게로 달려갔다.

"언니!"

멤버들이 하던 일을 멈추고 뒤를 돌아 태리를 걱정스레 바라보았다. 희주가 고개를 갸웃거리며 자신에게로 달려온 태리를 보며 입을 열었다.

"너 왜 그래? 무슨 일 있어?"

"저기 그러니까, 저…… 남자랑 여자랑 둘이 스트레스 풀러 가는 곳이 어디예요?"

"픕!"

태리가 울먹이며 묻자, 곳곳에서 웃음이 터졌다. 심지어 어떤 멤버는 바닥에 앉아 배를 움켜잡은 채 데굴데굴 구르며 박장대소했다. 희주가 간신히 웃음을 참으며 말했다.

"알면서 물어보는 거야?"

"조금요?"

태리는 제발 아니길 바라는 마음으로 두 손까지 모으며 희주를 향해 다시 한 번 천천히 물었다.

"그곳이 어디예요?"

"침대. 또는 침대가 있는 호텔? 또는 침대가 있는 그 사람의 집?"

"……."

"그걸로 스트레스 푸는 사람들도 많으니까. 내가 봤을 땐 우리 대표님이 약간 그 과야. 그러니까 아침부터 송지현이랑…… 꺄! 깁스한 팔로 힘도 좋아!"

그럴 리가 없다. 정표를 향한 무한한 신뢰를 장착한 태리는 고개를 절레절레 흔들며 현실을 부정했다.

"아니에요. 아니야……."

"뭐가 아니야?"

"저기…… 애인 있는 남자가 다른 여자랑 그럴 수도 있어요?"

"그 남자의 애인이 잘하느냐 못하느냐에 달려 있지."

"애인이 안 한다고 했으면요?"

"그럼 백퍼 그 애인은 얼마 못 가서 차이겠지."

"희주 언니!"

보수적인 소윤이 달려와 태리의 귀를 막으며 희주를 말렸다.

"애한테 못 하는 소리가 없어. 그만해요. 태리야, 너 왜 그래? 왜 평소답지 않게 그런 걸 물어보고 그래?"

"그게 그냥…… 잘 모르겠어서. 모르고 있다가 놓칠까 봐……."

넋이 나가 있는 태리의 주변으로 멤버들이 하나둘씩 모이기 시작했다. 리더 희주가 태리를 걱정스레 바라보다가 호탕하게 외쳤다.

"우리 오늘 저녁에 치맥하자! 콜?"

"얘 괜히 말하기 싫어서 취한 척하는 거 아니야?"

룸 형식의 호프집 테이블에 엎어진 태리를 보며 희주가 심드렁한 표정으로 말했다. 태리를 흔들어 깨워 보던 소윤은 태리의 머리를 쓰다듬었다.

"점심도 안 먹고 빈속이라 그냥 훅 간 것 같은데요?"

"그나저나 도대체 누굴까? 우리 태리 건드린 놈이. 아직 갈 데까지 간 건 아닌 것 같은데."

"근데 엄청 압박 주나 봐요. 태리 저번부터 계속 언니한테 그런 얘기만 물어보잖아요."

진지한 표정의 멤버들이 취해서 잠이 든 태리를 걱정스럽게 바라보고 있었다. 그러다 문득 누가 먼저랄 것도 없이 태리의 머리맡에 놓인 핸드폰에 시선이 모아졌다.

멤버들은 서로 눈빛 교환을 했다. 그놈의 정체를 밝혀내고야 말겠다는 강한 의지를 불태우며 소윤이 태리의 핸드폰을 슬그머니 손에 쥐었다.

핸드폰은 순진한 태리와 닮아 비밀번호도 걸려 있지 않은 무방비 상태였다. 최근 통화 목록을 확인한 소윤은 별 소득이 없다는 표정으로 핸드폰을 제자리에 내려놓았다.

"왜 그냥 내려놔? 뭐 없어?"

"대표님밖에 없어요. 친구 모아랑."

"진짜? 저장 안 된 번호나 장새결 번호 없어?"

"없어요. 없어."

"뭐야. 그럼 대표님?"

"에이, 그럴 리가. 맞다! 설마……."

"왜?"

"얘 핸드폰 두 개인 건 아닐까?"

"태리가? 그럴 리가 없잖아."

"하긴. 그럼 도대체 누굴까?"

멤버들은 태리의 애인이 정표라고는 전혀 생각지도 못한 채 치킨을 뜯으며 맥주를 섭취하고 있었다. 한창 수다로 물이 올랐을 무렵 갑자기 상체를 벌떡 일으킨 태리가 풀린 눈으로 손을 뻗어 핸드폰을 귀에 가져다 댔다.

멤버들은 수다를 멈추고 가만히 태리의 행동을 지켜보았다.

게슴츠레 뜬 눈으로 가만히 핸드폰을 들여다보던 태리가 어디론가 전화를 걸기 시작했다. 베일에 싸인 애인에게 전화를 건다고 생각한 멤버들의 눈이 초롱초롱 빛났다.

상대방이 전화를 받았는지 태리가 배시시 웃으며 큰 소리로 외쳤다.

"대표님!"

대표님? 멤버들이 소스라치게 놀라 먹던 치킨을 던지듯 내려놓았다.

"나 취했어요. 취하면 전화하라고 했잖아요. 그래서요. 아니요. 남자 없구여! 여기 언니들 다 있어요! 언니들이 술 마시자고 했어요."

망했다.

막내 술 먹었다고 대표한테 혼날 생각을 하니 멤버들은 가슴이 벌렁거렸다. 회사 안이나 밖이나 정 대표가 유독 태리를 엄격하게 키워 왔던 것을 누구보다도 더 잘 아는 멤버들은 이 상황을 어떻게 빠져나가야 하나 서로 눈치만 보고 있었다.

그런데, 그때 태리의 울먹임 소리가 들려왔다.

"저요, 날짜 바꿀게요. 그러니까 스트레스받지 마세요……. 나랑 헤어지면 안 돼요."

쾅!

테이블 위에 머리를 쾅 박은 태리 덕분에 화들짝 놀란 멤버들이 고개를 갸웃거리며 서로 눈빛을 교환했다. 태리가 손에 쥔 핸드폰을 의심의 눈초리로 바라보던 소윤이 스피커폰을 누른 채 소리쳤다.

"대표님? 정정표 대표님이세요?"

뚝.

상대방이 전화를 끊어 버렸다.

"뭐지?"

멤버들의 표정이 점점 더 심각해졌다.

"설마……."

곧 답이 나왔는지 멤버들이 동시에 외쳤다.

"계약 해지?"

정표가 태리에게 계약 해지 통보를 내렸다고 생각했는지 멤버들은 망연자실한 얼굴로 눈가에 눈물이 고인 태리를 안쓰럽게 내려다보았다.

그리고 그 순간부터 안주는 치킨이 아니라 악덕 고용인 정정표 대표로 바뀌었다.

그런데 그때 소윤이 의문을 제시했다.

"근데 이상하지 않아요?"

"뭐가?"

"태리랑 대표님."

한 번도 생각해 보지 않았던 조합에 멤버들이 고개를 갸웃거렸다.

그런데 그때 멀리서 문을 열고 나타난 정표와 정면으로 두 눈이 마주친 희주의 입이 떡 벌어졌다.

"맞네."

급하게 달려 나왔는지 후드티에 달린 모자를 뒤집어쓴 채 긴 다리로 성큼성큼 걸어오는 정표의 눈빛을 보곤 희주가 무릎을 쳤다.

"남자로 온 거네…… 소속 연예인 관리하러 온 대표가 아니라……."

정표가 테이블에 오자마자 태리를 내려다보곤 한숨을 내뱉더니 멤버들을 한심스럽게 바라보며 소리쳤다.

"야, 너네. 미쳤냐?"

"대표님! 태리랑 사귀어요?"

소윤의 물음에 정표는 대답할 가치가 없다는 표정으로 태리를 한 손으로 일으켜 번쩍 안아 들곤 가게를 나가 버렸다.

"꺄! 뭐야, 둘이!"

"그럼 저번에 그 섰남이?"

뒤에서 들려오는 섰남, 변태, 거기가 엄청 컸다던데 그게 대표님이라고, 애한테 섹스를 권한 나쁜 새끼 등 별의별 소리를 다 들으며 계단을 내려간 정표는 태리를 차에 태웠다.

운전석에 올라탄 정표는 일단 차를 출발시켰다. 어디로 가야할지 잠시 고민하던 그가 잠이든 태리를 향해 물었다.

"윤태리. 셋 셀 동안 안 일어나면 우리 집 간다. 난 분명히 너한테 선택권을 줬어."

이미 숙소와 반대 방향으로 가며 정표가 숫자를 세기 시작했다.

"하나."

"……."

"둘. 셋. 간다."

9

침대 등받이에 등을 기댄 채 태블릿 PC로 결재할 서류를 검토하고 있던 정표가 고개를 돌렸다. 자신의 옆에 누워 잠을 자고 있는 태리를 내려다보던 정표의 얼굴에 설핏 미소가 지어졌다.

"윤태리 자냐?"

"……."

"자는군. 잘 때 몰래 가슴이나 한번 만져 볼까?"

마치 들으라는 듯 큰 소리로 말하며 태블릿 PC를 내려놓은 정표는 태리가 덮고 있던 이불을 쭉 잡아당겼다.

"으악!"

이불과 함께 상체를 벌떡 일으킨 태리가 양팔로 가슴을 가렸다. 정표가 굉장히 안타깝다는 표정으로 태리를 바라보았다.

"계속 자는 척하지 왜?"

"어……떻게 알았어요?"

"어떻게 알긴. 너 잘 때 입을 반쯤 벌리고 자거든."

"아니에요!"

"아니긴. 네가 너 자는 거 봤어?"

"그건 아니지만. 그럼 대표님은 봤어요?"

"어. 그것도 많이."

믿기 힘들다는 표정으로 태리가 정표를 바라보았다. 정표가 능청스러운 얼굴로 어깨를 으쓱이며 농담을 건넸다.

"걱정 마. 가슴은 안 만졌어."

"저 갈게요!"

태리가 어색하게 웃으며 괜히 벽에 걸린 시계로 시간을 확인하곤, 엉금엉금 기어서 침대에서 내려가려는 그 순간! 정표가 태리의 발목을 잡아끌었다. 작은 몸이 그대로 끌려가 정표의 품에 안겨 버렸다. 그녀가 바동거릴수록 정표는 손에 더욱 힘을 주었다.

"가긴 어딜 가. 나 책임져야지."

"책임요?"

"비밀 연애는 개뿔. 네 언니들한테 다 걸렸잖아."

세상 사람들 전부가 알아도, 그녀들에게만은 들키고 싶지 않았다. 자신을 신처럼 떠받드는 그 아이들에게 자신의 시커먼 속내를 들키고 싶지 않았는데…….

젠장이다.

앞으로 그것들을 어떻게 관리해야 할지 막막한 정표였다.

정표와 마찬가지로 태리 또한 술을 마시고 했던 자신의 행동들이 뒤늦게 떠올랐는지 절망에 휩싸였다. 그러다가 곧 술을 왜 마셨었는지 그 이유가 떠오르자 정표를 흘겨보며 입을 삐죽 내밀었다.

"그 표정은 뭐야? 꼬시는 거야?"

태리가 삐죽 내민 입술을 가만히 바라보던 정표가 쪽 소리를 내며 입을 맞추었다.

짧은 입맞춤 후 입맛을 다시던 정표가 안 되겠는지 다시 태리의 입술로 돌진했다. 그런데 예상치도 못한 상황이 벌어졌다. 태리가 고개를 돌려 버린 것이다. 키스를 거부당한 정표는 당황한 표정으로 태리의 얼굴을 내려다보았다.

조심스레 고개를 돌려 그와 두 눈을 마주한 태리의 작은 입술이 열렸다.

"오전에 지현 언니랑…… 어디 갔었어요?"

"아! 지금 질투하는 거야?"

그녀의 질투에 금세 기분이 좋아졌는지 정표가 태리의 볼을 쓰다듬었다.

"설마…… 나 때문에 술 마신 거야?"

"어디…… 갔었어요?"

"호텔."

"네?"

"호텔 커피숍."

정표가 개구쟁이처럼 웃으며 태리의 머리를 헝클어뜨렸다.

"하반기에 제작 들어갈 영화 투자자가 송지현 친구라 같이 만났어. 일 얘기했다고."

"거짓말……."

"왜 거짓말이라고 생각해?"

성의껏 해명했는데도 태리가 믿지 않자 정표는 의아한 표정을 지었다. 태리가 잠시 주저하다가 조심스레 물었다.

"오늘 오전에 두 번 씻었죠?"

그녀의 뜬금없는 질문에 정표의 얼굴이 당황스럽게 구겨졌다.

"사무실에 왔을 때 머리가 젖어 있었다고요."

"아. 그건 집에서 씻고 바로 오느라."

"왜요?"

핵심은 없고 두서없이 중얼거리듯 말하는 태리의 말에 잠시 생각에 잠겨 있던 정표가 용하게도 핵심을 찾았는지 버럭 소리쳤다.

"야! 너 지금 나랑 송지현이랑 잤다고 의심하는 거지?"

태리가 열심히 고개를 끄덕였다.

"아니에요?"

"당연히 아니지! 이 쪼그마한 게 진짜. 누가 그래? 네 언니들이 그랬지? 이것들이 진짜."

"대표님 지현 언니랑 옛날에 사귀던 사이였잖아요!"

"아니야."

"네?"

"사귄 적 없어. 같이 잔 적도 없어. 그리고 분명히 말하지만 송지현이랑 투자자랑 셋이 만났고. 나 혼자! 집에 갔고, 우리 집 욕실에서 나 혼자! 씻고 나왔는데. 회사에 일이 터지는 바람에 매니저들 급하게 소집해서 오느라 머리를 못 만지고 왔어. 그리고 내가 바보도 아니고 그렇게 허술하게 바람을 피울 것 같아?"

"뭐라구요?"

"농담이야."

"근데 갑자기 집엔 왜 갔어요? 왜 씻었어요?"

의심을 풀지 않는 태리를 보던 정표가 황당한 표정으로 웃어 버렸다.

"너 지금 좀 무섭다?"

"갑자기 집에는 왜 갔어요?"

포기하지 않고 집요하게 묻는 태리 때문에 정표가 두 손을 들었다.

"항복."

"왜 계속 대답을 피해요?"

"모아가 아니라 네가 심리학과를 갔어야 했네."

"나빠……."

계속해서 대답을 피하는 정표를 흘겨보던 태리가 두 손으로 그의 가슴팍을 팍 밀쳐 버렸다. 뭔가 있는 게 분명한데…… 그녀는 드라마에서 많이 들었던 대사가 떠올랐다.

'여자의 직감은 무서운 법이야.'

바람피우는 남편의 뒤를 쫓는 마누라가 읊어 대던 상투적인 대사가 이렇게 자신의 마음을 울릴 줄이야.

"나 갈래요."

침대에서 폴짝 뛰어내려 거실로 달려 나가는 태리의 뒤를 정표가 당황스러운 얼굴로 보다가 뒤쫓아 갔다. 그런데 현관문을 열고 밖으로 나갔던 태리가 다시 후다닥 안으로 달려 들어왔다.

"어떡해요. 밖에 누가 온 것 같아요!"

그리고 그때 인터폰이 울렸다.

당황한 태리와 달리 정표는 느긋하게 인터폰 수화기를 들었다.

"제가 나갈게요."

어쩐지 싸늘한 음성으로 말하는 정표를 가만히 보고 서 있던 태리를 향해 정표가 말했다.

"잠깐만 기다려. 나갔다 올게."

"누군데요?"

"아버지."

"할아버지요?"

놀란 그녀를 안심시키고 싶었는지 정표가 걱정 말라며 미소를 지어 보이곤 현관문을 열고 밖으로 나갔다.

외투를 입는 것도 잊고 그냥 밖으로 나와 버린 정표는 마당을 걸어 대문을 열고 밖으로 나갔다.

정표가 밖으로 나오자, 기다리고 서 있던 비서가 차의 뒷좌석 문을 열었다. 정 회장이 지팡이를 짚고 나오려고 하자 정표가 그를 만류했다.

"그냥 돌아가세요. 늦었어요."

"들어가서 얘기하자구나."

"안에 애인 있어요. 내일 회사로 갈 테니까 오늘은 돌아가세요. 오전에 일도 있고 아버지 얼굴 보는 거 저도 짜증 나니까."

"뭐?! 너 설마…… 안에 송지현 그 여자애랑 같이 있는 거야?"

정 회장이 당장에라도 집 안으로 달려 들어갈 기세로 대문을 노려보았다. 정표가 그의 시선을 가로막으며 싸늘하게 말했다.

"아니에요."

"네가 미쳐도 단단히 미쳤구나. 네 형이 누구 때문에 죽었는데!"

"지금까지 그만큼 괴롭혔으면 됐잖아요! 아버지가 앞길 다 막아 놔서 이제 겨우 성공한 애예요. 전 걔가 그동안 고생한 걸로 벌은 충분히 받았다고 생각해요. 그러니까 이제 그만하세요."

"지금 누가 누굴 감싸는 거야!"

"괜히 엄한 데 화풀이하지 말라고요! 형을 망친 건 아버지잖아요!"

그러자 정 회장이 지팡이를 내던지며 차에서 나와 정표의 뺨을 세게 때렸다.

입 안에 피가 고일 정도로 뺨을 세게 맞은 정표는 무표정한 얼굴로 정 회장을 노려보았다.

"아버지. 전 형이랑 달라요. 여기까지 하세요. 더 이상 저 건드리지 마시라고요."

"아직도 정신을 못 차렸어, 아직도! 내가 너 언제까지 그렇게 기고만장할 수 있는지 두고 보는 거야!"

얇은 옷차림으로 고집스럽게 서 있는 정표의 모습에 복장이 터지는지 분노를 있는 그대로 표출한 정 회장이 차에 올라타고 문을 닫아 버렸다.

비서가 재빨리 달려와 바닥에 나뒹구는 지팡이를 챙겨 들었다.

"회장님께서는 오전에 있던 일 사과하러 오신 겁니다."

정중하지만 가시가 있는 한 마디를 던진 비서가 정표에게 꾸벅 인사를 한 후 운전석에 올라탔다.

정 회장의 차가 골목에서 더 이상 모습을 보이지 않게 되자 정표의 얼굴이 일그러졌다. 벽에 기댄 채 두 주먹을 쥐며 화를 억지로 억누르던 정표가 한숨을 길게 내뱉으며 나지막한 목소리로 말했다.

"숨소리 다 들린다."

등 뒤에 있는 인터폰 스피커를 비집고 새근새근 그녀의 숨소리가 들렸다. 어쩐지 등 뒤에 그녀가 있는 것 같아 정표는 춥지 않았다.

그녀는 몰래 훔쳐봤다는 것이 들켜 당황한 모양이었다. 스피커 너머에서 아무 소리도 들리지 않았다. 정적이 흐르던 그때. 드디어 그녀의 목소리가 들려왔다.

— 춥지 않아요?

"응. 추워."

— 빨리 들어와요.

"키스해 주면."

— 네······.

순순히 키스해 준다고 대답하는 그녀 때문에 터져 나오려는 웃음을 참으며 정표가 대문을 열고 들어가 마당을 달려 현관문을 열었다.

현관 앞에서 서성이던 태리가 문 앞에 선 정표의 붉어진 한쪽 뺨을 안타까운 얼굴로 올려다보다가 달려가 그를 끌어안았다.

자신의 허리를 꽉 껴안은 태리를 내려다보던 정표가 툴툴거렸다.

"키스해 달라니까."

조심스레 고개를 들어 자신을 올려다보는 태리를 향해, 정표가 손가락으로 자신의 입술을 가리켰다. 망설이던 태리가 정표의 단단한 어깨를 잡고 까치발을 들어 입을 맞추었다. 발그레한 볼로 입술을 뗀 태리를 향해 정표가 고개를 절레절레 흔들었다.

"다시."

단호하게 말하는 정표를 예쁘게 흘기던 태리는 두 눈을 꽉 감고 정표의 입술로 돌진했다.

정표의 아랫입술을 부드럽게 핥으며 그의 입술 안으로 혀를 넣었다. 넣긴 넣었는데 어떻게 해야 할지 몰라 그의 입 안에서 방황하고 있던 태리의 혀를 정표는 기다리기라도 한 듯 혀로 감쌌다. 그리고 그녀의 따뜻함으로, 차가워졌던 자신을 녹여 갔다.

정표는 한 손으로 그녀의 허리를 끌어안으며 키스를 퍼부었다. 그러곤 급했는지 소파로 향했다. 그녀를 소파에 눕히고 입술부터 시작해서 목덜미와 귀를 입술로 애무하던 정표는 자신도 모르게 태리의 티셔츠 안으로 손을 넣었다.

놀라 부르르 몸을 떠는 태리를 모르는 척하곤 브래지어를 위로 올려 마침내 그녀의 가슴을 손에 쥐었다. 태리의 가슴을 부드럽게 주무르던 정표는 당황해서 어쩔 줄 몰라 웅얼거리는 태리의 입을 키스로 막아 버렸다.

그녀의 몸에 취한 정표는 본능대로 움직였다. 그가 태리의 티셔츠와 브래지어를 찢듯이 벗겨 냈다. 그러곤 정욕에 젖은 눈빛으로 그녀의 하얀 가슴으로 돌진했다. 아무것도 모르는 주인과 달리 정직하게 도드라진 핑크빛 유두를 만족스럽게 바라보며 그가 그녀의 유두를 입 안에 머금었다.

할짝거리며 자신의 가슴을 빨아 대는 정표의 낯선 행동에 태리는 두 눈을 꽉 감아 버렸다. 자꾸만 자신의 다리 사이로 파고드는 정표 때문에 태리는 난처했다. 자세가 조금 불편했는지 정표가 고개를 들었다. 그녀의 육체에 취해 급하게 달리느라 숨을 약간 헐떡이던 정표는 잘록한 허리에 비해 제법 비율 좋은 가슴을 지닌 그녀의 벗은 몸을 보자 도저히 참을 수가 없어졌다.

청바지를 입은 태리의 긴 다리를 내려다보던 정표는 거침없이 그녀의 바지 단추를 풀었다. 그러고는 고민도 없이 청바지와 팬티를 동시에 벗겨 내려고 하자 태리가 다리를 동동거렸다.

뒤늦게 겁에 질린 태리의 얼굴을 내려다보던 정표는 고개를 푹 숙여 버렸다. 그리고 두 눈을 꽉 감았다 뜨며 고개를 들었다.

"미안…… 놀랐어?"

조금은 나긋해진 정표의 목소리에 태리가 살며시 두 눈을 뜬 후 상체를 벌떡 일으켰다. 반나체인 것이 쑥스러웠는지 양팔로 가슴을 가린 채 태리가 정표의 품에 파고들었다.

상체에 아무것도 걸치지 않은 채 자신의 품속으로 숨은 태리가 귀여웠던 정표는 그녀를 꼭 안아 주었다. 하얗고 작은 몸 이곳저곳에 자신이 새긴 흔적들을 보며 어쩐지 미안해지기도 했다.

"나한테 도망 온 거야? 내가 너 이렇게 만들었는데?"

"오늘······ 해야 돼요?"

"어. 나는 오늘 했으면 좋겠는데?"

"······."

"싫어? 그럼 네가 정한 날에 하도록 하지, 뭐. 대신 날짜 바꾼다고 했었지? 언제로 바꿀 건데?"

"······성년의 날요."

"12월에서 5월로 당겨졌군. 아버지한테 가서 뺨 한 대 더 맞고 올까?"

"그러지 마세요. 대표님이 아픈 건 싫어요."

"지금 뺨보다 더 아픈 곳이 있는데······."

"어디요?"

"이제 그만 옷 입고 나한테서 떨어져 주는 게 좋을 거야."

그의 말이 끝나기가 무섭게 태리가 얼른 정표의 품에서 벗어나 그가 볼세라 뒤로 돌았다. 조심스럽게 브래지어에 팔을 꿰는 그녀의 뒷모습을 보던 정표가 마른침을 삼키며 나지막한 목소리로 말했다.

"한 번만 더 만져 봐도 돼?"

태리의 대답은 들을 생각이 없었는지 그가 그녀의 허리를 낚아채 자신의 무릎 위에 앉혔다.

등 뒤에서 느껴지는 정표의 뜨거운 숨결에 태리는 순식간에 온몸이 뜨거워졌다. 허리에 있던 그의 손이 제자리를 찾아가듯 그녀의 가슴을 움켜쥐며 유두를 만지작거렸다.

"흣······!"

조금 아팠던 모양인지 그녀의 입에서 신음이 섞여 나왔다. 그는 그녀의 목덜미와 가녀린 어깨, 그리고 등에 자잘한 키스를 퍼부으며 태리의 가슴을 조몰락거렸다.

　"하아……."

　결국 인내심에 한계가 온 모양인지 그의 애처로운 신음이 들려왔다.

　"……침대로 ……갈까?"

　그가 뜨겁게 젖은 목소리로 자신의 귓가에 속삭였다.

　태리는 난생처음 이상한 기분에 휩싸였다. 이유는 알 수 없지만 자신의 아래가 뜨겁게 젖고 있었다. 침대로 가자며 애원하듯 말하면서 등 뒤에서 계속 애무를 하는 그의 행동이 싫지만은 않았다. 태리는 문득 이 다음이 궁금해졌다. 침대로 가서 이 다음에 있을 행위를 하게 된다면 그가 자신을 지금보다 더 좋아해 줄까?

　그렇다면 망설임 없이 하고 싶었다.

　그런데 그때 바쁘게 움직이던 그의 손길이 멈췄다. 어쩐 일인지 뒤에서 자신의 어깨에 얼굴을 묻은 그가 여러 번 한숨을 크게 내뱉더니, 태리를 번쩍 들어 자신의 무릎에서 내린 뒤 소파에 앉혔다.

　소파에서 일어난 그가 바닥에 떨어진 그녀의 브래지어와 티셔츠를 들고 와 서툰 손길로 입혀 주었다. 옷을 입은 그녀를 아쉬운 표정으로 바라보던 그가 그녀의 입술에 입을 맞추었다. 그러곤 곧 죄책감에 깃든 얼굴로 정표가 말했다.

　"싫었어?"

　"네? 아니 저……."

발그레한 얼굴로 사실은 좋았다고 말하고 싶었던 태리는 너무 부끄러워서 차마 그 말을 내뱉지 못하고 어색하게 미소만 지었다.

그녀의 말간 얼굴을 바라보며 정표가 반쯤 얼이 나간 표정으로 중얼거렸다.

"미치겠네. 진짜……."

어쩐지 안절부절못하는 정표를 태리가 어리둥절한 표정으로 바라보았다.

그러자 정표가 힘겹게 자리에서 일어나 주방으로 향했다. 보드카를 잔에 가득 따라 물 마시듯 원샷을 해 버린 정표는 다시 잔에 술을 가득 따랐다. 태리는 정표가 애무했던 가슴이 아팠는지 팔짱을 낀 채 주방으로 향했다.

정표와 마주 보고 앉은 태리가 그를 향해 조심스레 물었다.

"술…… 맛있어요?"

태리는 얼음을 동동 띄워 시원해 보이는 잔을 물끄러미 바라보았다.

그 모습이 귀여웠는지 정표가 피식 웃어 버렸다.

"넌 궁금한 것도 많고, 하고 싶은 것도 많지?"

고개를 끄덕이는 태리를 가만히 바라보던 정표가 술잔을 기울이며 말했다.

"앞으론 아마 지금보다 훨씬 더 많은 것들이 궁금해지고, 하고 싶은 일들도 많아질 거야. 그리고 지금의 네 가치관이나 선택이 하루에도 수십 번 흔들리고 변할 수도 있어."

그가 사뭇 진지한 표정으로 말하자 태리는 조금 불안했다.

"갑자기 왜 그런 말을 하세요?"

그녀의 물음에 말없이 술을 몇 모금 더 마신 후 그가 답했다.

"요즘 너를 만나면서 느낀 건데. 나는 내가 생각했던 거, 그 이상으로 너를 좋아하는 것 같아. 너도 느끼지?"

"네? 저는 잘 모르겠는데요."

태리가 고개를 갸웃거리며 답하자 정표가 미간을 구기며 버럭 소리쳤다.

"야! 왜 몰라? 보통 남자였으면 너 인마, 아까 소파에서 끝났어."

자신의 마음도 몰라주는 그녀가 꽤 답답했던 모양인지 정표가 다시 잔에 술을 따랐다. 그때 자신의 눈치를 흘끔 보며 뭔가 할 말이 많은 표정으로 있던 태리의 입술이 열렸다.

"근데…… 왜 안 하셨어요?"

하마터면 술을 뿜을 뻔한 정표가 웃음을 참으며 말했다.

"선택권은 너한테 있다고 했잖아. 네가 성년의 날에 한다며."

"근데 하려고 하셨잖아요."

"하려고 했지만 안 했잖아. 왜? 아쉬워?"

"아니요! 그게 아니라……."

사실은 하고 싶었던 자신의 마음이 들킬까 봐 허둥지둥하는 태리를 바라보던 정표는 미소를 지으며 태리의 머리를 쓰다듬었다.

"윤태리. 지금처럼 하얗고 투명한 네 마음…… 절대 흔들리거나 변하면 안 돼. 나…… 그거 하나 믿고 여기까지 온 거니까."

태리도 그를 향해 미소를 지으며 고개를 끄덕였다.

"아무 일도 없었다고?"

태리가 고개를 끄덕이자 희주가 믿기지 않는다는 듯 의아한 표정으로 엄지를 내밀었다. 그러자 나머지 멤버들이 꺅꺅거리며 발을 동동거렸다.

"대박! 어떡해…… 지켜 준 건가 봐!"

"연륜이지. 태리가 아직 어리니까 천천히 서두르지 않겠다는 거네."

"어머. 우리 대표님 멋있다!"

그가 밤새 자신의 가슴을 물고 빨며 바지까지 벗기려 했다는 이야기는 정표의 이미지를 위해 접어 두었다. 태리는 갑자기 정표를 찬양하는 멤버들을 보며 웃음이 새어 나왔다.

연습실에 빙 둘러앉아 수다를 떨고 있던 프리티 멤버들의 얼굴에선 좀처럼 미소가 떠나질 않았다. 그때 마침 사무실에 들어온 정표를 본 소윤이 외쳤다.

"대표님이다!"

동시에 프리티 멤버들이 연습실 문을 열고 밖으로 달려 나갔다. 태리도 그녀들을 뒤따라갔다.

자신이 들어오자마자 갑자기 문을 열고 우르르 몰려나온 멤버들을 보며 정표가 미간을 찌푸렸다.

"뭐냐? 왜 나와?"

"인사하려고요! 대표님, 좋은 아침이에요!"

"언제부터 나와서 인사했다고. 까불지 말고 다들 들어가!"

그런데 갑자기 정표를 빙 둘러싼 멤버들이 환호를 하며 박수를 치기 시작했다.

"짧은 치마 못 입게 할 때부터 알아봤어야 했는데!"

"대표님! 근데 도대체 언제부터…… 태리를?"

소윤이 조심스레 묻자 정표는 평소처럼 아무런 표정 없이 그녀들에게 비키라는 손짓을 하며 대표실로 향했다.

문을 쾅 닫고 들어간 정표의 뒷모습을 황당하게 바라보던 멤버들은 자신들 뒤쪽에 뻘쭘하게 서 있는 태리를 향해 물었다.

"둘이 싸웠어?"

태리가 고개를 절레절레 흔들었다.

"근데 왜 평소랑 똑같지?"

"그렇지! 방금 봤어? 우리 엄청 한심하게 보는 거?"

"태리야! 저 인간, 너한테 잘해 주긴 해?"

갑자기 쏟아지는 질문에 태리가 난처한 표정을 지으며 서 있자 매니저 성원이 사무실에 들어왔다.

성원은 사무실에 들어오자마자 불이 켜져 있는 대표실을 보며 멤버들을 향해 물었다.

"대표님 오셨어?"

"네!"

"그럼 직접 얘기하시지 왜……."

성원은 이해할 수 없다는 표정으로 대표실을 바라보다가 태리를 향해 말했다.

"태리야. 너 또 뭐 잘못한 거 있어? 대표님이 너 들어오라는데?"

"어디요?"

"어디긴 대표실이지. 당장. 빨리 들어가 봐. 목소리가 화나신 것 같은데……."

성원의 설레발에 태리도 평소와 마찬가지로 겁에 질린 표정으로 대표실로 향했다.

이쯤 되니 두 사람이 정말 사귀는 게 맞는지 의문이 든 멤버들이 수군거리기 시작했다.

태리가 대표실에 들어가자 성원이 멤버들을 데리고 사무실 구석으로 향했다. 성원이 작은 목소리로 그녀들에게 조심스레 물었다.

"대표님이 너네 너무 시끄럽다고 하고 싶은 거 한 가지씩 들어 주라는데…… 혹시 무슨 일 있었어? 단체로 뭐 시위 같은 거라도 했어?"

멤버들은 서로 하이파이브를 하며 '역시 사귀는 거 맞네!' 하며 쾌재를 불렀다. 그녀들이 키득거리자 성원은 혼자만 심각한 얼굴로 본인의 고민을 털어놓았다.

"근데 요새 태리 말이야. 자주 외박하지 않냐? 걔 어떡하냐, 진짜. 숙소에선 내가 관리할 수 없으니까 같이 사는 소윤이 네가 태리 좀 관리해. 걔 외박하고 다니는 거 대표님 알면 진짜 큰일 난다?"

아무것도 모르는 성원의 말에 멤버들이 박장대소하며 연습을 핑계로 각자 흩어졌다. 홀로 남은 성원은 갑자기 블라인드가 쳐지는 대표실을 안절부절못하며 바라보고 있었다.

"불쌍한 우리 태리, 또 엄청 혼나겠구만……."

책상에 앉아 있던 정표가 갑자기 일어나 리모컨으로 블라인드를 내리며 태리가 서 있는 쪽으로 다가갔다.

"너희는 모이면 맨날 내 얘기만 하지?"

태리가 배시시 웃으며 고개를 끄덕였다.

"오늘은 무슨 얘기했어? 쟤들 왜 저래."

"언니들이 외박하고 대표님 집에서 뭐 했는지 물어봐서요."

"그래서 또 다 얘기했어?"

"아니요. 저번에 대표님께서 둘이 있었던 얘기는 남들한테 하지 말라고 하셨잖아요. 그래서 아무것도 안 했다고 했어요. 그랬더니 언니들이 대표님 멋있대요."

"멋있긴 개뿔."

괜히 쑥스러웠던 정표가 투덜거렸다.

"너는? 너는 어떻게 생각하는데?"

"저는……."

잠시 머뭇거리던 태리가 하던 말을 이었다.

"원래 그렇게 생각하고 있었어요."

정표가 알아듣지 못한 척 능청스러운 표정으로 되물었다.

"뭐라고?"

"사실은 저요…… 아주 오래전부터 대표님 좋아했어요."

멋있다는 소리를 들으려고 했을 뿐인데, 갑작스러운 그녀의 고백에 순간 정표가 자신의 귀를 의심했다. 새빨개진 얼굴로 어색한 미소를 지으며 태리가 말했다.

"지금 이렇게 말구요. 그냥 연예인 좋아하는 것처럼 그렇게요. 그렇게 좋아했어요."

"내가 왜 좋았는데?"

"잘생겨서요."

"아…… 그게 땡?"

"네. 사실 맨날 모아한테 화만 내고 욕도 잘해서 얼굴 말고 다른 건 별로였어요."

"……씨! 야! 지금은? 지금도 그래?"

"지금은 모르겠어요."

"뭐?"

"어디가 좋은지는 모르겠는데 그냥 좋아요. 다 좋아요. 화내도 멋있고, 욕해도 멋있고."

갑자기 자신에게로 얼굴을 기울이는 정표와 두 눈이 마주친 태리가 고개를 절레절레 흔들었다.

"안 돼요. 밖에…… 으읍!"

안 되긴 뭘 안 돼.

정표가 말 대신 그녀의 입술을 덮쳐 버렸다. 금세 그녀의 입술에 겹쳐진 그의 입술이 뜨거워졌다.

그녀의 심장이 요동쳤다. 매일 혼나기만 하던 이 장소에서 그와 은밀하게 나누는 키스에 온몸이 뜨거워졌다. 그녀의 몸이 뒤로 밀려나자 그가 그녀의 허리를 휘감았다. 키스는 점점 더 농밀해져 타액 때문에 질척거리는 노골적인 소리만 사무실 안을 울렸다.

쾅쾅!

그런데 그때. 노크 소리와 함께 대표실 문이 벌컥 열렸다.

"대표님! 태리 좀 그만 혼내시……."

키스를 하고 있는 두 사람을 멍한 얼굴로 보던 성원이 정신 나간 사람처럼 중얼거렸다.

"그, 그렇게 혼내시면 안 되는데……."

최근 매스컴을 타고 크게 이슈가 된 매니저 성추행 사건 때문에 어제 매니저들을 긴급 소집해 소속 배우 건드리면 뒈진다고 엄포를 놓으며 무섭게 다그치던 대표님이……. 우리 대표님이 미치셨나? 성원이 말까지 더듬었다.

"마…… 말도 안 돼! 둘이? 설마…… 아니죠? 대표님! 아니죠?"

하필 성원과 두 눈이 정면으로 마주친 태리는 화들짝 놀라 정표의 품 안으로 얼굴을 숨겼다. 정표는 자신의 품으로 파고드는 태리의 머리를 쓰다듬으며 태연한 척 뒤를 돌았다.

"맞아."

"뭐, 뭐가 맞아요?"

도저히 믿기지가 않는 얼굴로 성원이 후다닥 달려가 정표의 품에 안겨 있는 태리의 손목을 잡아끌어 자신의 등 뒤에 숨겼다.

정표가 황당한 얼굴로 성원을 바라보았다.

"너 지금 뭐 하냐? 내놔! 내 거야!"

위협적인 얼굴로 정표가 태리의 손목을 낚아채 잡아당기자 성원이 태리를 향해 물었다.

"태리야! 괜찮아? 신고해야 되는 거 아니야?"

"뭐? 신……고? 야! 너 뒈질래?"

정표가 버럭 소리쳤다. 성원은 지지 않고 억울함을 토로했다.

"이러는 법이 어디 있어요? 태리 졸업한 지 얼마 되지도 않았는데! 그리고 우리 보곤 사내 연애 금지시켜 놓고 본인은…… 본인은…… 우와, 그럼 우리도 연애하게 해 줘요! 연애도 맘대로 못하게 하는 갑질의 횡포라고 고…… 고발할 거예요!"

굳어진 정표의 얼굴을 흘끔 보며 성원이 서둘러 발언을 마무리 지었다. 성원의 행동에 뭔가 촉이 왔는지 정표가 조금 관대해진 표정으로 말했다.

"그래 해라. 연애도 하고, 결혼도 하고, 애도 낳고, 다 해. 근데 누군데?"

"네?"

"넌 누군데?"

갑자기 새빨개진 얼굴로 허공을 보며 헛기침을 하던 성원이 상체를 꾸벅 숙이곤 서둘러 도망가 버렸다.

결국 성원에게까지 걸리고 만 정표는 자포자기 심정으로 소파에 털썩 앉아 버렸다. 우두커니 서 있는 태리를 향해 정표가 턱 끝으로 옆자리를 가리켰다. 심각한 표정의 태리가 정표 옆에 앉으며 말했다.

"이제 어떡해요?"

"몰라."

"대표님이 모르는 것도 있어요?"

"그러게. 네가 껴 있는 문제는 쉬운 게 하나도 없네."

머리 아파 죽겠다는 표정으로 괜히 엄살을 부리던 정표는 태리의 목을 끌어안아 자신의 품에 가뒀다.

"오늘 오후에 학교 간다고?"

"네. 스케줄 없을 때도 열심히 하려고요. 근데 또 누가 들어오면 어떡해요."

태리가 조심스레 고개를 들었다. 이미 모든 걸 내려놓았는지 정표의 표정이 한결 가벼워 보였다.

"이제 알 사람은 다 알지 않았나?"

정말 알아야 할 사람이 떠올랐는지 태리가 난처한 표정을 지었다.

"모아……한테 얘기해도 돼요?"

뒤늦게 떠오른 문제적 인물 때문에 정표는 생각만으로도 끔찍한지 미간을 찌푸렸다. 모아와 세트인 누나 수옥까지 두 모녀가 잔소리해 댈 것을 생각하니 벌써부터 두통이 시작됐다.

"아직 얘기하지 말까요?"

"아니야. 뭐. 얘기해도 상관은 없는데…… 아마 너도 굉장히 피곤할 거야."

그의 말에 동의하는 쪽인지 태리가 조심스럽게 고개를 끄덕였다. 평소 정표 얘기라면 우선 까고 보는 모아인지라, 태리는 착잡했다.

"그 표정은 뭐지? 나랑 사귀는 게 쪽팔려?"

"아니, 그런 건 아닌데……. 모아가 대표님 같은 남자만 안 만나면 된다고 했는데…… 망했어요."

"뭐? 망……해?"

정표가 태리를 품에서 떼어 내며 미간을 찌푸렸다.

"농담이에요. 헤헷."

정표를 올려다보며 태리가 웃음을 터뜨렸다. 황당한 얼굴로 정표가 툴툴거렸다.

"이게 이제 사람을 가지고 노네? 너 왜 웃어?"

"이제 대표님이 화내면 무섭지 않고 웃음이 나요!"

까르르 소리까지 내며 웃어 대는 태리를 보니 정표는 그저 기가 찰 뿐이었다.

불과 얼마 전까지만 해도 자신의 앞에선 주눅 들어 있거나 죄지은 사람처럼 불쌍한 표정이나 짓던 그녀가 무대 위에서처럼 자신을 향해 밝게 웃어 주니 순간 가슴이 벅차올랐다.

그는 자신이 그녀를 좋아하고 있다는 사실을 자각했을 때를 떠올렸다. 그땐 오늘 같은 날이 올 것이라고는 상상도 못 했었다.

정표는 요즘 그녀와 함께하는 매순간이 행복했다. 하지만 한편으론 이 행복이 언제 깨질지 모른다는 생각에 두렵고 불안했다.

10

전공 서적을 사러 학교 앞 서점에 온 태리와 모아의 관심은 각자 다른 곳에 있었다.

패션과 뷰티 관련 잡지를 보던 모아는 경제 푯말이 걸린 곳에 서 있는 태리를 발견하곤 쯧쯧 혀를 내차며 그곳으로 달려갔다.

태리가 진지한 얼굴로 정독하고 있는 잡지를 뺏어 들여다보던 모아가 미간을 찡긋거렸다.

"에잇. 눈 버렸다! 삼촌이잖아?"

[JJ엔터프라이즈 정정표 대표, 영상 보안장비 글로벌 톱을 노린다.]

큼지막한 글씨와 함께 집무실에 앉아 업무를 보고 있는 정표의 사진이 실린 잡지를 보곤 모아가 그래도 삼촌이라고 궁금했는지 잡지를 소리 내어 읽기 시작했다.

"JJ엔터프라이즈는 전 세계 영상 보안장비 시장에서 '세계 최초'라는 타이틀만 10건 이상 보유하고 있다. 또한 JJ엔터프라이즈 정 대표의 또 다른 회사인 W픽처스에서 최근 제작하여 배급한 영화가 천만 관객을 동원한 덕분에 W픽처스는 물론, JJ엔터프라이즈의 주가까지 연일 오름세를 보이고 있다. 정정표 대표의 앞으로의 행보에 귀추가 주목된다."

원래 영화감독이 꿈이었던 그는 영화장비를 수입하던 일을 하다가 아예 영상장비를 연구하고 만드는 일을 하게 되었고, 어느 정도 기반을 잡은 후에는 꿈을 이루기 위해 지금의 W픽처스를 설립했다고 들었다.

사실 그는 한국 그룹 계열사 중 하나인 한국 미디어 정석주 회장의 막내아들이었다. 이 사실을 아는 사람은 태리를 포함해 그의 가족들과 JJ엔터프라이즈의 고위급 관계자들 정도가 다였다.

배경 없이도 두 회사를 최고의 자리에 올려놓은 타고난 그의 사업가적 자질 때문에 하루라도 빨리 그를 회사로 들이고 싶은 정 회장의 마음이 충분히 이해가 되었다.

태리는 문득 저번 날 정 회장에게 뺨을 맞던 정표가 떠올라 마음이 불편했다.

"이 인간은 도대체 언제 이렇게 일을 하는 거야? 집에 가면 맨날 마당에서 하이킥만 하고 있더만."

"밤에 안 자고 새벽까지 일하시던데?"

무심코 큰 소리로 그를 두둔하던 태리가 뒤늦게 입을 틀어막았다. 모아가 고개를 갸웃거리며 태리를 뚫어져라 바라보았다.

"그래? 근데 그걸 네가 어떻게 알아? 삼촌이랑 밤새 같이 있어 본 사람처럼 말하네?"

당황한 태리가 횡설수설하기 시작했다.

"대표님 서, 성격이 까칠하잖아! 낮에 괜히 신경질 내고, 소리만 지르고……. 아마 밤에 일하느라 잠을 못 자서일 거야! 그렇다고. 그렇지 않을까? 나는 그렇게 생각해서……."

좀처럼 의심을 풀지 않고 태리를 수상하게 바라보던 모아가 갑자기 버럭 소리쳤다.

"그 인간 요즘도 너한테 소리 질러? 사무실 구석에 가둬 놓고?"

드디어 모아의 의심에서 벗어난 태리가 억지 웃으며 고개를 끄덕였다.

"휴, 네가 이해해라."

웬일인지 평소와 다르게 정표를 두둔하는 모아를 호기심 어린 눈으로 태리가 바라보았다. 그러자 모아가 한숨을 픽 내뱉으며 잡지 속 정표의 사진을 내려다보았다.

"삼촌 어제 W호텔에서 할아버지랑 한바탕했대. 삼촌한텐 엄청 중요한 미팅이었나 봐. 근데 그 앞에서 할아버지가 삼촌 개망신 줬나 봐."

아…… 그래서 어제 할아버지가 직접 대표님을 찾아온 거구나.

태리는 모아의 말에 가만히 귀를 기울였다.

"투자자들 앞에서 할아버지가 삼촌 얼굴에 물을 끼얹었대."

상상만으로도 끔찍한지 모아가 고개를 절레절레 흔들었다.

"상상만으로도 끔찍하지? 그 자존심에 사람들 보는 앞에서 물세례 받고 가만히 있을 인간도 아니고, 아무튼 난리가 났었나 봐. 그 자리에 송지현도 있었대. 할아버지가 송지현 엄청 싫어하거든. 삼촌도 아무리 사업상이라지만 그 여자랑 왜 자꾸 어울리는지 모르겠어."

태리가 조심스레 모아에게 물었다.

"근데 너희 돌아가신 큰외삼촌 말이야⋯⋯. 그분도 할아버지랑 사이가 안 좋았어?"

"큰외삼촌은 금지어라. 나도 잘 모르겠어. 근데 왜?"

"아니. 그냥 어떤 분이셨나 궁금해서⋯⋯."

"엄마 말론 삼촌이 큰외삼촌 판박이라니까 외모나 성격 같은 게 닮았나 봐. 듣기론 큰외삼촌 돌아가시고 삼촌이 엇나갔다던데⋯⋯."

죽은 형 얘기를 하며 정 회장을 향해 소리 지르던 정표가 떠오른 태리는 저도 모르게 혼잣말을 내뱉었다.

"사이가 좋았나⋯⋯."

"막둥인데 오죽했겠어? 우리 엄마도 나보다 삼촌 더 챙기잖아. 우쭈쭈쭈 하면서. 그래서 그런가? 삼촌 어떨 때 보면 애 같지 않아? 아마 큰외삼촌도 엄청 챙겨 줬을 거야. 안 봐도 뻔해."

"살아계셨으면 좋았을 텐데⋯⋯."

어느새 태리의 눈빛이 젖어 버렸다. 모아가 사뭇 진지해진 얼굴로 태리의 어깨를 쓰다듬었다. 모아의 눈시울도 붉어졌다.

"그렇게 말해 줘서 고마워."

"……."

"다음 주지? 이번에도 우리 가족이랑 같이 가자."

태리가 고개를 끄덕이며 애써 미소를 지었다. 괜히 다운된 분위기에 머쓱했는지 주변을 돌아보던 모아가 어딘가를 보고 소리쳤다.

"어? 저기 지환이 아니야?"

마침 서점 안으로 지환이가 들어서고 있었다. 모아가 손을 흔들며 지환을 불렀다.

"민지환!"

소리가 난 곳으로 고개를 돌린 지환은 모아와 태리를 확인하곤 성큼성큼 걸어와 두 사람 앞에 섰다.

"안녕?"

"지환아, 솔직하게 말해 줘."

모아가 지환에게 바짝 붙어 진지한 얼굴로 올려다보며 물었다.

"저번 동창회 날, 나…… 어땠어?"

"뭐, 뭐가?"

질문의 의도를 잘못 파악한 지환은 어색하게 웃으며 태리의 눈치를 보았다. 모아가 지환의 등짝을 내리쳤다.

"그날 너만 멀쩡했다며! 어서 말해 봐! 나 정말 취해서 운동장에서 흙 먹었니?"

"픕! 뭐?"

모아의 엉뚱한 질문에 지환이 웃어 버렸다.

"글쎄? 그날 너는 갑자기 없어져서 못 봤는데……."

"아니야! 아닐 거야. 그 인간…… 분명 거짓말일 거야."

전혀 신뢰성이 없는 이야기라고 치부하고 있던 정표의 목격담이 꽤 마음에 걸렸는지 모아는 자기암시를 걸기 시작했다.

필요한 책들을 사서 서점을 나온 세 사람은 근처 카페에서 커피를 마신 후 학교로 향했다. 모아가 다니는 학교는 지환과 태리가 다니는 학교와는 반대편이라 그녀와는 자연스럽게 신호등에서 헤어졌다. 신호등을 건너 정문을 통과하던 지환이 태리에게 말을 건넸다.

"무겁지 않아?"

"아니. 괜찮아."

그녀가 책들을 품에 꽉 안고 있어서 뺏어 들 수도 없는 상황이라 지환은 어색하게 뒷머리만 긁적였다. 정문에서 강의가 있는 건물까지 제법 거리가 있었지만 지환에게는 짧게만 느껴졌다. 한참을 망설이던 지환은 저번부터 줄곧 그녀에게 묻고 싶었던 얘기를 어렵게 꺼냈다.

"너희 대표님 말이야."

대표라는 말에 태리가 반응하며 두 눈을 크게 떠 지환을 올려다보았다. 지환은 그녀의 표정에 체념이 되어야 하는데 괜히 심술이 났다.

"너한테 잘해 줘?"

"어? 응. 근데 그런 건 왜 물어봐?"

"둘이 사귀는 거 맞지?"

이미 다 알고 있는 듯한 얼굴로 물어보는 지환을 마주한 태리가 어쩔 수 없이 고개를 끄덕였다.

지환의 표정이 씁쓸하게 굳어졌다. 예상은 했지만 속이 많이 쓰렸다. 왜 하필…… 인상도 별로고, 성격도 포악한 그 남자란 말인가. 지환은 확신했다. 아무것도 모르는 태리가 그 남자에게 속아서 억지로 사귀고 있다고.

"나는 네가 아깝다고 생각해. 그 남자는 나이도 많고, 성격도…… 그다지 좋아 보이지도 않고. 세상에 좋은 남자가 얼마나 많은데 왜 하필 그런 사람이야?"

지환의 말에 태리가 미간을 찌푸리더니 마치 경고하듯 말했다.

"대표님에 대해 함부로 말하지 마. 그리고 네 말 틀렸어. 나는 어리고, 그다지 잘하는 것도 없고, 미래도 불확실하고, 예쁘지도 않은데…… 그냥 나라는 존재 자체를 좋아해 준 사람이야. 대표님이 훨씬 아깝지."

단호하게 말하는 태리를 바라보며 지환은 한숨을 크게 내뱉었다. 괜히 가슴이 답답하고 화가 나서 서둘러 화제를 돌렸다.

"교양 수업 책은 샀어?"

"아직. 아까 서점에 없어서 못 샀어."

"나 한 권 더 있는데, 강의 몇 시에 끝나?"

대답은 하지 않고 의심스러운 눈초리로 자신을 보는 태리를 향해 지환이 먼저 선수 쳤다.

"5시 정도에 끝나지? 후문으로 와. 차에 책 있는데 그거 줄게."

"아니야. 괜찮아."

"강의실 여기 맞지?"

지환은 맞은편에 보이는 건물을 가리켰다. 지환이 가리키는 쪽으로 그녀가 고개를 돌리는 사이에 지환은 태리가 품에 안고 있던 책을 뺏어 들었다.

"이건 무거우니까 내 차에 갖다 놓을게. 집에 갈 때 가져가. 그럼 이따가 후문에서 보자!"

말릴 새도 없이 책을 안고 왔던 길을 되돌아가는 지환의 뒷모습을 난감하게 보고 서 있던 태리는 수업 시간 때문에 하는 수 없이 강의실로 향했다.

"다 받아 왔어?"

대답이 없자 결재 서류에 사인을 하던 정표가 고개를 들었다.

성원이 정표를 향한 소심한 반항의 의미로 대답 없이 고개만 끄덕이고 있었다. 정표가 미간을 구기며 으박질렀다.

"야. 너 죽을래? 대답 똑바로 안 해?"

당당해도 너무 당당한 정표의 행동에 오히려 성원이 당황하며 본래의 모습으로 돌아가 소심하게 투덜거렸다.

"네. 멤버들 요구 조건 받아 왔어요. 먼저 소윤이는 숙소를 나가고 싶⋯⋯."

"소윤이 나가면 그럼 숙소에 누가 혼자 남는 거지?"

"그거야 태리 혼자⋯⋯."

"안 돼. 다음."

성원 쪽은 눈길도 주지 않고 그가 건성으로 말했다. 정표는 밀린 계약서 뭉치들을 들고 와 검토하는 일에만 열중했다. 그런 그를 못마땅하게 보던 성원이 다음 멤버의 요구 조건을 의미 없이 읊었다.

"희주가 공개 연애하게 해 달라는⋯⋯."

"상대는?"

"파이브썬 윤범요. 2개월 됐⋯⋯."

"안 돼. 어차피 오래 못 가. 괜히 나머지 멤버들한테 파파라치나 붙고 골치 아파."

"태리한테 파파라치 붙을까 봐 그러시는 건 아니고요?"

"그것도 그렇고."

"아니, 이럴 거면 애들한테 뭐하러 원하는 거 다 들어주신다고 하셨어요?"

괜히 머쓱해진 정표가 화제를 돌렸다.

"너 인마, 정신 차려. 소윤이가 너랑 안 만나 주는 게 회사 때문인 것 같아?"

"무, 무슨 소리예요!"

"내가 모를 줄 알아? 너희 한 일주일 정도 만났나?"

"헉. 어떻게⋯⋯ 설마 태리? 태리가 얘기했죠?"

"지금 그게 중요해?"

그동안 태리가 모아에게, 모아가 모친 수옥에게, 수옥이 정표에게⋯⋯ 이런 식으로 고급정보들이 돌고 돌았던 터라 회사 내 이야기들을 너무나도 잘 알고 있던 정표였다.

"네가 차인 이유는 경제력 부족이야. 소윤이 걔가 은근 실속파거든."

아직 실연의 상처를 극복하지 못했는지 성원의 고개가 꺾였다. 남의 상처는 안중에도 없는지 정표가 멈추지 않았다.

"성공하려면 묵직해야 돼."

"뭐가요?"

"입. 그리고 혹이 있어야 돼."

"어디에요?"

"말. 나가서 애들한테 요구 조건들 다 퇴짜 놓고도 내가 욕 안 먹을 수 있게 해 봐."

"그게 가능해요?"

"어."

"어떻게요?"

"네가 욕먹으면 되지."

"아······."

성원은 큰 깨달음을 얻은 얼굴로 고개를 끄덕였다.

그러곤 꾸벅 인사를 하고 나가려던 성원이 빙글 돌아 다시 정표 앞에 섰다.

"대표님. 혹시 민지환이라고 아세요?"

정표가 하던 업무를 멈추고 고개를 들었다. 그러자 성원이 주머니에서 핸드폰을 꺼내 그동안 지환에게 받았던 문자들을 넘겨보며 말했다.

"태리가 남자애한테 제 번호를 알려 줬는지 그 남자애가 저한테 자꾸 문자를 보내서요. 저번에 전화로 문자 보내지 말라고 혼냈는데도 젊어서 그런지 패기 있게 계속 보내고 있어요. 대표님도 아는 애예요? 혹시…… 이 남자애가 우리 대표님 라이벌?"

"줘 봐."

정표가 의자에서 일어나 손을 뻗어 성원의 핸드폰을 낚아챘다.

태리에게 보낸 지환의 문자들을 보며 정표는 속이 부글부글 끓었다. 특히 어제 온 문자에서 정표의 시선이 도저히 떨어지지가 않았다.

[내일 강의 끝나고 볼 수 있어? 기다릴게. ―민지환 (매니저님. 태리에게 제발 좀 전해 주세요.)]

"이 새끼 진짜 뭐야?"

정표가 시계를 올려다보더니 신경질적으로 일어나 외투를 들고 문으로 향했다.

"벌써 가시려고요? 하긴 그쪽 회사도 요새 많이 바쁘죠?"

"그러게. 젠장. 바빠 죽겠는데……."

일이 산더미처럼 밀려 있다는 생각에 숨이 막힐 지경인 정표지만 미간을 찌푸리며 조금의 망설임도 없이 사무실을 나가 버렸다.

차에 올라탄 정표는 시동을 걸며 이어폰을 귀에 꽂았다. 그러곤 JJ본사에 전화를 걸었다.

"황 비서. 오늘 회의 내일 오전으로 미뤄."

처음 있는 일이라 당황한 황 비서가 자신의 귀를 의심하며 되물었다.

― 네? 회의를 미루라고요? 저기 대표님, 벌써 도착해서 대기하는 임원들도 있는데…… 많이 급한 일이세요?

"중요한 일이야. 그분들께는 내가 따로 죄송하다고 연락드릴 테니까. 미뤄."

막무가내로 회의를 미룬 정표는 전화를 끊고 차의 속도를 높였다.

애인 버리고 회의에 참석한 적은 있어도, 회의를 버리고 애인 단속하러 가기는 처음이라, 정표는 한편으론 이런 자신이 우스웠다.

지금의 민지환처럼 패기 넘치던 스무 살 때도 이런 적은 없었는데…….

태리를 의심하는 건 아니지만, 그 애의 나이가 변수가 될 수 있다는 사실을 잘 알고 있었다. 충분히 흔들리고 꺾일 수도 있는 나이.

어쩐지 씁쓸한 표정으로 그는 한국대학교 정문으로 들어섰다.

후문 앞에 정차한 차에서 내린 지환은 멀리서 걸어 내려오고 있는 태리를 어쩐지 떨리는 마음으로 기다렸다.

청바지에 화이트 재킷 하나 걸쳤을 뿐인데 그동안 교복에 가려져 있었던 몸매가 여실히 드러나서 그런지, 지환은 그녀가 생소하게 느껴졌다. 길고 늘씬한 매력적인 몸매에 긴 머리를 묶어 올려 드러난 깜찍한 이목구비가 사랑스러워 도저히 눈을 뗄 수가 없었다.

"책은?"

지환의 앞에 서자마자 태리가 차 안을 들여다보며 자신의 책을 찾기 바빴다. 지환은 조수석 문을 열며 태리를 바라보았다.

"타. 무거우니까 집까지 데려다줄게."

"안 돼! 저기, 고마운데 사양할게."

태리가 무슨 큰일이라도 날 것처럼 고개를 절레절레 흔들었다.

"왜 안 되는데? 또…… 대표님 때문이야? 너희 대표님은 네가 남자랑 둘이 차 타면 안 되고, 너 무거운 거 들고 다니는 건 된대?"

갑자기 그답지 않게 큰 소리를 내는 지환을 놀란 눈으로 바라보던 태리는 하는 수 없이 차에 올라타려고 손잡이를 잡았다.

그런데 그때 뒤쪽에서 익숙한 음성이 들려왔다.

"내가 남의 차, 특히 남자 차는 얻어 타지 말라고 했을 텐데?"

태리가 놀란 얼굴로 뒤를 돌았다.

뛰었는지 약간 헝클어진 머리로 정표가 성큼성큼 걸어오고 있었다.

"윤태리. 말 안 듣네?"

정표가 미간을 찌푸리며 태리를 향해 말했다.

태리는 지환의 눈치를 살피며 조용히 차 문을 닫았다. 태리의 행동에 제법 마음이 풀렸는지 정표가 태리의 손에 자신의 차 키를 쥐여 줬다.

"내 차에 가 있어. 정문 주차장."

"저 혼자요? 대표님은요?"

"네 동창이 나한테 할 얘기가 많아 보이는데?"

정표가 자신을 빤히 쳐다보고 있는 지환의 시선을 느꼈는지, 고개를 돌려 굳은 표정으로 지환을 바라보았다.

두 사람 사이에 껴서 난처해진 태리는 정표를 막아서며 해명했다.

"대표님! 지환이는 잘못 없어요. 짐이 무거워서 태워 준다고 한 것뿐이에요!"

태리가 뒷좌석에 놓인 자신의 책을 가리켰다.

"알았으니까. 차에 가 있어."

정표가 아래턱에 힘을 주며 말하자 태리는 미안해서 어쩔 줄을 몰라 하며 지환을 바라보았다.

"괜찮아. 가 봐. 다음에 보자."

지환이 애써 미소 지으며 태리를 향해 말했다.

다음에 보자고? 정표가 기가 차서 헛웃음을 내뱉어 버렸다.

그런 정표와 눈이 마주친 태리는 화들짝 놀라 얼른 뒤를 돌아 정문으로 향하는 척하다가 벤치 뒤에 숨었지만 뒤에 눈이라도 달렸는지 정표가 '윤태리!' 하고 부르는 바람에 이번엔 진짜로 정문으로 줄행랑을 쳤다.

태리가 가고 정표는 뒷좌석 문을 열어 태리의 책들을 꺼냈다.

"다음엔 또 무슨 핑계를 댈 생각이야?"

"많죠. 공강 시간에 같이 커피도 마시고, 점심시간에 산책도 하고, 시험 기간엔 도서관도 갈 거예요."

"그런 건 네 여자 친구랑 해야지."

"……."

"왜 남의 애인을 건드려?"

정표가 전에 없이 살벌한 얼굴로 말하자 지환은 괜히 주눅이 들었다. 하지만 애써 아무렇지 않은 척 용기를 내어 외쳤다.

"태리한테 진심이세요? 태리가 착하고 순진하니까 한번 데리고 놀아 볼 생각하는 건 아니냐고요!"

"여자랑 한번 놀아 볼까 하는 나이는 내가 아니라 너겠지. 너야말로 잘 생각해 봐."

"……."

"연예인치고 너무 착한 거지. 게다가 예쁘긴 더럽게 예쁘지? 어떻게 하면 넘어올 것도 같아, 순해빠져선. 그렇지? 그러니까 학생 주제에……."

갑자기 정표가 차를 가리키며 지환을 향해 윽박질렀다.

"이딴 외제차나 끌고 다니면서! ……감히 어디서 수작이야!"

"그런 거 아니에요!"

"어려서 봐주는 건 이번이 마지막이야. 도서관 가서 공부나 해."

정표가 언제 그랬느냐는 듯 무표정한 얼굴로 지환의 어깨를 두드리며 뒤를 돌아 정문으로 향했다. 정문 주차장에 도착한 정표는 자신의 차 앞에 쪼그리고 앉아 있는 태리에게로 향했다.

정표를 본 태리가 자리에서 벌떡 일어났다.

"화났어요?"

태리가 자신의 눈치를 보며 묻자 정표가 고개를 끄덕였다. 그러곤 태리가 손에 쥔 차 키를 뺏어 뒷좌석 문을 열고 책을 내려놓은 후 운전석에 올라탔다.

자신을 버리고 갈까 봐 무서웠는지 그를 따라 태리가 조수석에

냉큼 올라탔다.

"책 무겁던데, 나한테 왜 전화 안 했어?"

"바쁘실까 봐……."

"바빠도 지금 왔잖아, 너 때문에."

"……."

"앞으론 사소한 거 하나라도 너한테 문제가 생기면 나한테 바로 연락해, 알았어?"

태리가 고개를 끄덕였다.

"너 오늘 말 안 들었으니까. 혼나야겠네?"

"네?"

놀라는 태리의 반응에 설핏 미소가 지어진 정표는 애써 웃음을 참으며 괜히 더 무뚝뚝한 목소리로 말했다.

"우리 집 가자."

정표가 직접 집 앞 레스토랑에 가서 포장해 온 음식들을 먹은 두 사람은 소파에 나란히 앉아 있었다. 하지만 태리는 영화를 보고, 정표는 밀린 업무를 하느라 정신이 없었다.

아무래도 그가 집으로 가자고 한 건…… 해야 할 일이 너무 많아서가 아닐까?

영화를 보며 태리는 생각했다. 영화가 끝난 후 엔딩 크레딧이 올라가자 태리는 기다렸다는 듯 고개를 돌려 그를 바라보았다.

"잠들었네……."

태리가 등받이에 등을 기댄 채 잠이 든 정표를 바라보았다. 두 눈을 감은 그의 얼굴을 가만히 들여다보던 태리는 어쩐지 그의 입술에 시선이 닿았다.

혼낸다더니…….

으악! 뭘 기대한 거야?

엉뚱한 생각에 발그레해진 얼굴로 태리가 고개를 절레절레 흔들었다.

태리는 정표의 얼굴에서 억지로 시선을 뗀 후, 그가 들고 있던 서류들을 뺏어 테이블 위에 올려놓았다. 그러곤 담요를 그의 몸 위에 덮어 주고 옆에 앉았다.

그의 얼굴을 실컷 감상하다가 심심하면 영문으로 된 서류들을 보며 수능 후 잊고 있었던 단어들의 뜻을 떠올려 해석하며 시간을 보내고 있었다.

그때 테이블 위 자신의 핸드폰이 진동했다. 액정 속 모아의 이름을 확인한 태리는 핸드폰을 들고 조심스럽게 일어나 주방으로 향했다.

"여보세요?"

속삭이는 태리의 목소리에 덩달아 모아도 작게 속삭였다.

— 내가 자는 거 깨운 거야? 잠깐…… 아니지! 8시밖에 안됐는데? 목소리가 왜 그래?

"그게…… 맞아. 자다가 일어났어."

— 숙소야?

"어? 어……."

어쩔 수 없이 거짓말을 하게 된 태리의 표정이 초조해졌다.

— 나 지금 네 숙소 앞인데 우리 맥주 한잔할래?

"저기 모아야 그게…… 사실은 내가 내일 녹음 스케줄이 있어서 일찍 일어나야 돼서. 미안……."

— 그래? 그럼 어쩔 수 없지. 알았어. 빨리 자. 내일 녹음 잘하고, 끝나고 연락해!

"응. 미안해, 모아야!"

전화를 끊고도 모아에게 거짓말을 했다는 죄책감에 고개를 숙이고 핸드폰만 들여다보던 태리의 뒤쪽에서 인기척이 들렸다.

"거짓말이 많이 늘었네?"

태리가 뒤를 돌았다.

언제 깼는지 정표가 냉장고에서 생수를 꺼내 마시고 있었다.

모아에게 미안한 마음에 태리가 변명을 늘어놓았다.

"100퍼센트 다 거짓말은 아니에요. 내일 녹음 있는 건 사실이니까."

그녀의 여린 마음을 이미 다 들여다보고 있던 정표가 능숙하게 말을 돌렸다.

"OST 녹음이 내일이야? 다음 주에 드라마 첫 방인데 빠듯하네. 소윤이랑 둘이 하는 거지? 잘할 수 있겠어?"

"네! 회사에 피해 없도록 열심히 할게요."

태리가 을의 자세로 씩씩하게 대답했다.

"그래. 열심히 해 봐. 내일은 나 저쪽 회사에 중요한 회의가 있어서 엔터엔 출근 못 할 거야. 병원도 가야 되고."

"병원요?"

"깁스 풀러."

"아! 다 나았어요? 그동안 많이 불편했죠?"

정표는 고개를 끄덕였다. 그런데 어쩐지 태리가 정표의 깁스한 팔을 한참 동안 바라보다가 손뼉을 쳤다.

"아! 생각났다!"

"뭐가?"

"대표님 처음 만났을 때요. 그때도 팔에 깁스했었던 것 같은데. 맞죠? 저요 그때 대표님…… 깡패인 줄 알았어요."

"무슨 또 깡패야? 기억을 왜곡하지 마."

"왜곡 아니에요. 대표님은 기억 안 나세요? 저한테 욕도 했는데……."

"기억 안 나."

기억이 안 날 리가 없었다.

장례식장 앞에서 작고 인형같이 생긴 애가 울고 있는 게 안타까워서 그냥 혼잣말로 습관처럼 욕을 내뱉은 것이 저 아이는 내가 자신에게 욕을 했다고 받아들였던 모양이다.

자신의 과거가 부끄러웠는지 정표가 괜히 말을 돌렸다.

"야. 나는 너 처음 봤을 때 유치원생인 줄 알았어. 애가 하도 작아서."

"유, 유치원생이라니요!"

태리가 유치원생이라는 소리에 발끈했다. 그게 재밌었는지 장난기 가득한 얼굴로 정표가 그녀를 약 올렸다.

"지금 네 몸뚱이 내가 다 키운 거야."

"네?"

"그동안 모아가 맛있는 거 많이 사 줬을 텐데? 그거 다 내 돈으로 사 먹은 건 알고 있지? 열다섯부터는 아예 내 건물에서 내가 주는 밥 먹고."

"치사해……."

"그러니까 넌 내 거야. 네 몸도……."

정표가 태리의 티셔츠 안으로 손을 스윽 넣으며 씨익 웃었다.

"C는 불가능한가?"

"으…… 으악!"

태리가 뒤로 물러나며 도망치자 정표가 포기했는지 거실로 향했다.

"아껴서 만져야지."

느긋하게 거실로 향하는 정표의 뒤를 따라가며 태리가 따져 물었다.

"왜 자꾸 제 가……슴…… 만져요? 원래 사귀면 만지게 해 줘야 돼요?"

"그걸 왜 나한테 물어봐?"

"그럼 내일 언니들한테……."

"야!"

"치……."

"애인 사이라서가 아니라, 나니까 만지게 해 준 거 아니야? 난 그렇게 생각하고 있었는데, 아니면 윤태리 실망이네?"

어쩐지 진지한 표정으로 말하는 정표의 공격에 속수무책으로 당한 태리가 당황한 기색으로 그의 뒤를 쫄레쫄레 따라갔다.

뒤에서 그녀가 어쩔 줄 몰라 하는데도 정표는 장난을 멈추지 않고 뒤를 돌아 무표정한 얼굴로 말했다.

"나 좋아하면, 앞으로 가슴까지는 허락 없이 만지게 해 줘."

"네? 네…… 알겠어요."

태리가 고개를 끄덕이자, 정표가 표정을 풀고 웃어 버렸다. 그가 태리의 볼을 부드럽게 꼬집었다.

"뭘 또 알았대? 너, 진짜 알았어?"

태리가 고개를 절레절레 흔들었다.

"몰라요."

정표가 큰 소리를 내며 웃었다. 그러곤 그녀를 향해 말했다.

"잘 들어. 아무리 사랑하는 사이라도 싫으면 싫다고 말해도 되는 거야. 대신, 좋으면 좋다고 말해 줘. 알았지?"

그녀의 머리를 쓰다듬던 정표는 테이블 위 차 키를 손에 쥐었다.

"가자. 데려다줄게. 가서 일찍 자야 내일 녹음 잘 하지."

'벌써?' 라는 생각을 하던 태리는 뭐가 그렇게 급한지 현관으로 향하는 정표의 뒷모습을 바라보았다. 그러곤 뒤늦게 소파에 올려 놓은 재킷을 들고 그를 따라 나갔다.

운전을 하면서도 내일 있을 회의 준비를 하는 모양인지 비서와 통화를 하는 정표를 보며 태리는 그가 서둘러 자신을 숙소에 데려다주려는 이유를 알았다.

바쁜데도 불구하고 자신을 챙기는 그가 고맙기도 했지만 어쩐지 서운한 마음이 들기도 했다.

좀 더 같이 있고 싶었는데…….

운전을 하는 그의 옆모습을 지그시 바라보던 태리와 눈이 마주
친 정표가 통화를 하며 입모양으로 '왜?' 라고 물었다.

태리가 말없이 두 눈을 감고 입술을 내밀었다.

"어. 황 비서. 일단 끊어 봐."

어안이 벙벙한 얼굴로 황급히 전화를 끊은 정표가 근처에 차를
세웠다. 브레이크를 잡자마자 태리의 목을 끌어안은 정표는 그대
로 그녀의 입술로 돌진했다.

11

"안녕하세요!"

녹음실에 들어서자마자 태리와 소윤은 프로듀서인 20대 중반 작곡가 이영우에게 깍듯이 인사를 했다. 장새결과 친분이 두터운 이영우는 소윤은 무시하고, 먼저 태리를 위아래로 스캔했다.

방송이나 무대에서는 그다지 눈에 띄지 않았는데 전에 장새결이 말한 것처럼 그녀의 실물은 할 말을 잃게 만들었다. 어쩐지 너무 애 같아서 흥미를 잃었다는 장새결의 말을 믿을 수 없었다. 한번 찍은 여자는 반드시 침대 위로 데려가서 끝을 보고야 마는 녀석인데 말이다.

아무래도 천하의 장새결이 이 여자애에게 차인 게 분명하다. 추측이 확신이 되었을 때 이영우는 장새결도 건드리지 못한 여자를 넘어뜨려 보고 싶다는 승부욕이 발동했다.

소윤과 태리는 자신들의 인사를 받지도 않고, 삐딱한 시선으로 앉아 있는 이영우 앞에 주눅이 든 채 서 있었다.

"희주나 유진이도 아니고…… 너희 둘 이름은 뭐냐? 어이가 없네."

연기나 예능에서 다방면으로 활동하는 희주와 유진이에 비해, 태리와 소윤의 인지도가 떨어지는 것은 사실이었다. 이영우의 비아냥에도 제 성격답게 두 소녀는 꿀 먹은 벙어리처럼 눈치만 보고 서 있었다.

이영우가 자리에서 일어나며 두 사람을 더 압박했다.

"난 특히 OST는 망한 적이 단 한 번도 없는 거 알지? 오늘 밤샐 각오는 해야 할 거야. 누구부터 시작할래?"

소윤이 먼저 용기를 내어 부스 안으로 들어갔다. 태리는 악보를 들고 이영우 뒤에 앉아 열심히 악보를 들여다보던 그때였다.

소윤이 첫 소절을 부르자마자 이영우의 폭언이 쏟아졌다.

"다시! 너 왜 그따위로 불러? 악보 볼 줄 몰라?"

윽박지르는 이영우 때문에 덩달아 놀란 태리가 소윤을 걱정스레 보다가 다시 열심히 악보를 들여다보기 시작했다.

"다시! 회사에서 왜 널 안 띄워 주는지 알겠네. 얼굴도 평범, 노래도 별로. 도대체 잘하는 게 없잖아? 머리도 나쁘고."

급기야 인신공격까지 하는 이영우의 발언에 놀란 태리는 악보를 보느라 고개를 숙인 채 그대로 몸을 움츠렸다.

밤늦게까지 첫 소절만 500번을 넘게 부르던 소윤은 급기야 울음을 터뜨리고 말았다. 스피커 너머로 들려오는 소윤의 울음소리에 태리가 고개를 들었다. 여리긴 해도 지금까지 한 번도 운 적이 없던 소윤이 어깨를 들썩이며 울고 있었다.

"누가 내 녹음실에서 질질 짜래? 너 당장 나가!"

부스에서 뛰쳐나온 소윤은 그대로 녹음실을 나가 버렸다. 뒤늦게 그녀를 쫓아가려고 자리에서 일어난 태리의 손목을 이영우가 잡아끌었다.

"어딜 가? 녹음 안 할 거야?"

소윤이 당한 걸 지켜본 태리는 벌벌 떨며 부스 안으로 들어가 마이크 앞에 섰다. 머릿속이 하얘져서 악보도 안 보이고 가사도 생각이 나지 않았다. 결국 입도 뻥긋 못 하고 서 있는 태리를 밖에서 지켜보던 이영우가 자리에서 일어나 부스 안으로 들어왔다.

이영우가 소윤에게 했던 것과는 달리 느끼한 표정을 지으며 태리에게 다가갔다.

"왜 이렇게 떨어? 너 잘만 하면 내가 아까 걘 빼고 네 솔로 곡으로 밀어 줄게."

이영우는 태리를 뜨고 싶지만 못 뜨는 부류라고 판단했는지, 먹히지도 않을 미끼를 던지며 그녀의 얼굴을 쓰다듬었다.

몸을 움츠리며 뒷걸음쳐 구석으로 도망간 태리가 귀여웠던 이영우는 장새결이 한동안 저 애한테 환장했던 이유를 알 것 같았다.

겁에 질린 태리는 구석에서 발을 동동거렸다. 핸드폰은 밖에 있고, 소윤은 매니저가 있는 휴게실로 간 모양인지 돌아올 생각을 하지 않고 있었다. 일단 여기서 도망가야겠다는 생각으로 태리는 무작정 문이 있는 곳으로 달렸다. 하지만 이영우가 그녀의 허리를 낚아채 뒤에서 안아 버렸다.

"어딜 도망가! 오빠가 오늘 노래 제대로 가르쳐 줄 테니까 여기 서 봐."

태리를 끌어 마이크 앞에 세운 영우가 그녀의 배 위에 손을 얹었다.

"자. 노래 불러 봐."

이영우의 손이 점점 밑으로 내려가자 태리가 하얗게 질린 얼굴로 소리쳤다.

"싫어요! 싫어! 대표님! 대표님!"

바닥에 주저앉아 버린 태리를 난처한 표정으로 내려다보던 이영우가 미친 듯이 소리 지르는 그녀의 입을 틀어막았다.

"너네 대표를 왜 여기서 찾아? 조용히 못 해?"

그때 마침 성원이 들어왔다.

이영우는 사람 좋게 웃으며 일어나 부스 밖으로 나갔다. 소윤에게 녹음실에서 있었던 얘기를 대충 들었는지 성원이 화가 난 표정으로 이영우를 노려보았다.

"이 정도로 도망가면 앞으로 가수 생활 어떻게 해요?"

"오늘 녹음은 아무래도 내일로 미뤄야 할 것 같아요. 아티스트 상태가 많이 안 좋아서요."

이영우와 대화를 하던 성원은 부스 안에 주저앉아 있는 태리를 발견하곤 놀라 안으로 달려 들어갔다.

"태리야, 너 왜 그래?"

성원을 보자 태리는 이제야 참았던 눈물을 뚝뚝 떨어뜨렸다. 성원은 태리를 일으켜 이영우에게 인사를 하고 녹음실을 빠져나왔다.

"안에서 무슨 일 있었어?"

훌쩍거리면서도 고개를 절러절레 흔드는 태리를 향해 성원이 말했다.

"그나저나 너 전화 안 받는다고 대표님 난리 났다. 전화 좀 드려."

녹음 끝나고 전화하기로 했던 그녀에게서 연락이 없자 정표가 성원을 닦달했던 모양인지, 성원은 마침 울리는 자신의 핸드폰을 이골이 난 표정으로 내려다보더니 전화를 받았다.

"네. 네. 지금 끝났습니다! 바꿔 드릴게요."

성원은 태리에게 핸드폰을 내밀었다.

"대표님. 받아."

성원은 태리에게 핸드폰을 건네고 먼저 차에 올라탔다. 태리가 울음을 꾹꾹 눌러 참으며 핸드폰을 귀에 갖다 댔다.

— 어째 네가 나보다 더 바쁘다? 녹음 어땠어? 잘했어?

"대표님……."

— 뭐야. 목소리가 왜 그래? 울었어?

"……."

— 숙소 가서 기다려. 금방 갈 테니까.

"대표님! 지금 어딜 가시는 겁니까?"

김 이사가 놀란 얼굴로 정표를 향해 물었다.

임원들 모두가 모인 회식 자리에서 갑자기 핸드폰을 들고 밖으로 나갔다가 들어온 자신들의 대표가 외투를 들고 다시 나가려고 하자 임원들이 한마디씩 거들었다.

"다들 바빠서 신년회도 못 하고, 오늘 어렵게 자리를 만든 건데 대표님께서 가시면 어떡합니까."

"이렇게 한 자리에 모인 것도 오래간만인데 회포를 풀어야죠."

심지어 정 상무는 어제 회의가 취소된 것에 대한 언짢음까지 표현하며 양주 병과 술잔을 들고 일어났다.

"알겠습니다. 앉으세요."

자신보다 나이가 훨씬 많은 정 상무가 술잔을 건네자 정표는 어쩔 수 없이 자리에 앉으며 그가 따라 주는 술을 받았다.

"한 말씀 하시죠."

건배 제의까지 받았는데 대표 체면에 그냥 나가 버릴 수도 없는 노릇, 정표는 마치 준비한 사람처럼 서둘러 앞으로의 계획들을 줄줄 읊으며 임원들을 격려하고는 건배 제의를 했다. 이번 잔도 화끈하게 원샷을 하고 일어나려는데…… 한발 늦어 버렸다. 오늘도 어김없이 그가 앉은 테이블 위에 빈 잔들이 놓이기 시작했다.

임원들이 계속해서 술병을 들고 줄을 서자, 정표는 급한 마음에 그들이 주는 술을 원샷, 원샷, 또 원샷을 하다가 도저히 못 참겠는지 조심스레 고개를 돌렸다. 정표는 옆에 앉아 회를 열심히 흡입하고 있던 황 비서를 향해 속삭였다.

"황 비서. 그만 먹고 나가서 차 대기하고 기다려."

"벌써 가시려고요? 아직 시작도 안 했는데⋯⋯."

"빨리."

황 비서는 어쩐지 혀가 꼬인 대표가 이상해서 테이블 위를 보았다. 이미 술병에 술이 바닥이 나 있었다. 30분 만에 양주 한 병을 혼자 다 마시고도 멀쩡하게 앉아 있는 정표의 정신력에 황 비서는 속으로 '역시 독한 놈'이라고 생각하며 고개를 내저었다.

그의 윽박을 못 견딘 황 비서는 마지막으로 전복을 입에 구겨 넣으며 일어나 밖으로 나갔다. 그리고 계획대로 정표가 자리에서 일어났다. 일어난 자신에게로 향한 임원들의 시선에 정표가 점잖은 목소리로 말했다.

"이쯤 일어나는 것이 예의겠죠? 작년 한 해 동안도 자식뻘 되는 어린놈 상사로 모시느라 수고들 많으셨습니다. 올해도 실적으로 보답해드리죠. 그럼 다들 천천히 일어나십시오."

임원들을 향해 깍듯하게 고개를 숙이며 인사를 하고 나온 정표는 안에서 의젓하던 모습은 온데간데없이 사라졌다. 그는 핸드폰 액정 속 시간을 확인하더니 '젠장'을 외치며 일식집 밖으로 뛰어나갔다.

무슨 급한 일이 있다고 뛰어나오는 건지⋯⋯. 차 밖에서 정표를 기다리고 서 있던 황 비서가 불안한 눈빛으로 그를 바라보며 차 문을 열었다.

"근데 어디 가시게요? 아⋯⋯ 병원 가세요?"

오늘 하루 종일 신사옥 부지 시찰부터 밀린 업무, 그리고 임원 회의에 회식까지 바빠서 깁스도 풀지 못한 정표를 보며 황 비서가 물었다.

하지만 그는 취해서 귀가 먹었는지, 뛰어오느라 정신을 딴 데놓고 왔는지, 그녀의 물음에 대답 없이 차에 올라탔다. 황 비서는 시큰둥한 표정으로 운전석에 올라탔다.

"황 비서, 빨리!"

자신이 운전석에 앉자마자 소리치는 정표를 흘겨보던 황 비서가 시동을 걸었다.

"논현동."

"W픽처스 가시게요? 오늘 그쪽 스케줄 없으시잖아요."

"나 내려 주고 황 비서는 퇴근해. 집에 가서 오늘 회의록 작성한 거 메일로 보내 줘. 그리고 아까 신사옥 관련 안전점검표도, 아. 작년도 미국 지사 실적도."

퇴근을 하라는 건가. 말라는 건가.

황 비서는 끙…… 화를 꾹 눌러 참으며 논현동으로 향했다.

"근데 아까 그 양주 엄청 독한 건데 괜찮으세요?"

"아니. 지금 죽을 것 같아."

지나치게 솔직해진 걸 보니 취한 게 분명했다. 황 비서가 조금 걱정스러운 눈빛으로 룸미러를 통해 그의 상태를 살폈다.

그는 뒤늦게 취기가 올라오는 모양인지 게슴츠레 눈을 뜨며 악착같이 버텼으나, 결국 창문에 머리를 박은 채 두 눈을 지그시 감았다.

"황 비서."

"네."

"더 밟아. 나 지금 보고 싶어서 미칠 것 같아……."

뭐, 뭐래? 뭐가 보고 싶으신 거냐고 물으려던 황 비서는 물어보나마나 뻔하다는 생각에 입을 꾹 다물고 속도를 높였다.

영화 마니아인 정표의 이상행동을 몇 번 본 적이 있던 황 비서는 그가 지금 프리뷰하려는 영화의 정체가 궁금해졌다. 평소보다 이상 증상의 정도가 심한 걸 보니 대박 작품이 분명했다. 황 비서의 희생정신에 의해 엄청나게 빠른 시간 안에 회사 앞에 도착했다. 차가 멈춰 서자마자 정표가 차 문을 열었다.

비틀거리며 차에서 내린 정표는 황 비서를 보내고 건물 안으로 들어갔다.

마침 엘리베이터 문이 열리며 안에서 성원이 내렸다.

"대표님! 어쩐 일이세요?"

"태리는? 위에 있지?"

"지금 자는데……. 녹음이 많이 힘들었나 봐요. 근데 술 엄청 드셨네. 집에 모셔다드릴게요."

"무슨 일이 있었는지 내가 직접 들어야겠어."

비틀거리며 엘리베이터에 올라탄 정표가 걱정스러웠던 성원은 그를 따라 엘리베이터에 탑승했다. 두 남자가 건물 맨 위층 숙소로 향했다. 숙소에 들어서자 거실 소파에 앉아 팅팅 부은 눈으로 악보를 들여다보고 있던 소윤이 벌떡 일어났다.

"대표님?"

"넌 또 왜 얼굴이 그 모양이야?"

울어서 눈이 충혈된 소윤을 보며 미간을 찌푸리던 정표가 보통 일은 아닌 듯싶어 성원을 향해 버럭 소리쳤다.

"뭐야! 빨리 말 안 해?"

"그게……."

머뭇거리는 성원을 대신해서 소윤이 말했다.

"다 제 잘못이에요. 제가 노래를 못 해서…… 녹음실에서 쫓겨 났어요."

"그게 무슨 네 잘못이야? 그 새끼가 괜히 생트집 잡은 거지. 대표님, 소윤이 오늘 오전 내내 첫 소절만 500번 넘게 불렀대요. 희주랑 유진이 운운하면서 소윤이랑 태리는 무시하더래요. 이 프로젝트 중요한 거라 저 진짜 꾹 참았거든요? 근데 내일은 어떡해요? 애들 보내요?"

정표가 자신의 귀를 의심하듯 되물었다.

"누가 누굴 무시해? 그 새끼 이름이 뭔데?"

"이영우라고 국내에선 거의 톱급 작곡간데……."

"톱이고 나발이고. 하지 마. 들어가서 그냥 자."

나름 위한다고 한 소리였는데, 소윤의 입장은 그게 아니었는지 손에 쥔 악보를 더욱 꽉 쥐며 그녀가 말했다.

"아니요. 대표님 저…… 할 거예요. 하게 해 주세요. 오늘 연습 많이 했으니까 내일 가서 잘하면 작곡가님 생각도 달라지실 거예요."

"아니. 더 심해질 거야."

정표가 장담하듯 말했다.

"그래도 끝까지 할래요. 사실 저희 엄마가 이번에 OST 참여하게 된 드라마 작가님 팬이에요. 딸내미 그 드라마에 나오는 노래 부른다고 자랑하고 다니셨는데…… 이대로 포기할 수 없어요. 노래하게 해 주세요."

간절하게 말하는 소윤을 잠시 아무런 말 없이 바라보며 생각을 정리하던 정표는 이내 고개를 끄덕였다.

"알았어. 들어가 쉬어."

조용히 들어가는 소윤의 뒷모습을 보던 성원의 눈시울이 붉어졌다. 성원은 정표와 눈이 마주치자 황급히 눈물을 닦았다.

"밑에서 기다릴게요. 천천히 내려오세요."

성원이 나가고, 정표는 태리의 방문을 가만히 바라보다가 두어 번 노크를 한 후 문을 열고 들어갔다.

익숙한 방 구조에, 그의 시선은 단 한 번에 태리가 누워 있는 침대 위로 향했다. 어쩐 일인지 이불을 뒤집어쓰고 자고 있는 태리를 이상하게 여긴 정표가 스탠드를 켰다. 그러곤 상체를 숙여 그녀의 얼굴 쪽에 귀를 기울였다.

"늦게 와서 미안해."

"……"

"계속 자는 척할 거야? 나 네 얼굴 보고 싶어서 달려왔어."

"……"

"윤태리. 태리야……."

어쩐지 상냥하게 자신의 이름의 부르는 정표의 목소리에 태리가 이불을 걷어 내고 얼굴을 드러냈다. 말똥말똥한 눈을 봐선 자신이 방에 들어오자마자 이불 속에 숨어 버린 게 분명했다.

"술 드셨어요?"

"응."

"얼마나 마셨어요? 취한 것 같은데…… 맞죠? 취했죠?"

걱정스러운 얼굴로 자신을 향해 묻는 그녀가 왜 이리도 사랑스러운지 정표는 그녀를 품에 꽉 안아 버렸다.

그가 머리를 쓰다듬어 주자 태리는 오늘 있었던 일 때문인지, 왈칵 눈물이 쏟아질 것만 같았다. 그녀를 품에서 떼어 낸 정표가 그녀의 얼굴을 쓰다듬으며 말했다.

"녹음실에서 많이 혼났다며?"

밖에서 소윤의 얘기를 다 들어 버린 태리는 고민에 빠졌다.

자신이 성추행당했다는 얘기를 하게 되면 이번 OST 작업은 물 건너갈 것이 뻔했다. 그렇게 되면 소윤의 간절한 바람마저 산산조각이 나는 것이다. 하지만 이대로 입 다물고 내일 녹음실에 가는 건 죽기보다 더 싫었다. 태리의 눈동자가 불안하게 흔들리고 있었다.

"말해."

그런데 그때. 태리를 지그시 바라보던 정표의 표정이 갑자기 돌변했다.

"너 무슨 일 있지?"

입을 꾹 다문 채 눈물을 글썽이던 태리가 고개를 절레절레 흔들었다.

"사소한 거 하나라도 너한테 문제가 생기면 나한테 바로 얘기하라고 했던 말 기억 안 나?"

"……."

"얘기 안 해? 알았어. 그럼 쉬어."

화가 난 얼굴로 침대에 걸터앉아 있던 정표가 자리에서 일어나며 뒤를 돌았다.

잠시 망설이던 태리가 자리에서 벌떡 일어나 달려가 그의 손을 잡았다. 그의 커다란 손을 작은 두 손으로 꽉 잡은 태리가 결국 울음을 터뜨리고 말았다.

"……가지 마세요. 무서워요."

이대로 그를 보내면 내일 녹음실에 가야 한다는 공포심 때문인지 손까지 부들부들 떨며 엉엉 울어 버렸다.

손에서 느껴지는 떨림에 놀란 정표는 술이 확 깬 얼굴로 뒤로 돌아 우는 그녀의 눈물을 어찌할 줄 몰라 하며 닦아 주었다.

"울지 마…… 내가 널 두고 어딜 가냐? 어차피 갈 생각도 없었어."

자신을 달래느라 진땀을 빼는 정표를 보며 태리는 믿을 사람은 눈앞에 있는 정표밖에 없다는 생각이 들었다.

그녀의 떨리는 작은 입술이 열렸다.

"……만……졌어요."

그녀가 한 마디 했을 뿐인데, 연륜 덕분인지 그간 앓고 있던 태리염려증 덕분인지 한 큐에 모든 상황이 정리가 된 정표는 화가 나서 골이 흔들릴 지경이었다.

정표가 이마를 짚으며 간신히 분노를 가라앉히려 노력했지만, 더 이상 말을 잇지 못하고 소매로 눈물을 닦으며 어깨를 들썩이며 우는 그녀를 보자 다시금 분노가 머리끝까지 치솟았다.

하지만 오늘 하루 종일 좁은 녹음실에서 겁에 질려 있었을 그녀를 생각해 애써 태연한 척 그녀의 어깨를 끌어 침대 위에 눕혔다.

그러곤 그녀의 이마와 입술에 키스를 해 주며 말했다.

"말해 줘서 고마워."

"누구? 윤태리?"

장새결이 맞은편에 앉아 담배를 입에 문 채 술잔을 기울이는 이영우를 향해 되물었다.

"녹음실에서 윤태리한테 뭘 어쨌다고?"

"걔 남자 손 전혀 안 탔나 봐. 살짝 만졌는데 움찔거리는 게, 와…… 죽이더만. 녹음실만 아니었으면 바로 먹어 버렸을 텐데."

태리한테 그런 짓을 하고도 멀쩡한 이영우를 신기하게 바라보며 장새결이 다시 물었다.

"걔네 회사에서 아무 연락도 없었어? 회사에서 알면 너 가만안 둘 텐데. 특히 거기 대표가……."

"야. 그 회사 지금 내 곡 없으면 큰일 나. 첫 방이 다음 주라고. 대표가 알면 아마 윤태리 나한테 조공하려고 들걸?"

"저기…… 네가 뭘 몰라서 그러는데, 그 회사 그냥 엔터가 아닌데……."

회사와 대표를 운운하며 호들갑을 떠는 장새결의 행동에 이영우는 더욱더 의기양양한 모습으로 허풍을 떨어 댔다.

"왜 불안하냐? 너도 못 먹은 애를 내가 먹을까 봐? 그것도 완전 쉽게."

착각 속에 빠진 이영우를 보며 새결은 할 말을 잃어버렸다. 마치 한 달 전 자신을 보는 것만 같아 소름이 끼쳤다.

새결은 한 달 전 정정표 대표라는 남자에게 얻어터지고 소속사 사장한테 고소하자고 난리쳤었다. 하지만 어쩐 일인지 평소 새결의 말이라면 꼼짝도 못 하던 사장이 그건 안 된다며 길길이 날뛰는 것이 아닌가. 그 후로 하려고 하는 드라마와 영화마다 퇴짜를 맞으면서 사장이 왜 그렇게 난리를 쳤는지 알게 됐고, 정표에게 맞은 지 일주일도 지나지 않아 자신을 때린 남자의 발밑에 무릎을 꿇어야 했다.

그런 치욕스러웠던 일화를 얘기할 수 없었던 새결은 그저 이영우를 안타깝게 바라보며 술잔을 기울였다.

쾅!

그때, 거칠게 열린 문이 룸 안으로 들어온 누군가의 구둣발에 의해 다시 닫혔다.

"너 뭐야?"

무단 침입한 남자를 향해 누구냐고 묻는 이영우에 비해 장새결은 꿀 먹은 벙어리가 되어 자리에서 벌떡 일어났다.

일어난 장새결은 90도로 상체를 숙이며 정표를 향해 인사했다. 그러곤 고개를 들어 슬금슬금 테이블에서 벗어나며 호들갑을 떨었다.

"저는 몰랐어요! 정말이에요."

잔뜩 겁먹은 장새결의 행동을 비웃으며 바라보던 이영우는 자신을 향해 점점 가까이 다가오는 남자를 올려다보았다. 다부진 체격과 위압적인 표정에 기가 죽은 건 사실이지만 곱상한 외모에 팔에 깁스까지 한 정표를 상대해 볼 만하다고 생각했는지 이영우는 그를 노려보며 자리에서 일어났다.

이영우는 그를 제압하기 위해 먼저 정표의 어깨를 툭툭 건드렸다.

"너 뭐냐니까? 뭔데 함부로 들……어…… 악! 으악!"

순식간이었다. 정표는 자신을 건드리는 이영우의 손을 잡아 비틀어 벽으로 밀며 꼼짝 못 하게 가둬 버렸다. 그러곤 망설임 없이 발로 복부를 걷어차 버렸다. 비명을 지르며 주저앉아 바닥을 구르던 이영우는 고통스러운 얼굴로 고개를 들었다.

"……누, 누……구세요?"

"너 오늘 윤태리 건드렸지?"

어떻게 알았지? 이영우가 눈알을 굴리며 대답을 망설이자, 그 꼴을 보고 있던 정표가 더 이상은 못 참겠는지 갑자기 목에 두른 깁스걸이에서 팔을 뺀 후 그것을 바닥에 내던져 버렸다.

어쩐지 폼이 예사롭지 않아 보여 이영우가 약간 위축된 목소리로 마지막 발악을 했다.

"증……거 있어요? 내가 걔 건드린 증거 있느냐고!"

소리 지르며 기습적으로 자리에서 벌떡 일어난 이영우는 정표를 향해 주먹을 날렸다.

하지만 그 주먹은 고스란히 정표의 손에 잡혔고, 정표는 석고 붕대를 한 팔로 이영우의 머리를 내리쳐 버렸다.

"씨발. 없다."

머리에 흰 가루가 묻은 채 다시 바닥에 주저앉아 콜록콜록 기침을 해 대는 이영우의 머리카락을 움켜잡고 일으킨 그는 이영우를 끌고 가서 소파에 앉혔다.

정표가 살벌한 음색으로 말했다.

"마지막으로 노래나 실컷 부르고, 내일 우리 회사 법무팀으로 계약서 들고 와. 알았어? 대답해."

"⋯⋯네? ⋯⋯네."

잔뜩 겁먹은 얼굴로 대답을 하는 이영우가 꼴도 보기 싫었던 모양인지 정표는 이영우의 얼굴을 샐러드 그릇에 쑤셔 박아 버렸다. 잠시 화를 식히려 가만히 서 있던 정표가 이제야 뒤를 돌았다.

그런데 그가 갑자기 나가려다가 말고 멈춰 섰다. 그러곤 구석에서 벽을 보고 서 있던 장새결을 한번 스윽 보더니 손가락을 까닥거렸다. 그러자 주인 만난 강아지처럼 장새결이 쪼르르 달려왔다.

"네가 저 새끼 끌고 내일 같이 와. 알았어? 저 병신 새끼, 씨."

말하다 보니 또 화가 머리끝까지 솟는지 정표는 뒤를 돌았다. 샐러드 소스로 범벅이 된 얼굴로 자신의 시선을 피해 고개를 숙이는 이영우를 보며 정표는 간신히 화를 눌러 참고 밖으로 나갔다.

건물 밖으로 나오자마자 성원이 달려왔다. 기어코 혼자 들어가겠다고 우기더니, 안에서 무슨 짓을 했는지 정표가 팔에 덜렁거리며 붙어 있는 석고붕대를 신경질적으로 뜯어 바닥으로 내던졌다. 성원은 그가 버린 것들을 주워 정표의 뒤를 따랐다.

"설마 사람 때렸어요? 그 팔로?"

정표는 이제야 통증을 느꼈는지, 미간을 찌푸리며 팔을 만졌다.

"병원으로 가요. 근데 상대가 아무리 잘못을 했어도 사람을 패면 어떡해요? 그러다가 적반하장으로 그쪽에서 고소라도 하면…… 회사 문 닫아야 되는 거 아니에요?"

정확히 정표의 재력이 어느 정도인지 전혀 알지 못하는 성원은 회사가 망할까 봐 덜컥 겁이 났다. 하지만 정표의 걱정거리는 따로 있었다.

차에 올라탄 정표는 가만히 생각에 잠겼다. 차질 없이 소윤과 태리 유닛의 OST를 진행시키려면…… 일단 이영우 곡은 폐기 처분해야 하는 상황이고, 다른 작곡가의 곡을 받아서 방송국의 컨펌을 받아야 하는 상황이었다.

"내가 아는 작곡가는 노승일밖에 없는데. 우리나라에 걔보다 잘나가는 애가 있나?"

운전석에 올라타자마자 정표에게 질문을 받은 성원은 어리둥절한 표정으로 답했다.

"당연히 없죠. 노승일은 넘사벽인데. 설마…… 노승일 곡 넣게요? 하긴 노승일이라면 OST 발매 좀 늦어져도 드라마 제작사나 방송국에선 두 손 두 발 다 들고 반기겠네요. 근데 문제는 역시

그 노승일이죠. 노승일은 아무한테나 곡 안 주기로 유명하잖아
요."

"내가 아무나는 아니지."

이미 그렇게 하기로 결정을 내린 모양인지 정표가 어디론가 전
화를 걸었다.

"황 비서. 투자 계약서 하나 작성해야겠어. 중요 항목들은 내가
지금 문자로 보낼 테니까 내일까지 준비하고, 김 변호사도 내일
엔터로 좀 나오라고 하고."

— 개인 변호사는 갑자기 왜……요? 또 무슨 사고 치셨어요?

"큰 사고는 아니고. 그냥 그럴 일이 좀 있어. 아무튼 바쁘니까
일단 끊어."

전화를 끊자마자 뭘 작성하는지 핸드폰을 붙잡고 열심히 자판
을 쳐대는 정표를 룸미러로 바라본 성원은 감탄사를 연발했다.

"와…… 설마 지금 노승일 계약서 작성하세요?"

"어."

성원은 할 말을 잃어버렸다. 문득 무대포 대표님을 둔 저쪽 비
서도 참 골치 아프겠다는 생각이 들었다.

병원 앞에 도착해서도 차에서 내리지 않고 여기저기 통화를 하
며 노승일이 현재 있는 위치까지 알아낸 정표는 그제야 차에서
내려 응급실로 향했다.

팔에 또다시 금이 간 그는 이번에는 팔에 보호대를 착용하고
응급실에서 나왔다. 응급실을 나온 정표에게 성원은 약봉지를 내
밀었다. 플라스틱 보호대를 착용한 정표의 팔을 보며 성원은 우스

갯소리를 내뱉었다.

"이번에 태리 건드리는 인간은 아주 머리가 박살나겠어요."

듣다 보니 또 이영우가 생각났는지 정표는 오래전에 끊은 담배 생각이 절로 났다. 이런저런 생각들로 머릿속이 복잡한 정표가 표정을 구기며 차에 올라탔다.

집으로 향하는 내내 아무런 말 없이 창밖만 바라보고 있는 정표를 성원이 위로했다.

"너무 걱정하지 마세요. 그쪽도 잘못 있으니까 섣불리 행동하진 않을 거예요. 그리고 회사 망해도 저는 대표님과 끝까지 연락할게요."

자신의 위로에도 여전히 시큰둥한 정표의 표정을 확인한 성원은 '이게 아닌가?' 하고 고개를 갸웃거리며 운전에 집중했다.

그때 그의 나지막한 목소리가 들려왔다.

"네가 봐도 태리 예쁘지?"

"네?"

"내년…… 내후년엔 얼마나 더 예쁠까? 점점 더 예뻐지겠지."

성원이 떨떠름한 표정으로 헛웃음을 내뱉었다.

"저기…… 대표님?"

"일 그만두게 할까?"

"심각하시군요."

"제장."

정표가 욕을 삼키며 등받이에 등을 기댄 채 눈을 지그시 감아 버렸다.

"출구가 없다."

정표의 한마디에 성원은 터지려는 웃음을 참으려고 운전대를 꽉 잡았다. 프리티 관련 기사에서 간혹 보았던 태리빠가 남긴 댓글이 생각난 것이다.

'다른 멤버에 비해 무매력인 태리한테 빠지긴 진짜 어렵지, 근데 그거 알아? 걔한테 한번 빠지면 출구가 없어.'

환풍기도 없어 숨도 못 쉬고 허우적대며 태리에게 간이며 쓸개 다 꺼내 주다 패가망신하게 생긴 자신의 대표를 성원은 안타깝게 바라볼 뿐이었다.

12

"대박! 노래 완전 좋다."

"우리 타이틀곡보다 더 좋은데?"

소윤의 핸드폰에서 흘러나오는 데모곡을 들으며 멤버들이 일제히 환호했다. 특히 파이브썬의 노승일 때문에 가수가 됐다는 노승일 빠순이 예지가 두 손을 모으며 감상평을 늘어놓았다.

"이 곡이 우리 승일이 오빠가 시놉 보고 하루 만에 만든 곡이라고?"

소윤과 태리가 고개를 끄덕이자, 예지는 핸드폰을 가져다가 귀에 댄 채 노래를 들으며 황홀한 표정으로 두 사람에게 물었다.

"안 되겠어. 녹음실 구경 가야겠다! 녹음은 언제 끝나?"

태리가 어색하게 웃으며 고개를 절레절레 흔들었다.

이 작업이 언제 끝날지는 아마 정표도 모르지 않을까? 그런 생각을 하던 태리는 녹음실 소파에 긴 다리를 꼰 채 앉아 자신 쪽은 쳐다보지도 않은 채, 악보만 들여다보며 틀린 음정마다 빨간펜으로 작대기를 쫙쫙 긋던 승일의 모습을 떠올렸다.

소윤도 같은 모습이 떠오른 모양인지 길게 한숨을 내뱉으며 자리에 앉았다.

대기실에서 김밥을 먹으며 화보 촬영 순서를 기다리던 프리티 멤버들은 요즘 들어 부쩍 야윈 소윤과 태리를 의아하게 바라보았다.

그때 마침 희주가 문을 열고 들어왔다. 밖에서 멤버들의 대화를 들은 희주가 소파에 앉아 김밥을 먹으며 대수롭지 않게 말했다.

"본인 마음에 들기 전까진 절대 안 끝날걸? 드라마 막방 전에 끝날까 모르겠네. 어머, 둘 다 마른 것 좀 봐."

"그냥 앞에 서 있기만 해도 살 떨려요."

노승일에게 빨간펜으로 난도질당한 악보를 덜덜 떨리는 손으로 받던 때의 기분이 떠올랐는지 소윤이 울상을 지었다.

예지가 그 기분을 잘 알고 있다는 듯, 신이 나서 얘기했다.

"하긴. 우리 오빠가 눈빛으로 사람 여럿 죽였지. 그래도 참고 견뎌 봐. 아마 이번 작업 끝나면 너희 실력 지금보다 훨씬 좋아질 거야. 근데 대표님은 어떻게 해서 우리 승일 오빠랑 계약을 한 거지? 태리야, 너 뭐 아는 거 없어?"

예지의 질문에 태리는 전혀 모르겠다는 표정을 지었다. 멤버들은 대표님이 그런 얘기를 구구절절 설명할 타입도 아닐뿐더러, 소문에 둔한 태리가 자신들도 모르는 일을 알 리가 없다고 여겼는지 희주 쪽으로 시선을 돌렸다.

역시 희주는 멤버들의 기대를 저버리지 않았다.

"드라마에서 OST 나갈 때마다 노. 승. 일. 작사 작곡 자막 때리는 걸로 계약했다던데?"

"우리 오빠가 겨우 그런 걸로…… 계약을 했다고?"

"겨우 그런 거라니. 드라마에선 처음 있는 일인데? 남친한테 들은 건데 승일 오빠가 자막에 집착하게 된 이유가 뭔지 알아?"

멤버들이 파이브썬 멤버 윤범과 사귀고 있는 정보통인 희주의 말에 귀를 기울였다. 연예인 얘기에 신나 하는 모습이 일반인과 다를 것이 없었다.

"승일 오빠가 밤엔 작곡하고 낮엔 하루 종일 장모님 치킨집에서 닭 튀기면서 와이프만 기다리니까, 장모님이 일은 언제 하냐고 물어봤나 봐. 어른들은 TV에 나와야 잘나가는 줄 알잖아."

"아…… 설마? 자기 잘나가는 거 확인시켜 주려고?"

"역시. 인증의 제왕."

예지는 한결같은 그의 모습에 감동이라도 한 듯 박수를 쳤다.

그가 누구인가. 중졸의 학력을 비난하며 꼴통이라고 무시하던 안티들을 비웃기라도 하듯 수능 만점자로 뉴스 인터뷰까지 하며 자신의 우월 유전자를 인증한 의지의 아이돌 아니었던가.

"근데 제작사랑 방송국에서 안 된다고 난리가 났었대. 우리 대표님한테 드라마가 장난이냐며, 어려서 뭘 모른다느니 무시하는 발언을 했나 봐. 뭐 그다음부터는…… 말 안 해도 알지? 정대포."

의지의 아이돌에 뒤지지 않는 의지의 대표님에게는 더 이상 자막을 넣느냐 넣지 않느냐의 문제는 의미가 없었다. 이제 문제는 그들이 돈 한 푼 받지 않고 자막을 넣게 만들지, 돈을 주고 자막을 넣게 할지였다고 한다.

태리는 괜히 자신 때문에 일이 커진 것 같아 민망한 마음이 들었다. 그를 알아차린 희주가 우스갯소리를 내뱉었다.

"우리 태리! 남친 덕분에 승일 오빠랑 작업도 하고 좋겠네! 이 거 이러다가 나 메인 보컬 자리도 뺏기는 거 아니야?"

호탕하게 웃으며 자신을 놀리는 희주를 삐죽거리며 보던 태리가 조심스레 입을 열었다.

"언니. 혹시 이영우 작곡가요. 어떻게 된 건지 알아요? 대표님은 자기가 한 거 아니라고 하시는데……."

"아니긴 뭐가 아니야. 맞지. 백퍼."

태리는 믿기지 않는다는 얼굴로 한숨을 길게 내뱉었다.

그러니까 이틀 전. 이영우는 마약 투약과 판매 혐의로 검찰에 긴급 체포되었다. 하지만 그건 시작에 불과했다. 그동안 그가 작곡한 노래들이 표절이라는 증거가 속속들이 나타난 것이다. 궁지에 몰린 그는 혼자서는 절대 안 죽는다고 마지막 발악으로 자신이 마약을 판매한 톱스타 남자배우의 이름을 폭로했고, 이를 시작으로 마치 도미노처럼 폭로전이 일어 연예계가 들썩이고 있었다.

이런 엄청난 일에 불을 지핀 그는 눈 하나 깜빡 안 하고 새로운 프로듀서를 찾아 일을 예정대로 진행시켰고, 어제는 아무렇지도 않게 자신을 찾아와 따뜻하게 안아 주기까지 했었다.

정표의 진짜 얼굴이 뭔지 태리는 잠시 헷갈렸다. 자신이 보지 못한 그의 또 다른 모습이 있지는 않을까? 그런 불안한 마음이 들기 시작한 것도 이때부터였다.

"이영우, 진짜 그렇게 쓰레기인 줄 몰랐다니까. 어떻게 너를 건드려? 대표님 화날 만도 하시지. 본인도 그 혈기 왕성한 나이에 얼마나 참고 또 참고 있는데 말이야. 그렇지?"

"네?"

"아직이지?"

희주의 느닷없는 공격에 발그레해진 얼굴로 태리가 고개를 끄덕였다.

희주는 의외라는 표정으로 고개를 갸웃거렸다.

"대표님 진짜 너한테 진심인가 봐. 부럽다!"

갑자기 멤버들이 부럽다고 난리를 치자 괜히 부끄러워진 태리는 손사래를 쳤다.

"뭐가 부러워?"

그런데 그때, 낯선 목소리가 끼어들었다.

멤버들이 일제히 문 쪽으로 시선을 돌렸다.

"뭐가 부럽냐니까? 궁금하네?"

송지현이 문을 닫고 안으로 들어오며 다시 한 번 그녀들에게 물었다.

멤버들은 경계하는 눈초리로 자리에서 일어나 선배인 그녀에게 인사했다.

"안녕하세요."

"응. 잘들 지냈니?"

오늘 백화점 CF를 같이 찍게 된 송지현과 프리티 사이에서 묘한 기류가 흘렀다.

정표와 이런저런 소문들로 말이 많았던 송지현. 팔은 안으로 굽는다고 멤버들은 그녀를 달갑지 않은 눈으로 바라보았다. 그를 눈치챈 송지현은 전혀 당황한 기색 없이 싱긋 웃으며 태리를 향해 말했다.

"태리야. 잠깐 나랑 얘기 좀 할래?"

"저요?"

"응. 내 대기실로 와. 기다릴게."

일방적으로 통보하고 나가려는 송지현을 향해 희주 역시 싱긋 미소를 지으며 말했다.

"선배님. 오늘 촬영 무사히 잘 끝날 수 있게 부탁드려요?"

말에 가시를 잔뜩 박아서 날린 희주를 향해 코웃음을 치며 송지현이 밖으로 나가 버렸다.

"태리야 가지 마. 무슨 말 할지 뻔하다, 뻔해."

멤버들의 만류에도 불구하고 태리가 괜찮다며 그녀들을 안심시킨 후 송지현을 따라 밖으로 나갔다.

송지현이 대기하고 있는 대기실에 들어온 태리에게 지현은 커피를 내밀었다. 뜨거운 커피를 두 손으로 받은 태리는 지현을 따라 소파에 앉았다. 급한 모양인지 앉자마자 지현이 말을 꺼냈다.

"내가 밖에서 널 불러내거나 만나러 가기도 좀 그렇고, 바쁘기도 하고 말이야. 마침 오늘 이렇게 만나서 다행이야. 더 늦기 전에 널 만났으면 했거든.”

“무슨 일이신데요?”

“태리야. 지금부터 내가 하는 말 오해하지 말고 들어.”

태리가 고개를 끄덕였다. 송지현이 태리를 향해 싸늘한 목소리로 물었다.

“너…… 정표랑 만나는 이유가 뭐야?”

이미 질문에서 그녀가 자신에게 어떤 대답을 듣고 싶어 하는지 알 것만 같았다. 태리는 기분이 언짢아져서 입을 꾹 다문 채 황당한 표정으로 송지현을 바라볼 뿐이었다.

“나도 너만 한 나이에 비슷한 감정과 상황 다 겪어 봤어. 그래서 나는 널 잘 알아.”

“…….”

“원래 그 나이 때는 나 좋다고 하는 남자한테 혹할 수 있어. 게다가 돈도 많고 능력 있는 남자라면 더더욱……. 근데 그렇다고 해서 그런 식으로 남자 만나면 오래 못 가. 솔직히 너 정표랑 결혼할 생각도 없잖아. 객관적으로 봤을 때 지금 정표가 너 만나는 거 시간 낭비야.”

태리가 커피를 테이블 위에 올려놓고 자리에서 벌떡 일어났다. 뭐라고 반박하고 싶은데 그럴 만한, 그럴싸한 말이 떠오르지가 않았다. 수능에서 언어 영역 1등급 받아 봤자 아무짝에도 쓸모가 없었다. 그딴 건 실생활에서 전혀 도움이 되지 않았다. 하지만 이대로 물러나기엔 억울해서 태리는 정말 껍데기 하나 없는 원초적인 답변을 늘어놓았다.

"능력이 있고 없고를 떠나서요, 결혼 뭐 그런 건 생각해 본 적도 없지만, 그냥 좋으니까…… 제가 대표님 좋아하니까 만나는 거예요."

어수룩한 태리의 답변에 송지현은 기가 찼다. 결국 송지현은 똑같은 얘기를 태리의 수준에 맞게 차근차근 다시 얘기했다.

"그러니까 그런 말을 하는 거 자체가 네가 아직은 어리다는 거야. 좋아한다? 그래. 근데 그게 어떤 수준이니? 정표가 노래 그만두라고 하면 네 꿈 포기할 수 있어? 그 정도야?"

"그건……"

대답을 망설이는 태리를 보며 송지현은 한숨을 짧게 내뱉었다.

"거봐 아니잖아. 근데 태리야, 언니는 포기할 수 있어. 내가 가진 모든 걸 다 버릴 수도 있어. 난 정표를 사랑하니까. 그 사람을 위해서라면 죽을 수도 있어. 그래서 지금까지 기다린 거고. 나는 정표를 좋아하는 게 아니라 사랑한다고."

지현은 열 살이나 어린 소녀한테 이렇다 저렇다 구구절절…… 마치 그와 헤어져 달라고 설득을 하듯 말하는 자신이 너무 초라하게 느껴졌다.

자신이 이 정도로 얘기하면 태리의 성격상 울어 버릴 수도 있다고 예상했다. 하지만 태리의 눈빛이 평소와는 확연히 달랐다. 이를 악물고 있는 게 뭔가 단단히 화가 난 얼굴이었다. 처음 보는 태리의 모습에 지현은 조금 당황스러운 얼굴로 태리를 바라보다.

"내 말 무슨 뜻인지 모르겠어?"

"아니요. 알아요. 대표님이랑 만나지 말라는 거잖아요."

"그래. 알았으면 됐어. 나가 봐."

나가라는 말에도 아무런 말도 없이 제자리에서 꿈쩍도 하지 않던 태리가 저도 모르게 입을 열었다.

"제 꿈을 포기할 정도로 대표님을 좋아하는지는 솔직히 잘 모르겠지만. 언니가 만나지 말라고 해서 대표님이랑 헤어질 정도로 가벼운 마음은 아니에요. 그러니까 어리다고 무시하지 마세요. 그리고 어쨌든 지금 대표님 여자 친구는 저니까, 앞으로는 우리 대표님 개인적으로 만나지 말아 주세요."

자신이 지금 무슨 말을 하고 있는지도 모른 채 횡설수설하던 태리가 황급히 뒤를 돌아 후다닥 대기실을 나가 버렸다.

문 앞에 매달려 안쪽 상황을 엿듣던 멤버들은 갑자기 밖으로 뛰쳐나온 태리를 끌고 자신들의 대기실로 데려갔다.

"꺄! 대박. 윤태리 완전 멋있는데?"

"여자 친구는 저니까, 우리 대표님 만나지 마세요. 호호호. 아이고 배야."

희주가 태리의 성대모사를 하며 배를 움켜잡고 웃어 댔다.

반면 태리는 흥분해서인지 새빨개진 얼굴로 씩씩거렸다. 멤버들은 그 모습이 귀여웠는지 태리의 뽀얀 뺨을 꼬집었다.

"어이구! 우리 태리 화났쪄요?"

기 센 여배우 송지현을 상대로 지지 않은 태리가 대견스러웠는지 멤버들이 환호했다. 하지만 화기애애한 분위기 속에도 태리의 표정은 좀처럼 풀리지 않았다.

그때 마침 화보 촬영 전에 연예 뉴스 프로그램에서 인터뷰를 한다며 작가들이 찾아와 대본을 건넸고, 멤버들과 옆 대기실에 있던 송지현이 촬영 장소로 이동을 했다.

시간이 없는 관계로 인사 후에 바로 인터뷰에 들어갔다. 하필 지현의 바로 옆에 앉은 태리는 애써 미소를 지으며 자신의 멘트 순서를 기다렸다.

"지현 씨 이상형에 가까운 남자배우가 있을까요?"

"제 이상형이 조금 특이해서, 배우 중에는 없어요. 일반인 중엔 있는 것 같아요."

아리송한 대답을 하며 리포터를 향해 송지현이 사랑스럽게 웃자, 주변이 술렁였다. 앞에 대기하고 있던 작가가 보드판을 번쩍 들었다.

'혹시 연애 중?'

보드판 위에 적힌 질문을 재빨리 읽은 리포터가 그대로 질문을 했다.

"오. 수상한데요? 지현 씨 혹시 연애 중이세요?"

"머잖아 좋은 소식 들려 드리도록 노력할게요. 저도 이제 결혼 해야죠. 주변에 결혼하고도 활발하게 활동하시는 설수정 선배님 보면 부러워요. 앗, 인터뷰 너무 우울해지는데요? 하하. 여기까지 만 하죠."

그만하자는 지현의 물음에 리포터가 급하게 태리 쪽으로 고개 를 돌려 질문을 했다.

"태리 양 표정 좀 봐요. 태리 양에게 결혼은 아직 먼 얘기죠?

이번에 대학교 입학했다고 들었는데, 캠퍼스 생활은 어때요?"

지현을 빤히 바라보고 있던 태리가 리포터의 질문에 차분히 대답을 하고, 마이크를 옆에 앉아 있던 소윤에게 넘겼다.

다른 멤버들이 인터뷰를 하는 동안 태리는 고개를 돌려 송지현쪽을 바라보았다. 지현이 빙긋 웃으며 표정 관리가 잘 되지 않고 있는 태리를 향해 속삭였다.

"프로답지 못하네? 카메라 앞에선 웃어야지."

"일주일 정도 더 깁스하고 있는 게 좋을 거라던데, 그러다가 또 금이라도 가면 어쩌시려고요?"

깁스를 풀고 병원 밖을 나온 정표의 뒤를 따라가며 황 비서가 잔소리를 했다. 하지만 정표는 황 비서의 잔소리는 안중에도 없었다.

'깡패인 줄 알았어요.'

얼마 전 태리가 했던 말이 떠오른 정표는 미간을 구기며 뒷좌석에 올라탔다.

"논현동."

"거긴 또 왜요? 회사 들어가셔야 돼요. 검토할 서류가 산더미라고요."

"메일로 보내. 오늘 안에 다 볼 테니까."

꼭 두 번 일을 시키는 정표가 얄미웠던 황 비서가 괜히 툴툴거렸다.

"얼마나 대단한 작품이길래 그렇게 공을 들이세요? W픽처스

문턱이 아주 닳겠어요."

"작품? 아……."

뒤늦게 황 비서의 말뜻을 이해한 정표가 피식 웃었다.

어라? 저 사람이 웃어? 황 비서는 갑자기 그 작품이 굉장히 궁금해졌다.

"저도 좀 보여 주세요."

"어디 보여 주기도 아까운 작품이야. 하루라도 안 보면 미쳐 버릴 것 같아."

역시 영화 마니아. 운전을 하던 황 비서가 고개를 절레절레 흔들었다.

회사 앞에서 내린 정표는 날아갈 듯한 발걸음으로 건물 안으로 뛰어 들어갔다. 엘리베이터에 올라타자마자 거울을 보며 옷매무새를 매만지던 그는 문이 열리자 언제 그랬느냐는 듯 느긋하게 사무실 문을 열고 들어갔다.

쉴 새 없이 울리는 전화 벨소리와 직원들의 분주한 움직임에 정표는 굳은 표정으로 직원들의 인사를 받으며 대표실로 향했다.

예정에도 없던 정표의 방문에 놀란 성원이 웬일인지 하얗게 질린 얼굴로 달려왔다.

"어, 어쩐 일이세요? 오늘은 저쪽 회사 출근 아니세요?"

"내 맘이야. 사무실 분위기가 왜 이래?"

정표가 흘끗 연습실 쪽을 보다가 미간을 찌푸리며 대표실로 들어갔다. 뒤따라 들어온 성원이 주뼛거리다가 입을 열었다.

"인터넷 아직 안 보셨어요? 아…… 요즘 많이 바쁘시죠?"

요새 바빠서 인터넷은커녕 태리와 통화도 제대로 못한 정표가 자리에 앉자마자 노트북을 열었다.

　"어제 인터뷰가 하나 나갔는데요. 태리가 논란의 중심이 됐어요."

　최신 연예 뉴스 상위권에 랭크된 '프리티 멤버 태리 인터뷰 태도 논란'이라는 문구를 본 정표는 착잡한 심정으로 기사를 클릭했다.

　기사를 읽어 내려가던 정표가 헛웃음을 내뱉었다.

　"태리가 누굴 째려봐? 송지현을? 말이 되는 소릴 해야지. 방송에서 걔가 그럴 애가 아닌데."

　"그러니까요. 그럴 애가 아닌데 그랬어요. 영상도 있고 극성맞은 송지현 팬들이 아주 난리가 났어요."

　뒤늦게 영상을 확인한 정표는 성원에게 버럭 소리쳤다.

　"얘 왜 이래! 이날 무슨 일 있었어?"

　"뒤늦게 사춘기인지…… 애가 하루 종일 뚱해 가지고 말도 없고. 멤버들도 개인적인 일이라고 말도 안 해 주고 저만 따돌려요. 혹시 대표님이 혼냈어요?"

　"왜 나야?"

　"태리가 기분 나쁠 일은 대표님밖에 없잖아요."

　정표가 어이없다는 표정으로 자리에서 일어났다.

　"얘 지금 어디 있어?"

　"학교 갔죠."

　정표가 이를 악물고 말했다.

"상황이 이 지경인데 학교 보냈냐? 너 미쳤냐?"

"상황이 이 지경인데도 모자 눌러쓰고 아침 일찍 일어나서 나갔대요. 오늘은 오전 강의만 있다고 해서 끝나면 데리러 가기로 했으니까 너무 걱정하지 마세요."

"지금 가서 데리고 와."

"네? 지금요? 아니 애도 아니고. 아…… 네, 알겠습니다. 데리고 오겠습니다."

그의 살벌한 표정에 성원이 못 이기는 척 뒤를 돌아섰다. 그런데 그때 성원의 핸드폰이 울렸다. 성원이 전화를 받았다.

"태리야!"

태리? 정표가 성원에게 가까이 다가갔다.

"벌써 숙소에 왔다고? 왜? 알았어. 푹 쉬어."

전화를 끊고 성원이 뒤를 돌자마자 화들짝 놀랐다.

"아이고. 깜짝이야. 언제 뒤에 와 계셨어요!"

"뭐래? 숙소래? 왜? 어디 아프대?"

"휴강이라 숙소 왔대요. 일찍 일어나서 피곤하다고 숙소에서 쉰다는데요?"

당장 숙소로 올라가려는 정표를 성원이 말렸다.

"애 괜히 괴롭히지 말고 그냥 두시지……."

"뭐, 인마?"

"빨리 올라가시라고요."

성원은 괜히 테이블 위 널브러진 서류들을 정리하며 딴청을 피웠다.

그를 흘겨보던 정표가 사무실을 나가 숙소로 향했다.

현관문을 두드리자 소윤이 문을 열었다.

"태리는?"

"태리요? 아침에 학교 가서 아직 안 왔는데요."

정표가 길게 한숨을 뱉으며 태리에게 전화를 걸었다. 연결음이 울리자마자 마치 기다리기라도 한 사람처럼 태리가 전화를 받았다.

— 여보세요?

"어디야."

— 숙소요!

"죽을래? 나 지금 네 방 앞이거든?"

— 그게…….

"어디냐고."

잠시 정적이 흐르던 그때 태리의 나지막한 목소리가 들려왔다.

— 대표님 집 앞이오.

"뭐? 거긴 왜?"

— 그냥…… 그냥요.

"알았어. 금방 갈 테니까 기다려."

정표가 전화를 끊고 현관문을 열고 나가려다 말고 뒤를 돌았다. 그가 잠시 망설이다가 소윤을 향해 물었다.

"촬영장에서 무슨 일 있었냐?"

"사실…… 그렇게 큰일은 아닌데, 태리는 많이 혼란스러운가 봐요."

"혼란스러워? 뭐가?"

"자세한 건 태리한테 직접 들으시는 게 좋을 것 같아요."

소윤이 말을 아끼자, 정표는 답답해 죽겠다는 얼굴로 밖으로 나가 버렸다.

급하게 차를 몰아 집 앞에 도착한 정표는 차에서 내리자마자 대문 앞으로 달려갔다.

모자를 쓴 채 쭈그리고 앉아서 자신을 기다리고 있던 태리를 보자마자 정표는 마음이 좋지 않았다. 태리를 가만히 내려다보던 정표가 그녀의 모자를 벗겨 버렸다. 놀란 태리가 고개를 들었다가 급하게 다시 모자를 쓰며 황급히 왼쪽으로 고개를 돌렸다.

"돌겠네."

"……."

"야. 왜 울고 앉아 있어?"

손등으로 눈물을 닦아 내며 태리가 아무렇지 않은 척 자리에서 일어났다.

"안 울었어요."

여전히 얼굴을 왼쪽으로 돌린 채 말하는 태리를 이상하게 바라보던 정표가 살벌한 음색으로 말했다.

"고개 돌려."

어쩐지 그의 목소리가 너무 무거워서 쭈뼛거리던 태리가 하는 수 없이 고개를 돌려 그를 올려다보았다.

왼쪽 뺨에 길게 손톱자국이 난 태리의 얼굴을 마주한 정표의 아래턱에 힘이 들어갔다.

"누가 그랬어?"

"몰라요."

고개를 절레절레 흔들며 억울해하는 표정을 보니, 영문도 모른
채 맞은 모양이다.

상처가 난 그녀의 뺨을 아무런 말 없이 바라보던 정표가 한참
후에서야 입을 열었다.

"그만두는 게 어때?"

잠시 고민하던 태리가 떨리는 음색으로 말했다.

"저는요…… 제 꿈을 포기할 정도로 대표님을 좋아하진 않아
요."

정표는 짧게 한숨을 내뱉었다. 그런데 그때.

"얼마 전까진 그렇게 생각했었어요."

고개를 숙이고 있던 태리가 모자를 벗고 고개를 들어 정표의
두 눈을 바라보았다.

"저요. 요즘 이상해요."

"왜?"

정표가 그녀를 걱정스레 바라보았다.

태리는 지금 자신의 마음을 어떻게 표현해야 좋을지 몰라 눈앞
이 컴컴했다.

"대표님한테 어울리는 여자가 되고 싶어요. 요즘 그런 생각들
때문에 하루하루가 초조하고 불안해요."

노래도 외모도 평범한 걸그룹의 막내는 그와 어울리지 않는다
는 결론이었다. 좀 더 멋진 어른이 되고 싶은 욕심이 생겨 버렸

다. 정확히는 대한민국 톱 여배우 송지현보다 더 멋진 여자가 되고 싶었다.

"생각했던 것보다 제가…… 대표님을 많이 좋아하나 봐요. 다른 여자한테 대표님을 뺏길 수도 있다고 생각하니까 화가 나서 견딜 수가 없었어요. 제가 대표님보다 나이가 적은 것도, 팀을 탈퇴하고 혼자서는 할 수 있는 게 아무것도 없다는 사실도 원망스러워요. 그리고…… 가슴도 작고……. 다요, 요즘은 모든 게 다……. 제가 너무 싫어요. 바보 같아요."

"가슴도 작고…… ."라는 발언에서 웃음이 터질 뻔했지만 정표는 꾹 눌러 참고 태리를 품에 안아 버렸다. 그는 오래간만에 그녀를 꽉 안고 머리를 쓰다듬어 주었다.

아무런 계산 없이 이렇게 솔직한 감정 표현을 한다는 게 너의 가장 큰 장점이야. 정표는 속으로 생각했다. 어느새 자신을 향한 마음을 이만큼 키워 온 그녀가 대견스럽고, 지금까지의 고생을 모두 위로받은 기분이 들었다.

태리가 정표의 품에 안긴 채 고개를 들어 그를 바라보았다.

"제가 멋진 여자가 될 때까지 기다려 줄 수 있어요?"

"기다리는 건 자신 없고."

"……."

"같이 가 줄게."

정표가 짓궂은 표정으로 말하며 태리의 입술에 입을 맞추었다.

짧은 입맞춤을 하고 얼굴을 뗀 정표가 그녀를 품에서 놓아주며 두 눈을 감고 있는 태리의 머리를 헝클어뜨렸다.

"들어가자. 흉터 생기기 전에 연고 발라야지."

현관문을 열고 들어가려는 정표의 손을 태리가 재빨리 잡았다. 정표가 뒤를 돌았다. 어쩐지 머뭇거리며 발그레해진 얼굴로 고개를 숙인 채 태리가 들릴 듯 말 듯 작은 목소리로 말했다.

"……하고 싶어요."

"뭐, 뭘?"

놀란 듯 묻는 정표의 얼굴에 어쩐지 웃음기가 잔뜩 묻어 있었다.

뭘 하고 싶으냐는 정표의 물음에 그녀가 아무 대답이 없자, 오히려 정표가 안달이 났다.

"뭘 하고 싶냐니까? 뭔데?"

태리가 고개를 들어 먼 산을 바라보며 뜸을 들였다.

"저…… 그게…… 대표님이 하고 싶어 하는…… 그거요."

"내가 뭘 하고 싶어 하는데?"

"집에서 하는 거. 그거요."

"영화 감상?"

정표의 짓궂은 장난에 태리가 그를 흘겨보며 입술을 삐죽 내밀었다.

"알았어. 장난이야. 근데 너 성년의 날에 한다며? 아직 한 달이나 남았는데……."

"같이 있고 싶으니까."

"……."

"오늘은 하루 종일 대표님이랑 같이 있고 싶어요."

그녀의 말이 끝나기가 무섭게 정표가 태리의 손을 잡아끌었다.

"가자."

대문을 닫고 마당으로 들어선 정표는 태리의 어깨에 손을 올려 자신의 품 쪽으로 그녀의 몸을 끌어당겼다. 정표의 걸음이 빨라졌다.

태리는 조급해 보이는 그를 올려다보며 그의 속도에 맞춰 총총걸음으로 마당을 걸었다.

"나랑 하루 종일 같이 있고 싶다고?"

웃음을 머금은 정표가 아직도 믿기지 않는지 그녀를 내려다보며 다시 물었다.

"나랑…… 하고 싶다고?"

그를 가만히 올려다보던 태리가 단단히 각오를 한 듯한 얼굴로 고개를 끄덕였다.

그 모습이 너무 사랑스러워서 몸이 달아올라 어쩔 줄을 몰라 하던 정표는 집까지 들어가는 것도 낭비라고 생각했는지, 마당 한가운데에서 걸음을 멈춘 후 그녀의 입술에 키스를 퍼부었다. 혀와 혀가 뜨겁게 엉키고, 서로의 달뜬 숨이 오가고 있었다.

살랑살랑 불어오는 봄바람은 그와 그녀의 마음을 간질였다. 이대로 더 있다가는 잔디밭 위에서 뒹굴어 버릴 것 같다는 위험한 생각이 들었다. 정표는 인내심을 발휘해 그녀에게서 얼굴을 떼고 잠시 몸을 가라앉히기 위해 그녀를 품에 안았다.

"하아……"

귓가로 그의 뜨거운 숨소리가 들려오자 태리의 심장이 미친 듯이 뛰어 댔다.

잠시 숨을 고르던 정표가 그녀의 이마에 키스를 했다. 그리고 그녀의 눈을 마주 보고 나지막한 목소리로 말했다.

"그래, 하자."

그녀가 확신이 생길 때까지 끝까지 지켜 주려고 했던 정표는 오늘이 그날이라는 생각에 마음이 한정 없이 부풀었다.

네가 먼저 하고 싶다고 달려와 안겼어, 그러니까 오늘은 참지 않아도 돼.

마치 스스로에게 오늘 그녀와 자는 건 정당하다고 자기 합리화 중이던 그를 가만히 올려다보던 태리가 그를 불렀다.

"대표님! 저기……."

"어. 빨리 들어가자."

그녀의 마음이 변할까 봐 그가 걸음을 서둘렀다.

그런데 그때.

"밖에 누가 왔나 봐요."

쾅쾅. 쾅쾅쾅.

그때 누군가 대문을 두드리는 소리가 들려왔다.

"삼촌! 안에 삼촌 맞지? 목소리 들렸는데."

모아의 목소리에 화들짝 놀란 태리가 발을 동동거리며 작게 속 삭였다.

"어떡해요?"

정표가 아무렇지도 않은 표정으로 말했다.

"어차피 비밀번호 바꿔서 못 들어와. 무시하고 그냥 들어가자."

정표의 말이 끝나기가 무섭게…….

삑삑삑삑삑삑.

번호 키를 누르는 소리가 들리더니 급기야 문이 열리는 소리에 정표가 놀라 뒤를 돌았다.

그리고 태리는 어느새 저만치 달려가 나무 뒤에 숨어 버렸다.

뭐 저렇게까지 해야 하나? 씁쓸한 표정으로 서 있던 정표는 김치 통을 안고 마당 안으로 들어오는 모아를 노려보았다.

저놈의 김치.

"뭐야! 안에 있으면서 왜 문 안 열어 줘? 김치 가져왔어!"

"어. 그래. 고마워."

"으응? 고……맙다고? 삼촌 어디 아파?"

"수고했다. 고생 많았어. 그러니까 빨리 가."

영혼 없는 멘트와 함께 김치 통을 뺏어 든 정표는 모아의 몸을 빙글 돌려 문 쪽으로 세게 밀었다.

정표의 수상쩍은 행동에 모아가 가자미눈을 뜨고 뒤를 돌았다.

"아까 안에서 여자 목소리 들리던데……."

갑자기 고삐 풀린 망아지처럼 마당을 달리던 모아가 태리가 숨은 나무 근처 바닥에 떨어진 운동화 한 짝을 주워들었다.

"대박! 이거 뭐야? 여자 운동화잖아!"

정표는 나무 뒤 머리카락 다 보이게 숨은 태리 쪽을 보며 체념하듯 말했다.

"내놔. 내 애인 거야."

"뭐야. 어디 숨은 거야? 얼굴 알려지면 안 되는 톱스타인가?

누군데? 누군데 그래?"

"그냥 나와라."

그냥 나와서 이실직고하고 모아 보내 버리자. 그다음…… 내가 하고 싶어 하던 거, 네가 하고 싶다는 거 하자. 그런 간절한 마음으로 정표가 다급하게 소리쳤다.

"나오라니까!"

나무 뒤쪽을 향해 소리치는 정표의 시선을 따라 모아가 조심스레 나무 쪽으로 향했다.

"저기…… 나오세요. 저요, 입 엄청 무거워요. 아무한테도 말 안 할게요. 그렇지 않아도 삼촌 만나시느라 고생이 많으신데, 맨발 투혼까지 할 필요는 없잖아요. 저기, 어서 나오세요."

그때! 조곤조곤 말하던 모아가 갑자기 속도를 내더니 나무 뒤로 미친 듯이 달렸다.

그와 동시에 나무 뒤에서 태리가 후다닥 달려 나왔다. 모자를 눌러쓴 채 대문 밖으로 죽기 살기로 달려 나가는 태리를 정표는 미간을 찌푸리며 씁쓸한 표정으로 바라보았다.

태리의 뒤를 따라 달려 나가려는 모아의 가방끈을 붙잡은 정표는 무거운 김치 통을 모아의 품에 안겼다. 그 바람에 태리는 모아가 타고 온 택시를 타고 사라져 버렸다.

베일에 싸인 삼촌의 그녀를 놓쳐 버린 허탈함에 모아가 징징거렸다.

"뭐야, 진짜. 어이없어. 왜 도망가? 내가 알면 안 되는 사람이야? 뭐냐고 진짜. 우이씨."

"그거나 빨리 안에 갖다 놔."

턱 끝으로 김치 통을 가리키며 어쩐지 아까와는 다르게 화가 난 표정으로 말하는 정표 때문에 기가 죽은 모아가 중얼거리며 현관으로 향했다.

"긴 생머리에 운동화 사이즈 235. 누구지? 뒷모습이 엄청 낯이 익은데……."

현관문을 열고 들어간 모아는 김치냉장고에 김치를 넣어 놓고 밖으로 나왔다.

샌드백을 발로 퍽 하고 걷어차며 욕을 읊조리는 정표의 모습을 본 모아는 이럴 때는 닥치는 게 상책이라며 조용히 고개를 숙인 채 대문으로 향했다.

그때, 주머니에서 핸드폰을 꺼낸 정표는 방금 태리에게서 도착한 문자를 확인했다.

[저 숙소 왔어요. 우리 다음에 해요.]

"으……."

이상한 신음을 내며 두 눈을 감은 채 화를 삭이던 정표가 돌연 눈을 번쩍 뜨며 대문을 열고 나가려는 모아를 불렀다.

"야! 너 이리 와."

모아가 대문을 꽉 잡은 채 도망갈 준비를 하고 뒤를 돌았다.

"왜. 왜요?"

"비밀번호. 네 엄마가 알려 줬냐?"

"응. 난 엄마가 시키는 대로 했을 뿐이라고……요."

"저게 진짜 씨. 네가 지금 무슨 짓을 했는지 알아?"

"내, 내가 뭘 어쨌다고! 요!"

"제 엄마 닮아서 눈치는 더럽게 없어가지고. 너 앞으로 우리 집 금지야. 한 번만 더 네 맘대로 문 열고 들어오면 죽는다 진짜. 아오! 씨."

"까!"

갑자기 신경질이 가득한 얼굴로 긴 다리를 들어 샌드백을 걷어 차 버리는 정표의 이상행동에 모아가 소리를 지르며 대문 밖으로 달려 나가 버렸다.

퍽. 퍽. 퍽퍽.

아무리 샌드백을 걷어차도 이 억울함은 쉽게 가라앉지 않았다.

이제 뭘 하지? 일…… 일해야지.

쉽게 마음이 잡히지 않는 모양인지 짜증이 가득 실린 얼굴로 휑한 마당을 의미 없이 바라보던 정표는 마당 한가운데 나뒹구는 태리의 운동화 쪽으로 걸음을 옮겼다.

그는 운동화를 가만히 내려다보다가 운동화까지 벗어 던지고 필사적으로 도망가던 태리의 모습이 떠올랐다.

"젠장."

욕을 읊조리던 정표는 괜히 애꿎은 운동화만 멀리 걷어차 버렸다.

13

"이런. 미친놈들!"

핸드폰 속 동영상을 들여다보며 모아가 소리쳤다. 마주 보고 앉아 코코아를 마시던 태리가 화들짝 놀라 움찔거렸다. 모아는 화가 난 얼굴로 씩씩거리며 밴드를 붙인 태리의 얼굴을 안쓰럽게 바라보았다.

"안 아파? 영상 보니까 완전 세게 맞았던데."

대학교 캠퍼스 한가운데에서 정체를 알 수 없는 여성에게 뺨을 맞는 태리의 모습이 담긴 차량 블랙박스 영상이 웹상을 뜨겁게 달구고 있었다. 오늘 오전에 등장한 이 영상은 누가 배포했는지는 모르겠지만 각종 커뮤니티 사이트에 순식간에 퍼져 태리를 향한 동정론이 들끓고 있었다.

아이돌의 애환을 주제로 한 특집 기사가 끊임없이 올라오며 불행 중 다행으로 최근 태리의 태도 논란을 잠식시켰다.

모아는 여전히 영상을 보며 투덜거렸다.

"송지현 팬한테 맞은 거지?"

"모르겠어."

"하여간 그 스타의 그 팬이라고. 밉다 밉다 하니 정말 짜증 난…… 어? 잠깐!"

별안간 모아가 놀란 얼굴로 동영상을 리플레이했다. 영상 속 태리를 가만히 들여다보던 모아가 고개를 갸웃거렸다.

"이 모자랑 운동화까지. 어디서 많이 봤는데?"

"메, 메이커는 다 똑같잖아."

태리가 저도 모르게 반사적으로 변명을 늘어놓았다. 갑자기 말까지 더듬는 태리를 의심의 눈초리로 보던 모아는 곰곰이 생각에 잠겼다.

드디어 들켰구나. 태리는 모든 걸 체념한 채 침을 꼴깍 삼키며 모든 사실을 실토하려고 입을 열려는 순간. 갑자기 모아가 환하게 웃었다.

"이 모자 진짜 예쁘다! 메이커 이름이 뭐야?"

갑자기 엉뚱하게 모자에 꽂힌 모아를 태리는 얼떨떨한 표정으로 바라보았다.

"어? 아…… 협찬 받은 건데. 똑같은 거 하나 더 있는데 갖다 줄까?"

"진짜? 대신 내가 다음 주 공강 때 점심 쏠게!"

이대로 넘어가는 건가? 어쩐지 다행이라는 생각과 함께 마음

한구석이 불편했던 태리는 작게 한숨을 내뱉으며 코코아를 홀짝 홀짝 마셨다.

"맞다! 나 삼촌 애인 봤지롱."

"풉! 어, 어디서?"

하마터면 코코아를 뱉을 뻔한 태리를 보며 키득거리던 모아가 어제 있었던 일들을 리얼하게 동작까지 재연하며 설명했다.

한참을 떠들던 모아는 어제 일이 다시금 떠올라 열이 오르는지 다식은 커피를 원샷했다.

"아까워 죽겠다니까? 삼촌한테 잡히지만 않았으면 그 여자 앞모습도 볼 수 있었는데! 그 망할 인간! 아무래도 그 여자 연예인이 확실해. 절대 얼굴 알려지면 안 되는 연예인! 너한테만 말하는 건데……."

갑자기 모아가 의자를 바짝 당겨 앉아 목소리의 볼륨을 줄였다.

"내가 검색을 해 봤는데 말이야. 긴 생머리에 발 사이즈 235. 그리고 내가 본 뒤태까지. 모든 걸 종합해 봤을 때 가장 근접한 연예인이 두 명으로 추려져. 윤태리…… 바로 너!"

"!"

어깨가 들썩일 정도로 놀란 태리를 대수롭지 않게 바라보며 모아가 하던 얘기를 계속했다.

"그리고! 개그맨 하은미야. 너는 당연히 아니고, 아무래도 삼촌 애인이 하은미 같아! 그래서 삼촌이 쪽팔려서 그렇게 기를 쓰고 얼굴 안 보여 주려고 난리친 건가 봐! 푸하하하."

갑자기 모아가 배를 잡고 웃어 대기 시작했다. 하은미는 몸매는 죽이지만 얼굴은 꽝인 대표적인 개그맨이었다.

어쩐지 속이 상한 태리가 언짢은 표정으로 투덜댔다.

"대표님이 아깝지 않아? 그 개그맨 쇼 프로에서 말도 함부로 하고……."

태리가 말을 끝내기도 전에 모아는 씨알도 먹히지 않는 얼굴로 반박했다.

"삼촌도 막말 쩔잖아. 둘이 욕 배틀 뜨면 장난 없겠다. 으히히. 지 좋다고 따라다니던 조건 좋은 여자들 다 차 버리고 하은미라니! 왜 이렇게 속이 시원하지?"

"대표님을 따라다니던 조건 좋은 여자들?"

"응."

모아가 고개를 끄덕였다. 문득 궁금한 것이 떠오른 태리가 조심스레 물었다.

"그 여자들 직업은 뭐야?"

"뭐 똑같지. S병원 이사장 딸, K건설 회장 손녀, J자동차 딸 등등……. 누구의 손녀거나 누구의 딸이거나."

절망적이었다. 다시 태어나도 가질 수 없는 직업. 재벌 집 딸내미.

갑자기 시무룩해진 태리를 보며 모아가 물었다.

"근데 너 요즘 나한테 숨기는 거 있지?"

태리가 잠시 망설이다가 고개를 끄덕였다. 그러자 모아가 낚인 물고기처럼 팔딱팔딱 뛰어오르기 시작했다.

"뭐? 진짜? 뭔데? 뭐냐니까?"

"사실은 말이야. 내가 좋아하는 사람이 생겼는데……."

"지환이?"

"아니."

유력 후보가 빗나가자 모아의 머릿속은 점점 하얘졌다. 도대체 누굴까? 머리를 움켜잡으며 괴로워하자 태리가 조심스레 입을 열었다.

"그게 사실은…… 그러니까…… 네가 싫어하는 사람이야."

"내가 싫어하는 사람? 누구지?"

정표와 태리 사이에 놓인 연결 고리를 본능적으로 끊어 버린 모아의 뇌 구조 때문에 태리는 피가 말랐다.

말해도 될까?

대표님한테 물어보고 말해야 하나? 태리도 마찬가지로 고개를 숙인 채 머리를 쥐어뜯었다.

"내가 싫어하는 사람 저기 오는데…… 저 사람은 아닐 거고."

모아의 심드렁한 말투에 태리가 고개를 들어 뒤를 돌았다.

수옥과 함께 현관에 들어선 정표는 뒤돌아 앉아 있는 모아의 눈을 피해 태리를 향해 눈썹을 찡긋거리며 인사했다. 태리가 수옥의 눈치를 보며 일어나 정표를 향해 고개를 숙여 인사했다.

"모아, 넌 삼촌 왔는데 인사도 안 하니?"

수옥이 모아를 꾸짖었지만 모아는 심부름 갔다가 정표에게 문전박대당한 설움이 아직 가시지 않았는지 딴청을 피우고 있었다. 수옥이 달려와 모아의 등짝을 세게 내리쳤다. 모아가 벌떡 일어나며 소리쳤다.

"악! 왜 때려!"

수옥이 모아의 귀에 대고 속삭였다.

"이 계집애야. 정표 없을 때 들어가라고 알려 준 비밀번호를 왜! 너 때문에 다 들켰잖아."

"삼촌이 없는 척하니까 그랬지."

"아무튼 쟤 오늘 기분 안 좋으니까. 무조건 잘못했다고 해."

두 모녀의 대화를 옆에서 들은 태리는 거실 소파에 털썩 앉아 핸드폰을 만지작거리고 있는 정표를 바라보았다. 어쩐지 무표정한 그의 얼굴이 낯설었다.

수옥이 모아를 끌고 주방을 벗어나 정표가 앉아 있는 소파 쪽으로 향했다.

띠링.

그때 태리의 핸드폰 문자음 소리가 울렸다. 액정 속에 뜬 '대표님'이라는 세 글자에 놀라 태리가 얼른 핸드폰을 손에 쥐었다.

[영화 보러 갈래?]

문자를 확인하고 태리가 고개를 들었다. 모아와 수옥의 뒤로 보이는 정표가 자신을 빤히 바라보고 있었다. 어쩐지 화끈거리는 얼굴로 태리가 수줍게 고개를 끄덕였다.

그녀의 행동에 피식 웃는 정표의 얼굴을 오해하고 잔뜩 겁먹은 채 눈치 보며 서 있던 모아가 먼저 입을 열었다.

"집에 맘대로 들어간 거 미안해. 대신 삼촌 여친이 누군지 아무한테도 얘기 안 할게. 됐지?"

정표가 어이가 없다는 표정으로 고개를 들었다.

"내 애인이 누군지 안다고? 네가?"

"당연하지. 뒷모습 보고 딱 알았어."

"누군데?"

모아가 정표 쪽으로 상체를 숙여 손으로 입을 살짝 가린 후 작게 속삭였다.

"하은미."

"뭐?"

"개그맨 하은미 맞지?"

"너 미쳤냐?"

정표가 손가락으로 모아의 이마를 툭 쳐 버렸다. 뒤쪽으로 밀려난 모아가 울상을 지으며 정표를 원망스레 보며 소리쳤다.

"왜 때려! 확. 하은미한테 차여라!"

모아의 소리침에 수옥이 합세했다.

"어머. 정표야! 너 연예인 애인이 하은미였니? 세상에……."

"아니라고."

"아니긴 뭐가 아니야! 내가 다 봤는데, 엄마. 하은미 맞아."

"아니라니까!"

정표가 자리에서 벌떡 일어나 버럭 소리쳤다.

화들짝 놀란 두 모녀가 정표를 더욱 더 의심어린 눈초리로 바라보았다.

정표가 짜증이 섞인 얼굴로 태리를 흘끗 보더니 입을 열었다.

"개그맨 아니고, 가수. 내 애인 직업."

"가수?"

"나이는 나보다 열 살 어리고."

"뭐라고? 나랑 동갑? 와…… 도둑놈이다."

"죽을래?"

"아이돌이야?"

"어."

아예 답을 떠다 먹여 주는 정표의 행동에 태리는 침을 꼴깍 삼키며 모아와 수옥의 다음 반응을 기다렸다.

"누구지?"

"누구긴 누구야!"

알쏭달쏭한 모아의 표정에 수옥은 답을 알고 있다는 표정으로 소리쳤다.

이제 드디어 공개 연애다. 정표는 어쩐지 속이 시원해지는 느낌이었다. 뭔가 기세등등한 자태로 느긋하게 팔짱을 낀 채 말했다.

"이제 알겠어? 내 애인이 누군지?"

"알긴 뭘 알아!"

수옥의 의외의 대답에 정표가 미간을 찌푸렸다.

"너 사실은 애인 없지? 없는데 있는 척하는 거 누가 모를 줄 알아? 연예인이라는 것도 아버지 피 말리게 하려고 쇼한 거지? 어제 모아가 본 여자는…… 설마, 배우 섭외했니?"

"진짜 상상력 낭비다."

짜증이 잔뜩 섞인 얼굴로 정표가 자리에서 벌떡 일어나 무작정 현관으로 향했다.

"벌써 가려고?"

수옥이 섭섭한 표정으로 말하자 정표는 고개를 끄덕이며 돌연 뒤를 돌아 태리를 가만히 바라보다가 무심한 척 턱 끝으로 현관 쪽을 가리켰다.

"윤태리. 나와."

한 템포 느리게 태리가 가방을 들고 쪼르르 나가자 모아도 같이 현관으로 향했다.

"뭐야. 태리는 왜 데려가?"

"내 거 내가 데려가는데, 뭐!"

말뜻을 완전 잘못 이해한 모아가 경악을 했다.

"우와. 완전 노예 계약이네. 맨날 제 맘대로."

얼굴이 점점 굳어지는 정표의 시선을 피해 모아가 태리를 향해 밝게 손을 흔들었다.

"태리야, 조심해서 가고. 계약 만료되면 다른 소속사로 옮기자."

"만료? 그딴 거 없으니까 신경 꺼."

"미쳤나 봐…… 엄마! 삼촌 이상해."

될 대로 되라, 태리가 자신의 것임을 강력하게 어필하는데도 모아의 눈엔 그가 그저 미친놈으로 보일 뿐이었다.

이곳에 더 있다간 진짜 미칠 것 같은 기분이 들어 정표는 현관 문을 박차고 나가 버렸다. 태리도 모아와 수옥에게 인사를 하고 재빨리 정표를 따라 밖으로 나갔다.

대문을 열고 나가 정표의 차에 올라탄 태리는 운전대를 꽉 잡고 화를 삭이고 있는 정표를 보며 웃어 버렸다.

정표가 고개를 들었다.

"왜 웃나?"

"우리 둘 정말 안 어울리나 봐요. 아줌마도 그렇고 모아도 전혀 모르잖아요."

"저 둘이 비정상인 거야."

부정은 못 하겠는지 태리가 배시시 웃었다. 그도 그녀를 따라 희미하게 웃었다. 그런 그의 얼굴을 걱정스레 바라보던 태리가 물었다.

"저한테 무슨 할 말 있으세요?"

그녀의 물음에 그는 뭔가 얘기를 꺼내려다 말고 손을 뻗어 태리의 볼을 쓰다듬었다.

"나가서 좀 걸을까?"

정표가 근처 공원 주차장에 차를 세우고, 뒷좌석에서 모자를 꺼내 태리의 머리 위에 씌웠다.

밖으로 나온 두 사람은 천천히 주변을 거닐었다. 봄바람에 실려 전해 오는 그의 향수 냄새가 코끝에 스며들었다.

어쩐지 설레는 기분과 함께 태리의 심장이 두근거렸다. 날씨 탓인지 전보다 더 깊어진 그를 향한 자신의 마음 때문인지 태리는 좀처럼 흥분을 가라앉힐 수가 없었다.

남몰래 심호흡을 하며 고개를 돌려 그의 옆모습을 올려다보던 태리는 어쩐지 무거워 보이는 그의 얼굴 표정을 보며 조심스레 물었다.

"무슨 생각하세요?"

"너랑 같이 멀리 여행이나 갔다 올까, 뭐 그런 생각."

"어디로요?"

"어디가 좋아?"

"음…… 산이오."

"산? 너 등산 싫어하잖아."

"네. 그래서 가고 싶어요. 저요, 태어나서 한 번도 산 정상까지 올라가 본 적이 없거든요. 근데 대표님이랑 가면 올라갈 수 있을 것 같아요. 포기하지 않고."

"그래. 이번 앨범 활동 끝나면 같이 가자."

정표가 웃으며 태리의 손을 잡았다. 두 사람은 나란히 걸었다. 그리고 잠시 적막이 흐르던 그때 정표가 먼저 말을 꺼냈다.

"혹시 최근에 모르는 번호로 전화 온 적 있어?"

태리가 의아한 얼굴로 고개를 절레절레 흔들었다.

"그런 건 왜 물어요?"

"보이스피싱 조심하라고. 모르는 번호로 걸려 오는 전화는 절대 받지 마. 알았지?"

"네. 안 받아요."

태리가 고개를 끄덕이자 정표가 그녀를 꽉 껴안았다. 그녀가 휘둥그레진 눈으로 그를 올려다보다가 그의 넓은 품에 얼굴을 묻었다.

"태리야."

"네······."

"사랑해."

그 순간, 왈칵. 눈물이 쏟아질 것만 같았다. 태리는 뭐라고 대답을 해야 할지 망설이다가 두 팔을 벌려 그를 껴안았다. 그리고 또다시 그의 나지막한 음성이 들려왔다.

"그 어떤 순간에도 잊어선 안 돼. 네 옆엔 내가 있다는 거."

"네······. 그럴게요. 잊지 않을게요. 그리고 저도······."

태리가 고개를 들어 그를 올려다보며 말했다.

"사랑해요."

사랑스러운 그녀의 얼굴을 내려다보던 정표의 얼굴엔 이제야 안도감이 깃든 미소가 자리 잡았다. 그는 근사한 미소를 지으며 그녀의 입술에 키스를 했다. 사랑 고백 후 하는 입맞춤은 그 어떤 스킨십보다도 더 따뜻하고, 포근했다.

❖

"태리야. 무슨 생각을 그렇게 해?"

마주 보고 앉아 있던 모아가 물었다.

어젯밤 따뜻했던 그의 품을 떠올리던 태리는 금세 정신을 차리고 고개를 들었다.

"응? 뭐라고 했어?"

"아니 여기 곰탕 진짜 맛있다고. 돌아가신 큰외삼촌한테는 죄송하지만 나는 납골당 가기 전에 여기서 밥 먹을 때가 제일 좋더

라. 히히."

자신이 말하고도 어이가 없는지 믿지 않게 웃어 버리는 모아를 보곤 태리도 따라 웃었다.

납골당이 있는 마을로 진입하기 전 호수 근처에 위치한 이곳 곰탕집은 대통령들도 찾아온다는 전통과 역사가 있는 유명한 곳이었다.

하지만 365일 중 단 하루, 정 회장네 일가를 위해 문을 닫는다고 했다. 오늘이 그날이었다.

태리는 텅 빈 가게 안을 둘러보다가 옆 테이블에 앉아 심각한 표정으로 대화를 하고 있는 정 회장과 수옥을 걱정스레 바라보았다.

"회사는 건드리지 마세요."

평소 태리가 알던 수옥이 아니었다. 수옥은 진지한 얼굴과 똑 부러지는 말투로 정 회장을 향해 말했다.

"어제 많이 지쳐서 왔더라고요. 오죽 힘들었으면 저를 다 찾아왔겠어요? 생전 힘든 거 내색 안 하던 애가…… . 알아보니까 아버지가 정표네 회사 가지고 장난치셨다면서요?"

"그 정도로 무너질 회사면 접어야지. 녀석이 그걸 빨리 인정해야 돼. 본인이 지금 쓸데없는 일에 시간 낭비하고 있다는 사실을…… ."

"아버지!"

수옥이 화가 난 얼굴로 소리치자 태리가 화들짝 놀라 모아 쪽으로 고개를 돌렸다.

그나마 다행인 건 그때 마침 곰탕이 나왔고, 모아가 옆 테이블 눈치를 보며 곰탕이 펄펄 끓고 있는 뚝배기에 밥을 말며 속삭였다.

"오늘 분위기 왜 이러냐. 우린 그냥 먹자."

태리가 고개를 끄덕이며 수저로 국물을 떠먹었다.

그렇게 맛있다던 국물이 맹물처럼 느껴졌다. 자세히는 모르겠지만 수옥과 정 회장의 대화 내용상 현재 정표가 많이 힘든 상황임은 분명했다.

태리는 많이 힘들었을 그를 제대로 위로해 주지 못한 것에 대한 죄책감이 밀려왔다.

그건 모아도 마찬가지인지 어제 정표에게 까불었던 것을 반성하며 곰탕에 소금을 투하했다.

"아버지가 이럴수록 걔 더 엇나가요. 그리고 정표 짝으로 지현이는 저도 반대예요. 제가 어떻게든 막아 볼 테니까 당분간 정표 좀 그냥 두세요."

"네가 맨날 애를 싸고 도니까 그 지경인 게야!"

또 송지현의 이름이 거론되었다. 도대체 두 사람은 과거에 무슨 일이 있었던 걸까. 보통 일은 아닌 듯싶어 태리의 마음이 심란해졌다.

태리는 정표와 송지현이 붙을까 봐 걱정하는 두 사람에게 그 사람의 애인은 나라고 당당하게 말하고 싶었지만 그럴 처지가 되지 않는다는 사실도 잘 알고 있었다.

수옥과 정 회장은 냉랭한 분위기로 식사를 마치고 가게 밖으로 나가 따로 차에 올라탔다. 손녀인 모아는 할아버지를 달래 준다며 정 회장의 차로 향했고, 태리는 화장실로 향했다.

그에게 전화를 걸기 위해 화장실 앞에서 핸드폰을 만지작거리던 태리는 멀리 자신을 향해 달려오는 모아를 발견하곤 핸드폰을 주머니 속에 집어넣었다.

"태리야!"

모아의 부름에 태리가 고개를 들자 모아는 정 회장의 차를 가리켰다.

"할아버지가 너한테 할 얘기가 있다고 납골당까지 같이 타고 가자는데?"

"나랑? 무……슨 얘기?"

"모르겠어. 나는 엄마랑 가야 될 것 같은데……."

"어. 알았어. 조금 이따가 보자."

모아가 수옥이 탄 차에 올라타고, 태리는 정 회장의 차에 올라탔다.

태리가 웃으며 인사를 하는데도 정 회장은 수옥과 한바탕한 여파가 아직도 남아 있는지 조금은 경직된 얼굴로 고개를 끄덕였다.

"할아비 때문에 밥도 제대로 못 먹었지? 미안하구나."

"아니에요. 할아버지도 식사 못 하셨잖아요. 괜찮으세요?"

"괜찮지. 괜찮고말고."

출발한 차가 얼마 지나지 않아 근처에 한적한 호수를 마주 보고 멈췄다.

운전석과 조수석에 타고 있던 기사와 비서가 내리고, 차 안에는 정 회장과 태리만 남았다. 정 회장이 본격적인 얘기를 꺼냈다.

"다름이 아니라, 내가 널 보자고 한 이유는 말이다. 10년 전에 이 할아비가 너한테 했던 약속, 혹시 기억하려나……. 기억 못 해도 상관없다만."

부모님을 잃은 태리에게 정 회장은 이런 약속을 했었다. 살면서 가지고 싶은 것이 생기면 말하라고, 말하면 뭐든 주겠다고…….

"10년 동안 네가 날 찾아오지 않아서……. 아니, 그건 핑계인가? 사는 게 바쁘다 보니 그때의 그 약속을 들어주지 못해서 늘 마음에 걸렸는데, 너도 이제 성인이 됐으니 할아비가 선물을 하나 주고 싶은데…… 사양하지 말고 받아 줬으면 좋겠구나."

"네?"

정 회장이 태리에게 서류 봉투를 하나 내밀었다.

"네 소유의 건물이다. 가서 보고 마음에 안 들면 언제든지 얘기하고, 내가 불편하면 수옥이한테라도 얘기해서 처분해도 좋아. 네가 편할 대로……."

"할아버지. 저는 이런 거 안 받아도 그동안 충분히 식구들한테 많은 걸 받았어요."

모아네 식구는 물론이고 정표한테까지 물질로는 바꿀 수 없는, 그 어떤 것으로도 채우지 못하는 것들을 받아 왔다. 그러니 태리로선 거절하는 게 당연했다.

하지만 정 회장의 입장은 달랐다. 정 회장은 인생을 살아오며 본인 나름의 철칙이 있었다. 그것을 지키려면 태리에게 반드시 물질적인 보상을 해야 했다.

"그건 그거고. 일단 받아. 그리고 더 필요한 게 있으면 언제든지 말하고……."

"……."

"미안하구나."

태리는 기일 때마다 자신에게 사죄하는 정 회장이 이해가 되지 않았다.

그 사고로 인해 본인은 장남을 잃었는데…….

아무리 생각해도 건물을 받는 것은 내키지 않았다.

"그래도 이건…… 돌려드리는 게 맞는 것 같아요. 정말 제가 필요한 게 생기면 그때 말씀드릴게요. 그러니까 이건…… 받을 수 없어요."

태리가 고집스러운 얼굴로 정 회장에게 서류 봉투를 다시 돌려주었다.

"고집은 여전하구나?"

"할아버지 저는요…… 그 사고로 부모님을 잃었지만 할아버지, 모아, 아줌마, 그리고 대표님을 만나서 다행이라고 생각해요. 같은 사고로 가족을 잃었다는 이유 하나만으로 저를 가족처럼…… 아니, 가족보다 더 아껴 주시고 사랑해 주시니까. 항상 감사하다는 마음뿐이에요."

"언제 이렇게 철이 들었을까. 우리 모아는 아직 앤데……."

정 회장이 태리를 흐뭇하게 바라보며 웃었다.

잠시 창문을 열어 호수의 경치를 바라보던 정 회장의 눈짓에 비서와 기사가 차에 올라탔다. 차는 곧 납골당 입구에 들어섰다.

정 회장 사유지에 세워진 납골당이었다. 태리 부모님의 추모관을 따로 마련할 정도로 정 회장은 태리에게 우호적이었다.

부모님 추모관에 도착한 태리는 정 회장에게 인사를 하고 서둘러 차에서 내렸다.

그리고 그녀는 홀로 추모관에 들어갔다. 태리는 부모님 사진이 담긴 액자 앞에 놓인 꽃다발과 장식들을 보곤 눈시울이 붉어졌다. 그가 준비한 꽃이 분명했다.

어느새 눈에서 눈물이 흘러내렸다. 눈물의 의미를 정확히 알 수는 없었다. 그냥 문득 어제 그가 했던 말이 떠올랐다.

'그 어떤 순간에도 잊어선 안 돼. 네 옆엔 내가 있다는 거.'

부모님이 돌아가시고 10년의 세월 동안 자신을 지켜봐 준 정표와 모아네 가족들, 그리고 친자매 같은 멤버들이 항상 곁에 있어 외로운 줄 모르고 살았다. 하지만 매년 부모님이 계신 이곳에만 오면 그녀는 마치 세상에 혼자 떨어진 기분이 들어 마음이 쓸쓸하고 공허했다.

그래서 그녀는 단 한 번도 이곳에서 봄을 느껴 본 적이 없었다. 봄의 문턱에서 늘 서럽게 울기만 했던 이 공간에서 태리는 더는 울지 않기로 다짐하며, 손등으로 눈물을 닦고는 사진 속 부모님 두 분의 얼굴을 보며 환하게 웃었다.

"엄마, 아빠. 잘 지내셨죠? 저는 잘 지냈어요. 우와. 밖에 꽃 핀 거 보셨어요? 이제 정말 봄이에요. 엄마, 아빠가 좋아하던 봄……."

태리는 한결 편안해진 얼굴로 창문 너머 꽃이 핀 주변 풍경을 둘러보았다. 어디선가 살랑살랑 봄바람이 불어 왔다. 바람마저 따뜻했다.

스무 살, 그녀의 봄은 그 어느 때의 봄보다 따뜻했다.

14

성원이 건넨 태리의 주간 스케줄 표를 가만히 들여다보던 정표
가 미간을 찌푸렸다.

"왜 이렇게 꽉 찼어?"

"런닝걸 방송 나가고 갑자기 섭외 요청이 장난 아니에요. 저도
그 방송 보고 태리 완전 다시 봤다니까요? 애가 은근히 승부욕
있더라고요. 얼마나 잘 달리던지. 맞다. 그리고 태리가 연기해 보
겠다는데요? 그래서 영화 오디션 몇 개랑 컴백 앞두고 안무 연습
이랑 뮤직비디오 촬영까지 아무튼 스케줄 풀이에요."

성원은 경계의 눈빛으로 정표를 바라보았다.

"그래서 어쩌라고? 날 왜 그런 눈으로 봐?"

"태리 바쁘니까 데이트는 꿈 깨시라고요."

"뭐?"

정표가 아래턱에 힘을 주며 노려보자 성원은 딴청을 피웠다.

"근데 갑자기 연기는 왜 한다는 거야? 뭐 아는 거 있어?"

"남친도 모르는 태리 속을 제가 어떻게 알겠어요?"

성원이 투덜거렸다. 정표는 손가락으로 책상을 툭툭 건드리며 생각에 잠겼다. 최근 그 애는 그 어느 때보다 의욕이 넘쳤다. 도대체 무슨 바람이 불어 이렇게 일에 열심인 건지 알 리가 없는 정표는 고개를 갸웃거리며 태리의 주간 스케줄 표를 말없이 내려다보았다.

그런데 그때 성원이 조심스레 입을 열었다.

"오전에 어떤 여자분한테서 전화가 왔었는데요. 태리에 대해 캐묻더라고요. 전화번호며 어디 사는지……. 일단 본인한테 확인 후 연락 주겠다고 했어요. 어떻게 할까요? 작년에도 이맘때 비슷한 장난 전화가 왔었던 것 같은데……."

"번호는 받아 놨어?"

"네."

성원이 수첩을 꺼내 오전에 적어 놓은 번호를 확인했다.

"태리한테는 아무 말도 하지 마."

성원이 고개를 끄덕였다. 정표가 수첩을 빼앗아 자신의 핸드폰에 번호를 찍더니 성원에게 나가 보라고 손짓했다. 성원이 나가자마자 정표는 통화 버튼을 눌렀다.

상대방이 전화를 받아 누구냐고 물어봤는지 정표가 굳은 표정으로 대답했다.

"윤태리 보호자입니다. 그쪽은 누구시죠? 아니, 누군지는 대충 알 것 같으니까. 단도직입적으로 묻겠습니다. 원하는 게 뭡니까?"

영화 오디션 장을 나온 태리의 표정이 어두웠다. 긴장한 탓에 대사를 틀려 오디션을 망쳐 버린 것이 속이 상했는지 태리는 자책하는 얼굴로 한숨을 길게 내뱉었다.

성원은 괜찮다며 다른 오디션도 많으니 너무 낙담하지 말라고 그녀를 위로한 후 주차장으로 먼저 내려갔다. 화장실에 들른 태리는 손등으로 눈가에 맺힌 눈물을 닦았다.

"노래 연습이나 하지. 듣보 아이돌 주제에 요즘은 개나 소나 다 배우 한다고 깝친다니까. 짜증 나."

세면대에서 손을 닦던 연기자 지망생이 거울 속 태리를 노려보며 말했다. 빡빡한 스케줄을 쪼개서 대사를 외우고 연습하느라 수면 부족으로 몸과 마음이 지쳐 있던 태리는 그냥 조용히 뒤를 돌아 화장실을 나와 버렸다.

자존감이 급격히 낮아진 태리는 바닥을 보며 걸었다.

"오디션 봤니?"

태리가 고개를 들었다. 송지현이었다. 그녀는 오늘도 화려한 원피스와 반짝거리는 높은 구두를 신고 있었다. 태리가 고개를 끄덕이며 들고 있던 대본을 만지작거리며 등 뒤에 숨겼다.

"배우하려고? 왜?"

대답을 머뭇거리던 태리가 조심스레 입을 열었다.

"할 수 있는 건 다 해 보려고요. 노래도 춤도 연기도…… 할 수 있는 건 전부 다."

"욕심이 많네. 그러다 죽도 밥도 안 되면 어쩌려고? 지금도 네 포지션 애매하잖아."

"네?"

"노파심에 하는 말인데, 이것저것 한다고 판 벌려서 괜히 정표 괴롭히지 말라고. 걔 사업하는 사람이야. 누구 뒤치다꺼리하느라 시간 낭비하는 거, 난 못 보겠어."

"괜한 걱정하시는 것 같네요. 제 일은 제가 알아서 해요."

"그래. 제발 그러길 바랄게. 그리고 넌 다음 거 타라."

송지현이 매니저와 함께 엘리베이터에 올라탄 후 문을 닫아 버렸다. 태리는 홧김에 비상구 계단을 찾아 내려갔다.

영화사 로비 복도엔 송지현 주연의 영화 포스터가 진열되어 있었다. 포스터 속 그녀를 가만히 노려보던 태리는 밖으로 나가 대기하고 있던 차에 올라탔다. 표정이 심상치 않은 태리를 향해 성원이 걱정스레 물었다.

"어디 아파?"

"오빠. 저요…… 과외받고 싶어요."

"무슨 과외? 수학? 영어?"

"그런 거 말고, 연기요. 연기만큼은 진짜 잘해 보고 싶어요."

태리는 차창 너머로 건물 옥상에 설치된 대형 전광판을 올려다보았다. 전광판에는 송지현의 화장품 광고 CF가 플레이 되고 있었다. 어딜 가나 스포트라이트를 받으며 자신감 넘치는 송지현이 새삼 부러웠다.

그리고 그녀가 누구의 도움 없이 혼자 살아갈 수 있는 어른인 것도…….

태리는 원래 좋은 게 좋은 거라는 신념으로 별 욕심 없이 살았었다. 그런 태리의 승부욕을 불러일으킨 건 다름 아닌 송지현이었다. 우정이라는 명목으로 정표의 근처를 맴돌고 있는 송지현.

태리에게는 반드시 뛰어넘어야 할 존재였다. 여자로서도 연예인으로서도.

태리는 의지를 다지며 사무실에 도착하자마자 멤버 유진을 찾아갔다. 얼마 전 드라마 주연 자리를 꿰차며 배우 진출에 성공한 유진에게 이런저런 노하우를 전수받은 태리는 옥상으로 향했다. 봄 햇살을 받으며 그녀는 연기 연습과 동시에 타이틀 곡 안무 연습을 하며 시간을 보냈다.

"바쁘네?"

태리가 뒤를 돌았다. 어떻게 알았는지 옥상까지 태리를 찾아온 정표였다. 태리가 환하게 웃으며 그에게로 달려갔다. 그녀와 얼굴을 마주하자마자 정표가 허리를 숙여 그녀의 입술에 입을 맞추었다.

"문자도 없고, 전화도 없고, 넌 나 안 보고 싶었어?"

"바쁘실까 봐 참았죠. 엄청 보고 싶었어요."

"그래?"

정표가 웃음을 참으며 옥상을 둘러보았다.

"여기서 뭐 하고 있었어?"

"다음 주에 있을 영화 오디션 준비랑, 안무 연습요."

옥상 테이블 위에 놓인 대본이 너덜너덜해져 있었다. 열심히 하는 그녀가 기특한지 정표는 그녀의 머리를 쓰다듬어 주었다.

"저녁 아직이지?"

"네! 배고파요."

"친구들이랑 저녁 먹기로 했는데, 같이 갈래?"

"네? 대표님 친구들요?"

"응. 뭘 그렇게 놀래? 녀석들 이미 다 알아. 내가 누굴 만나는지. 그러니까 부담 가질 필요 없어. 가자."

태리의 손을 잡고 옥상을 나가려는 정표를 향해 태리는 스톱을 외쳤다. 정표가 의아한 듯 태리를 바라보았다.

"왜?"

"저 옷 좀 갈아입고 갈게요."

"됐어. 그냥 가."

"아니, 추리닝을 입고 가라고요?"

"어. 딱 좋네."

"안 돼요. 제발. 나 옷 갈아입고 갈래요. 네?"

태리가 정표의 손을 잡아 흔들며 애원하자 정표가 하는 수 없이 씁쓸한 표정으로 고개를 끄덕였다. 그의 허락이 떨어지기가 무섭게 태리는 정표를 옥상에 혼자 버려두고 안으로 들어가 버렸다.

정표는 옥상 테이블 위에 널브러진 대본, 핸드폰, 헤드셋, 외투까지 그녀가 버리고 간 소지품들을 챙기며 얼굴에 웃음이 번졌다. 옥상에서 잠시 황 비서와 업무 관련 통화를 하던 정표는 누군가 자신의 소매 끝을 잡아당기는 힘에 뒤를 돌았다. 노란색 파스텔 톤의 원피스를 입은 태리가 수줍게 웃으며 서 있었다. 정표는 서

둘러 통화를 끝내고 팔짱을 낀 채 그녀의 옷차림을 점검했다.

"이상해요?"

"솔직히 말해 줘?"

태리가 고개를 끄덕였다. 정표가 피식 웃으며 태리의 허리를 잡아당겨 품에 안았다.

"친구 만나지 말아야겠다. 그냥 나랑 데이트나 하자."

"네? 왜요?"

태리가 그를 올려다보자 정표가 그녀의 볼에 키스를 하며 뚱한 표정으로 말했다.

"누가 이렇게 예쁘게 하고 나오래?"

예쁘다는 말에 부끄러웠는지 두 뺨이 발그레해진 태리는 그의 품에 얼굴을 묻었다. 그가 그녀를 더욱더 꽉 안아 품에 가두었다.

두 사람은 그렇게 한참 동안이나 서로의 체온을 나누며 따뜻한 봄을 즐기고 있었다.

"드라마 시청률 대박에 음원 차트 올킬!"

입꼬리가 귀에 걸린 성원은 회사 이곳저곳을 방방 뛰어다니며 떠들어 댔다.

어제 저녁, 파이브썬 멤버 승일이 작곡하고 소윤과 태리가 부른 OST가 드라마에 삽입되면서 드라마는 시청률이 급등하고, OST는 각종 음원 차트 상위권에 랭크되면서 그야말로 초대박이

난 것이다.

난생처음 제대로 된 스포트라이트를 받아 본 태리와 소윤은 나란히 앉아 얼떨떨한 얼굴로 드라마 재방송을 보고 있었다. 남자 주인공과 여자 주인공의 재회 신에 삽입된 애절한 OST 덕분에 자칫 개연성을 잃을 뻔한 신을 명장면으로 만들었다는 평가를 받고 있었다.

다른 멤버들은 노래를 흥얼거리며 두 사람을 진심으로 축하해 주었다. 맏언니 희주가 흥에 겨워 소리쳤다.

"오늘 치맥 콜?"

"콜!"

"시끄러워."

콜을 외쳐 대는 평화로운 분위기를 깬 누군가의 목소리에 직원들과 멤버들이 뒤를 돌았다. 마침 사무실에 들어온 정표가 그들을 한심스럽게 바라보고 있었다.

"어? 대표님 헤어스타일 바뀌었네요?"

눈썰미 좋은 희주가 외쳤다.

자연스럽게 이마를 덮는 댄디컷을 하고 나타난 정표는 흡사 아이돌 멤버를 보는 듯했다. 멤버들과 직원들은 어쩐지 정표의 얼굴에서 눈을 떼지 못하고 있었다. 사람들의 반응에 태리는 어리둥절한 얼굴로 뒤늦게 고개를 들어 정표를 바라보았다.

태리 역시 그에게서 눈을 떼지 못했다.

태리와 두 눈이 마주친 정표가 피식 웃더니 대표실로 들어가 버렸다.

"대박! 우리 대표님 맞아? 헤어스타일 하나 바꿨을 뿐인데……
완전 딴 사람 같아."

"태리 좀 봐. 정신 나갔어."

소윤이 태리의 어깨를 잡고 흔들었다. 뒤늦게 정신을 차린 태
리가 저도 모르게 대표실을 바라보았다.

"언니들……."

멤버들의 시선이 태리에게로 향했다. 태리가 근심이 가득한 얼
굴로 멤버들을 향해 말했다.

"대표님…… 더 멋있어졌죠?"

"꺄!"

발그레한 얼굴로 심각하게 말하는 태리의 말에 멤버들이 온몸
에 돋은 닭살을 털어 내느라 호들갑을 떨어 댔다. 그때 대표실에
들어갔던 성원이 뛰어나와 태리 앞에 섰다.

"태리야!"

태리를 비롯한 멤버들의 시선이 성원에게로 향했다.

"너 합격했대! 저번에 오디션 봤던 영화 있잖아. 류승우 감독
영화!"

태리가 자신의 귀를 의심했다. 전혀 기대도 하지 않고 연습 삼
아 오디션을 봤던 영화였다. 류승우 감독은 워낙 베테랑이었고,
게다가 이번 영화는 엄청난 대작이라며 충무로에서도 소문이 자
자한 작품이었다. 남자 냄새가 물씬 나는 액션오락 무비인 이번
영화에 홍일점이 필요하다고 해서 그 역할에 오디션을 봤었던 것
인데 나 같은 초짜가 캐스팅이 됐다니 태리는 믿겨지지가 않았다.

"대박! 겹경사네! 태리야, 축하해!"

멤버들이 태리를 얼싸안고 방방 뛰기 시작했다. 태리가 활짝 웃으며 대표실 쪽을 바라보았다. 그가 블라인드를 열고 그녀를 지켜보고 있었다.

그가 그녀를 향해 입모양으로 말했다.

'축하해.'

당장에라도 달려가 그의 품에 안기고 싶었지만 태리는 포옹 대신 그를 향해 환하게 웃어 주었다.

그렇게 한바탕 일었던 소란이 차츰 잦아들고 멤버들은 얼마 후에 있을 컴백 준비에 박차를 가했다. 태리도 최선을 다해 안무 연습에 열중했다. 정표는 그런 그녀를 밖에서 지켜보다가 조용히 회사를 나갔다.

"잠깐만 쉬었다 하자."

희주가 휴식 타임을 외치자마자 태리는 정표가 나간 줄도 모르고 대표실로 달려갔다. 노크를 하고 대표실에 들어간 태리는 텅 빈 사무실 안을 아쉽게 바라보다가 도로 나가려고 뒤를 돌았다.

그런데 그때 사무실 전화벨이 울렸다. 직원들이 점심을 먹으러 나갔는지 사무실엔 아무도 없었다. 태리가 아무 생각 없이 달려가 전화를 받았다.

"네. W픽처스입니다."

— 대표님 좀 바꿔 주시겠어요? 핸드폰을 안 받으시네요.

"지금 자리에 안 계신데요. 오시면 전화왔다고 전해드릴게요. 성함이랑 연락처 알려 주세요."

— 윤지숙이라고 하면 알 거예요.

"네? 누……구시라고요?"

— 윤. 지. 숙. 요.

태리의 얼굴이 사색이 되었다. 수화기를 잡은 그녀의 손이 가느다랗게 떨리고 있었다. 그때 뒤쪽에서 멤버들이 소리쳤다.

"태리야! 간식 먹으러 가게 밑으로 내려와. 우리 먼저 나간다!"

멤버들이 내려가는 모습을 바라보던 태리는 다시 정신을 차리고 수화기 너머의 목소리에 귀를 기울였다. 상대방은 멤버들의 목소리를 들은 모양인지 조심스레 입을 열었다.

— 혹시 태리니?

"……."

— 태리 맞구나? 나야, 지숙이 고모.

순간 태리는 안녕하세요? 오래간만이에요? 잘 지내셨어요? 어떤 말을 먼저 꺼내야 할지 난감했다. 사망한 부모님의 보험금에 욕심이 났던 그녀의 고모는 고열에 시달리는 태리를 응급실에 버리고 도망을 갔다.

— 나 지금 너희 회사 앞 커피숍인데, 잠깐 만날 수 있을까?

만나고 싶지 않았지만 만나서 꼭 해야 할 얘기가 있었다. 태리가 이를 악물고 대답했다.

"네. 지금 내려갈게요."

한눈에 알아볼 수 있었다. 왜냐하면 그녀가 오랜 시간 원망했던 얼굴이었으니까. 태리가 지숙을 향해 걸어갔다.

지숙은 태리의 부모님 목숨 값으로 10년 동안 외국 생활을 하다가 도박에 손을 대 엄청난 빚을 지고 한국으로 쫓겨 와 호텔방을 전전하고 있었다. 그러던 중 TV에서 활발하게 활동 중인 태리를 보고 찾아온 것이었다. 지숙이 커피를 마시며 고개를 들었다.

　"오래간만이다. 얘. 앉으렴."

　태리가 자리에 앉자마자 지숙이 물었다.

　"너 돈 좀 있니?"

　"네?"

　"돈 있느냐고. 고모가 갚을게. 돈 좀 빌려줘. 너 요새 텔레비전 나오는 거 보니까 꽤 있을 것 같은데?"

　"고모한테 돈을 받아야 할 사람은 전데요?"

　"어머, 얘는 언제 적 얘기를 하고 그래? 어쨌든 넌 내 덕분에 재벌집 사람들이랑 인맥도 트고 결과적으론 다 너한테 잘된 일이었잖니."

　태리가 두 손으로 치맛자락을 꼭 잡으며 화를 억눌렀다.

　"왜 버렸어요?"

　"……."

　"돈 때문이에요? 날 버린 것도, 다시 찾아온 것도……."

　"사실은 널 도와주러 온 거야."

　"네?"

　"태리야, 지금부터 내가 하는 말 잘 들어."

　지숙이 주변 사람들의 눈치를 보더니 허리를 숙여 태리를 향해 작게 속삭였다.

"혹시 한국 미디어 정 회장한테 보상 같은 거 받은 적 있니? 땅이라든지, 돈 되는 거 뭐든."

"……"

"없으면 이제라도 받아 내야 돼. 너는 어려서 잘 모르겠지만 10년 전 너희 부모님을 죽음으로 내몬 교통사고 말이야. 정 회장 아들 때문에 생긴 사고야. 이 사실 언론에 터뜨린다고 하면 정 회장 쪽에서 입막음하려고 돈을 다발로 들고 올 거야."

"그래서요?"

"그래서라니! 내가 좀 알아보니까 너희 소속사 대표가 정 회장 아들이라던데? 맞니?"

"대표님도 만나셨어요?"

"만날 예정."

"왜요? 당신이 뭔데!"

갑자기 이성을 잃은 태리가 미친 듯이 소리를 질렀다. 주변 사람들의 시선이 태리에게로 쏠리자 지숙은 난처한 얼굴로 태리의 손목을 잡아끌어 그녀를 테이블 위에 납작 엎드리게 했다.

"조용히 못 해?"

지숙이 윽박질렀다. 태리가 상실감이 가득한 눈빛으로 고개를 들었다.

"얼마가 필요하세요?"

"뭐?"

"대표님 만나지 마세요. 내가 필요한 대로 다 줄 테니까. 전부 다 줄 테니까. 제발…… 그 사람들 건드리지 마세요. 나한텐 가족

같은 사람들이에요."

"얼마나 있는데?"

"⋯⋯."

지숙이 냅킨에 계좌번호를 적어 내밀었다.

"보낼 수 있는 만큼 다 보내."

지숙이 일어나 허리를 숙여 태리의 귓가에 속삭였다.

"너 연애하지? 너희 대표랑."

태리가 고개를 들어 그녀를 원망스레 바라보았다.

"그렇게 노려볼 거 없어. 아직 아무한테도 안 불었어. 근데 내 친구 딸 중에 연예부 기자가 있다는 것만 알아 둬. 너 어린 게 꽤 영악하다? 그런 대어를 어떻게 꼬셨어? 네 엄만 멍청하더니."

태리가 지숙을 노려보았다. 지숙은 눈 하나 깜짝 안 하고 코웃음을 쳤다.

"내일 오전 12시까지 돈 보내. 그렇지 않으면 네 애인 찾아갈 거야. 그리고 반드시 그 집안 내가 풍비박산 내 버릴 거야. 복수할 거라고."

지숙이 요란한 구두 소리를 내며 밖으로 나갔다.

태리는 차창 너머로 택시에 올라타는 지숙을 멍하니 바라보다가 테이블 위에 놓인 계좌번호가 적힌 냅킨을 내려다보았다.

그런데 그때 누군가가 테이블 위에 커피를 내려놓았다.

"잠깐 앉아도 되지?"

모자와 마스크를 쓴 송지현이 태리와 마주 보고 앉았다. 사람이 왔는데도 아무 표정 없이 테이블 위만 내려다보고 있는 태리의 건방진 태도에 화가 난 지현은 마스크를 내려 태리에게만 자신의 얼굴을 보여 줬다.

"나라고. 송지현."

태리가 힘없이 고개를 들어 건성으로 대답했다.

"왜요?"

"하루 사이에 건방져졌네? 그깟 영화 조연 나부랭이에 캐스팅됐다고 네가 뭐라도 된 줄 알아?"

"그렇게 생각한 적 없어요. 그러니까 그만 가 주세요."

그렇지 않아도 머릿속이 복잡한데 지현까지 와서 태리의 속을 긁고 있었다. 지현은 작정한 사람처럼 달려들었다.

"정표랑 류승우 감독 두 사람 엄청 친한 선후배 사이인 건 알아?"

"그걸 제가 알아야 돼요?"

"당연하지. 너 때문에 정말 연기 잘하는 후배 배우 하나를 잃었거든. 네가 끼어드는 바람에 캐스팅 번복돼서 그 애 연기 포기하고 영화관에서 아르바이트 한다더라."

"……."

"사람들이 뭐라고 욕하는 줄 알아? W픽처스 정 대표가 어린애한테 눈 돌아가서 갑질한다고 벌써부터 뒷말 나오기 시작했어. 네가 정표를 망치고 있다고."

비아냥대는 지현의 목소리가 귓가를 울렸다.

'반드시 그 집안 내가 풍비박산 내 버릴 거야. 복수할 거라고.'

지숙의 말까지 오버랩되며 태리는 어지러웠다.

갑자기 얼굴이 사색이 되어 금방이라도 쓰러질 듯 테이블 위에 엎드려 버린 태리를 내려다보던 지현이 놀라 손끝으로 태리의 어깨를 툭툭 건드렸다.

"얘! 너 뭐 하니?"

"가세요. 내가 다 잘못했으니까. 가세요. 제발⋯⋯."

울먹이는 태리의 목소리에 조금은 마음이 약해진 지현은 자리에서 일어나 얼른 카페를 벗어났다.

홀로 남은 태리의 어깨가 들썩였다. 그녀가 그렇게 숨죽여 울고 있었다.

JJ엔터프라이즈 본사.

지숙은 황 비서의 안내를 받으며 사장실 안으로 들어갔다. 사장실 안에는 정표와 그의 개인 변호사가 자리에 앉아 이야기를 나누고 있었다. 으리으리한 사장실 안을 휘둥그레진 눈으로 둘러보던 지숙은 기가 죽은 얼굴을 애써 숨기며 정표와 마주 보고 앉았다. 지숙이 앉자마자 정표가 잔뜩 귀찮은 얼굴로 말했다.

"바쁘니까 빨리 끝냅시다. 사인부터 하세요."

변호사가 지숙에게 서류와 펜을 내밀자 지숙이 정표를 의심의 눈초리로 보며 물었다.

"돈은요?"

정표가 돌변해서 지숙을 노려보자, 지숙이 움찔거렸다. 변호사가 대신 대답했다.

"윤태리 양 앞에 나타나지 않겠다는 조건에 합의하시면 돈은 지금 바로 이 자리에서 지급해 드리겠습니다."

변호사의 말이 끝나기도 전에 종이에 사인을 하는 지숙을 보다가 울화가 치밀어 오르는지 정표가 종이를 뺏어 갈기갈기 찢어 버렸다.

"지금 뭐하는 거예요?"

지숙이 소리치자 정표가 종이를 허공 위에 뿌리며 윽박질렀다.

"잘 들어. 태리가 당신 존재 알게 되는 순간, 미국에 있는 당신 딸 내가 가만 안 둬."

"내 뒷……조사했어요?"

"어쨌든 태리 가족이니까 이 정도로 넘어가 주는 겁니다. 경고하는데 당장 한국 떠나세요. 당신 존재 자체가 그 애한테는 상처니까."

"알, 알겠으니까 돈이나 줘요!"

지숙은 앞에 앉은 이 무시무시한 남자가 혹시라도 그저께 자신이 태리를 만났다는 사실을 알게 될까 봐 불안에 떨었다.

변호사가 새로 작성한 종이를 다시 내밀었다. 지숙이 사인을 하자 황 비서가 캐리어 가방을 지숙의 손에 쥐여 주며 작게 속삭였다.

"정신 차리세요, 아줌마. 내 새끼 귀하면 남의 새끼도 귀한 줄 알아야죠."

수치스러웠지만 빚 때문에 사채업자한테 쫓기는 신세인 지숙은 일단 돈부터 확인하는 게 급선무였다. 캐리어를 열어 그 안에 가득 찬 돈을 확인한 지숙은 뒤도 돌아보지 않고 냅다 도망가 버렸다.

"뭐 저런 인간이 다 있어? 아니, 차라리 다행이네요. 태리가 저런 인간 밑에서 자랐다고 생각해 봐요. 끔찍하네요, 정말. 그나저나 저 여자, 이미 태리 찾아가서 돈 뜯어내거나 그러진 않았겠죠?"

정표가 잠시 생각에 잠겨 있다가 자리에서 벌떡 일어났다.

"왜 그러세요?"

"엔터 좀 다녀올게. 미팅 좀 내일로 미뤄 줘."

황 비서가 말릴 새도 없이 그는 차 키를 들고 사무실을 박차고 나가 버렸다.

그가 서둘러 도착한 곳은 태리의 숙소였다. 소윤이 문을 열었다.

"태리는? 안에 있어?"

"나갔는데요?"

"어딜? 오늘 스케줄 없던데."

"저도 모르겠어요. 새벽에 나가는 것 같던데……."

무작정 방문을 열고 들어가 태리의 책상 위를 살펴보던 정표는 살짝 열린 서랍 속에서 그녀의 이름으로 된 통장을 발견했다.

잔고는 0원이었다. 어제 날짜로 가지고 있는 돈의 전부를 계좌 이체 한 기록을 보곤 정표가 주먹으로 책상을 내리쳤다.

혼자서 상처받고 아파했을 그 애를 떠올리니 억장이 무너졌다.

"태리 핸드폰 두고 나갔나 봐요. 거실 탁자 위에 있었어요."

소윤이 태리의 핸드폰을 정표에게 내밀며 걱정스레 말했다.

"대표님…… 태리한테 무슨 일 있는 거 맞죠? 사실 그저께부터 이상했어요. 애가 기운이 하나도 없더라고요. 최근에 기운 넘쳤던 태리가 아니었어요. 어젠 류승우 감독 영화도 못 하겠다고 하던데……."

"뭐?"

"자기 자리가 아니래요. 그러면서 울더라고요. 그래서 아무도 못 말렸죠."

정표는 태리의 핸드폰을 손에 쥔 채 밖으로 달려 나갔다.

대낮부터 학교 앞 주점에서는 술판이 벌어지고 있었다.

"원샷! 원샷!"

게임에서 걸린 모아가 소맥으로 가득 채워진 잔을 들고 일어났다. 동기들이 원샷을 하라고 외쳐 댔고, 모아는 말하지 않아도 그럴 생각이었는지 입에 잔을 갖다 댔다. 그리고 이제 시작하려는 그 순간, 누군가 모아의 잔을 뺏어 들었다.

"흑기사는 필요 없는데……."

모아가 수줍게 웃으며 뒤를 돌았다.

"으악!"

경악하며 모아가 자리에 주저앉아 버렸다.

"삼……촌? 내가 벌써 취했나? 헛것이 다 보이네."

정표는 모아를 한심스럽게 내려다보다가 모아에게서 뺏은 잔을 테이블 위에 올려놓았다. 그러곤 모아의 동기들을 향해 말했다.

"계산은 내가 할 테니까. 마시고 싶은 만큼 마셔요. 대신, 얘 데려갑니다."

정표가 모아의 가방과 옷을 챙겨 들고 모아를 끌고 밖으로 나갔다.

"뭐야! 뭐야! 그 대사 뭐야! 그건 나중에 내 애인이 해 줄 대사 란 말이야!"

"닥치고. 빨리 타."

"어디 가는데!"

정표가 차 문을 열고 모아를 구겨 넣었다. 뭐가 그렇게 급한지 허둥지둥 운전석에 올라탄 정표가 대뜸 지갑에서 카드를 꺼내 모아에게 내밀었다.

얌전해진 모아가 얼른 카드를 받았다.

"내가 하는 말 잘 들어."

"네!"

"지금 태리 어디 있을 것 같아?"

또 소속 연예인 관리에 들어간 정표를 보며 모아가 치를 떨었다.

"아우! 삼촌! 걔 좀 그냥 놔둬. 그러니까 태리가 싫어하지! 모르지? 태리가 삼촌 엄청 싫어한다고!"

운전대를 잡은 정표의 손이 부들부들 떨렸다.

"야, 이 멍청아! 눈치도 같이 말아 마셨냐? 너 내가 왜 이러는지 모르겠어?"

"내가 뭘 몰라!"

"내 애인은 긴 생머리에 발 사이즈는 235 그리고 열 살 어리고 아이돌이야."

곰곰이 생각에 잠긴 모아의 표정이 점점 경악스럽게 굳어졌다. 머릿속이 빙글빙글 도는지 모아가 고개를 절레절레 흔들며 정신을 차리려고 무던히도 애를 썼다.

"내가 취했나? 말이 안 되잖아…… 떽! 말도 안 돼! 태리가 미치지 않고서야."

정표가 이를 악물었다.

"너, 나 미치는 꼴 보고 싶냐? 좋게 말할 때 태리가 지금 어디 있을지 잘 생각해 봐."

취해서 해롱해롱하던 모아의 두 눈이 번쩍 떠졌다.

"설마…… 우리 태리한테 무슨 일 생겼어?"

부모님의 납골당에 들른 태리는 호수 앞 벤치에 앉아서 고개를 들어 하늘을 올려다보다가 듬성듬성 솟은 산봉우리를 쳐다봤다. 태리는 무작정 그곳으로 향했다. 한참을 걸어가 도착한 곳은 등산로 입구였다. 등산 코스를 가만히 보며 고민을 하던 태리는 가장 어려운 코스를 선택해 산을 올라가기 시작했다.

올라가고 내려가느라 멀미가 날 것만 같았다. 확실히 몸이 힘드니 그 어떤 잡념도 떠오르지 않아 좋았다. 하지만 숨이 턱 끝까지 차올랐다. 산 정상에 올라가 마음껏 소리를 질러 보고 싶었던 태리는 결국 산 중간 어디쯤에서 주저앉고 말았다.

생각해 보면 나는 항상 이렇게 쉽게 주저앉았던 것 같다. 온전히 내 힘으로 끝까지 이루어 낸 것이 단 한 가지도 없었다.

바닥에 주저앉아 거친 숨을 몰아쉬며 자괴감에 빠져 괴로워 몸부림치던 태리의 얼굴에 차가운 것이 맞닿았다.

태리가 고개를 들었다. 내리쬐는 햇빛을 등지고 서 있는 누군가의 얼굴이 잘 보이지가 않았다. 그녀가 손바닥으로 햇살을 가리자 그제야 상대방의 얼굴이 보였다.

정표가 그녀에게 생수를 내밀고 있었다.

"대표님……."

태리가 생수를 받자, 정표가 그녀의 손을 잡아 일으켜 세웠다.

"오늘 진짜 덥네."

구두에 정장 차림의 그는 재킷을 구겨 손에 든 채 와이셔츠 단추를 풀어 헤치고 있었다.

태리는 믿기지 않는 표정으로 그를 바라보며 도대체 무슨 말부터 어떻게 꺼내야 좋을지 망설이고 있던 그때 그가 먼저 입을 열었다.

"같이 가 줄게."

"……."

"가자."

"……."

"해 지기 전에 빨리 올라가자."

정표가 태리의 손을 잡아끌었다.

그렇게 두 사람은 말없이 산을 올라갔다. 힘들 때 어깨를 내어 주고, 주저앉고 싶을 때 일으켜 세워 주는 그와 함께 결국 산 정상에 도착했다.

도착하자마자 태리는 어린아이처럼 엉엉 소리 내어 울어 버렸다.

그런 그녀를 바라보던 정표는 작게 한숨을 내뱉으며 그녀의 눈물을 닦아 주었다. 울음을 멈추지 못하는 그녀를 안타깝게 바라보며 정표가 그녀를 품에 안았다.

"도대체 널 어떡하면 좋냐."

"……."

"내가 데리고 살아야지 뭐."

태리가 고개를 들었다. 정표가 능청스러운 얼굴로 말했다.

"싫어? 싫어도 할 수 없어. 어차피 난 너 아니면 누굴 만날 생각도 없으니까. 네가 싫다면 뭐 그냥 늙어 죽으면 돼. 평생 결혼도 못 하고 쓸쓸하게."

"……농담하지 ……마세요."

"농담 아닌데? 나 지금 엄청 진지해."

"……."

"윤태리. 태리야……."

"네……."

자신의 이름을 애절한 목소리로 부르는 그를 바라보던 태리가 고개를 끄덕였다.

아직도 눈가에 눈물이 맺혀 있는 그녀의 얼굴을 바라보며 정표가 사뭇 진지한 얼굴로 입을 열었다.

"나랑 결혼하자. 더 이상 불안해서 너 혼자 못 두겠어."

태리는 숙소에 돌아와서도 그의 고백이 귓가에 울려 도저히 잠을 잘 수가 없었다. 그때 노크 소리와 함께 소윤이 들어왔다.

"태리야, 좀 어때? 괜찮아?"

태리가 고개를 끄덕였다. 소윤의 뒤에 있던 성원도 고개를 빼꼼 내밀어 태리의 상태를 확인했다.

태리가 일어나 거실로 나갔다. 소윤이 따뜻한 차를 태리에게 내밀었다.

"내일모레 영화감독님이랑 미팅 있대. 진짜 이대로 포기할 거야?"

대답 없이 차를 마시는 태리를 향해 성원이 말했다.

"대표님이 감독님한테 너 추천한 건 사실이야. 근데 거기까지야. 감독님이 너 런닝걸 녹화 영상 보고 하늘이 도왔다 싶더래. 본인이 생각했던 홍일점 캐릭터랑 네 이미지랑 딱 맞아떨어진다면서, 오히려 감독님이 대표님한테 고맙다고 넙죽 절이라도 할 기세였어. 내가 옆에서 봤어. 그러니까 이번 영화 하자. 정말 좋은 기회야, 태리야. 응? 하자."

성원이 그녀를 위해 진심으로 조언했다. 그의 진심이 통했는지 태리는 조심스럽게 고개를 끄덕였다.

"열심히 할게요. 그리고 속 썩여서 미안해요 오빠. 앞으론 진짜 잘 할게요."

"나한테 말고 대표님한테나 잘해. 너 없어져 가지고 엄청 걱정 하셨어."

"칫. 오빠 우리보다 대표님이 더 좋죠?"

"그래. 그걸 이제야 알았어?"

성원의 솔직 발언에 태리와 소윤이 크게 웃어 버렸다. 그런데 그때였다.

쾅쾅. 쾅쾅쾅.

누군가 숙소 문이 부서져라 두드리고 있었다. 성원이 달려가 현관문을 열자 술에 취한 모아가 거실로 기어들어 오고 있었다. 소윤이 기겁을 했다.

"으악. 쟤 누구야?"

"제 친구요."

"아. 대표님 조카? 모아? 어머, 모아 쟤 왜 저러니?"

거실을 기어 다니는 모아를 보며 성원과 소윤이 고개를 절레절 레 흔들었다.

태리가 모아에게 다가갔다.

"모아야, 무슨 일이야? 왜 이렇게 취했어?"

"야! 어디 갔었어! 너. 우씨. 내가 얼마나 걱정했는지 알아?"

모아가 태리의 어깨를 잡고 마구잡이로 흔들어 댔다. 그러다가 지친 모양인지 바닥에 대자로 뻗어 버린 모아는 허공에 삿대질을 하며 소리쳤다.

"너! 아니지? 삼촌이랑 러브러브 아니지? 아니야. 아닐 거……야."

모아의 눈꺼풀이 점점 닫히며 목소리도 점점 작아지기 시작했다. 그렇게 그녀는 까무룩 잠들어 버렸다.

❖

모아가 해장국을 흡입하기 시작했다. 그 앞에 앉은 태리는 그동안 모아에게 말하지 못했던 정표와의 일들을 고해성사하듯 하나도 빠짐없이 털어놓았다.

하지만 모아는 태리의 이야기들이 도저히 믿겨지지가 않는지 어안이 벙벙한 얼굴로 허공을 바라보며 생각에 잠겨 있다가 갑자기 엄지를 치켜세웠다.

"야! 너 지금까지 나한테 말 안 하고 어떻게 참았냐?"

"미안……."

"됐고. 요거 요거 그래서 저번에 송지현이랑 인터뷰할 때 표정이 개판이었구만? 질투?"

"대표님 멋있어서 따라다니는 여자 많았다며……."

"누가 그래?"

"네가 그랬잖아."

"멋있어서 따라다닌다고는 안 했다? 그리고 그 인간이 뭐가 멋있냐! 너한테 잘해 주긴 해?"

"응……."

수줍은 얼굴로 고개를 끄덕이는 태리를 의심스럽게 바라보던 모아는 자신의 학교까지 쫓아와 태리를 다급히 찾던 정표의 절박

했던 표정이 떠올랐다.

모아는 그 광경이 아직도 믿기지 않는지 떨떠름한 표정으로 고개를 절레절레 흔들었다.

"계획적인 범행이 분명해. 근데 언제부터였을까? 난 왜 몰랐지? 지금 생각해 보니까 그 인간…… 걸핏하면 나한테 전화해서 너 어디 있느냐고 물어본 것도 다…… 세상에!"

머리카락을 쥐어뜯으며 모아가 괴로워하자 태리가 미안한 듯 웃으며 물었다.

"모아야. 근데 너…… 대표님 진짜 싫어하는 건 아니지?"

"맞는데?"

"왜? 대표님이 왜 그렇게 싫은데?"

태리가 진지한 얼굴로 물었다.

그러자 모아도 곰곰이 다시 생각해 보더니 대수롭지 않은 표정으로 말했다.

"아마 엄마 때문일 거야."

"아줌마?"

"응. 우리 엄마는 나보다 항상 삼촌이 먼저였거든. 그래서 아주 어릴 때부터 자연스럽게 삼촌이 싫었던 것 같아. 삼촌한테 엄마를 뺏길까 봐 본능적으로 질투를 했나 봐. 근데 그 인간이 너까지 뺏어 가다니. 우이씨."

진지하게 말하던 모아가 갑자기 두 주먹을 불끈 쥐고 부르르 떨었다. 그러다 문득 뭔가 떠올랐는지 모아가 속삭였다.

"아까 엄마한테 문자 받았는데…… 삼촌이 할아버지한테 너랑 사귄다고 말했대."

"뭐?"

"정정표 공개 연인 1호 윤태리! 그 인간 끈질긴 거 알지? 윤태리 이대로 정대포한테 발목 잡히는 건가요?"

모아가 싫지 않은 모양인지 박장대소했다. 반면 태리의 표정이 어두워졌다.

"할아버지 말이야……. 대표님 상대로 나 별로라고 생각하겠지?"

"무슨 소리야? 네가 어때서! 착하고 똑똑하고 게다가 열 살이나 어리잖아! 네가 삼촌 만나 주는 것만도 어딘데! 분명 할아버지도 그렇게 생각하실걸?"

모아의 응원에 용기를 얻은 태리는 어제 정표가 결혼하자고 했다는 얘기를 마저 꺼냈다가 모아에게 등짝 스매싱을 맞아야만 했다.

"솔직히 결혼은 오버다! 너 이제 고작 스무 살이야. 와, 정정표 그 인간 진짜 도둑놈!"

"결혼은 아직 안 되겠지?"

"당연하지! 너 결혼이 뭔지는 알아?"

태리가 고개를 갸웃거렸다. 한 번도 생각해 본 적 없던 단어였다.

고민에 빠진 태리를 모아가 일으켜 세웠다.

"분위기 전환하러 가자. 내가 헤어숍 예약했어. 너 내일 영화사 미팅 있다며! 머리하고, 저녁에 맥주도 한잔하자! 오늘 마시고 죽는 거야!"

어제 그렇게 마시고도 또 마실 생각에 들뜬 모아를 경이롭게 바라보던 태리는 모아와 함께 헤어숍으로 향했다.

먼저 머리를 끝낸 태리는 모아를 기다리느라 카페테리아에서 홀로 노트북을 꺼내 대본을 보고 있었다.

쾅.

마침 문이 열리며 커피를 들고 안으로 들어온 송지현이 태리의 맞은편 소파에 앉았다. 태리가 뒤늦게 고개를 들었다. 태리의 미간이 구겨졌다. 이쯤 되니 그녀가 일부러 자신을 따라다닌다고 믿어도 될 법했다.

평범한 차림의 자신과는 다르게 머리와 메이크업까지 완벽하게 하고 앉아 있는 지현은 여자인 자신이 봐도 정말 아름다웠다. 어쩐지 진 것 같은 기분에 태리가 굳은 표정으로 그녀를 향해 고개를 숙여 인사했다.

"일부러 널 따라다니는 건 아니야. 메이크업하고 나가다가 네가 있길래."

"네."

"영화 출연하기로 했다며?"

"네. 저 정말 열심히 할 거예요. 언니가 아끼는 후배분한테 부끄럽지 않게."

"그래. 해 봐. 그게 어디 쉬운 일인지. 그리고 너 조심 좀 해야겠더라."

송지현은 여유로운 척 커피를 마시며 말했다.

"너도 이 바닥 알 만큼 알지 않나? 소문 조심하라고. 정표랑 붙어 다니는 거 소문나면 넌 끝이야. 고작 스무 살짜리 애가 겁도 없이 소속사 대표랑…… . 게다가 정표는 한국 미디어 정 회장 아들이야. 사람들이 두 사람 관계 좋게 볼 것 같아? 스폰서니 뭐니 색안경부터 끼고 볼 거라고. 태리야, 언니가 다 너 위해서 하는 말이니까 새겨들어."

태리는 시큰둥한 표정으로 노트북 화면으로 시선을 돌려 버렸다.

지현은 자신의 발언이 무시당하자 열이 올라 열심히 대본을 보는 태리를 가만히 노려보았다.

화장기 없는 얼굴과 블라우스에 청바지…… . 별거 아닌 차림에도 건강하고 생기 넘쳐 보이는 태리를 보니, 진한 화장과 화려한 무늬의 원피스를 입은 자신이 한없이 초라하게 느껴졌다. 그래서 속이 더욱더 뒤틀리기 시작했다.

"너한테는 미안한 얘기지만, 정표랑 나…… 우리 둘 쉽게 끊어질 인연이 아니야."

그녀의 말을 무시하려고 노력하던 태리가 결국 송지현의 도발에 넘어가 노트북을 덮고 고개를 들었다.

"대표님은 언니를 친구 이상으로 생각해 본 적 없다고 그랬어요."

생각지도 못한 태리의 직설적인 발언에 송지현의 얼굴이 하얗게 질렸다. 약점을 들켜 버린 송지현은 이성을 잃은 듯 목소리에도 날이 섰다.

"네가 뭘 안다고 주제넘게 떠들어?"

"그러는 언니는 저에 대해 얼마나 아시는데요? 왜 매번 저한테 이래라저래라 하세요? 제가 누구를 만나든 상관하지 마세요. 그건 제가 결정할 문제예요."

저번에도 그렇고 한마디도 지지 않고 논리 정연하게 자기 할 말은 다하려는 태리의 태도에 위기의식을 느낀 송지현은 본인에게도 그리고 태리에게도 아킬레스건인 이야기를 언급하고야 말았다.

"네가 어떤 애인지 몰라도, 네가 지금 착각하고 있는 게 뭔지는 아주 잘 알고 있지. 너 말이야, 정표…… 그리고 정 회장님을 포함한 그 집 식구들이 너한테 잘해 주는 이유가 뭐라고 생각해? 그 사람들이 뭐가 아쉬워서 그럴까? 그런 생각해 본 적 없어?"

"……."

아무런 대답도 못 하고 굳어 있는 태리를 가소롭다는 듯 보며 송지현이 말했다.

"그 사람들한테 내가 안 되면…… 너도 안 되는 거야. 그러니까 정신 차려."

태리는 그녀의 말을 무시한 채 주섬주섬 노트북을 챙겨 가방을 메고 일어났다.

"내 얘기 아직 다 안 끝났어!"

"저는 더 이상 들을 얘기 없어요."

그냥 나가 버리려는 태리의 팔목을 송지현이 잡아끌었다. 그 힘에 뒤로 밀려난 태리는 중심을 잃고 바닥으로 넘어져 버렸다.

넘어진 채로 놀란 태리가 고개를 들어 송지현을 원망스레 바라보았다. 그 눈빛에 울컥한 송지현이 소리쳤다.

"내 말이 말 같지 않아?"

쾅!

그때 거칠게 문이 열리고 정표가 들어왔다. 밖에서 지키고 서 있던 송지현의 매니저가 난감한 얼굴로 지현을 바라보다가 그녀의 눈짓에 재빨리 바깥 단속을 하러 밖으로 나갔다.

바닥에 넘어져 있는 태리를 안타깝게 바라보던 정표는 고개를 돌려 송지현을 살벌하게 쳐다보았다. 그가 간신히 화를 억누르며 태리를 일으켜 품에 안고 다독였다.

"괜찮아?"

태리가 아무런 말 없이 고개를 숙이자, 정표는 태리를 데리고 문으로 향했다. 그런데 그때 송지현이 달려와 정표의 팔을 잡았다.

"정표야······."

"놔!"

정표가 송지현의 팔을 세게 뿌리쳐 버렸다. 당황해서 굳어 버린 송지현을 향해 싸늘하게 굳은 얼굴로 정표가 말했다.

"내 몸에 손대지 마."

"······."

"약속은 네가 먼저 어겼어. 내가 그동안 널 그냥 두고 본 건 형 때문이었어. 형이 널 많이 아꼈으니까. 근데 지금 나한텐 죽은 형에 대한 의리보다 태리가 더 소중해. 내 여자한테 함부로 구는 너. 더 이상 못 봐주겠다. 앞으로 다시는 내 앞에 나타나지 마."

손까지 떨며 하얗게 질린 처연한 얼굴로 눈물을 흘리며 서 있는 송지현을 태리가 놀란 얼굴로 바라보았다.

하지만 정표는 안중에도 없는지 태리의 손목을 끌고 밖으로 나가 버렸다.

"잠깐! 나는? 나도 같이 가!"

뒤에서 들리는 소리에 정표와 태리가 뒤를 돌았다. 미용가운을 입고 머리에 롤을 말아 올린 모아가 달려 나오고 있었다.

"나 아직 머리 다 하려면 멀었다고!"

징징대는 모아를 정표가 짜증이 섞인 얼굴로 바라보았다. 그러자 모아가 눈을 부릅떴다.

"그 표정은 뭐야? 기껏 생각해서 불러 줬더니."

"알았어. 잘했어."

마음이 급한 정표는 무작정 지갑에서 카드를 꺼내 내밀었다.

"그거 너 가져. 대신 애 데려간다."

"삼촌. 조심히 가세요! 태리야, 잘 가!"

모아가 방긋 웃으며 정표와 태리를 향해 손을 흔들며 가게 안으로 들어갔다.

그렇게 정표는 태리를 차에 태웠다. 운전석에 올라탄 정표는 아무런 말이 없는 태리를 가만히 내려다보다가 차에 시동을 걸었다.

어느덧 밖은 어두워졌고, 멀리 남산타워의 불빛이 시야를 어지럽혔다. 태리는 고개를 돌려 정표를 바라보았다. 그는 지금 무슨 생각을 할까?

차는 자동차 극장에 들어섰고, 정표는 차에서 내려 음료수를 사 와 태리에게 내밀며 스피커를 켰다.

요새 재미있다고 난리가 난 코미디 영화였는데 지금 그 내용이 두 사람에게 들어올 리가 없었다.

급기야 비까지 부슬부슬 내리기 시작해 시야가 가려져 와이퍼 동작 없이는 스크린이 보이지 않을 정도였다. 정표는 팔을 뻗어 와이퍼를 켜는 대신 스피커를 꺼 버렸다.

잠시 동안 적막이 흘렀다. 그리고 드디어 정표가 입을 열었다.

"너한테 해 줄 얘기가 있어."

태리는 고개를 들어 그를 바라보았다.

잠시 망설이던…… 정표가 입을 열었다.

"10년 전…… 형이 약을 먹고 운전을 했어."

10년 전이라면…… 그의 형과 우리 부모님이 돌아가신 그 사고를 말하는 건가?

약을 먹고 운전을 했다고? 누가?

처음 듣는 얘기에 태리는 놀란 얼굴로 정표를 바라보았다.

"그러니까 너의 부모님을 돌아가시게 한 사고는…… 단순 사고가 아니라, 형의 자살 시도 때문에 벌어진 사고였어."

어쩐지 죄책감이 깃든 얼굴로 그가 말했다.

"당시 형은 영화 사업을 한다고 집을 나갔고, 아버지한테도 외면을 당해 자금 압박을 받아 회사는 문을 닫기 직전이었어."

"!"

"형은 궁지에 몰렸던 거야."

"······."

"사고가 있기 전날 형이 날 찾아와서 지현이 얘기만 하더라. 걔가 꼭 행복해졌으면 좋겠대. 그게 형의 마지막 유언이 되어 버렸어. 형이 죽고······ 난 한동안 형을 용서할 수가 없었어. 그깟 사랑이 뭔데······ 여자가 뭔데, 마지막 유언이 고작 애인의 행복을 빌어 주는 건지. 근데 시간이 흐르고 내가 형의 나이가 돼서야 알았어······. 누군가를 정말 사랑하면 그럴 수도 있었겠구나."

터지려는 뭔가를 꾹 눌러 참으며 정표가 말을 이었다.

"나라도 형 옆에 있어 줬어야 했는데······ 그러지 못했고, 결국 사고가 났어. 그리고 너희 부모님도······."

두 눈을 내리깔며 정표가 말했다.

"어쩌면 모든 게 다 나 때문에······."

"······."

"미안해. 이 얘길 진작 해 줬어야 했는데, 네가 우리 가족한테서 떠나갈까 봐····· 겁이 나서 못 했어. 난 너 없이는 안 되는데 네가 나 버리고 도망갈까 봐."

정표는 걱정스러운 눈빛으로 그녀를 바라보았다.

"저 바보 아니에요."

애써 울음을 참으며 태리가 말했다. 정표가 놀란 듯 그녀를 바라보았다.

"그 사고에 누구 책임이 더 컸는지 정도는 알고 있었어요. 근데 지금에 와서 사고의 잘잘못을 따지는 게 무슨 소용이에요? 저는요, 우리 부모님 교통사고 보험금 가지고 외국으로 도망간 하나밖에 없는 고모보다 모아네 식구들이 더 내 가족 같았어요. 평생 함께하고 싶을 정도로…… 그래서 그냥 모른 척했는지도 몰라요."

"……."

"부모님 기일 때마다 자식 잃은 슬픔도 숨기고 제게 미안해하시는 할아버지 보면서 솔직히 고마웠어요. 제 고모처럼 책임지지 않으려고 모른 척…… 도망가 버릴 수도 있었는데 외면하지 않고 나를 거둬 줬잖아요. 그러니까 다들 나한테 미안해하지 않았으면 좋겠어요."

흐르는 눈물을 손등으로 닦아 내며 훌쩍이는 태리를 정표가 안아 주었다.

"사고…… 대표님 때문도 아니고 할아버지 때문도 아닐 거예요. 그러니까 가족끼리 너무 미워하지 마세요. 그건 돌아가신 대표님 형님도 원하지 않을 거예요."

태리가 고개를 들어 그를 바라보았다.

젖은 눈동자로 자신을 빤히 바라보고 있던 태리의 눈을 지그시 내려다보던 그가 그녀의 입술에 키스를 했다. 키스의 농도가 점점 짙어지며 그의 입술은 그녀의 목, 그리고 가슴까지 내려왔다. 그녀의 블라우스 단추를 풀어 가슴에 얼굴을 묻은 그의 머리를 그녀가 감싸 안으며 어쩔 수 없는 신음을 내뱉었다.

"흐읏……."

그 소리에 자극을 받은 그의 애무가 조금 더 노골적으로 변해

가고 있었다. 허벅지 안쪽을 쓰다듬으며 그녀와 농밀한 키스를 나누던 정표가 조수석 의자를 뒤로 젖혔다. 완전히 누워 버린 그녀의 몸 위를 덮친 그가 거친 숨소리를 내며 그녀를 향해 말했다.

"안 되겠다……. 우리 집 갈래?"

정표의 애무에 정신을 못 차리던 태리가 뒤늦게 눈을 떴다. 벗겨진 블라우스와 반쯤 내려가 있는 브래지어, 그리고 노골적으로 드러난 자신의 가슴을 내려다본 태리가 놀라 다시 두 눈을 감아 버렸다.

"다…… 다음에……."

태리가 두 눈을 감은 채 간신히 한마디 내뱉었다.

그런데 그때 자신의 가슴에 닿은 뜨거운 그의 손길에 태리가 놀라 몸을 떨며 살며시 두 눈을 떴다. 그가 조심스러운 손길로 그녀의 브래지어를 위로 올려 입히고, 블라우스의 단추도 아래서부터 하나씩 채워 주고 있었다. 어쩔 수 없이 그녀의 옷을 제 손으로 다시 입혀 준 정표가 그녀를 빤히 바라보았다.

민망해진 태리가 상체를 일으키며 이마를 긁적였다.

"저기…… 그러니까…… 내일 영화사 미팅 있어요."

"내가 대본 분석해 줄게."

"네?"

"내가 도와줄 테니까. 집에 가자."

"아니…… 그게……."

"내가 맛있는 거 사 줄게."

"그럼, 먹고…… 숙소로 돌아가도 되죠?"

"먹튀야?"

"네?"

"자고 가도 돼."

"!"

"나 못 믿어?"

"네……."

"뭐? 왜!"

정표가 버럭 소리치자, 태리가 쑥스러운 듯 팔짱을 끼며 가슴을 가린 채 두 눈을 지그시 내리깔았다.

그 모습이 왜 이리 귀여운지 정표가 환장할 것 같은 표정으로 저도 모르게 속마음을 내뱉어 버리고 말았다.

"차에서 하고 싶은 건 처음이네……."

카섹스나 공공장소에서의 애정 행각을 이해하지 못했던 정표는 이런 상황이라면 충분히 가능하겠다는 생각을 했다.

"미치겠다."

태리는 자꾸만 혼잣말을 하는 정표를 이상하게 바라보았다. 태리와 눈이 마주친 정표는 다시 한 번 그녀를 설득했다.

"진짜 아무 짓도 안 하고, 그냥 안고만 잘게."

차에서도 이 정도인데 집에서는…….

정표는 본인 자신도 장담할 수 없었지만 마음보다 몸이 급했다.

"가자."

이미 그는 브레이크를 풀고 자동차 극장을 벗어나고 있었다.

조금 과격하게 운전을 하는 정표를 보며 태리는 어차피 선택권은 자신에게 없다는 사실을 뒤늦게 깨달았다.

"아직도 다 안 끝났어?"

야외 테라스에서 벌써 혼자 와인 한 병을 다 마셔 버린 정표가 도저히 못 참겠는지 자리에서 벌떡 일어나 안으로 들어갔다. 주변을 어슬렁거리던 그가 태리 옆에 앉았다.

벌써 두 시간째 한 마디도 안 하고 대본 분석하느라 노트북만 들여다보고 있는 태리를 바라보던 정표는 괜히 심술이 나서 태리의 옆구리를 쿡 찔렀다.

무표정한 얼굴로 자신을 한 번 스윽 본 후 다시 노트북에 코를 박는 태리를 보며 정표는 혀를 내찼다.

"그거 아무리 읽어도 모를 텐데? 나한테 물어보라니까?"

그가 투덜거리다가 안 되겠는지 와인을 가지러 주방으로 향했다. 정표가 와인을 잔에 따른 후 거실로 와 태리에게 건넸다.

"한잔할래?"

와인 잔을 가만히 내려다보던 태리가 고개를 갸웃거리며 정표를 바라보았다. 정표가 말했다.

"샤또 디켐."

태리가 놀란 눈으로 와인과 그의 얼굴을 번갈아 가며 보았다. 대본 속 카사노바 남자 주인공이 여자를 꼬실 때 마시던 와인의 이름이 샤또 디켐이었다.

"대본 보셨어요?"

"당연하지. 그거 나랑 류 감독이랑 같이 기획했는데?"

"아…… 이 와인이 진짜 샤또 디켐이에요? 맛 궁금했는데……."

태리가 뭐에 홀리듯 정표가 내민 잔을 받아 한 모금 마셨다. 제법 맛이 괜찮았는지 태리가 와인을 홀짝거리며 한 모금씩 마시더니 금세 잔을 비웠다.

그녀가 손에 쥔 잔에 와인을 따라 주던 정표는 태리의 작은 입에 치즈를 넣어 줬다. 치즈와 함께 와인을 맛보던 태리가 취했는지 배시시 웃었다.

"블루치즈와 샤또 디켐의 궁합을 영원한 사랑이라고 부른데."

"아. 그래서 두 사람이 헤어지기 전에 블루치즈와 디켐을 마신 거였어요?"

정표가 고개를 끄덕이자 태리가 대본에 푹 빠진 얼굴로 말했다.

"더 알려 주세요. 또 뭐 있어요?"

"알려 주면 뭐 해 줄 건데?"

"네?"

점점 그녀에게로 가까이 다가가던 정표는 그녀가 손에 쥔 잔을 뺏어 테이블 위에 올려놓으며 다른 한 손으론 태리의 허리를 휘어감아 자신의 몸과 밀착시켰다.

"지금 내 맘이 어떤 줄 알아?"

애가 타는 얼굴로 정표가 묻자 태리가 고개를 절레절레 흔들었다.

"내 속을 보여 줄 수도 없고…… 미치겠다, 진짜."

"속이 어떤데요?"

"까맣지. 아주 새카맣지."

그대로 태리의 입술에 키스를 하며 정표는 그녀를 번쩍 안아 들었다. 어쩐 일인지 자신의 목에 손을 두른 그녀의 행동에 의아해하던 정표가 키스를 멈추었다.

갑자기 눈을 게슴츠레 뜨며 자신의 품에 머리를 콩콩 박는 태리를 내려다보던 정표는 입맛을 다시며 태리를 소파 위에 내려놓았다.

"설마…… 아니지?"

"미안해요, 대표님……. 저요, 어지러워요."

입을 삐죽 내밀며 소파에 엎드려 버린 태리 옆에 정표가 털썩 주저앉으며 허탈한 얼굴로 말했다.

"너 진짜 나한테 왜 이러냐?"

정표의 말을 못 들은 모양인지 갑자기 하품을 하며 노트북이 있는 곳까지 엉금엉금 기어가던 태리는 비틀거리며 노트북 앞에 앉았다.

"어떡하지…… 글씨가 안 보여요. 아직 다 못 읽었는데……."

취해서 시야가 보였다 안 보였다 하는 모양인지 태리가 울상을 지으며 고개를 들어 정표를 바라보다가 그대로 까무룩 테이블 위에 엎드려 잠이 들고 말았다.

정표는 어이없는 표정으로 태리의 뽀얀 뺨을 쿡쿡 찌르며 의심의 눈초리로 그녀를 내려다보았다.

"솔직히 이건 진짜 말도 안 된다. 너 설마 취한 척하는 건 아니지? 일어나 봐. 야, 윤태리!"

아무리 불러도 대답이 없었다. 정말 잠이 든 모양이다.

속이 탄 정표는 테이블 위 와인을 병째 벌컥벌컥 들이켰다. 그래도 쉽게 속이 가라앉지 않는 모양인지 태리를 번쩍 안아 들고 침실로 향했다.

조심스럽게 침대 위에 그녀를 눕힌 후 정표는 태리의 머리카락을 쓸어 넘겨 주며 뺨에 입을 맞추었다. 그녀의 반쯤 벌어진 입술을 보며 정표가 피식 웃어 버렸다.

"날 너무 믿는 거 아니야?"

세상모르고 새근새근 아기처럼 자는 태리를 사랑스럽게 바라보던 정표는 일어나 거실로 향했다.

그날 밤 그는 태리가 보던 대본 밑에 빨간 글씨로 해석을 달아 주곤, 새벽까지 자신의 업무를 마친 후에도 쉽게 잠을 잘 수가 없었다.

15

"언니! 지라시 봤어요?"

소윤이 연습실에 도착하자마자 핸드폰을 희주에게 내밀었다. 희주가 화들짝 놀라며 핸드폰을 받아 내용을 줄줄 읊었다.

"아이돌 A양의 스폰서는 재벌그룹 H사의 회장 아들 C군. 걸그룹 막내 A양은 외모, 성격, 지성까지 모든 것이 완벽하지만 그동안 다른 멤버들에 비해 유독 TV 노출이 적어 사람들 눈에 띄지 않았는데요. 그 이유가 따로 있었습니다. 바로 C군의 집착 때문입니다."

희주가 고개를 갸웃거렸다.

"A양이 어째 태리 같다?"

"태리 맞는 것 같아요. 근데 C군은 누구지? 대표님이 재벌은 아니잖아요."

"그러게. 이거 헛다리 제대로 짚었네."

아직 정표의 실체에 대해 모르는 멤버들은 시시콜콜 농담을 하며 구석에서 대본 연습을 하는 태리를 바라보았다. 그런데 그때.

"자, 다들 앉아 봐. 나 너네한테 할 얘기가 있어."

멤버들의 시선이 희주에게로 모아졌다.

"나 이번 앨범 활동 끝나면 결혼하기로 했어."

"누, 누구랑요?"

"누구긴 누구야. 우리 범이지. 이번 연도 말에 입대라 서두르는 거야."

멤버들이 놀라 질문 공세를 펼치는 와중에도 태리는 멍한 얼굴로 생각에 잠겨 있었다. 그때 태리가 조용히 손을 들었다. 희주가 의아한 얼굴로 바라보자 태리가 물었다.

"누가 먼저 결혼하자고 했어요?"

"당연히 범이가…… 아니라 내가 했어."

어깨를 으쓱거리며 희주가 호탕하게 말했다.

"나 사실 결혼은 조건 다 따져 보고 연예인 아닌 사람 만나려고 했거든? 근데 얘들아, 콩깍지 정말 무서운 거다? 조심해라. 특히 윤태리!"

걱정스레 자신을 바라보는 희주의 눈빛에 태리가 어색하게 웃어 버렸다.

"지금 웃을 때가 아니야. 태리 넌 대표님한테만 너무 목매지 말고."

"제가 언제……."

"여자가 너무 목매면 매력 없다? 봐. 요즘 대표님 발걸음 뜸하잖아. 초반엔 아주 하루가 멀다 하고 연습실 찾아오더니. 요샌 사무실에도 잘 안 나오시네?"

희주가 놀리듯 말하자 태리가 서둘러 정표를 두둔했다.

"대표님 요새 해외 출장 때문에 바쁘셔서……. 아무튼 저는 잠깐 화장실 좀 다녀올게요."

연습실을 나온 태리는 핸드폰을 꺼내 액정을 만지작거리다가 이내 포기하고 핸드폰을 주머니 속에 넣어 버렸다.

"어디 가세요?"

결재판을 들고 엘리베이터에서 내린 황 비서가 마침 사장실 문을 열고 나온 정표를 향해 물었다. 하필 황 비서와 딱 마주친 정표는 다시 사장실로 들어갔다.

황 비서도 그의 뒤를 따라 사장실로 들어가며 잔소리를 늘어놓았다.

"조심하세요, 진짜. 제가 아까 누구한테 들었는데, 대표님 연예인이랑 사귀어요?"

"왜?"

"맞구만. 누군데요? 걸그룹이라던데. 가만 보자. W픽처스엔 프리티밖에 없는데……."

정표는 아무것도 들리지 않는 척 결재판을 펴서 서류를 검토하며 사인을 했다.

황 비서는 주절주절 떠들어 댔다.

"프리티 중 누구예요? 유진? 희주?"

프리티 멤버들 이름을 읊어 대던 황 비서는 뒤늦게 태리가 떠올랐다. 3년 전 태리와 모아의 과외선생으로 시간외근무를 했던 경력이 있는 황 비서는 갑자기 얼마 전 고모 사건도 있었던 프리티 막내 태리의 안부가 궁금해졌다.

"태리는 요즘 어때요? 잘 지내요?"

서류에 사인을 하며 고개를 끄덕이는 정표의 입가에 미소가 지어졌다. 순간 황 비서가 놀란 얼굴로 뒷걸음을 쳤다.

"에이, 설마……."

"황 비서, 그만 시끄럽게 굴고 나가 봐."

"아니죠?"

"뭐가?"

"태리는 아니죠?"

"왜! 안 돼?"

뻔뻔하게 오히려 자신에게 큰소리치는 정표의 행동에 황 비서의 입이 벌어졌다.

"미쳤어요? 걔가 지금 몇 살이더라…… 스무 살! 세상에…… 이거 스캔들 터지면 대표님 매장감이에요!"

"이상한 논리네. 나 아무 짓도 안 했는데 내가 왜 매장을 당해?"

"진짜 아무 짓도 안 했어요?"

황 비서가 의심의 눈초리로 정표를 훑어보았다.

하지만 정표는 본의 아니게 떳떳했다. 몇 번의 고비는 있었지만……

"아무튼 앞으로 특히 더 조심하세요. 태리 인생도 생각해야죠. 막말로 소문 다 퍼지고 나서 그 어린 게 대표님이랑 사귀다가 헤어지면 그 애 인생은 누가 책임져요? 평생 꼬리표처럼 따라다닐 텐데. 태리가 두세 살만 많았어도 제가 이런 말은 안 해요."

어쩐 일인지 황 비서의 말을 진지하게 듣던 정표가 나가려는 황 비서를 불러 세웠다.

"황 비서."

황 비서가 뒤를 돌았다.

"황 비서도 스무 살에 결혼해서 지금 애가 둘이지? 태리 한번 만나 볼래? 스무 살에 결혼해도 행복하게 아주 잘 살고 있다는 거 조언해 주는 건 어때?"

황 비서가 콧방귀를 뀌었다.

"제가 지금 행복해 보이세요? 애 키우느라 뒤늦게 취업해서 이렇게 고생하고 있는데? 난 여자가 일찍 결혼하는 거 절대 반대! 놀 거 다 놀아 보고 결혼해야 된다고 생각해요. 그땐 내가 뭘 몰라서 그랬지. 어휴……."

"나가 봐."

정표가 미간을 찌푸리며 손짓을 했다.

나가려던 황 비서가 뒤늦게 뭔가 떠올랐는지 다시 뒤를 돌았다.

"주말에 회장님 생신이신 건 아시죠? 이번에도 화환만 보내실 거예요?"

"어. 황 비서가 알아서 보내. 그리고 그날 해외 출장 잡아."

황 비서가 혀를 내찼다.

"아들 키워 봤자 다 소용없다더니……."

정표가 눈을 흘기자 황 비서가 후다닥 밖으로 나가 버렸다.

가만히 탁상달력을 바라보던 정표는 뒤늦게 핸드폰 벨소리를 듣고 재빨리 전화를 받았다.

성원이었다.

— 대표님, 희주한테 들으셨죠?

성원은 무슨 큰일이라도 난 듯 다급한 목소리로 말했다.

— 기자들이 벌써 냄새를 맡았는지 멤버들마다 파파라치 붙였어요.

"전화한 용건이 뭐야?"

— 태리 만나지 마시라고요.

정표가 어이없는 표정으로 실소를 터뜨렸다.

"너 지금 매니저 흉내 내냐?"

— 흉내가 아니라. 저 매니저 맞거든요? 아무튼 태리 데리고 밖에 나가거나 그러면 큰일 나요! 아셨죠? 절대 안 됩니다!

황 비서에 이어 졸지에 성원에게까지 한 소리 들은 정표는 전화를 끊은 뒤, 괜히 투덜거리며 달력을 넘겼다.

달력을 넘기던 정표는 저도 모르게 자세를 바로하고 성년의 날이 언제인지 눈으로 찾고 있었다.

"우리 태리 이번에 시험 잘 봤다며? 어휴, 기특해라. 영화 촬영이니 앨범 활동이니 엄청 바쁘다면서 공부는 또 언제 했대?"

수옥의 칭찬에 태리가 부끄러운지 이마를 긁적였다.

"우리 모아는……."

"먹을 땐 개도 안 건드립니다."

스파게티를 돌돌 말아 입에 넣던 모아가 수옥을 흘겨보았다. 수옥은 팔짱을 낀 채 느긋하게 커피를 마시며 말했다.

"솔직히 말해 봐. 심리학과도 영…… 아니지?"

모아가 못 들은 척 피클을 입에 넣었다. 시큼한 맛이 강했는지 눈살을 찌푸리며 주스를 마시던 모아는 괜히 딴청을 피웠다.

수옥은 한숨을 픽 내뱉으며 태리에게로 시선을 돌렸다.

"우리 정표랑은 언제부터 만난 거야?"

느닷없는 공격에 태리가 캑캑거리며 물을 마셨다. 수옥이 몰래 웃음을 참으며 다시 물었다.

"정표가 잘해 주니?"

끈질긴 질문에 태리가 수줍게 웃으며 고개를 끄덕이자 수옥이 커피 잔을 내려놓고 의자를 당겨 앉았다.

"정말? 진짜 잘해 줘?"

옆에서 듣던 모아가 끼어들었다.

"어. 삼촌 진짜 완전 대박. 태리가 문자 보내면 답문 칼이고. 그 바쁜 인간이 하루에 열댓 번도 넘게 전화한대. 엄마도 보면 아마 깜짝 놀랄걸? 눈빛이 아주……."

생각만으로도 닭살이 돋는지 모아가 몸을 부들부들 떨었다.

태리는 부끄러운지 그만하라며 모아를 향해 고개를 절레절레 흔들었다.

"그럼 아줌마가 태리한테 미션 하나 줘도 될까?"

뜬금없는 제안에 태리가 수옥을 의아한 얼굴로 바라보았다.

"이번 주말에 할아버지 생신인 거 알지? 태리가 정표 좀 데리고 와 줄래?"

"에이, 그건 오버다. 10년 동안 출장이다 뭐다 온갖 핑계 대면서 안 왔는데. 아무리 태리라도 그건 좀……."

모아가 말도 안 되는 소리라며 단언했다.

마찬가지로 태리도 모아와 같은 생각을 하고 있던 터라 난처한 얼굴로 수옥을 바라보았다.

"역시…… 그건 어려우려나?"

"네. 그렇지 않아도 그저께 같이 가자고 했는데 퇴짜 맞았어요. 한 번 안 한다고 한 건 절대 안 하시잖아요. 저요…… 대표님 못 이겨요."

재미난 생각이 떠올랐는지 수옥이 수상한 웃음을 지었다.

"이길 수 있는 방법 알려 줄까?"

"네!"

태리가 열심히 고개를 끄덕였다. 그러자 수옥이 태리의 귀에 대고 속삭였다.

"뭔데? 나도! 나도 알려 줘!"

옆에 있던 모아가 얼굴을 들이밀었다. 그러곤 수옥의 얘기를 들은 모아가 박장대소했다.

"푸하하하. 엄마! 요즘이 무슨 쌍팔년도 아니고."

"어머, 얘. 쌍팔년도나 지금이나 남잔 다 똑같아. 태리야, 아줌마가 얘기한 거 꼭 써먹어 보렴. 분명 넘어올 거야."

"넘어오긴. 삼촌이 무슨 바보도 아니고, 그게 뭐야."

진지한 수옥과 달리 모아는 어이없다는 듯 웃어 버렸다.

태리는 두 모녀 사이에서 갈팡질팡하며 주스를 들이켰다.

요새 태리를 만나지 못해서인지 활력을 잃은 정표는 일을 끝내고 사무실에서 나와 지친 표정으로 집으로 향했다. 주차장에 주차를 하고 나와 대문으로 향하던 정표는 자신의 눈을 의심하며 걸음을 빨리했다.

정표의 발걸음 소리에 대문 앞에 앉아 있던 태리가 고개를 들었다.

"여기서 뭐해?"

그를 오래간만에 봐서 반가웠던 모양인지 태리가 환하게 웃으며 자리에서 벌떡 일어났다. 반면 정표는 주변을 두리번거리며 재빨리 대문을 열었다.

"지금 시간이 몇 신데 여길 왔어? 혼자 왔어? 빨리 들어가자."

정표가 태리의 손목을 잡아끌고 대문 안으로 들어갔다.

자신의 손을 잡고 마당을 걸어 현관으로 향하는 정표의 등을 가만히 바라보던 태리가 잠시 망설이다가 입을 열었다.

"저기…… 오……빠?"

현관문 비밀번호를 누르던 정표가 자신의 귀를 의심하며 고개를 돌려 그녀를 빤히 바라보았다. 그가 별 반응이 없자 태리는 민망해져서 정표의 시선을 재빨리 피해 버렸다.

이렇게 하는 게 아닌가? 태리는 난감해졌다. 수옥의 말만 믿고 왔는데 시작부터 이미 패는 무용지물이 되어 버렸다.

얼굴에 물음표를 찍은 채 그녀를 바라보던 정표가 태리에게서 시선을 거둔 채 현관문을 열고 들어가며 그녀에게 잔소리를 늘어놓았다.

"여자애가 겁도 없이 지금 시간이 몇 신데 거기 그러고 앉아 있으면 어떡해?"

수옥의 미션도 미션이지만 그가 보고 싶어서 달려왔는데, 왜 왔느냐고 질책만 하는 그의 행동에 섭섭해진 태리가 툴툴거렸다.

"제가 와서 싫어요?"

그녀의 말이 끝나기가 무섭게 그가 태리의 손목을 잡아당겨 벽에 가둔 채 그녀를 지그시 내려다보며 말했다.

"아니. 좋지, 좋은데…… 내가 말했잖아. 희주 때문에 멤버들한테 파파라치 붙었다고."

"저는 안 따라오던데요."

"그게 무슨 말이야?"

"어디 가느냐고 물어봐서 친구네 집에 시험 공부하러 간다니까 조심히 가라고 기자 오빠가 택시도 잡아 줬어요."

이유가 뭔지 모르겠다는 표정으로 자신을 바라보는 태리가 귀여워서 정표가 웃어 버렸다.

태리가 의아한 얼굴로 물었다.

"왜 웃어요?"

정표가 태리의 입술에 입을 맞췄다.

"누가 택시를 잡아 줬다고?"

"기자 오빠가요."

"그래? 나도 너보다 나이 많은 남잔데……."

"네?"

"아까 했던 말 다시 해 봐."

"무, 무슨 말요?"

그녀가 괜히 부끄러워 모른 척 시치미를 떼자 정표는 못 참겠는지 돌연 그녀의 입술에 키스를 퍼부었다. 점점 짙어지는 키스에 태리의 두 눈이 저절로 감겼다. 그녀의 얼굴 이곳저곳에 안부를 묻듯 키스를 하던 정표가 뜨거운 숨을 뱉으며 말했다.

"네가 먼저 시작했다?"

태리가 조심스레 두 눈을 떴다. 약간 긴장한 모습과 숨소리까지 빨라진 태리를 정표가 빤히 바라보았다. 그의 시선에 얼굴이 달아오른 태리가 작은 목소리로 속삭였다.

"저…… 오늘 모아네서 자고 온다고 하고 나왔어요."

정표가 시큰둥한 얼굴로 말했다.

"모아네 집에 데려다주라고?"

"……."

어쩐지 아무런 말이 없는 태리를 바라보던 정표는 상체를 숙여 태리와 눈높이를 맞췄다.

"무슨 일 있어?"

걱정스레 묻는 정표를 흘끔 보던 태리가 고개를 들어 그와 두 눈을 마주한 채 용기 내어 말했다.

"……안……아 주세요."

태리를 가만히 바라보던 정표가 그런 것쯤은 너무 쉽다는 얼굴로 그녀를 꽉 껴안았다. 그의 넓은 품에 안긴 태리가 조심스럽게 고개를 들어 그를 올려다보며 말했다.

"이런 거 말고……."

그녀를 안은 채 머리를 쓰다듬어 주던 정표가 그녀를 내려다보았다.

얼굴이 새빨개진 태리와 두 눈이 마주친 정표가 뒤늦게 태리의 말뜻을 이해했는지 놀라 그녀를 품에서 떼어 내며 버럭 소리쳤다.

"야! 죽을래? 까불고 있어. 너 진짜 안아 버린다?"

"……."

"진짜?"

태리가 고개를 끄덕이자 정표가 얼떨떨한 표정으로 물었다.

"갑자기 왜?"

"대표님이랑 더 가까워지고 싶어요."

태리의 말이 끝나기가 무섭게 정표가 그녀를 번쩍 안아 들었다.

키스를 퍼부으며 침실로 향한 정표는 불을 켤 시간도 아까운지 그대로 그녀를 침대 위에 눕혔다. 창밖에서 스며들어 온 가로등 불빛에 비친 정표의 얼굴을 올려다보던 태리는 심장이 두근거려서 터질 것만 같았다.

셔츠 단추를 풀어 옷을 벗어 던진 정표의 다부진 상체를 넋을 놓고 보던 태리가 정표와 두 눈이 마주치자 두 눈을 감아 버렸다.

정표가 능글맞게 웃으며 태리를 향해 물었다.

"왜? 겁나?"

태리가 조심스레 두 눈을 떴다. 그러곤 고개를 절레절레 흔들었다.

"그냥 모르는 척해 버릴까?"

혼잣말을 하며 짓궂게 웃는 정표의 얼굴을 그녀가 어안이 벙벙한 얼굴로 바라보자 그가 말했다.

"나 이번 주말에 해외 출장 가."

태리가 상체를 벌떡 일으켰다.

"네? 주말에 할아버지 생신인데……."

"그러니까."

"일부러 가는 거예요?"

아무 대답이 없던 정표가 시큰둥한 얼굴로 태리의 이마에 꿀밤을 먹였다.

"역시 목적이 그거였어? 옷 다시 입어야겠네."

침대에서 내려가려는 정표의 손목을 태리가 붙잡았다.

"할아버지 생신 축하드리러 나랑 같이 가면 안 돼요?"

"같이 가면?"

망설이던 태리가 블라우스 단추를 하나씩 풀었다.

"너 지금 뭐 하냐?"

풀어진 블라우스 사이로 브래지어에 가득 찬 봉긋 솟아오른 하얀 가슴이 언뜻 보이자 정표는 마른침을 꼴깍 삼키며 뒤를 돌았다. 등 뒤에서 떨리는 그녀의 숨소리가 들렸다. 두 주먹을 불끈 쥐고 참고 있는 정표의 뒤로 태리의 목소리가 들려왔다.

"같이 가 주면 안 돼요?"

정표가 침대에서 내려가 문으로 향했다. 역시 실패라고 생각한 태리가 주눅이 든 얼굴로 한숨을 길게 내뱉었다. 그대로 밖으로 나갈 줄 알았던 정표가 뒤를 돌았다.

"몇 시야?"

태리가 환한 얼굴로 고개를 번쩍 들었다.

"저녁 7시요! 같이 가는 거예요?"

"알았으니까. 빨리 옷이나 입어."

"……안 해요?"

"겁도 없이 자꾸 까불래?"

"……."

"옷 입고 나와."

정표가 밖으로 나가자 태리는 어쩐지 민망한 마음으로 블라우스 단추를 채운 뒤 거실로 나갔다. 아직도 상체를 탈의한 채 걸어다니는 정표의 등 근육을 새빨개진 얼굴로 바라보던 태리는 후다닥 거실로 달려가 소파에 앉았다.

드레스 룸에서 티셔츠에 몸을 꿰어 넣으며 주방으로 향한 정표는 냉장고에서 캔 맥주를 꺼내 벌컥벌컥 들이켜다가 소파에 앉아 자신을 부럽게 바라보고 있는 태리를 보곤 한숨을 내뱉었다.

"너 이리 와 봐."

어쩐지 시비조로 말하는 정표를 이상하게 보던 태리가 기다렸다는 듯 주방으로 달려갔다.

"한잔할래?"

"네!"

태리가 격하게 고개를 끄덕이자 정표는 냉장고에서 캔 맥주를 하나 꺼내 뚜껑을 딴 후 태리에게 내밀었다.

"그래. 마셔. 먹이고 재워야지 안 되겠어."

앞에서 움직이니까 만지고 싶고, 하고 싶고, 하고 싶다. 정표는 다시 맥주를 들이켰다.

정표가 준 캔 맥주를 두 손으로 공손히 받아 홀짝홀짝 마시던 태리가 배시시 웃었다.

"우와, 시원하다!"

속도 없이 예쁘게 웃는 태리를 한탄스럽게 바라보던 정표가 투덜거렸다.

"근데 너 말이야. 섹스가 뭔지는 알아?"

"캑캑……."

노골적인 단어에 놀랐는지 태리가 캑캑거렸다. 정표가 미간을 찌푸리며 다시 물었다.

"섹스 어떻게 하는지 아느냐고."

"알아요!"

"네가 어떻게 알아?"

"여, 영화에서…… 봤어요! 그리고 저도 이제 성인인증 다 되거든요?"

사실 섹스 얘기에 낯 뜨거워진 태리는 괜히 어른인 척 허세를 부리다가 그와 두 눈이 마주치자 괜히 어색해져서 맥주를 들이 컸다.

"태리야."

태리는 어쩐지 자신의 이름을 무겁게 부르는 그를 의아하게 바라보았다. 그가 점점 자신에게로 가까이 오며 말했다.

"오늘이 마지막이다?"

정표가 태리의 손에 든 맥주를 뺏어 들곤 입술에 진한 키스를 했다. 정표는 속으로 생각했다. 틀림없이 키스로 끝나는 밤은 오늘이 마지막이라고.

"언빌리버블!"

밥을 먹던 모아가 수저를 내려놓고 박수를 쳤다.

태리와 함께 나타난 정표를 보고 놀란 정 회장은 애써 아무렇지 않은 척 밥을 먹었다.

자신과 태리를 본체만체하며 밥을 먹는 정 회장을 보며 괜히 왔다는 생각에 정표의 아래턱에 힘이 들어갔다.

자신이 생각했던 것보다 훨씬 더 분위기가 좋지 않자 태리는 정 회장에게 인사도 건네지 못한 채 서 있어야만 했다.

그를 의식하고 수옥이 나섰다. 자리에서 일어난 수옥이 태리와 정표를 의자에 앉힌 후 식탁 위에 밥과 국을 놓았다.

"자, 어서들 먹어. 일단 먹고 얘기하자."

수옥의 말에 태리가 조심스레 수저를 들었다.

"오올! 윤태리 한 건 했네? 어떻게 삼촌을 데리고 왔을까? 설마 그 방법이 통한 거야?"

"야, 입 다물어."

분위기 반전을 위해 촐랑대는 모아를 향해 괜히 눈을 흘기던 정표는 태리와 눈이 마주치자 본인이 조용히 입을 다물고 시선을 거두었다.

그 모습을 흘끔 보던 정 회장은 헛기침을 한 번 내뱉은 후 밥을 먹었다.

"할아버지! 방금 봤죠? 태리가 삼촌 딱 쳐다보니까 한 마디도 못 하는 거."

수저를 잡은 정표의 손이 부들부들 떨렸다.

마찬가지로 태리도 민망했던 모양인지 말없이 밥을 꾸역꾸역 입 속에 넣었다.

"태리야, 반찬도 좀 먹어."

"네……."

수옥의 말에 태리는 억지로 바로 앞에 놓인 생선에 젓가락을 가져다 댔다.

그런데 열심히 밥을 먹던 태리의 얼굴이 갑자기 하얗게 질렸다. 옆에서 정표가 태리의 안색을 살피곤 걱정스레 물었다.

"왜 그래?"

입을 다문 채 고개를 절레절레 흔드는 태리를 정표가 걱정스레 바라보았다. 아까부터 두 사람을 주시하던 수옥이 태리의 안색과 앞에 놓인 생선을 보곤 외쳤다.

"혹시 목에 가시 걸린 거 아니야?"

진짜 그런 거냐는 표정으로 정표가 바라보자 태리가 어쩔 수 없이 고개를 끄덕였다.

"가시 박혔을 땐 밥 한 숟가락 크게 떠서 꿀꺽 삼키는 게 직방이지."

모아는 평소 자신이 자주 겪었던 일이라 대수롭지 않게 말했다.

모아의 말이 끝나기가 무섭게 태리가 밥 한 숟가락을 크게 떠서 입 안에 넣더니 꿀꺽 삼키려다…… 실패했다. 소리 없는 비명을 지르며 괴로워하던 태리가 급기야 자리에서 벌떡 일어나 화장실로 달려가 버렸다.

"어라? 깊이 박혔나? 그럼 계란! 날계란을 삼키면 직방이……."

냉장고에서 계란을 두개를 꺼내 양손에 쥐고 나타난 모아를 향해 정표가 이를 악물고 말했다.

"너 진짜 적당히 해라?"

"우이씨. 왜 나한테 난리야!"

두 사람이 티격태격하고 있을 때 태리가 다시 자리로 돌아와 앉았다.

"괜찮아?"

여전히 말도 못 하고 고개를 끄덕이는 태리가 영 못미더운지 정표가 자리에서 일어났다.

"안 되겠다. 일어나. 응급실 가자."

이대로 가 버리면 자리를 망칠 수도 있다는 생각에 고민에 빠진 태리를 가만히 바라보던 정 회장이 조용히 비서를 불러 무언가 지시를 내렸다.

정 회장은 밥을 다 먹었는지 홀로 거실로 향했다. 그러자 정표가 수옥을 향해 말했다.

"병원 좀 갔다 올게."

"그래. 얼른 가 봐."

"으으음...... 으음......"

"쟤 뭐래니?"

"뭐 죄송하다. 그런 말이겠지. 맞지?"

모아의 말에 태리가 격하게 고개를 끄덕였다.

태리와 정표가 식탁을 벗어나 거실로 나갔다. 그러곤 인사를 하고 나갈 생각으로 두 사람은 정 회장 앞에 섰다.

그때 비서가 들어와 정 회장에게 작은 핀셋을 건넸다.

"태리, 이리 와 앉아 봐."

정표의 눈치를 흘끔 보던 태리가 쪼르르 정 회장에게로 가서 옆에 앉았다.

"아. 해 봐."

태리가 입을 벌렸다.

아― 크게 입을 벌리자 그 안을 들여다보던 정 회장이 핀셋으로 목에 걸린 가시를 빼내었다.

큰 가시가 쏙 뽑혀서 나오자 태리의 얼굴이 환해졌다. 그 모습에 정 회장이 웃어 버렸다.

"이제 살 것 같으냐?"

"네……."

"그래. 그럼 됐다. 나도 이제 사는 것 같네."

무슨 소린지 모르겠다는 얼굴로 자신을 바라보는 태리의 머리를 쓰다듬어 주던 정 회장이 정표를 한번 올려다보더니 조심스럽게 입을 열었다.

"사고 얘기…… 다 들었다고?"

"네……."

"미안하구나. 다…… 이 할아비 때문이야. 다 내 탓이야."

"저는 그렇게 생각 안 해요. 그러니까 할아버지도 그런 말씀 마세요."

"말이라도 고맙구나. 정말 우리 태리, 이제 다 컸네. 다 컸어."

뿌듯한 표정으로 태리를 바라보던 정 회장을 향해 태리가 말했다.

"할아버지…… 저 드릴 말씀이 있는데요."

태리가 허리를 꼿꼿하게 펴고 자세를 바로 했다.

"저번에 저한테 가지고 싶은 거 생기면 언제든지 얘기하라고 하셨잖아요. 그거 아직 유효해요?"

"그럼. 물론이지. 말만 하렴."

태리가 옆에 멀뚱히 서 있는 정표를 조심스레 손가락으로 가리켰다.

"저한테 주시면 안 돼요? 저요, 대표님 상대로 많이 부족하지만, 정말 열심히 노력해서 할아버지한테 부끄럽지 않은 어른이 될

게요. 허락해 주세요."

정 회장이 태리가 가리킨 손끝을 따라 시선을 옮겨 탐탁지 않은 눈으로 정표를 바라보았다.

"착하고 젊고 괜찮은 놈들 많은데 왜 하필……. 흠, 다시 한 번 잘 생각해 보렴."

정표가 떨떠름한 표정으로 정 회장을 내려다보았다.

정표의 시선을 모르는 척 시치미를 떼고 정 회장이 태리에게 농담을 건넸다.

"그리고 이 할아비는 모아가 다 커 버려서 빨리 귀여운 손자를 보여 줬으면 좋겠는데……."

"소…… 손자요?"

태리가 난처한 표정을 지으며 정표를 올려다보자 정표가 무표정한 얼굴로 말했다.

"오늘부터 노력한다고 해."

뭔지도 모르고 정표가 시키는 대로 정 회장을 향해 태리가 말했다.

"오늘부터 노력할게요!"

태리의 대답에 정 회장이 당황스러워하며 정표를 흘겨보다가 웃어 버렸다.

마찬가지로 남몰래 피식 웃던 정표가 태리를 사랑스러워 죽겠다는 표정으로 바라보았다.

"시작!"

때마침 모아가 케이크를 들고 생일 축하 노래를 부르며 나타났다.

"생일 축하합니다. 생일 축하합니다. 사랑하는 우리 할아버지. 생일 축하합니다."

모아가 정 회장의 얼굴 앞에 케이크를 내밀었다.

정 회장이 있는 힘껏 입바람을 불어 초를 껐다.

펑!

수옥이 케이크를 자르는 동안 모아가 폭죽을 만지다가 뒤늦게 터져 버려서 모두가 화들짝 놀라 버렸다. 그 바람에 정표에게 한소리 듣게 된 모아가 케이크의 생크림을 정표의 얼굴에 묻히면서 전쟁이 시작되었다.

태리의 얼굴에도 생크림을 묻히며 정표를 도발하던 모아는 결국 정표에게 붙잡혀 케이크에 얼굴이 박혀 버리는 사태에까지 이르렀다.

오래간만에 시끌벅적한 집 안을 둘러보던 정 회장은 수옥과 시선이 마주치자 행복한 미소를 지으며 크게 웃어 버리고 말았다.

16

모자를 깊게 눌러쓴 채 서점 구석에서 벌써 한 시간째 요리책을 고르고 있는 태리를 시큰둥한 얼굴로 옆에서 지켜보고 서 있던 모아가 투덜거렸다.

"도시락 가게 차릴 거야? 뭘 그렇게 열심히 봐? 그냥 대충 블로그에서 보고 따라하면 되지! 우리 빨리 나가자. 나 책 냄새 때문에 멀미 나려고 그래."

모아가 보채자 책을 들여다보느라 정신이 없던 태리가 뒤늦게 고개를 들었다.

"근데…… 나 내일 뭐 입지?"

머릿속으로 코디를 해 보던 태리의 눈동자가 또르르 굴러갔다. 그 모습에 모아가 코웃음을 쳤다.

"어이구. 신났네, 신났어. 하긴 요새 일본 벚꽃이 절정이라던데……."

모아가 부러워서 입술을 삐죽 내밀자 태리가 해맑게 웃으며 말했다.

"모아야. 너도 같이 갈래?"

"야, 나도 그 정도 눈치는 있거든! 삼촌한테 무슨 봉변을 당하려고 내가 거길 가냐?"

모아는 생각만으로도 끔찍한지 기겁을 하며 손을 내저었다.

"어? 저기 서점 귀신 또 나타났다!"

마침 서점에 들어선 지환을 발견한 모아가 손을 흔들었다. 지환은 자연스럽게 태리와 모아가 있는 쪽으로 걸어오고 있었다.

태리는 조금 난처한 표정으로 모아를 바라보다가 지환과 시선이 마주쳤다. 지환이 먼저 인사를 건넸다.

"안녕?"

"응…… 안녕."

"요새 TV에 많이 나오더라? 몇 달 사이에 엄청 유명해졌던데?"

태리는 민망한 웃음을 지었다. 태리의 말간 얼굴을 지그시 바라보던 지환이 모아를 향해 웃으며 부탁했다.

"모아야, 나 태리랑 잠깐 얘기 좀 할 수 있을까?"

지환이 태리 때문에 일부러 서점을 찾아온 거라는 사실을 뒤늦게 깨달은 모아가 태리를 흘끗 보며 속삭였다.

"바람피우면 혼난다?"

"응?"

"나 말고. 정정표한테."

그렇게 싫다더니 결국 정표 편인 모양인지 모아가 빙긋 웃으며 두 사람을 탐색하듯 보다가 자리를 피해 줬다.

지환은 서점 옆에 작은 휴게실로 향했다. 태리는 지환이 어깨에 멘 큰 가방을 의문스럽게 바라보며 그의 뒤를 따라갔다.

요리책을 안고 서 있는 태리를 애틋하게 바라보던 지환이 입을 열었다.

"나 유학 가기로 했어."

"어? 아…… 축하해."

뜬금없이 유학을 간다고 선언한 지환을 향해 태리가 어색하게 웃으며 축하 인사를 건넸다. 잠시 뜸을 들이던 지환이 용기 내어 말문을 열었다.

"그 사람이랑 헤어지거나 무슨 일 생기면 나한테 연락해 줘. 기다릴게."

"미안해."

고개를 절레절레 흔들며 그럴 일은 절대 없다는 표정으로 말하는 태리를 마주한 지환은 심장이 쿵 하고 바닥에 내동댕이쳐진 기분이 들었다.

그 충격이 컸던 모양인지 어젯밤 수십 수백 번도 넘게 연습했던 멋진 작별 인사 멘트는 무용지물이 되어 버렸다. 처음이라 거절을 받아들이는 방법이 미숙했고, 처음이라 거절당한 것에 대한 상처는 배가 되었다. 결국 지환은 제대로 된 말 한마디도 내뱉지 못하고 태리에게서 뒤를 돌아야만 했다.

태리는 무거운 가방을 어깨에 메고 서점을 나가는 지환의 뒷모습을 그저 말없이 바라보았다.

"아깝지?"

모아가 어디선가 불쑥 튀어나왔다. 몰래 지켜보고 있었던 모양인지 모아가 태리를 놀리듯 물었다. 태리는 어쩐지 차분하게 고개를 내저었다.

"그런 게 아니라……."

"그런 게 아니면 왜 그렇게 지환이를 안타깝게 보고 있어?"

"지환이한테는 미안하지만…… 다행이라는 생각이 들어서."

"다행?"

모아가 알 듯 말 듯 한 표정으로 태리를 바라보자 태리가 답했다.

"응. 나는 내가 좋아하는 사람이 나를 좋아해 주고 있잖아. 그게 너무 다행이라는 생각을 했어. 모아야, 있잖아. 나는 가끔 대표님이 내가 아닌 다른 여자를 좋아했다면 어땠을까 상상을 해 보거든? 그때마다 너무 끔찍해서 눈물이 날 것 같더라. 난 정말…… 대표님이 너무 좋아."

태리의 얘기가 계속될수록 모아의 표정이 점점 씁쓸하게 변해 가고 있었다.

실컷 있는 얘기 없는 얘기 다 하고 나서야 쑥스러웠는지 태리가 배시시 웃으며 다시 신중히 요리책을 고르기 시작했다.

두 사람은 책을 사고 서점에서 나왔다.

모아는 강의가 있어서 학교로 향했고, 태리는 근처 마트에서 도시락 재료를 사서 숙소로 향했다. 숙소에 도착하자마자 태리가 분주하게 움직였다.

마침 방에서 나온 소윤은 주방 식탁에 앉아 요리책을 정독하고 있는 태리를 뒤에서 지켜보다가 키득키득 웃었다.

"우리 막내, 뭘 또 그렇게 열심히 보시나?"

태리가 보던 요리책을 훑어보던 소윤이 그녀를 놀렸다.

"요리책 열심히 읽는다고 없는 요리 솜씨가 생겨?"

"그럼 어떡해요?"

"그냥 가서 맛있는 거 사 먹지 그래?"

"그래도 밖에서 하는 첫 데이트인데, 뭐라도 준비를 해야 할 것 같아서요. 언니, 도와주세요!"

태리는 요리 프로그램에서 발군의 실력을 보여 줬던 소윤에게 도움을 요청했다.

"어떤 요리가 좋을까요? 저는 이것도 하고 싶고, 이것도, 이것도!"

어쩐지 들뜬 표정으로 책장을 넘기며 찜해 놓은 음식들을 손가락으로 콕콕 찌르며 생각에 잠긴 태리를 향해 소윤이 물었다.

"그렇게 좋아?"

생각만으로도 행복해서 날아갈 것 같은 표정으로 태리의 얼굴에 미소가 번지자 소윤이 태리의 머리를 쓰다듬어 주었다.

그런데 그때.

쾅!

갑자기 현관문 열리는 소리에 태리와 소윤이 화들짝 놀라 뒤를 돌아보았다. 멤버들이 우르르 몰려 달려오고 있었다. 제일 먼저 도착한 희주가 태리의 양쪽 어깨를 잡고 물었다.

"대표님이……."

희주의 놀란 얼굴을 마주한 태리는 어쩐지 불안한 마음에 침을 꼴깍 삼키며 다음 이어질 그녀의 말에 귀를 기울였다.

"대표님이 한국 미디어 정석주 회장 아들이라는 게 사실이야?"

예상과는 다르게 싱거운 물음에 태리가 고개를 갸웃거렸다. 하지만 자신을 향한 멤버들의 진지한 시선이 부담스러웠던 태리는 재빨리 고개를 끄덕였다.

"맞다고? 정말? 대표님이 그 말로만 듣던 재벌가의 아들?"

재차 고개를 끄덕이는 태리를 보며 멤버들은 황당한 표정으로 저도 모르게 입이 벌어졌다.

"와…… 넘사벽이다."

"우리 대표님 진짜 스펙 장난 아니네. 집안 좋을 거라고 예상은 했지만 이 정도일 줄은 몰랐어."

"그 사세네. 그들만 사는 세상."

한참이 지나도록 멤버들이 하나같이 입을 다물지 못하고 손뼉을 치며 수다를 떨었다.

그리고 또 그때, 현관문이 쾅 열리며 누군가 들어왔다.

이번엔 성원이었다. 성원도 멤버들과 마찬가지로 놀란 얼굴로 달려와 태리 앞에 섰다.

"대표님이……."

똑같은 레퍼토리를 반복하려는 성원을 희주가 막았다.

"맞대요! 한국 미디어 정석주 회장 아들."

"뭐? 대표님이 누구 아들이라고?"

성원이 놀라 희주에게 되묻자 도리어 희주가 성원에게 물었다.

"그것 때문에 온 거 아니에요?"

성원이 금시초문이라는 얼굴로 고개를 절레절레 흔들었다.

"아닌데……."

"그럼 왜 왔어요?"

뒤늦게 이곳에 온 사실을 다시금 깨닫고 성원이 걱정스러운 얼굴로 태리를 향해 말했다.

"난 대표님이 내일 태리 데리고 일본 간다고 해서 말리려고 온 건데. 잠깐! 대표님이 한국 미디어 정석주 회장 아들이라고?"

"무슨 매니저가 우리보다 느리냐."

"루머 아니야? 난 그런 소리 들은 적 없는데……."

"인터넷 뉴스에 떴거든요?"

"나 방금 다 읽고 왔는데……."

"연예면 말고 경제면에 떴어요."

"아니, 아무튼 그게 문제가 아니라, 아니, 그게 문젠가? 대표님이 한국 미디어 정석주 회장 아들이면 대표님 할아버지는 한국 그룹 회장이야? 와우!"

이제야 상황의 경중이 파악되었는지 성원의 입이 벌어졌다. 성원이 넋이 나간 얼굴로 태리를 바라보며 말했다.

"태리야…… 그래도 난 널 보낼 수 없어. 대표님이랑 단둘이 간다며? 가서 무슨 일이라도 생기면 어떡해."

"하긴 그것도 그렇네. 아무리 대표님이라도 남잔데…… 둘이 해외여행은 너무 위험한 거 아닌가?"

"태리도 이제 성인인데 알아서 하겠죠."

"그래도 조심해야 돼!"

이때다 싶어 멤버들과 성원이 돌아가면서 잔소리를 늘어놓기 시작했다.

"근데 정말 대표님이 잘해 주니?"

태리와 정표의 관계를 알게 된 사람이라면 꼭 한 번은 물어봤을 그 말.

자신들의 대표가 태리와 단둘이 있을 때는 어떤 모습일까? 그것이 태리 주변인들의 최대 관심사였다. 자신들이 봐 온 정표는 무뚝뚝하고 자기밖에 모르는 나쁜 남자의 표본이니 당연한 것이었다.

한바탕 폭풍이 휩쓸고 간 듯 멤버들과 성원이 숙소에서 나가고, 태리는 밤늦게까지 내일 아침에 도시락을 쌀 준비를 끝내놓고 방으로 들어갔다.

잠이 들 무렵 일본 출장 중인 정표에게서 전화가 왔다. 태리가 눈을 비비고 일어나 재빨리 전화를 받았다.

— 자고 있었어?

"아니요. 전화 기다리고 있었어요."

— 회의가 늦게 끝나서, 미안해.

"우리 내일 만나는 거 맞죠?"

— 어. 왜? 무슨 일 있어?

"그게 아니라, 그냥 떨려서요."

— 지금 올래?

"네?"

— 보고 싶어. 지금 와라. 황 비서도 저녁 비행기로 올 거거든? 같이 오면 되겠네.

갑자기 또 막무가내로 밀어붙이는 정표 때문에 머리가 띵해진 태리가 뒤늦게 정신을 차린 후 다급하게 외쳤다.

"대표님! 저기…… 저 준비도 하나도 안 했고. 그냥 내일 갈게요. 내일 봐요."

조금 심통이 난 정표가 한 템포 느리게 대답했다.

— 알았어. 그럼 내일 공항에서 기다릴 테니까 도착하면 전화해.

"네. 끊어요."

— 잠깐!

"네?"

— 넌 나 안 보고 싶어?

"오늘 대표님 관련해서 기사 난 거 알아요?"

— 말 돌리지 말고. 나 안 보고 싶으냐고.

"질투 났어요. 기사에 대표님 얼굴도 나오고, 사람들이 잘생겼다고 난리예요. 나만 보고 싶은데. 내 건데……."

— 그래? 내가 니 거야?

정표의 목소리에 웃음기가 묻어 있었다.

— 그럼 푹 자 둬. 내일은 못 잘 테니까.

알 수 없는 말만 남긴 채 정표가 전화를 끊었다.

태리는 내일 있을 그와의 데이트에 가슴이 콩닥거려서 도저히 잠을 잘 수가 없었다.

결국 새벽 일찍 일어나 도시락을 준비하고 어제 새로 산 원피스를 입고 화장도 하고 서툴지만 고데기로 머리를 만졌다. 모든 준비를 마친 태리가 나가려고 현관문을 열려는 그 순간 방에서 소윤이 나왔다.

"태리야! 지금 나가면 안 될 것 같은데? 밖에 기자들 깔렸어."

"네?"

"희주 언니 스캔들 터졌나 봐. 지금 난리 났어."

태리가 베란다로 나가 아래를 내려다보았다. 이쪽저쪽 골목에서 차들이 달려오고 있었다. 차에서 내린 기자들이 카메라를 들고 건물 주변을 에워싸고 있었다.

난처한 얼굴로 가만히 아래만 내려다보고 서 있던 태리가 허탈한 표정으로 거실로 들어가 짐을 내려놓고 소파에 앉았다.

태리가 정표에게 전화를 걸었다. 그런데 어쩐 일인지 핸드폰이 꺼져 있는 상태였다.

정표랑 연락은 안 되고, 밖으로 나갈 수는 없고, 비행기 시간은 다 되어 가고……

주방에서 물을 마시던 소윤은 거실에서 혼자 짐을 끌어안고 있는 태리가 불쌍했는지 말을 건넸다.

"대표님은 연락 안 돼?"

"네. 설마 무슨 일 생긴 건 아니겠죠?"

태리가 발을 동동거리자 소윤은 그건 절대 아닐 거라는 표정으로 태리를 안심시켰다.

"바쁜가 보지. 일본에 중요한 계약하러 간 거라면서."

"그래도 연락을 안 해 줄 리가 없는데…… 아무래도 가 봐야 될 것 같아요!"

"지금 나가겠다고? 잠깐만."

소윤이 서둘러 외투를 걸치고 방에서 나왔다.

"내가 나가서 시간 끌어 줄게."

태리가 감격스러워하며 소윤의 뒤를 쫄레쫄레 따라 나갔다.

엘리베이터에서 내린 소윤이 건물 밖으로 나가자 예상대로 기자들이 우르르 그녀를 따라갔다. 그 틈을 타 태리가 뒷문으로 잽싸게 뛰어나갔다. 불행 중 다행으로 택시 한 대가 골목으로 들어섰고, 손님이 내리자마자 택시에 올라탄 태리가 다급하게 외쳤다.

"김포공항요!"

택시에서 내려 공항으로 들어가려던 태리가 화들짝 놀라 주차장 쪽 기둥 뒤에 숨어 버렸다. 하필이면 어느 아이돌 그룹이 일본에서 콘서트를 마치고 귀국을 한 모양인지 팬들과 기자들로 인산인해를 이루고 있었다.

그런데 그때 누군가 태리의 뒤를 따라와 어깨에 손을 올렸다. 화들짝 놀란 태리가 뒤를 돌았다.

"어? 대표님! 왜 여기 있어요?"

멀리서 태리를 보고 달려왔는지 정표가 거친 숨을 뱉으며 말했다.

"너야말로 왜 여기 있어? 숙소에 가만히 있으라고 했잖아. 내가 간다고."

금시초문이라는 얼굴로 자신을 바라보는 태리의 표정에 정표가 미간을 찌푸렸다.

"성원이, 이 자식……."

급한 마음에 비행기에 오르기 전 마지막으로 통화했던 성원에게 태리를 부탁했는데, 성원이 희주 일로 정신이 없어서 태리를 잊어버린 모양이었다.

정표가 아래턱에 힘을 주며 이를 바득바득 갈았다. 정표가 서둘러 태리의 짐을 챙겨 들고 차에 실었다.

"왜 하필 오늘…… 젠장."

뭔가 굉장한 계획이 틀어진 모양인지 잔뜩 화가 난 정표가 욕을 읊조리며 차에 올라탔다.

그가 차에 시동을 걸다가 짧은 치마를 입어서인지 허벅지가 다 드러난 태리의 다리를 보곤 미간을 찌푸렸다.

"뭐야, 너무 짧잖아! 그거 모아 옷 아니야?"

"아닌데요. 제가 산 건데요."

"어쭈, 화장도 했어?"

핑크색 입술을 흘끔 보던 정표가 피식 웃어 버렸다.

괜히 속마음이 들킨 것 같아 쑥스러웠던 태리는 말을 돌렸다.

"맞다! 저 도시락 싸 왔어요!"

태리가 재빨리 뒤를 돌아 짐 가방에서 도시락 통을 꺼내 무릎 위에서 뚜껑을 열었다. 뛰어서 그런지 엉망이 된 샌드위치를 울상을 지으며 내려다보던 태리가 다시 뚜껑을 덮어 버렸다.

"왜 다시 덮어? 줘 봐. 아."

정표가 운전을 하며 입을 벌렸다. 태리는 못 이기는 척 엉망이 된 미니어처 샌드위치 하나를 집어 정표의 입 속에 넣어 줬다. 맛을 음미하는 모양인지 표정이 시시각각 변하던 정표가 드디어 입을 열었다.

"다행이네."

"네? 뭐가요?"

"요리까지 잘하는 건 너무 비현실적이잖아."

"지금 맛없다고 돌려 말하는 거죠?"

"농담이야, 맛있어."

정표가 피식 웃어 버렸다.

"근데 우리 지금 어디 가요?"

"어디 갈까? 가고 싶은데 있어?"

"생각해 봤는데요. 희주 언니 일도 있고…… 그냥 숙소로 돌아가는 게 좋을 것 같아요."

"글쎄. 별로 좋은 생각 같진 않은데. 좀 더 생각해 봐."

차는 이미 정표네 집 방향으로 향하고 있었다. 자포자기한 심정으로 태리가 도시락 뚜껑을 덮으며 어색하게 웃으며 말했다.

"그냥 대표님 가고 싶은 데 가세요."

"그래. 그럼 우리 집으로 가자. 거기가 제일 안전하니까."

별로 동의하지 않는 듯한 표정으로 태리가 창밖을 바라보다가 창문을 살짝 내렸다.

　지그시 눈을 감은 채 작은 틈새로 불어오는 봄바람을 느끼고 있는 태리를 흘끔 보던 정표는 그녀가 안쓰러웠는지 창문을 활짝 열어 주었다.

　태리가 살며시 두 눈을 뜨고 고개를 돌려 정표를 바라보다가 입을 열었다.

　"이제 영화 촬영 들어가면 많이 바빠진대요. 그렇게 되면 지금보다 훨씬 더 얼굴 보기 힘들어지겠죠?"

　"그렇겠지⋯⋯. 그래도 네가 하고 싶어 하는 일이니까 이해해 줄 수 있어."

　"대표님은 영화가 왜 좋으세요?"

　"영화를 좋아했던 큰형의 영향을 많이 받아서 어릴 때부터 자연스럽게 뭐⋯⋯."

　"저도요. 저도 대표님 때문에 영화가 좋아졌어요."

　"성인 영화?"

　정표가 짓궂은 얼굴로 묻자 태리가 새빨개진 얼굴로 버럭 소리쳤다.

　"한 번밖에 안 봤어요!"

　"그래서 보니까 어땠어? 내 생각났지? 아마 많이 났을 거야."

　"아⋯⋯니거든요!"

　"우리 오늘 영화 한번 찍을까?"

　돌연 진지한 얼굴로 정표가 말하자 갑자기 태리의 심장이 두근거렸다. 경직된 채 대답을 못 하는 그녀를 바라보던 정표가 여유롭게 운전을 하며 웃어 버렸다.

"왜 웃어요?"

"내일 오전에 희주 기자회견만 끝나면 회사 식구들이랑 멤버들 다 모조리! 몽땅! 휴가야."

"네?"

"너 오늘부터 휴가 끝날 때까지 나랑 쭉 함께 있어야 한다고."

"……."

"우리 집에서."

본인이 말하고도 신이 나는 모양인지 입이 귀에 걸린 정표는 운전을 했다.

해가 질 무렵 집 앞에 도착한 정표는 얼른 차에서 내려 조수석 차 문을 열었다.

"들어가자."

정표가 태리의 손을 잡고 대문을 열고 들어갔다.

마당에 들어선 태리의 두 눈이 휘둥그레졌다. 사방에 벚꽃이 활짝 핀 나무들이 조명과 함께 반짝이고 있었다. 마치 다른 세계에 온 것만 같았다.

마당 한가운데 덩그러니 놓여 있던 샌드백이 사라지고 그 자리에 테이블이 놓여 있었다. 파스텔 톤의 테이블보 위에 와인과 각종 디저트들이 세팅되어 있었다. 태리를 테이블 쪽으로 데려가 자리에 앉힌 후 정표도 그녀와 마주 보고 앉았다.

태리가 아직도 자신의 두 눈을 의심하며 바람에 흩날리며 뿌려지는 벚꽃잎과 조명들을 보며 감탄사를 연발했다.

"눈 내리는 것 같아요……. 우와."

급조한 이벤트인데 태리가 너무 좋아하니까 정표는 어쩐지 미안한 마음이 들었다.

살랑살랑 불어오는 봄바람에 흩날리는 태리의 머리카락을 쓸어 주던 정표는 그녀와 두 눈이 마주치자마자 참을성 없이 입술을 덮쳐 버렸다. 급기야 자리에서 일어나 그녀의 입술에 짙은 키스를 하던 그때.

그때였다.

쾅쾅.

현관 벨소리와 함께 누군가 대문을 두드렸다. 태리가 그를 밀쳐 내고 당황스러운 표정으로 대문 쪽을 바라보았다. 입술에 묻은 분홍 립스틱을 닦으며 정표가 욕을 읊조렸다.

"젠장."

모아 아니면 수옥이겠지. 뻔한 생각을 하며 정표는 신경질적인 발걸음으로 대문 쪽으로 걸어가 거칠게 문을 열어 버렸다.

"역시 안에 계셨네요!"

모아도 수옥도 아닌 황 비서였다. 그래서 더 열이 받았는지 정표가 버럭 소리쳤다.

"여기까지 왜 왔어?"

황 비서가 잔뜩 섭섭한 표정으로 말했다.

"아니, 이 대표님이 정말! 기껏 생각해서 와 줬더니."

"내가 오늘부터 휴가라고 했잖아. 날 정말 생각한다면 오늘부터 일주간 나한테 연락하지 마."

"일본 호텔에 이거 두고 가서 갖다 주러 온 거예요! 이거 중요한 거 아니에요?"

생전 자기 물건을 흘리고 다니는 법이 없던 정표가 서둘러 한국행 비행기에 몸을 싣느라 호텔방에 몇 가지 짐을 놓고 간 바람에 황 비서가 집까지 방문한 것이었다. 황 비서가 건넨 쇼핑백 안에 들어 있는 물건을 확인한 정표가 헛기침을 하며 그녀에게 사과했다.

"미안해, 황 비서."

"됐어요!"

황 비서가 대문이 열린 틈 사이로 보이는 조명과 벚꽃을 보며 감탄하고 있는 태리를 발견하곤 심드렁한 표정으로 말했다.

"아이고. 나 안 왔으면 망할 뻔했구만."

"조심히 가."

정표가 황 비서의 등을 떠밀었다. 차 쪽으로 밀려난 황 비서가 운전석에 올라타며 정표를 향해 소리쳤다.

"양심 있으면 피임 꼭 하세요!"

"저 아줌마가 미쳤나, 씨. 입 안 다물어?"

정표는 행여 태리가 들었을까 봐 뒤쪽 눈치를 보며 황 비서를 위협적으로 바라보았다.

겁먹은 황 비서가 재빨리 운전석 문을 닫아 버렸다.

그리고 차는 정표의 바람대로 쏜살같이 골목을 빠져나가 버렸다.

"황 비서 언니 왔었어요?"

갑자기 뒤에서 들려온 목소리에 정표가 화들짝 놀라 뒤를 돌았다. 호기심 어린 눈빛으로 태리가 골목 끝을 바라보고 있었다.

"들어가자. 하던 거 마저 해야지."

부끄러워 발그레해진 얼굴의 태리가 괜히 시선을 피하며 딴청을 피웠다. 정표가 그녀의 손목을 잡고 안으로 들어갔다.

다시 벚꽃나무 반짝이는 조명 아래로 향한 두 사람은 누가 먼저랄 것도 없이 서로의 입술을 찾아갔다. 조금 전보다 한층 더 짙어진 키스를 나눈 두 사람은 한동안 조명 아래 반짝이는 서로의 얼굴을 가만히 바라보았다. 정표가 쇼핑백에서 꺼낸 반지케이스를 열었다.

길고 흰 그녀의 손가락에 반지를 끼워 주며 정표가 진지한 얼굴로 말했다.

"오늘부터 나랑 같이 살자."

고민스럽게 그를 바라보던 태리가 정표의 허리를 끌어안고 품에 얼굴을 묻은 채 고개를 끄덕였다. 정표가 그녀의 얼굴을 지그시 내려다보다가 그녀를 품에 꽉 안았다. 그러곤 벚꽃나무를 가리켰다.

"벚꽃이 지면 저쪽에서 장미가 필 거야. 그리고 장미가 피면……"

정표가 태리를 품에서 떼어 내고 그녀와 두 눈을 마주하며 얼굴을 어루만졌다.

"5월이 왜 이렇게 안 오는 걸까?"

"아……."

뒤늦게 그가 장미가 피기만을 기다리는 이유를 알게 된 태리가 어색하게 웃었다.

"웃지 말고 대답을 해 봐."

"뭘요?"

"나, 오늘…… 너 안고 싶어."

망설이는 태리의 대답을 들을 생각은 없었던 모양인지, 정표는 그녀를 번쩍 안아 들고 키스를 퍼부으며 집 안으로 들어갔다.

드디어 침실까지 들어온 정표는 자연스럽게 상의를 탈의하고 태리의 원피스도 벗겨 버렸다.

이렇게 쉬운 걸……. 정표는 저 스스로도 자신이 대견했던 모양인지 헛웃음을 지었다.

순식간에 속옷만 입고 침대에 눕게 된 태리는 당황스러운 눈으로 그를 올려다보았다.

"그렇게 예쁘게 보지 마. 미쳐 버릴 것 같으니까."

인내심이 머리끝까지 도달했지만 정표는 애써 눌러 참으며 그녀의 몸을 애무하기 시작했다. 이미 키스 몇 번으로 곤두서 버린 그녀의 가슴 정점을 할짝거리며 가슴을 빨아 대던 그의 입술이 점점 아래로 내려갔다.

그녀가 놀라지 않게 가슴을 주무르며 그의 입술이 그녀의 배꼽 밑으로 향했다.

지금 느끼는 감정과 몸의 반응이 좋은지 나쁜지 처음이라 알 수 없었던 태리는 저도 모르게 본능적으로 그의 어깨를 잡았다. 다시 위로 올라온 그가 그녀의 입술에 키스를 했다.

"만져도 돼?"

그가 이미 팬티 속으로 손가락을 집어넣으며 묻자 태리의 입에서 저도 모르게 신음이 터져 버렸다. 정표의 목을 꽉 끌어안으며 그의 어깨에 뜨거운 숨을 토해 내는 태리 때문에 정표도 점점 아래가 무거워지기 시작했다.

그녀의 어깨와 목에 키스를 하면서도 끊임없이 아래를 공략하며 넓혀 가던 그가 드디어 그녀가 좋아할 만한 곳을 찾았는지 재빨리 바지를 벗고 자신의 분신을 밀어 넣었다.

미칠 것 같은 쾌감에 벌써부터 저질러 버릴 것 같은 자신과 달리, 그녀는 그가 벅찬 모양인지 그를 더욱 꽉 안고 매달렸다. 덕분에 뜨거운 그녀의 몸이 노골적으로 자신의 맨몸에 닿아 정표의 아래는 점점 더 예민해지기 시작했다.

"아훗! 아파요."

두 눈을 질끈 감으며 어쩔 수 없는 비명을 지른 태리의 이마에 키스를 하던 정표가 허리를 움직이며 거친 숨소리를 내뱉곤 말했다.

"태리야, 나 믿지? 다리에 힘 빼고……."

아파서 울상이던 태리는 그가 부드럽게 말하자 거기에 넘어가 그가 시키는 대로 다리에 힘을 뺐다.

"잘했어."

야한 움직임과 달리 따뜻한 미소를 보이며 잘했다고 이마에 키스를 해 주는 그와 눈이 마주친 태리는 있는 그대로 그에게 몸을 맡겼다.

그녀의 다리 사이에 좀 더 깊숙이 파고 든 그가 미칠 것 같은 기분에 허리를 좀 더 빨리 움직이기 시작했다.

자다가 두 눈을 번쩍 뜬 태리가 화들짝 놀라 상체를 벌떡 일으켰다.

고개를 숙여 자신이 알몸인 것을 확인하고, 어젯밤 그와 함께 했던 낯 뜨거운 행위들이 꿈이 아니었다는 사실에 태리는 부끄러워서 얼굴이 새빨개졌다. 자신의 배 위에 올려진 뜨거운 수건을 들어서 의문스럽게 보던 태리는 침대 시트를 몸에 돌돌 말고 거실로 나갔다.

주방에서 요리를 하고 있는 정표의 뒷모습이 보였다.

어쩌지? 어떡해야 할지 몰라 두리번거리고 있던 그때 정표가 뒤를 돌았다. 화들짝 놀란 태리는 어쩐지 아래가 아파서 울상을 지었다. 그러자 정표가 두 팔을 벌렸다. 태리가 그 품으로 쪼르르 달려가 안겼다.

태리를 사랑스럽게 내려다보며 그녀의 머리를 쓰다듬던 정표가 그녀의 얼굴을 어루만지며 속삭였다.

"태리, 이제 진짜 어른 됐네?"

그가 짓궂은 얼굴로 웃으며 그녀의 입술에 입을 맞추었다. 어쩐지 기분이 좋아 보이는 그를 올려다보던 태리도 배시시 웃어버렸다.

"근데 제 옷은요? 속옷도……."

"옷은 왜 찾아? 어차피 또 벗을 건데."

"네?"

"일단 밥부터 먹고 하자."

"또…… 해요?"

"왜? 어제 싫었어?"

"아니, 그런 건 아닌데……. 근데 결혼하면 맨날 해야 돼요?"

"어. 난 그럴 건데?"

"아……."

"뭐야? 그 표정은?"

"아니에요. 근데 나 아픈데……."

"그럼 오늘은 안 하고. 넣고만 있을게."

"네?"

태리가 무슨 말인지 몰라 어리둥절한 표정으로 그를 바라보았다.

침대 시트로 허술하게 몸을 감싸 보일 듯 말 듯 한 그녀의 가슴골 때문에 아까부터 벌써 서 버린 정표가 태리에게로 다가섰다.

그녀를 벽 쪽에 가둔 채 그녀가 두르고 있던 침대 시트를 벗겨낸 정표는 자연스럽게 바지를 내리고 그녀의 아래에 자신의 것을 가져다 댔다.

"뭐, 뭐예요!"

순식간에 일어난 일이라 당황해하며 두 눈을 감아 버린 태리의 손을 자신의 어깨에 올리며 정표는 그녀를 살짝 들어 안고 삽입했다.

"하아……."

미칠 것 같은 쾌감에 정표가 숨을 헐떡이자, 태리가 그의 목에 매달려 살짝 두 눈을 떴다. 태리는 어쩐지 정표의 이마에 난 식은 땀을 보며 그가 섹시하다는 생각이 들었다.

그녀도 안으로 들어온 그가 벅찼는지 호흡을 끊어 가며 간신히 얘기했다.

"해도. 돼요."

"정말?"

"네. 사실 저도, 어제, 좋았어요."

태리가 먼저 그의 입술에 키스를 했다. 무슨 일인지 그녀는 아래가 점점 꽉 차는 느낌이 들었다.

태리는 그에게 말은 못 했지만 지금 이 순간 정표와 가장 가까이에 있는 여자가 자신이라는 생각이 들어 가슴이 벅찼다. 이렇게 평생 그의 바로 옆에 있을 수 있다면 그 어떤 것도 할 수 있을 것 같았다. 두 사람은 진한 키스를 나누며 침실로 향했다.

그렇게 두 사람의 아침 식사는 다음으로 미뤄졌다.

17

"흑…… 흑흑……."

옆에서 훌쩍거리는 여자 때문에 술맛이 떨어진 지환은 와인 잔을 내려놓고 선글라스를 낀 여자를 흘겨보았다.

선글라스 안에서 눈물이 뚝뚝 떨어지고 있었다. 비행기가 이륙하자마자 시킨 와인 한 병을 예전에 다 마셔 버린 여자는, 취했는지 창문에 머리를 쾅 박은 덕분에 선글라스가 반쯤 벗겨졌다.

어디서 많이 본 여잔데…….

지환이 여자의 생김새를 훑었다. 예쁘긴 하지만 태리의 발끝에도 못 미치는 수준이라 금세 흥미가 떨어졌다.

"뭘 봐? 어린놈의 새끼가."

어리다는 말에 트라우마가 있던 지환은 여자를 노려보았다. 그렇지 않아도 오늘 공항에 도착하자마자 들은 태리의 결혼 소식에 지환은 저 여자가 아니라 본인이 더 울고 싶었다.

"송지현 맞죠? 저기, 사인 좀 해 주세요!"

갑자기 몰려든 사람들이 종이와 펜을 옆에 있는 여자를 향해 내밀었다.

연예인인가 보다. 지환은 더더욱 심드렁한 표정으로 여자의 행동을 훑어보았다.

여자는 취해서 사람들의 말이 들리지 않는 모양인지, 아니면 못 들은 척 연기를 하는 건지 멍한 얼굴로 창밖에 둥둥 떠다니는 구름만 바라볼 뿐이었다.

사람들이 욕을 하며 사라지자 여자는 또다시 울기 시작했다.

여자는 어딘가 혼자 멀리 떠나는 모양이었다.

무릎 위에 놓인 배낭여행 책은 어느새 바닥에 떨어지고, 잠이 든 여자의 머리가 기울어 지환의 어깨에 정착했다.

어쩐지 자신과 같은 신세인 것 같아 지환은 아무런 말 없이 어깨를 내주고 말았다.

"아무리 생각해도 미친 것 같아! 사귄 지 얼마나 됐다고 결혼이야?"

모아가 잔소리를 늘어놓았다. 갑자기 스캔들이 터지는 바람에 의도치 않게 송지현 급으로 유명인이 된 태리는 모자를 눌러쓴 채 카페 구석에서 모아와 얘기를 나누고 있었다.

"그 스캔들 분명 삼촌이 흘린 거야. 그렇지 않고서야 뭐 그렇게 자세히 나와? 할아버지 생신 때 집에 간 게 어째서 상견례가 되냐? 그거 정정표 작품이 분명해. 근데 너, 정말 괜찮아?"

"응. 난 대표님 말고 다른 남자는 생각해 본 적도 없으니까."

"그게 아니라. 스폰서니 뭐니 인터넷에 난리도 아니던데…….
하긴, 신경 꺼. 다들 너 부러워서 그래. 스펙만 놓고 보면 삼촌이
대박이긴 하잖아."

"스펙 말고 대표님……."

몸도 좋아, 라고 말할 뻔한 태리가 서둘러 입을 다물었다.

"대표님 너무 좋아."

또 닭 털을 날리는 태리를 모아가 심드렁한 얼굴로 바라보았
다.

야외 테라스에 앉아 있던 태리는 거실 유리 창문 너머로 요리
하는 정표의 뒷모습을 바라보다가 마당으로 시선을 돌렸다. 그러
곤 이제 곧 필 것 같은 장미 봉우리를 보며 생각에 잠겼다.

"무슨 생각을 그렇게 해?"

정표가 태리가 좋아하는 스파게티를 테이블 위에 내려놓으며
물었다. 태리가 고개를 들자 정표가 마주 보고 앉았다.

"제가 기억하는 제 인생 첫 영화가 뭔지 아세요?"

진지한 물음에 정표가 말없이 그녀를 바라보았다. 태리가 천천
히 입을 열었다.

"예전에 부모님 돌아가시고 전학 간 학교에서 처음으로 사귄
친구 집에 놀러간 적이 있었는데요. 그때 친구는 외삼촌이랑 같이
살고 있었어요. 그 친구는 삼촌이 맨날 술 마시고 들어온다고 엄

청 싫어했어요."

"내가 언제 맨날 술을 마셨다고. 모아 걔는 어릴 때부터 허언 증이 있었네."

태리가 자신을 나쁜 이미지로 기억하는 것이 못마땅했던 정표 가 투덜거리자, 태리가 배시시 웃으며 서둘러 하려던 말을 계속했 다.

"근데 그 친구네 집이 너무 넓어서 화장실에 갔다가 방을 잘못 찾아 들어갔어요. 불 꺼진 어두운 방 끝에 엄청 큰 스크린이 있었 는데 그 위로 프로젝터가 쏘아 올린 영화가 나오고 있었어요. 근 데 영화 속에 등장하는 프랑스 시골 배경이 너무 아름다워서 사 람이 있는 걸 뒤늦게 알아차린 거예요. 소파에 누가 누워 있더라 고요. 나가려다 말고 누군지 궁금해서 살짝 훔쳐봤어요."

처음 듣는 그녀의 어린 시절 얘기에 정표의 기분이 묘했다.

"부모님 장례식장에서 나한테 욕을 했던 깁스 팔의 깡패가 자 고 있더라고요."

"뭐? 깡패?"

"울고 있더라고요."

"……."

"악몽을 꾸는지."

태리가 그를 안타깝게 바라보며 말했다.

"그날 그 사람의 눈물 때문에 제 인생 첫 영화는 그 제목도 모 르는 프랑스 영화가 되었어요. 잊을 수가 없었거든요."

"그 영화는 내 첫 영화이기도 해. 형이랑 같이 봤던."

쓸쓸한 눈빛의 그를 태리가 일어나 안아 주었다. 그녀를 번쩍 들어 무릎 위에 앉힌 정표가 그녀의 입술에 키스를 하며 물었다.

"밤에 그 영화 같이 볼래?"

태리가 고개를 끄덕이자 정표가 어쩐지 무표정한 얼굴로 그녀의 이름을 불렀다.

"태리야."

"네."

"그 프랑스 영화, 청소년 관람 불가였는데."

"그게 무슨……."

"내가 본 영화 중에 가장 야한 베드신이 그 영화에 있었지."

정표가 짓궂게 웃자, 태리가 미간을 좁히며 아름다웠던 추억을 변질시켜 버린 정표를 예쁘게 흘겨보았다.

"일단 먹자. 먹고 하자."

"뭐, 뭘 해요?"

정표가 포크에 스파게티를 돌돌 말아 그녀의 입 속에 넣어 줬다. 그러곤 그녀의 입가에 묻은 크림을 혀로 핥으며 정표가 속삭였다.

"영화 보자고."

어쩐지 그의 야한 눈빛과 함께 밑에서 뭔가 불편한 것이 느껴진 태리는 화들짝 놀라 정표의 무릎에서 내려왔다. 애써 정표 쪽은 보지 않고 어색하게 웃으며 포크를 손에 쥔 태리는 열심히 스파게티를 먹었다.

"맛있어?"

"네. 대표님도 드세요."

"난 별로. 요즘 식욕 대신 다른 욕구가 생겨서. 너 많이 먹어."

그녀를 지그시 바라보던 정표가 소년처럼 환하게 웃었다.

거기에 또 넘어간 태리는 두근거리는 마음으로 그의 얼굴에서 눈을 떼지 못하였다.

발그레한 볼을 한 채 수줍게 웃는 태리를 바라보며 정표의 마음이 한정 없이 부풀어 오르기 시작했다.

그때 두 사람 사이에 바람이 살랑살랑 불었다.

이제 곧 어린 꽃 봉우리가 열리고 매혹적인 색깔을 띤 장미가 피어나겠지.

벚꽃나무는 마지막으로 제 몸에 붙어 있던 꽃잎들을 날려 보내며 곧 올 여름을 알리고 있었다.

에필로그
1

5개월 후, 가을.

검은색 고급 세단이 줄지어 W호텔 정문을 통과하고 있었다.

호텔 입구를 점령한 기자들은 카메라 셔터를 눌러 대며 결혼식에 참석한 하객들의 모습을 촬영하기 바빴다.

W픽처스 대표 정정표와 걸그룹 막내에서 현재 충무로의 기대주로 등극한 윤태리의 결혼식은 올해 대한민국 연예계 최고 핫이슈였다.

그뿐만이 아니었다. 한국 미디어 정석주 회장 막내아들 정표의 결혼식은 정재계 인사들을 총출동시킬 정도로 영향력이 있는 행사였다.

정재계 주요 인사들과 연예계를 대표하는 배우와 감독들까지 이날 참석한 인사만 해도 2000여 명이었다.

핑크색 들러리 드레스를 입은 프리티 멤버들이 대기실에서 축가 연습을 하다 말고 수다를 떨었다.

"역시 재벌 클래스는 다르네. 저쪽 홀 봤어? 무슨 국회의사당에 온 줄 알았어."

"2층은 완전 영화제예요. 웬만한 대한민국 연예인들은 다 온 것 같아요."

1층과 2층에 있는 홀을 전부 빌려 열린 성대한 결혼식에 멤버들의 입이 다물어지지 않았다.

규모에 비해 비교적 차분하게 진행된 본식이 모두 끝난 후, 호텔 옥상 테라스에서 피로연이 진행되었다.

피로연 복장으로 갈아입고 등장한 신랑 신부를 향해 지인들이 환호했다. 태리와 정표는 테이블을 돌며 지인들과 인사를 나누었다.

사랑스런 느낌의 핑크색 미니 드레스를 입은 태리가 환한 얼굴로 멤버들과 이야기꽃을 피웠다. 그 틈을 타 정표는 태리의 눈치를 흘끔 보더니 어디론가 향했다.

정표가 두리번거리며 누군가를 찾더니 테이블 구석에 앉아 있는 장 감독을 발견하곤 급히 달려갔다.

"장 감독님!"

정표가 장 감독 앞에 앉았다. 느긋하게 앉아 와인을 기울이던 장 감독이 고개를 들자 정표가 길게 한숨을 내뱉었다. 두 사람은 대학교 동아리 선후배 사이로 막역한 사이였다.

"좋은 날 웬 한숨이야?"

장 감독의 말이 끝나기도 전에 정표가 입을 열었다.

"이번 영화 말이에요. 98번 신에 베드신 있던데, 내용이랑 상관도 없고, 진짜 불필요한 장면 같던데. 감독님 생각은 어떠세요?"

정표가 이미 대답을 정하고 묻자, 장 감독이 아무 말 없이 씁쓸한 표정으로 와인을 들이켰다.

뒤에서 가만히 듣고 있던 성원이 끼어들었다.

"대표님은 결혼식 날까지 일을 하시면 어떡해요."

"넌 조용히 해."

정표가 심각한 얼굴로 말했다. 성원은 떨떠름한 표정으로 정표가 괴롭히고 있는 상대가 누구인지 확인했다. 최근 태리가 참여하기로 한 영화의 각본과 연출을 맡은 장진수 감독이었다.

정표는 장 감독을 붙잡고 열변을 토했다.

"감독님. 내 말 좀 들어봐요. 둘이 잤어요, 98번 신에서. 근데 이 장면이 두 사람한테 어떤 영향을 미치는데요? 관계의 진전입니까? 아니면 앞으로의 비극적 결말을 위한 장치입니까. 아무것도 아니잖아요. 둘이 이게 끝이잖아요. 뭐야 이게. 진짜."

일부러 극존칭을 써 가면서 장 감독을 괴롭히고 있는 정표를 보며 성원은 고개를 절레절레 흔들며 속으로 생각했다.

우리 불쌍한 태리. 팔불출 남편 때문에 머잖아 배우 은퇴하게 생겼네.

성원은 정표 몰래 태리 쪽을 향해 손을 흔들었다. 멀리서 성원의 손짓을 본 태리가 고개를 갸웃거리며 정표 쪽으로 다가왔다.

정표는 자신의 바로 뒤에 태리가 와 있는 줄도 모르고 여전히 베드신 삭제를 위해 열변을 토해 내고 있었다.

"베드신 원래 초고엔 없었잖아요. 난 그래서 허락한 건데. 왜 벗겨요 왜? 형! 잘 생각해 봐. 이게 꼭 필요해? 난 이해가 안 돼서 그래. 날 설득시키든 삭제를 하든 빨리 결정해."

"야 인마. 이거 태리랑 얘기 끝난 거야."

"그건 나도 아는데, 그래도 감독이 삭제를 하면 배우가 따라가 겠지. 그러니까 형이 깔끔하게 날려 버려."

막무가내인 정표 때문에 장 감독이 머리를 쥐어뜯다가 태리를 발견하곤 얼굴에 화색이 돌았다.

"태리야. 너 잘 왔다. 네 남편 좀 말려 봐."

태리? 정표가 화들짝 놀라 뒤를 돌았다. 태리가 뚱한 표정으로 서 있었다. 정표가 당황스러운 얼굴로 태리의 눈치를 살폈다.

태리가 입을 삐죽 내밀며 정표를 흘겨보았다.

"어젠 괜찮다고 했으면서, 또 왜 그래요?"

"아니, 나는 그냥 감독님 의견이 듣고 싶어서……."

태리의 화가 난 표정에 정표는 안 되겠는지 자리에서 벌떡 일어나 두 손을 들었다.

"미안. 내가 잘못했어."

태리의 화를 풀어 주기 위해 손까지 든 정표의 행동을 바로 옆에서 지켜본 성원은 두 눈을 비비며 뒷걸음질 쳤다.

아내 바보가 아니라 아내 등신이 나타났다.

"야! 정정표! 우이씽. 태리야!"

그때 들러리 드레스를 입은 모아가 머리에 꽃을 꽂고 나타났다. 두 뺨에 오른 홍조와 꼬인 혀의 상태를 봐선 만취한 모양이었다.

태리가 모아를 걱정스레 바라보았다. 그러자 모아가 태리를 부둥켜안고 대성통곡을 했다.

"태리야. 이 결혼 다시 한 번 잘 생각해 봐. 난 널 정정표한테 보낼 수 없어. 엉엉."

정표는 미간을 구기며 성원을 향해 손짓했다.

"애 좀 치워라."

그런데 그때, 이번엔 들러리 드레스를 입은 프리티 멤버들이 달려왔다.

"대표님! 우리 태리 진짜 잘해 줘야 돼요!"

"맞아! 우리가 지켜볼 거예요!"

정표를 에워싼 멤버들이 잔소리 폭격을 가하자 모아와 성원도 가세했다.

자신의 안티들에게 둘러싸여 잔소리를 듣고 있던 정표가 태리를 향해 불쌍한 표정을 지었다. 그 모습을 보며 키득키득 웃던 태리가 안 되겠는지 달려가 정표를 끌어안았다.

"다들 우리 남편 괴롭히지 마세요."

한 몸처럼 서로를 꽉 껴안고 있는 두 사람의 애정 행각에 다들 몸에 돋은 닭살을 털어 내며 흩어져 버렸다.

태리는 도망가는 그들의 모습을 보며 소리 내어 웃었다. 정표는 행복한 미소를 짓고 있는 태리의 이마에 키스를 했다.

"우린 이제 그만 들어갈까?"

작게 속삭이는 그의 목소리에 태리가 수줍게 웃으며 고개를 끄덕였다. 그러자 정표가 태리를 번쩍 들어 안고 정원을 달려 호텔 안으로 들어가 버렸다.

급히 룸으로 향하는 정표를 올려다보던 태리는 오늘 밤은 그 어느 때보다 더 뜨거운 밤이 될 것임을 직감했다. 태리의 얼굴이 발그레해졌다. 그녀의 얼굴을 내려다보던 정표가 미소를 지었다.

"영화 보면서 할까?"

그 말에는 영화가 끝날 때까지 멈추지 않겠다는 정표의 의지가 담겨 있었다. 태리가 쑥스러워하며 고개를 끄덕이자 정표가 그녀의 입술에 키스를 했다. 두 사람은 뜨거운 키스를 나누며 룸 안으로 들어갔다.

영화가 완벽한 해피엔딩으로 끝나도 우리의 삶은 계속된다.

행복했던 오늘이 지나면 계절이 바뀌듯 일상은 쳇바퀴를 돌며, 우리 두 사람은 때론 싸우기도 하고 울기도 할 것이다.

하지만 두 사람은 서로에 대한 확신이 있었다. 내일도 내일모레도 죽을 때까지 영원히 너만을 사랑할 거라는 확신.

그러므로 오늘 우리의 영화는 완벽한 해피엔딩이다.

에필로그
2

주말 오후 태블릿 PC로 결재 서류를 검토하며 컵라면을 먹던
정표는 젓가락을 내려놓곤 핸드폰을 손에 쥐었다가 억지로 다시
내려놓았다.

몰래 얼굴만 좀 보고 올까?

요즘 영화 촬영 때문에 눈코 뜰 새 없이 바쁜 태리는 오늘도
외박인 모양이다. 그녀가 신경쓸까 봐 연락도 하지 않고 이제껏
잘 참아 오던 정표는 오늘만큼은 견디기 힘들었다.

아, 보고 싶다.

정표가 가느다랗게 한숨을 내뱉었다.

어느새 라면이 불어 버렸다. 정표는 먹다 만 라면을 하수구에
부어 버렸다.

소파에 앉아 TV를 켠 정표는 탁자 위에 놓인 핸드폰이 신경

쓰여 미칠 노릇이었다. 그는 결국 자리에서 벌떡 일어나 핸드폰과 차 키를 들고 현관문을 박차고 나갔다. 마당을 달려 대문을 열고 나오자 마침 태리가 벤에서 내리고 있었다. 정표의 얼굴에 화색이 돌았다.

정표가 재빨리 태리의 짐을 뺏어 들었다. 입이 귀에 걸린 채 정표가 물었다.

"웬일이야? 일찍 왔네?"

태리가 배시시 웃으며 정표의 팔에 매달렸다. 대답 없이 계속 히죽히죽 웃던 태리는 그와 함께 집으로 들어갔다.

정표가 거실에 짐을 내려놓자마자 태리가 그의 품에 안겼다.

"너 갑자기 왜 이래? 무슨 일 있어?"

"네!"

"뭔데? 촬영장에 무슨 문제 생겼어?"

"아니요."

"그럼? 왜 이렇게 빨리 왔어?"

"제가 와서 싫어요?"

"뭐, 그런 건 아닌데."

"근데 방금 어디가려고 했어요?"

"그냥 뭐. 편의점."

정표가 대충 둘러대자 태리가 장난기 가득한 얼굴로 그를 놀렸다.

"내 얼굴 보러 촬영장 오려고 그랬죠? 대표님은 아직도 내가 그렇게 좋아요?"

"까분다? 오늘 밤 잠자기 싫은가 봐? 밤새 괴롭혀 줘?"

정표가 그녀의 목덜미에 자잘한 키스를 퍼부으며 침실로 향했다. 침대 위에 그녀를 눕히자마자 상의를 벗어 버린 정표는 급한 모양인지 바로 태리의 몸 위에 자리를 잡았다. 그녀의 블라우스 단추를 풀며 정표가 다시 한 번 물었다.

"진짜 무슨 일 없지?"

"있어요."

"뭔데?"

"당신 보고 싶었어요."

태리가 정표를 물끄러미 바라보며 말했다.

"문자도 없고, 전화도 없고. 내 남편 어디서 딴짓하고 있나 감시하려고 왔는데. 내가 괜한 걱정을 했네. 밖에 나가서 놀고 좀 그래요. 집에서 나만 기다리고 있지 말고."

정표는 잔소리를 하는 태리를 지그시 내려다보다가 그녀가 너무 귀여워 웃음을 터뜨렸다.

"내가 보고 싶어서 빨리 왔다고?"

태리가 고개를 끄덕였다. 정표는 행복해서 광대가 승천하기 일보 직전이었다. 그때 태리가 입을 열었다.

"여보."

"응."

"나 내일 촬영 없어요."

태리가 야하게 웃었다.

그녀의 말 한 마디에 정표는 벌써부터 몸이 달아올랐다.

"거품 목욕할까? 너 피곤하니까 내가 씻겨 줄게."

"나 안 피곤한데요?"

정표가 그녀의 옷을 벗기기 시작했다.

"뭘로 할까? 라벤더? 체리? 레몬?"

이미 마음은 거품으로 그녀의 몸 구석구석을 애무 중인지 그는 그녀를 번쩍 안아 들고 욕실로 향했다. 정표가 욕조 안에 그녀를 눕힌 후 물을 틀었다.

물에 젖은 태리가 정표의 목을 끌어안았다.

"여보. 대본 수정고 들어왔는데, 분석 좀 같이 해 주면 안 돼요?"

대본의 도입부만 보고도 흥행 여부와 동원 관객 수까지 기가 막히게 맞히는 정표의 능력이 부러웠던 태리는 애교를 부렸다.

"해 줄 거죠?"

"해 주면? 나한테 뭐 해 줄 건데?"

"대표님이 제일 좋아하는 거요!"

"그래? 그럼 오늘 밤 기대해도 돼?"

"오늘 밤이요? 근데 재료가 없는데 어떡하죠?"

"재료? 무슨 재료? 너만 있으면 되는데."

"주말에 해 줄게요. 대신 많이 해 줄게요!"

"많이?"

몇 번이나 해 줄 거냐고 물으려던 정표를 향해 태리가 의지에 불타올라 두 눈을 반짝였다.

"고기도 많이 넣고."

"고……기?"

"대표님이 제일 좋아하는 잡채요. 잡채 많이 해 줄게요!"

"너 지금 나 놀리는 거지?"

"뭐가요? 저 요리 선생님한테 잡채 특훈까지 받았어요. 잡채만큼은 정말 자신 있어요!"

잡채 소리에 기분이 잡친 정표는 심드렁한 표정으로 그녀를 바라보다가 배시시 웃는 그녀가 너무 예뻐서 벌써부터 아래가 무거워졌다. 그는 더는 못 참겠는지 그녀의 얼굴을 잡고 키스를 했다.

점점 더 농밀해지는 키스에 태리는 정표의 목을 끌어안았다. 정표는 급한 마음에 물이 가득 찬 욕조 안으로 들어갔다.

그리고 그날 밤 그가 원하는 대로 두 사람은 많이, 여러 번, 뜨거운 밤을 보냈다.

—The end

작가 후기

이 글은 작년 봄에 출발한 이야기입니다.

자극적인 이야기만 좇던 어느 날 문득 학창 시절에 즐겨 보던 순정 만화가 떠올랐습니다. 순정 만화같이 말랑말랑하고 사랑스러운 이야기, 읽다 보면 어느새 미소를 짓게 만드는 글을 써 보고 싶다는 생각을 했습니다. 그리고 무작정 시놉도 없이 써 내려가다가 태리와 정표를 만났습니다.

애초에 이 글의 목적이 출간이 아니었기 때문에 '어여어남'을 출간하기까지의 길이 순탄치만은 않았습니다. 우여곡절 끝에 결국 마지막 수정을 마친 감회가 남달라 코끝이 찡해지는 새벽입니다.

최근 태리와는 다른 의미로 인생 최대 위기를 맞아 휘청거리며 '어여어남'을 수정했습니다.

어쨌든 끝까지 포기하지 않고 무사히 수정을 마친 제 자신에게 수고했다고 잘했다고 위로하고 싶고, 그동안 많은 도움 주신 안리라 팀장님께도 너무 감사했다는 말 전하고 싶습니다.

그리고 어제 엄마 생신이었는데 원고 작업하느라 집에 못 갔습니다. 이 자리를 빌려 대신 전할게요.

엄마 생일 축하해! 그리고 힘내.

끝으로, 이번 작품도 저를 찾아 주신 독자님들 감사드립니다.

다음번엔 더 좋은 작품으로 보답하겠습니다.

겨울의 문턱에서. 욱수진 드림.

어린 여자 어른 남자

초판 1쇄 찍음 2015년 11월 17일
초판 1쇄 펴냄 2015년 11월 27일

지은이 | 욱수진
펴낸이 | 정 필
펴낸곳 | (주)뿔미디어

기획 · 편집 | 안리라

출판등록 | 2002년 9월 11일 (제1081-1-132호)
주소 | 경기도 부천시 원미구 소향로 17, 303(두성프라자)
전화 | 032)651-6513 / 팩스 | 032)651-6094
E-mail | dahyangs@naver.com
블로그 | http://blog.naver.com/dahyangs
홈페이지 | http://bbulmedia.com

값 9,000원

ISBN 979-11-315-6901-6 03810

www.bbulmedia.com